www.bbulmedia.com

www.bbulmedia.com

화문

화문

무연 장편 소설

上

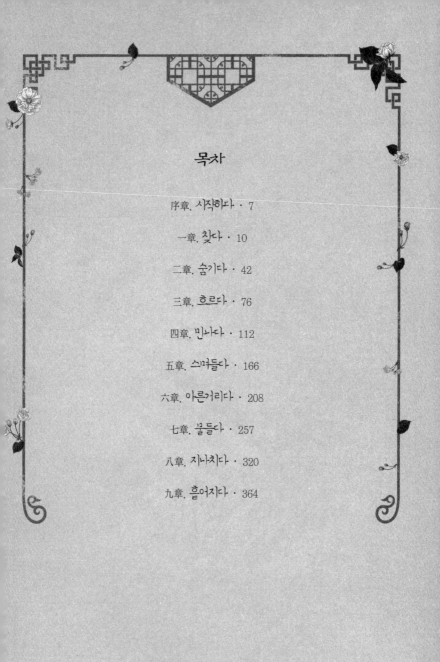

목차

序章
시작하다

검을 타고 흐르는 피가 바닥에 한 방울씩 떨어졌다. 바닥에 피기 시작한 혈화의 기세는 수그러들기는커녕 그 양을 더해 갔다.

심장에 박힌 검을 보던 사내의 입가에 비릿한 미소가 번져 갔다. 치명적인 상처임에도 사내는 이상할 정도로 느긋했고 여유로웠다.

"왜……."

등 뒤에서 들려오는 물음에 사내가 고개를 돌렸다.

심장을 찔린 사내보다도 창백한 여인의 눈이 상처에 가 있었다.

본디 그녀가 맞았어야 할 검이었다. 지옥 같은 황궁에서 벗어날 수만 있다면 죽은 사람의 행세 따위 얼마든지 할 수 있었다.

"왜…… 어째서……."

이런 식의 결과는 생각하지도 않았고, 생각하기도 싫었다. 목 끝에 머무는 비명을 삼키며 여인이 몸을 떨었다. 심장에서 흐르는 피가 심상치 않았다.

냉정하고 두려운 사내의 심장에서 나오는 피가 유난히 붉고 뜨거웠다.

그가 다쳐서 다행일까? 아니다. 무언가가 잘못되었다.

이렇게 다치면 안 되는 사람이었다. 세상의 모든 사람이 그의 손에 죽더라도, 그만큼은 절대 다치면 안 되는 사내였다.

미워하고 거부했지만 한편으로는 존경하고 빠져들었던 사내였다.

"왜!"

"……."

여인의 물음에 사내가 희미한 미소를 흘렸다. 어떻게 하면 가질 수 있을까?

본래부터 그의 것이었던 여인.

하지만 마주 보기만 할 뿐, 그녀는 그의 곁에 있을 수는 없는 존재였다.

"내가 가질 수 없는 여인이라면…… 어찌해야 하는가?"

누구도 가질 수 없게 부숴 버릴 것인가? 그게 아니면…….

평소의 그라면 절대 생각하지 않았을 방법이었다. 하지만 막상 저질러 놓고 나니 나쁘지 않았다.

눈조차 마주하지 않던 여인이 사내만을 바라보고 있었다. 저 모습을 보는 것만으로도 사내는 처음으로 묘한 만족감을 느꼈다.

"이런 결과도 괜찮지 않은가?"

굳건했던 몸이 비틀거리자 굳어 있던 여인이 손을 뻗어 그를 부축하였다.

억지로 자신을 가리던 거짓은 여인의 눈에 남아 있지 않았다. 피에 젖은 사내의 손이 여인의 하얀 뺨을 조심스럽게 어루만졌다. 그의 손을 밀어 내던 여인이 지금만큼은 사내를 받아들이고 있었다.

"넌 이제 자유다."

잡을 수 없는 여인이었어도 그의 삶에 하나뿐인 온기였다.

부서트리면서까지 얻고 싶은 여인이기도 했으나, 한편으로는 망가진 여인을 곁에 두고 싶은 마음 또한 없었다.

결국 그가 선택할 방법은 하나뿐이었다.

"컥!"

말을 끝낸 사내의 몸이 천천히 무너져 내렸다.

현실을 부정하던 여인의 눈이 어둡게 가라앉았다. 무너지는 사내를 받아 든 여인의 눈에 깊은 절망이 스며들었다.

"아니야."

"……."

"이건…… 아니야."

온몸을 휘감던 공포가 절정을 이루는 순간, 품에 안은 사내의 몸에서 체온이 빠져나가는 것을 깨닫는 순간, 간신히 붙잡고 있던 여인의 이성이 무너졌다.

사내를 품에 안은 여인이 날카로운 절규를 터트렸다.

一章

찾다

　구름 한 점 없이 맑은 하늘 아래로 사람들의 비명이 가득 메웠다. 코를 아리게 하는 혈향보다도 눈앞에 펼쳐진 참상에 모두가 이성을 잃고 도망치느라 정신없었다.

　"아아악!"

　온몸에 뒤집어쓴 피는 신경 쓸 틈도 없이 도망가는 사내를 향해 장군이 달려와 검을 휘둘렀다. 포물선을 그리며 휘두른 검을 따라 사내의 등에서 붉은 피가 터져 나왔다.

　"킥!"

　쓰러진 사내를 보던 장군이 일말의 주저도 없이 검을 내리찍었다.

　꿈틀거리던 몸이 멈추고, 검을 다시 빼낸 장군이 달려오는 병사들을 향해 소리를 높였다.

　"여상환을 찾아라! 여상환을 반드시 생포해야 한다."

　그의 독려에 달려온 병사들이 고함을 질렀다. 쌓인 시신에서 흐르는 피가 강이 되어 바닥을 붉게 물들였다. 열린 문으로 순식간에 들이닥친 군대는 조금의 자비도 없이 가문 내의 사람들을 도륙하기 시작하였다.

병사들의 움직임이 절정을 이룰 무렵, 엉망으로 뜯겨 떨어진 문 너머로 무심한 표정의 사내가 안으로 들어왔다. 그 모습에 일사불란하게 움직이던 병사들이 사내의 앞에 무릎을 꿇었다.

"폐하를 뵈옵니다! 만세! 만세! 만만세!"

사내, 아니 황제의 눈이 참상을 천천히 훑었다. 보는 것만으로도 끔찍하여 고개를 돌릴 참상이었지만 무언가 확인을 하는 것처럼 황제는 느긋하고도 날카로운 시선으로 주변을 눈에 담았다.

황제의 움직임에 모든 병사가 숨을 죽인 것도 잠시, 굳게 다물었던 입에서 생각지도 못한 물음이 나왔다.

"어째서 이러고 있는가?"

"네?"

"여상환의 목이 보이지 않는다. 중죄인을 잡아들이지도 못한 이들이 무슨 자격으로 짐 앞에 예를 취하고 있는 건가?"

서늘한 목소리에 무릎을 꿇고 있던 병사들이 숨을 들이켰다. 자신도 모르게 흐르는 땀이 얼굴을 타고 갑옷으로 흘러내렸다. 태연한 모습으로 이들을 압박하는 사내는 황후의 가문인 여가를 멸문시키려는 장본인이자 호연의 주인인 황제였다.

조금의 실수도 목숨으로 거둬들이는 그의 앞에서 할 수 있는 선택은 하나였다.

"무엇을 하고 있느냐! 여상환을 찾아라!"

선두에 서 있는 장군의 고함에 무릎을 꿇었던 병사들이 도망치듯 움직였다.

그들을 바라보던 황제가 하늘을 향해 눈을 들었다. 평생을 함께 하겠노라며 맹세한 황후도 그에게는 아무런 의미가 없었다.

황제가 원하는 것은 두 가지, 자신을 조롱하며 힘을 과시했던 여가의 가주, 여상환의 목과 오랫동안 호연을 움직여 왔던 여가의 힘이었다.

병사들의 움직임을 보던 황제가 인적이 거의 없는 방향을 향해 고개를 돌렸다. 약간의 인적도 느껴지지 않는 울창한 숲, 사람은커녕 동물의 흔적조차 없었기에 누구도 가까이 가지 않는 곳을 황제는 말없이 바라보았다. 그의 모습에 지척에서 말할 기회만을 노리던 장군 하나가 조용히 다가왔다.

"폐하. 그곳은 나무밖에 없는 곳입니다. 사람이 살 수 없는 곳이라 굳이 병사를 보낼 필요가 없……."

말을 잇던 장군이 갑자기 몸에서 느껴지는 고통에 숨을 들이마셨다. 언제 찔린 것인지 황제의 검이 정확히 장군의 심장에 꽂혀 있었다.

순식간에 사람의 몸에 검을 꽂았음에도 황제의 표정은 조금도 변하지 않았다.

"폐……."

"어리석은 명령으로 일을 그르치는 신하는 거둘 가치가 없다."

심장을 찌른 검이 미끄러지듯 빠져나오고, 피를 뿜으며 장군의 몸이 바닥에 곤두박질쳤다. 장군의 시신에 눈길조차 주지 않은 채, 황제가 숲을 향해 몸을 날렸다.

12

※　※　※

본가 옆으로 이어진 숲은 울창하고 험하여 흡사 가파른 산을 오르는 느낌마저 들게 했다. 뒤따르는 이들 중 몇몇에게서 가쁜 숨이 흘러나왔지만, 선두로 움직이는 황제는 움직임은 물론 숨소리마저 조금도 흐트러지지 않았다.

여가에서 울리던 비명과 소음조차 들리지 않을 정도로 한참을 움직이자 숲의 깊숙한 곳에 허름한 집이 눈에 들어왔다.

사람의 손을 탄 듯 깔끔히 정리되어 있는 집 앞에서 하나로 머리를 묶은 여인이 자리에서 일어났다. 단정한 옷매무새만큼이나 정갈한 모습의 여인은 피투성이인 병사와 황제의 앞임에도 침착하였다.

"폐하를 뵈옵니다."

비슷한 연치의 여인들에 비해 조금은 앳돼 보이는 여인이었다.

"내가 황제라는 증좌라도 있는가?"

"황후의 가문인 여가에 검을 휘두를 수 있는 분이 호연에 또 누가 있겠습니까?"

여인의 말에 황제의 입가에 비릿한 미소가 감돌았다. 황태자의 자리에 오른 후, 무려 십이 년을 벼르고 별러 왔던 일을 오늘에서야 이루는 중이었다.

황태자의 자리에 오른 후, 그의 의지와는 상관없이 여상환에 의해 그의 딸을 황태자비로 맞아들였다. 선제 때부터 휘둘렀던 권력은 그의 부인인 황태자비가 황후가 되면서 절정을 이루었다.

황제보다도 더한 권력을 휘두르는 그를 치기 위해 굴욕을 삼키며 몸을 숙이고 때를 기다렸다.

그리고 오늘 드디어 황후의 집안인 여가와 국구인 여상환을 드디어 쳐 내게 되었다.

선제부터 황권보다도 압도적인 권력으로 호연을 휘두르던 여가를 자신의 손으로 멸문시키는 날, 예상치 못한 여인과의 만남은 황제에게 이유를 알 수 없는 불안과 왠지 모를 호기심을 함께 느끼게 하였다.

"짐이 누구인지 알고 있다면 이번에는 그대를 소개하는 것이 맞지 않은가?"

한시라도 빨리 여상환을 붙잡아야 했지만, 한편으로는 그의 앞에서도 태연한 여인이 누구인지 궁금하기도 하였다. 그가 호연의 황제라는 것을 안다면, 적어도 그가 어떤 황제인지는 알고 있을 것이었다.

그걸 알면서도 저렇게 행동했다는 것은, 여인이 황제가 이곳에 올 줄 미리 알고 기다렸다는 뜻이다.

느긋한 황제에게서 숨조차 내쉬기 어려운 살기가 나온 것도 그 순간이었다. 황제의 살기에 여인의 안색이 창백하게 변하였다. 당장에라도 쓰러질 것 같은 모습이었지만, 이를 악물며 여인은 버텨 냈다.

"소녀의 이름은 여수련이라 하옵니다."

"여가라……. 그대 또한 여라면 왜 짐의 앞에 서 있는 것인가? 죽을 생각인가? 아니면 목숨을 구걸하고자 함인가?"

"목숨을 구걸하고자 함입니다."

수련의 대답에 어림없다는 듯 황제가 코웃음을 쳤다. 하지만 황제의 앞에 서 있는 수련은 진심이었다. 그녀가 아는 호연의 황제는 자신의 뜻에 반하는 자는 남녀노소를 가리지 않고 목숨을 거두는 폭군이었다. 몸에서 내뿜는 살기에는 숨조차 쉬지 못한다 하였고, 극강의 경지에 이른 검은 상대가 알아차리기도 전에 목을 벤다고 하였다.

지금 상황이 몸서리치게 무서웠지만, 수련은 참아 냈다.

"나무에 높게 달린 열매를 따기 위해서는 때로는 발을 디딜 받침이 필요하지 않겠습니까?"

"나무를 베어 버리면 그만일 터. 짐에게는 그러한 받침이 필요가 없다."

"쓰러진 나무에 열매가 부서질 수도 있음이 아닙니까?"

여인의 몸으로 한 마디, 한 마디 꺼내는 말이 보통이 아니었다. 하물며 버티는 여인에게서 여상환의 모습이 보이고 있었다. 자칫 어설픈 술수에 넘어가 여상환을 놓치면 지금까지의 일이 모두 수포가 되어 버린다. 수련을 향해 다가간 황제가 그녀의 목에 검을 댔다.

"짐에게 주려는 열매가 너에게는 어떤 존재인 것이냐?"

황제의 물음에 수련이 입술을 작게 깨물었다. 여가에 황제의 군대가 들이닥쳤다는 남동생의 말을 들었을 때부터 생각한 도박이었다. 이대로라면 모두 죽는다. 될지 안 될지는 알 수 없었지만 최소한의 가능성에 그녀는 전부를 걸어야 했다.

"아버지입니다."

"여상환에게는 황후인 딸과 아들이 있을 터인데? 하물며 그의 본처는 벌써 목을 맺다."

"부정하고 싶지만, 아버지가 맞습니다. 이곳에 저와 어머니를 가

뒤 두시고 외면하신 분이지만 아버지이십니다. 이제 와 지켜 달라며 매달리고 계시지만 그래도 소녀에게는 아버지입니다."

"그런데도 아버지를 팔겠다는 건가?"

"그렇게라도 살 수 있다면 살아야 하니까요."

떨리는 눈에 공포가 깃들어 있었지만 물러나지 않는 수련을 보던 황제가 자신의 검을 거두었다. 목에 닿아 있던 검의 감촉이 사라지자 수련이 힘든 숨을 내쉬었다. 하지만 그것도 잠시, 서늘한 기운이 수련의 목을 스쳤다.

후두둑.

바닥에 떨어지는 머리카락을 보는 수련의 눈이 커졌다. 잘린 머리카락이 그녀의 어깨를 타고 바닥에 흐트러졌다.

"다음에는 머리카락이 아니라 네 머리가 될 수도 있다."

여상환을 놓치는 순간, 목숨을 거두겠다는 엄포에 수련이 고개를 숙였다. 단발이 된 머리카락이 귀를 덮었지만, 묶었을 때보다도 춥게 느껴졌다. 하지만 이미 황제와의 거래는 받아들여졌고, 죽지 않기 위해서라도, 아버지라는 사람의 목숨을 팔아서라도 살아야 했다.

힘이 빠지는 다리를 억지로 움직이며 수련이 방을 열었다.

"따라오십시오."

❀　❀　❀

방에 들어온 황제의 눈에 가장 먼저 들어온 사람은 침상에 앉아 있는 중년 여인과 어린 남자아이였다. 앞이 보이지 않는 듯 수련이 들어왔음에도 중년 여인의 눈은 허공을 헤매고 있었다.

"누님!"

눈에 띄게 떨고 있는 남자아이가 수련을 보자마자 품을 파고들었다. 담담한 수련의 표정이 처음으로 바뀌었다. 좀 전의 모습은 온데간데없이 사라진 수련이 부드러운 표정으로 남자아이를 다독였다.

"현아. 괜찮아. 어머니와 나가 있어."

"수련아. 무슨 일이 일어난 거니? 방에 들어오신 분들은……."

"어머니. 아무것도 아니에요. 걱정하지 마시고 현이와 나가 계세요."

"누님! 전……."

두려운 눈으로 황제를 보던 현을 수련이 괜찮다며 거듭 다독였다.

둘을 다독이는 수련의 모습을 황제가 하나도 빠짐없이 쳐다보았다. 황제가 아는 한, 여상환의 딸은 승정궁에 유폐되어 있는 황후뿐이었다.

여인으로서 관심은 없었지만, 사내조차 두려워하는 지금의 상황에서도 침착함을 유지하려는 수련의 모습은 제법 흥미로웠다. 두려워하는 둘을 진정시킨 수련이 황제에게 허락을 구하듯 조심스러운 눈으로 바라보았다.

대담하게 행동하면서도 한편으로는 황제의 눈치를 살피고 상황을 판단하였다. 그가 지금까지 보아 온 여인들과는 확실히 달랐다.

"내보내라."

황제가 허락하자 수련이 최대한 조심스럽게 중년 여인과 현이를 밖으로 내보냈다. 둘을 완전히 내보낸 그녀가 침상을 덮고 있던 두꺼운 요를 거둬 냈다. 요를 거둬 내자 침상에 사람 하나가 오고 갈 크기의 문이 눈에 들어왔다.

"준비하십시오."

수련의 말에 따라 들어온 호위들이 일제히 검을 뽑았다. 수련이 닫혀 있던 문을 열자, 검은 인영이 튕겨 나오듯 박차고 뛰어올랐다. 달려드는 호위를 맨몸으로 막아 낸 인영이 황제를 향해 달려들었다. 그와 동시에 황제의 손이 인영의 목을 향해 움직였다.

"컥!"

원하는 사냥감을 발견한 황제의 눈에 위험한 광채가 번뜩였다. 목을 움켜쥔 황제가 인영을 그대로 바닥에 내리꽂았다.

목을 잡았을 때와는 달리 비명조차 나지 않았다.

"이렇게 다시 뵐 줄은 몰랐소. 대국구."

살기 어린 시선에 도망치려던 여상환이 숨을 들이켰다. 가장 생각하고 싶지 않았던 현실에 여상환의 눈이 공포로 물들었다.

❀　❀　❀

"어찌 네가 이럴 수 있느냐 말이다! 네가 지금까지 누구 때문에 살아 있는데 이런 식으로 아비를 배신하는 것이냐!"

끌려가는 여상환이 수련을 향해 목소리를 높였다. 황제보다도 더한 권력으로 십여 년 동안 호연을 유린했던 여상환의 마지막은 처참했다. 여상환의 고함에도 수련의 담담한 표정은 조금도 변하지 않았다.

수련의 그런 모습에 더 화가 난 그가 피를 토하듯 연신 고함을 터트렸다.

"네가 이러고도 살 수 있을 것 같으냐! 여가의 성을 받은 네년이 어찌 이딴 짓을 저지르고도 무사할 거라 생각하느냐!"

"죄인은 조용히 따라라."

"황제! 내가 널 권좌에 올려 주었거늘 어찌 날 이리 대할 수 있단 말이냐! 네가 누구 덕분에 황제가 되었거늘! 감히 네가! 네가!"

여상환의 패악에 그를 붙잡고 있던 병사가 들고 있던 검집을 휘둘렀다. 짧은 비명과 함께 여상환의 이마에서 붉은 피가 터져 나왔다. 방에서 끌려 나가는 여상환을 보던 수련이 꿇었던 무릎을 펴고 자리에서 일어났다.

"후우."

밖에서조차 여상환의 목소리가 들려왔지만, 수련은 외면하였다. 평생 아버지를 팔아 살아남은 딸이라는 오명을 듣겠지만 상관없었다. 애초에 자식으로 부정당한 채, 감금 아닌 감금을 당했을 때부터 여상환에 대한 애정은 없었다.

황제의 군대를 피해 도망 온 여상환을 보는 순간, 수련은 이게 자신에게 온 처음이자 마지막 기회라는 것을 깨달았다.

'이제 되었어.'

당장은 아무것도 없었지만, 애초에 여가에서 무언가를 얻어 가며 살지 않았다. 몸만 건강하다면, 가족과 함께라면 수련에게 두려운 일은 없었다. 이제 그녀와 가족을 가두던 울타리는 사라졌다. 그토록 갈망하던 자유가 바로 눈앞에 와 있었다.

"아!"

밖으로 보이는 모습에 수련의 눈이 커졌다.

분명 방 밖으로 무사히 내보냈던 현이와 중년 여인이 단단한 밧줄에 묶인 채, 무릎을 꿇고 있었다. 떨고 있는 그들의 목을 겨누고 있는 검을 보는 순간, 담담한 표정 안에 억지로 자신을 붙잡고 있던 수련이 무너졌다.

"이게 무슨 짓입니까!"

놀라서 달려오는 수련을 병사들이 붙잡았다. 억세게 붙잡혀 있음에도 수련의 반항은 멈추지 않았다.

"소녀와 약조하지 않으셨습니까! 아버지를 넘기면 살려 주신다 하지 않으셨습니까!"

담담했던 표정이 가족 앞에서는 부드러워지더니만, 또 가족이 위험해지자 금세 분노하여 황제를 노려보고 있었다. 숲에 갇혀 있기는 했지만, 풍부한 표정에 어울리는 진중한 말투와 주변을 휘감는 분위기가 제법 신기하게 다가오는 여인이었다.

하지만 호기심을 느꼈을 뿐, 황제에게는 그뿐이었다.

"왜 짐이 여가의 것과 약조를 해야 하는가?"

황제의 말에 온몸의 피가 싸늘해졌다. 간신히 넘었다고 생각한 고비가 알고 보니 시작조차 하지 않은 것이었다. 묶여 있는 가족을 보는 수련의 얼굴에 절망이 드리워졌다.

아늑해지는 정신을 억지로 붙잡으며 수련이 최대한 머리를 굴렸다. 이대로 죽을 수 없다. 하물며 그녀만을 믿고 기다렸던 현과 어머니만큼은 지켜야 했다. 지금의 상황을 해결하기 위해 수련이 부지런히 머리를 굴렸다. 생각하고 부정하고 또다시 고민하던 찰나 수련의 머리에 빛이 스쳤다.

"여가의 목숨을 거두셔야 한다면 소녀의 목만 거두시면 됩니다."

수련의 말에 황제의 눈썹이 꿈틀댔다. 말 없는 물음에 수련의 눈이 어머니와 현을 향하였다. 그녀에게 전부는 가족뿐이었다. 혼자였다면 버틸 수 없었던 시간을 이겨 낸 건 둘 덕분이었다.

"여가의 핏줄인 절 낳으셨지만 어머니께서는 여상환과 혼인하지 않았으니 여가와 연을 맺으신 분이 아닙니다. 동생인 현이는 소녀와 함께 지냈을 뿐, 혈육도 아니고 여가의 성을 받지도 않았으니 전혀 연관이 없습니다."

"누님! 무슨 말을 하시는 것입니까?"

놀란 현이 경악했지만, 수련은 그대로였다. 이제 그녀가 생각할 방법은 이게 전부였다.

"폐하이시라면 얼마든지 알아보실 수 있을 것입니다. 폐하께서 목숨을 거둘 사람은 소녀뿐입니다."

"역모를 진압하는 와중에 일어나는 희생은 어쩔 수 없는 것이 아닌가?"

그들을 죽여도 상관없다는 황제의 대답에 수련의 눈이 깊게 가라앉았다. 여가의 감옥에서 나갈 생각으로 저지른 일이었지만, 절대적인 힘에 결국 무너져 내렸다. 애초에 이곳에서 나간다는 일이, 자유를 생각한 일이 잘못된 것이었을지도 모른다.

차라리 어머니와 현이만이라도 몰래 내보냈다면 이런 봉변은 당하지 않았을 것이다.

그녀의 눈 앞에서 둘이 죽는 모습만큼은 절대 볼 수 없다.

"자비를…… 제발 소녀의 어머니와 동생에게 자비를 내려 주세요. 소녀가 모두 감당할 터이니 살려…… 살려 주세요."

무너진 수련의 모습에 황제가 눈을 좁혔다. 황제의 눈이 수련에게서 묶여 있는 둘에게로 향하였다. 여가에서 이들이 어떤 존재인지는 궁금하지 않았다.

하지만 모든 것을 감당한다는 수련의 말이 이상하게도 머릿속을 맴돌았다. 자신이 죽을 테니 식구만큼은 살려 달라는 그녀가 새로운 것은 아니었다.

다만 그의 앞에 자비를 구하는 수련의 모습이 이상하게도 눈에 남았다.

황제의 검이 수련의 목에 닿았다. 검 끝이 스친 살갗에서 붉은 피가 흘러내렸다.

"누님!"

수련의 상처에 현이 비명을 질렀지만, 그녀는 입술을 깨문 채 황제와 눈을 마주쳤다.

"가족의 목숨만 살려 주신다면 소녀의 목숨은 폐하께서 마음대로 하시옵소서."

황제의 살기를 정면으로 받아들인 수련은 두려워하면서도 피하지 않았다.

사내조차 황제의 앞에 서면 살려만 주시거든 무엇이든 하겠다며 목숨을 구걸했었다. 그 누구도 두려움에 가까이하지 못하는 그를, 수련은 여인이면서도 마주하고 있었다.

'겨우 계집 주제에.'

모처럼의 상황이 신기하면서도 재미있었다. 여인은커녕 사내에게조차 느껴 보지 못한 호기심이 그를 미묘하게 건드렸다.

"네 목숨이 어떻게 되어도 상관없다는 말인가?"

고개를 끄덕이는 수련을 보던 황제의 눈에 묘한 광채가 스쳤다. 수련의 목에 닿아 있던 검을 황제가 거두었다.

"여가가 아닌 건 두고 간다."

평소라면 살아 있는 모든 것의 목을 베었을 황제가 다른 명을 내리자 병사들의 눈이 커졌다. 하지만 이미 황제는 수련과 다른 사람들에게서 몸을 완전히 돌린 후였다.

어머니와 현의 몸에 묶였던 포박이 풀리는 모습은 본 수련이 안도의 숨을 내쉬었다. 하지만 그것도 잠시, 그들의 몸에 있던 것과 똑같은 줄이 수련의 몸을 단단히 묶었다.

"누님!"

수련의 모습에 현이 한달음에 달려왔지만, 미처 다가오지 못하고 병사에게 붙잡았다. 앞을 보지 못하는 어머니와 현이 연신 그녀의 이름을 불렀지만, 우악스러운 병사들의 손에 수련은 맥없이 끌려갈 뿐이었다. 머릿속에 각인하듯 수련이 고개를 돌려 둘의 모습을 눈에 담고 또 담았다.

하지만 그것도 잠시, 품에서 검은 주머니를 꺼낸 병사가 수련의 머리에 주머니를 씌웠다. 어디로 끌려가는지, 누구와 가는지 알 수 없었다. 수선스러운 소리에 귀를 기울여도 그녀가 알 수 있는 일은 없었다.

아버지가 만들어 놓은 감옥만 벗어날 수 있다면 잠깐이라도 행복할 것이라 믿었었다. 이제야 벗어났다고 생각한 순간, 황제라는 그림자가 그녀를 다시 붙잡았다.

'끝났다.'

역모로 잡혀가는 것이니 그녀에게 있을 일은 하나뿐이었다.

죽고 싶지 않았지만. 더는 그녀가 할 수 있는 일은 없었다. 그나마 위로가 되는 건 적어도 어머니와 동생을 살렸다는 것이었다.

그러니 죽게 되었어도 무거운 마음을 조금은 놓을 수 있었다.

온몸을 지배하는 두려움을 외면하며 수련이 눈을 감았다.

❀　❀　❀

빛조차 거의 들어오지 않는 옥에서 수련이 눈을 감았다.

얼마나 있었는지 누가 있는지도 알 수 없었다. 하루에도 몇 번씩 살려 달라는 절규와 지독한 악취가 수련을 내내 괴롭혔다.

이곳이 어디냐고 묻지 않아도 무슨 일이 일어나는지 알 수 있었다. 어쩌면 지금 고문을 당하는 사람의 숨이 멈추면 다음 차례가 그녀가 될 수도 있었다.

"후우."

몸에 남아 있는 공포를 밀어 내듯 수련이 길게 숨을 내쉬었다. 여에 갇혀 있을 때는 집 주변을 다니거나 몸을 움직일 수 있었지만, 이곳에서는 아니었다. 아무것도 하지 못했기에 이성과는 다르게 수련의 머릿속에는 불길한 생각만이 끊임없이 떠올랐다.

"어머니. 현아."

지금까지는 가족에 의지해 살았지만, 이젠 누구도 곁에 없었다. 과한 바람이라는 것은 알았지만, 그럼에도 지금만큼은 가족이 보고 싶었다.

'빨리 죽었으면 좋겠어.'

하루가 멀다 하고 고문을 이기지 못하고 죽은 죄인들이 밖으로 끌려 나갔지만, 정작 수련을 건드는 사람은 없었다. 겁 없이 황제에게 대들었으니 해코지를 당했어도 몇 번은 당했어야 했건만, 이상할 정도로 상황은 조용했다.

"이렇게 죽기 싫어! 싫단 말이다!"

두려움과 초조함에 지친 죄수가 날뛰기 시작한 듯, 고문 소리에 겹쳐 찢어지는 듯한 비명 소리와 소음이 옥을 가득 채웠다. 하루에도 수십 번도 더 일어나는 일이었기에 수련이 손으로 귀를 막았다.

'차라리 죽여 줘.'

가족을 만나고 싶은 마음과 죽어서라도 감옥에서 빠져나가고 싶은 이중적인 마음이 치열하게 대립하였다. 한 명의 죄수로 시작된 고함이 점점 다른 죄수로 퍼져 가고, 결국 계단을 내려온 병사들이 소란을 피우는 죄수를 제압하기 시작하였다.

그리고 굳게 닫혀 있던 수련의 옥문이 열렸다.

오랜만의 빛에 눈을 찌푸리며 수련이 고개를 들었다. 처음 보는 중년 여인과 두 명의 궁녀들, 그리고 세 명의 내관이 그녀 앞에 서 있었다.

수련의 얼굴을 확인한 여인이 뒤의 내관을 향해 고개를 끄덕였다.

"시작해라."

중년 여인의 말이 끝나는 것과 동시에 내관이 수련의 팔을 붙잡았다.

"무엇을 하시려는 것입니까?"

온몸으로 반항했지만 내관의 힘을 수련이 당해 낼 수 없었다. 내관에게 붙잡힌 사이, 다가온 궁녀들이 수련의 입을 열고, 정체를 알 수 없는 물약을 들이부었다.

눈앞이 아늑해지는 쓴맛에 수련이 진저리를 쳤지만, 약을 전부 부은 궁녀들이 약을 뱉지 못하도록 그녀의 입을 막았다.

"컥! 컥!"

약을 삼키자마자 목이 타는 것처럼 뜨거웠다. 수련이 약을 모두 삼키자, 그제야 궁녀와 내관이 뒤로 물러났다. 온몸의 피가 제멋대로 날뛰는 것 같았다. 목을 타고 내려간 약이 온몸을 태우듯, 수련은 숨을 쉴 수 없었다.

"쿨럭."

막힌 숨을 뚫듯 수련이 숨을 토해 내자, 굵직한 핏덩어리가 바닥에 떨어졌다. 사지가 뒤틀리는 고통에 수련이 바닥에 쓰러졌다. 고통을 참기 위해 바닥을 손으로 긁었지만 진정되기보다는 점점 더 심해졌다.

울컥 참았던 눈물이 얼굴을 타고 흘러내렸다. 내내 생각하고 받아들이려고 노력했지만, 막상 현실로 다가오니 그것이 또 아니었다.

죽고 싶지 않았다.

살고 싶었다.

"아악!"

피투성이인 입에서 고통스러운 비명이 터져 나왔다.

잠깐이라도 좋았다. 누구의 제약도 없이, 누구보다도 자유롭게 살고 싶었다. 의지하는 가족과 함께 자신의 삶을 누리고 싶었다.

그게 그렇게 이룰 수 없는 소망이었다는 것일까?

눈앞이 흐릿해지며 정신이 아늑해졌다. 잠시나마 지배했던 고통조차 막연하게 느껴질 무렵, 수련의 숨이 멈추었다.

※　※　※

세간을 떠들썩하게 했던 여가의 역모 사건이 정리된 지도 벌써 삼 개월이 지나 있었다. 호연의 대가문이자 국구였던 여상환을 중심으로 시작된 역모는 연루된 자들의 목이 도성에 일렬로 매달리면서 끝났다. 승정궁의 황후는 냉궁에 유폐된 후 일주일이 지나 사약을 받았고, 여가와 관련된 가문은 전부 멸문되거나 그 죄에 걸맞은 벌을 받았다.

"위랑. 일어나실 시간이에요."

방 밖에서 들려오는 궁녀의 목소리에 깊게 잠들어 있던 여인이 눈을 떴다. 소리 없는 숨을 길게 내쉰 여인이 눈을 비비며 피곤한 몸을 억지로 일으켰다. 위랑이라는 여인의 기척이 들려오자 문이 열리고, 궁녀 둘이 안으로 들어왔다. 그들의 모습을 본 여인이 고개를 저었다.

"내 스스로 할 수 있으니 들어오지 않으셔도 돼요."

"위랑이 준비되는 대로 들게 하라는 폐하의 명이 있으셨습니다. 서둘러 준비해야 하니 앉아 계세요."

폐하라는 단어에 위랑이라는 여인의 눈 끝이 작게 떨렸다. 그녀가 잠시 멈춘 사이, 소셋물이 들어오고 궁녀들의 손이 바빠졌다. 면경에 보이던 흐트러진 모습이 궁녀의 손놀림에 따라 단정히 변해 갔다.

긴 머리카락을 하나로 땋아 내린 궁녀가 청색의 비단 끈으로 묶었다. 머리끈과 똑같은 색의 비단옷은 고급스럽기는 했지만, 여인의 옷이라면 하나 정도는 있을 흔한 꽃자수조차 없었다.

치장을 끝낸 궁녀들이 물러나고, 여인이 자리에서 일어났다. 여인이 궁 밖으로 나오자 기다리고 있던 병사 둘이 그녀 앞에 고개를 숙였다. 똑같이 병사에게 인사를 한 여인이 황제가 머무는 태화전으로 향하였다.

여인의 모습을 발견한 궁녀들이 연신 곁눈질로 그녀를 훔쳐보았다. 하지만 그녀들의 호기심 어린 눈에도 여인의 표정은 조금도 바뀌지 않았다.

마치…… 죽기 직전의 그때처럼…….

태화전에 들어서자 제일 먼저 눈에 보이는 내시감을 향해 여인이 고개를 숙였다.

"폐하께서 찾으십니다. 어서 드시지요."

내시감의 말에 여인이 고개를 끄덕였다. 닫혀 있는 문 앞에 선 여인이 무릎을 꿇자 내시감이 낮게 고하였다.

"폐하. 민 궁인이 들었습니다."

내시감이 고하는 소리를 들으며 여인이 눈을 감았다.

살고 싶었다.

살 수만 있다면 어떠한 일을 당하더라도 감내할 수 있다고 생각했다.

여수련으로 죽었고, 민수련으로 살아남았다.

아버지의 성으로 죽자마자 어머니의 성으로 살게 된 수련이 머물게 된 곳은 황궁, 그것도 그녀를 죽였던 황제의 옆이었다.

문이 열리자 보이는 참상에 수련이 숨을 들이켰다. 하지만 그것도 잠시, 상석에 누워 있는 황제를 향해 수련이 몸을 숙였다.

피에 묻은 검을 잡은 채 황제는 누워 있었다. 그 아래 황제의 검으로 죽은 내관과 궁녀의 잘린 시신이 바닥을 구르고 있었다. 숙였던 몸을 틀자 죽은 내관과 눈이 마주친 수련이 몸을 떨었다.

"안 들어올 건가?"

수련이 주저하자 눈을 감은 황제에게서 낮은 음성이 들려왔다. 발을 디딜 곳도 없이 흥건한 바닥을 보던 수련이 그 상태로 걸음을 옮겼다.

피바닥에 앉지 못하고 망설이는 수련을 보며 황제가 피식 실소를 흘렸다.

"피바닥에는 앉고 싶지 않다는 것인가?"

석 달이 지났지만, 황제의 독살스러운 말투는 적응하기 힘들었다. 하지만 이번만큼은 그의 물음이 사실이었기에 수련은 조용히 고개를 숙였다. 그녀의 말 없는 대답에 황제의 눈이 작아졌다.

"치워라."

황제의 명이 떨어지자 기다렸다는 듯 내관들이 들어와 시신을 치우고 방 안에 묻어 있는 피를 닦아 냈다. 노련한 이들답게 시신과 피가 가득했던 방은 어느새 깔끔히 치워져 있었다.

피가 묻은 수련의 버선까지도 바꾼 내관들이 황제에게 고개를 숙인 후 뒷걸음질로 방을 나갔다.

자리에 앉으려는 수련을 향해 황제가 쥐고 있던 검을 내밀었다. 피에 흥건히 젖어 있는 검을 잠시 주저하듯 보던 수련이 조심스러운 손으로 받아 들었다. 진득한 피의 감촉에 미간이 좁아진 수련은 준비되어 있는 천으로 묻은 피를 닦아 냈다.

처음 황궁에 들어오고, 하루가 멀다 하고 황제가 만들어 내는 참상에 토하기를 수도 없이 반복했었다. 살아 있으니 다행이라 생각하면서도 평생을 한 번도 보지 못했던 시신과 피를 거의 매일 보게 되니 온전했던 정신조차 피폐해지는 기분이었다. 그러나 수련은 힘들다며 내색조차 할 수 없었다.

"궁녀들이 널 위랑이라 부른다지?"

피가 묻은 검을 닦던 수련이 고개를 돌렸다.

공식적인 업무를 보는 것을 제외하고는 태화전에서 나오는 일이 없는 황제임에도 그는 황궁에서 무슨 일이 어떻게 돌아가는지 세세한 것까지 알고 있었다. 모든 것을 아는 그에게 거짓말은 무의미하였다.

"소녀가 말이 없어 그리 불리는 것으로 알고 있습니다."

"조용한 여인이라…… 제법 그럴싸한 별칭이 아닌가?"

피를 전부 닦아 낸 검을 검집에 조심스럽게 꽂아 놓았다. 몸을 돌리는 순간, 수련이 소리 없이 숨을 삼켰다. 약간의 기척도 느끼지 못했었던 황제가 어느새인가 그녀의 뒤에 와 있었다.

황제의 손이 수련의 머리카락에 닿았다.

"폐하."

그녀를 황제는 여인으로 보지 않는다.

여인을 보는 눈으로 바라보지 않았고, 여인을 만지듯 다가오지도 않았다. 세상과 격리되어 많은 사람을 만나지는 않았지만, 적어도 앞의 사내는 수련이 보아 왔던 사람들 중 누구보다도 잔인하고 날카로운 사람이었다.

머리카락을 잡았던 손이 맑은 눈을 지나 뺨을 어루만졌다. 조용히 얼굴을 애무하던 손길이 점점 아래로 내려와 목을 움켜잡았다.

다만 생각지도 못하는 상황에서, 너무나도 자연스럽게 황제는 그녀에게 다가왔다.

"내가 왜 저들을 죽였는가? 말해 보아라."

"폐하."

목에서 느껴지는 힘에 수련이 숨을 삼켰다. 목숨을 담보로 하는 물음, 석 달을 머무는 내내 황제와 그녀 사이에서 하루에도 몇 번씩 이루어지는 장난이었다. 수련에게는 아니었지만, 적어도 황제에게는 지금의 상황이 그저 유희에 불과했다.

황제와의 목숨 건 놀이에 그녀가 할 수 있는 건 살기 위한 발악뿐이었다.

"그들은 폐하의 사람이 아니었습니다."

"짐의 사람이 아니다? 짐의 내관이었고, 궁녀였다. 목을 내놓을 수 있느냐는 물음에 죽음으로 진실을 밝히겠다며 죽으려 하였고, 짐의 명령대로 움직이느라 밤잠조차 제대로 자지 못하는 이들이었다. 그런데 짐의 사람이 아니다?"

자신이 직접 죽인 사람들임에도 황제는 수련의 앞에서 그들의 편을 들었다. 또렷한 외모에 짓는 여유롭고 부드러운 미소는 가까이 모시는 사람들조차 자신도 모르게 방심하고 입을 놀리게 하였다.

채찍과 당근을 교묘히 활용해 사람을 휘두르는 황제가 수련은 무서웠다.

"그들은 폐하의 말씀에 귀를 기울이고, 뜻을 따르려했지만 소녀가 본 그들은 폐하께서 허락하신 것보다도 많은 것을 들으려 하였고, 폐하께서 허락하신 것보다도 많은 이들을 만나려 하였습니다."

"그들이 간자였다고 말하는 것인가?"

"소녀. 그저 무지한 계집일 뿐입니다. 그저 눈으로 보고 귀로 들은 것을 말했을 뿐입니다."

황제를 두려워하면서도 피하기보다는 부딪쳤다. 그가 목숨을 거두려 하면 진짜 거둘 것이라는 걸 알면서도 눈앞의 작은 여인은 순간의 거짓으로 위기를 모면하기보다는 진실을 말하여 황제에게서 빠져나오려 하였다.

"짐의 위랑은 제법 눈썰미가 날카롭군."

움켜쥐고 있던 손이 빠져나가자, 수련이 안도의 숨을 내쉬었다. 하지만 두려움에 가득 차 있던 숨이 입 밖에서 온전히 사라지기 직전, 황제의 손이 단단하게 여미고 있던 수련의 옷고름을 뜯었다.

"앗!"

단단히 묶였던 고름이 끊어지며 수련의 어깨가 완전히 드러났다. 놀란 수련이 드러난 어깨를 손으로 가리려는 순간, 황제의 손이 그녀의 어깨를 움켜잡았다. 약간의 티끌도 없는 새하얀 어깨. 하지만 유려한 곡선의 어깨를 지난 수련의 등에는 휼이라는 한자가 낙인처럼 찍혀 있었다.

"이 낙인이 지워지면…… 다시 찍고, 또 찍을 것이다."

여수련으로 죽고, 민수련으로 정신을 차린 순간, 그녀의 등에는 지울 수 없는 낙인이 찍혀 있었다.

수련의 시중을 드는 궁녀와 내시감, 그리고 황제만이 알고 있는 낙인.

가족을 살려 주는 대신 모든 것을 감내하겠다고 말한 대가라는 듯이 황제는 노예처럼 수련의 등에 자신의 이름을 새겼다.

궁인이든 위랑이든 아무런 의미도 없었다. 그럴싸한 것은 이름

뿐, 실제로 그녀는 황제의 노예나 다름없었다.

"짐의 이름이 무엇이냐?"

부드러웠던 눈에 살기가 감돌았다. 원하는 대답을 듣지 못했다는 듯 수련을 바라보는 그의 시선에서 거역할 수 없는 힘이 느껴졌다.

"태휼. 서문태휼입니다."

"왜 짐의 성이 서문인지 아느냐?"

"호연에서 단 한 분, 폐하만이 두 개의 성을 가질 수 있기 때문입니다."

몸을 떨면서도 수련은 황제, 태휼의 말에 곧잘 답하였다. 그를 무서워하면서도 시선을 피하지 않는다. 그래서 거둔 것일지도 모른다.

말수가 없지만, 자신의 감정을 가리지 않았다. 수련의 저런 성격은 제법 마음에 들었다.

"물음에 곧잘 답하는 것을 보니 배우기는 제대로 배우고 있군."

"송구하옵니다. 폐하."

누구보다도 극진히 몸을 숙였지만 저 모습이 진심이 아니라는 것은 누구보다도 황제가 알고 있었다. 하지만 상관없다. 어차피 그녀에게는 선택할 힘도, 권리도 없었다.

"폐하. 문무대신이 모두 모였다고 하옵니다. 경안궁으로 드시옵소서."

내시감의 말에 그제야 태휼이 수련의 어깨를 놓아주었다. 더 이상 뒤로 물러날 곳도 없으면서도 태휼에게 빠져나온 수련이 연신 벽에 몸을 붙였다.

도망칠 곳도 없으면서도 빠져나가려는 수련의 모습에 태휼의 입가가 희미하게 올라갔다.

"내관이 장계를 가져올 것이다. 평소처럼 해 놓거라."

언제 그랬느냐는 듯 다시 부드러운 눈매로 돌아온 태휼이 몸을 돌렸다.

태휼이 빠져나간 방에서 수련이 터져 나오려는 비명을 막으려는 듯 있는 힘껏 손으로 입을 틀어막았다.

※　※　※

산더미처럼 쌓여 있는 장계를 보며 수련이 한숨을 내쉬었다.

황제에게 올라온 장계를 분류하고 정리하는 일로 수련은 하루를 시작했다. 내시감의 말로는 수련의 전에는 어린 내관이나 지방 귀족의 자제가 했던 일이라 하였다. 그때부터 했던 이들이 지금 어디에 있는지는 묻지 않아도 그 답을 알 수 있었다.

"후우."

장계를 가져간 내관이 사라진 후에야 굳어 있던 수련의 얼굴이 풀어졌다. 한 걸음 내딛기조차도 어렵고 조심스러운 곳이었다.

"잘 지내겠지?"

독을 먹고 정신을 잃었던 수련이 정신이 차린 것은 사흘 후, 황궁에서였다. 아버지의 성인 여를 버리고 민으로 살라는 말에 수련이 제일 먼저 요구한 것은 가족들의 모습이었다.

목이 베일망정 식구들을 보기 전까지 말을 듣지 않겠다는 수련의 고집에 내관이 데리고 간 곳은 도성에서 한 시진 정도 떨어진 마을이었다.

수련이 끌려갔다는 것 때문인지 어머니과 현이의 안색은 좋지 않았지만, 그래도 예전보다는 훨씬 나은 환경이었다.

먼 곳에서 반 시진을 본 게 전부였지만, 그것만으로 충분했다.

"그래도 예전 집보다는 나으니까."

수련에게 둘의 모습을 보여 준 이유는 그녀를 불쌍히 여겨서가 아니었다. 그녀에게 가족이 인질로 있다는 것을 알려 준 것뿐이었다.

허튼 수작으로 황제를 기만하는 순간, 그녀와 둘의 목숨은 흔적도 없이 사라질 것이다.

"아버지만 사라지면 자유로워질 줄 알았는데."

여상환이라는 울타리에서 벗어나니 이제는 더 크고 강한 황제라는 울타리가 생겨났다.

장계를 앞에 둔 채, 생각에 잠겨 있던 수련이 낙인이 찍혀 있는 등을 손으로 감쌌다.

"살아 있으니까 괜찮아."

노예처럼 낙인이 찍혀 있어도 상관없다. 여수련이 민수련으로 바뀌어도 달라지는 것은 없었다. 여상환이었던 것이 황제로 바뀌었을 뿐이었다.

'기회는 얼마든지 있어.'

그 기회를 수련은 놓치지 않을 것이다.

마음을 다잡은 수련이 산처럼 쌓여 있는 장계를 향해 손을 뻗쳤다. 황제가 오기 전까지 하나의 실수도 없이 장계를 정리해야 했다.

"위랑."

문이 열리며 들어온 내관의 모습에 수련이 자리에서 일어났다. 하지만 곧 위랑이라는 단어에 수련의 눈이 좁아졌다. 위랑이라 불리고 있어도 그렇게 부르는 사람은 그녀를 수발하는 궁녀들뿐이었다.

"앞으로 민 궁인을 위랑으로 부르라는 폐하의 명이 있으셨습니다."

"아……."

무슨 수작을 벌이는 것일까? 머리를 굴리던 수련이 고개를 저었다.

민 궁인이면 어떻고, 위랑이면 또 어떻단 말인가. 약간의 실수도 목숨으로 거두는 황제에게서 기회를 찾으려면 어쨌든 그가 원하는 대로 행동하는 것이 최선이었다.

"장계를 정리하는 일이 끝나면 경안궁 앞으로 오시라 합니다."

"알겠습니다. 그리하도록 하겠습니다."

이 자리에서 머물다 목이 베였던 이들과 자신은 다르다.

무슨 수를 쓰게 되더라도 상관없다.

황궁을 나갈 것이다.

❊   ❊   ❊

"폐하. 어찌 출신 성분도 알 수 없는 여인을 황궁, 그것도 폐하께서 머무시는 태화전에 머물게 한단 말입니까?"

정위의 말을 시작으로 대신들이 들고 일어섰다.

"폐하께서 그 여인을 데려온 곳이 역모로 멸문된 여가라 들었사옵니다. 어찌 역모와 연루되어 있는 가문의 여인을 데려오셨단 말입니까!"

"여가의 여인이라면 그 죄를 물어 목숨을 거두심이 맞사옵니다. 황은은 입지 않은 여인이니 지금이라도 용단을 내려 주시옵소서."

수련의 목을 베어야 한다는 대신들의 아우성에 태휼의 입꼬리가 희미하게 올라갔다. 외척으로 절대적 권력을 휘두르던 여가가 사라졌으니 하나둘씩 다른 생각을 품고 움직이기 시작한 것이었다.

경쟁하듯 시작된 아우성은 대전을 쩌렁쩌렁 울릴 정도로 격하게 변하였다.

목소리를 높이듯 앞으로 나서는 대신의 얼굴을 하나씩 머릿속에 각인한 황제가 권좌에 몸을 기대었다.

"그대들이 짐에게 용단을 내려 달라 목소리를 높일 자격이 있는가?"

태휼의 입에서 낮은 목소리가 나오는 순간, 시끄러웠던 대전이 찬물을 끼얹은 듯 조용해졌다.

권좌에 앉아 있던 태휼이 손으로 턱을 괴었다. 느긋한 시선이었지만, 마주 보기에는 힘든 위압감에 대신들의 얼굴이 창백해졌다.

"폐황후를 권한 이들은 다름이 아니라 그대들이었다. 황태자비의 자질로 조금의 흠도 없으니 서둘러 맞이하라고 해 놓고는 이제와 짐이 데려온 여인도 여가의 사람이니 목을 거두어라? 참으로 그때그때 말이 다르지 아니한가?"

"폐하! 소인들은……."

"짐의 모후가 있음에도 불구하고 여가의 여인을 선제의 후궁으로 들이라 청했던 것도 그대들이고, 짐이 황태자의 자리에 오르자 비의 자리에 여가의 여인을 정한 것도 그대들이었다. 하물며 권좌에 오른 후 그대들의 여식을 후궁에 올린 것 또한 짐이 허락했기에 가능한 일이었다. 그런데도 만족하기는커녕 더 내놓으라는 것인가?"

숨 막히는 공기가 대전을 가득 채웠다. 검을 휘두르지 않았을 뿐, 태휼의 몸에서 흘러나오는 살기가 대신들의 목을 천천히 옭아매기 시작하였다.

"폐하. 소인들은 호연의 미래와 안정을 위해서 그리한 것입니다. 어찌 소인들의 충심을 의심하시는 것이옵니까?"

"황후와 일곱 후궁 중 역모로 멸문된 가문이 여가를 포함하여 여섯. 이제 짐에게 남은 후궁도 둘이군. 비어 버린 자리가 탐이 나는 것인가? 아니면 행여나 출신 성분 모르는 계집에게 덜컥 황후의 자리를 줄까 두려운 것인가?"

"폐하!"

"쓸데없는 여인에게 관심을 가지기보다는 그대들의 일에 좀 더 최선을 다하는 것이 어떠한가? 쓸모없는 장계만 산더미같이 올려 짐의 시간을 쓸데없이 버리게 만들지 말고 말이지."

태휼의 서슬 퍼런 말에 누구도 토를 달지 못했다. 지금은 역정을 낼 뿐이었지만, 이 이상 그의 말에 잘못 말을 꺼냈다가는 목이 떨어질지도 모르는 일이었다. 자리만 지키던 황태자가 힘을 가진 황제가 될 수 있었던 건 앞을 가로막는 이들의 목을 베며 그들의 힘을 빼앗는 것으로 힘을 키웠기 때문이었다.

이만 나가 보라는 손짓에 도망치듯 대신들이 대전 밖으로 나갔다. 대신들이 빠져나간 대전에서 자리를 지키고 있는 재상을 태휼이 차분한 눈으로 바라보았다.

"짐에게 달리 고해야 할 말이 있는가?"

"소인. 폐하께 후궁으로 바칠 여식이 있는 것도 아니고, 가문을 걱정해야 할 아들도 없으니 감히 묻고자 하옵니다. 여상환과 막역한 사이는 아니었지만 그럼에도 그가 어떻게 가문을 이끌어 왔는지는 어느 정도 알고 있사옵니다."

"……."

"여상환이 그토록 숨기려 한 그 아이를 어찌하여 거두신 것입니까?"

"거두면 안 되는 것이었나?"

"거둘 이유도 없지 않았습니까? 무엇보다도 노예처럼 각인까지 찍으실 필요는 없었사옵니다."

재상의 물음에 태휼의 눈이 날카롭게 변하였다. 하지만 다른 대신들과는 다르게 재상은 태휼을 물끄러미 바라볼 뿐, 동요하지 않았다.

"단순한 화풀이라 생각하라."

재상이 소리 없이 한숨을 내쉬었지만, 태휼은 못 본 척 넘어갔다.

힘을 추구하는 다른 귀족들과는 달리 재상은 그의 정치적 스승이자 신뢰하는 이였다. 태휼의 앞에서 한숨을 내쉬는 기함할 일을 저질러도 그만큼은 너그러이 넘어가 줄 수 있었다.

"폐하께서 종종 장계 수발을 들거나 곁을 지키는 이를 뽑으시는 것은 알고 있사옵니다. 하지만 여인을 거두신 것은 처음 있는 일이옵니다. 저들이 동요하는 것 또한 당연한 일이 아니겠사옵니까? 어찌하여……."

"내리 멸문당하는 모습을 보여 주었으니 새로운 것도 보여 줘야 하지 않은가?"

"네?"

재상의 되물음에 태흘이 입꼬리를 올렸다.

그녀를 거둔 이유는 특별하지 않았다. 그저 제 손에 쥐고 있는 힘만 믿고 안하무인으로 날뛰는 귀족들에게 경고의 의미로 보여 주기에 수련이 적당했을 뿐이었다.

"저들은 위랑이라는 여인을 보면서 자신이나 자식의 모습을 보게 될 것이다. 역모로 목을 베는 것이 전부가 아니라는 것을 보일 생각이다. 황궁에서 죄인으로 살아남는 일이 쉽지 않다는 것을 보여 주는 계기가 되겠지. 그리고……."

여상환 및 귀족들에게 당하고 빼앗기면서 힘없던 태흘은 점점 잔인하고 영악하게 바뀌어 갔다. 처음 만났을 때의 어수룩한 모습이 완전히 사라져 있는 태흘을 재상이 조용히 바라보았다.

"구심점이자 그들을 힘으로 제압하던 여상환이 사라졌으니 지금쯤 어찌 움직여야 할지 한창 생각하느라 바쁘겠지. 그런 시기에 짐이 여인을 데려왔다면, 그리고 그 여인을 곁에 두고 있다면…… 제법 머리를 굴리고 있을 것 같지 않은가?"

여유로운 미소를 짓고 있었지만, 재상을 보는 태흘의 눈에는 위험한 빛이 감돌았다.

귀족들을 제압할 충분한 힘을 가지고 있음에도 태흘은 더 많은 힘을 원하였다. 휘둘릴 여지 따위 조금도 주지 않겠다는 것일까? 한번 불기 시작한 피바람은 좀처럼 멈추지 않을 것 같았다.

재상이 나가고, 홀로 남은 대전에서 황제가 눈을 감았다.

"제법 눈치가 있으니 한동안은 버텨 내겠지."

겁에 질린 눈으로 피하지 않는 수련의 모습이 떠오르자 태휼이 피식 실소를 지었다.

황제의 앞에서는 공포에 질려 몸을 숙였으면서도, 한편으로는 가문이나 사주를 받은 귀족을 위해 움직였던 이들과는 달랐다.

고립된 채로 끌고 온 여인이라 그런지 지금만큼은 그가 움직이는 대로 행동하고 있었다.

다른 수를 쓰려 한다면 추가로 손을 써야겠지만, 적어도 지금은 그녀가 어떻게 행동하는지 지켜볼 생각이었다.

절대자에게 쓸데없는 감정은 필요 없다.

어차피 쓰고 버릴 소모품에 특별한 감정을 가질 리가 없었다. 머릿속의 수련을 지우며 태휼이 눈을 감았다.

二章

숨기다

　수련의 어머니는 여상환과 혼인을 약속한 사이였다.

　가문의 반대가 있었지만, 반드시 그녀를 가모로 데려가겠다며 호언장담했던 그는 권력의 맛을 보면서 점점 변해 갔다. 한 해, 두 해 그녀와의 약조를 미루던 여상환은 가문에서 정한 여인과 혼인을 하면서 수련의 어머니를 버리려 하였다.

　적어도 혼인할 것이라 믿었던 그녀가 수련을 가지지 않았다면 어쩌면 여상환은 그녀의 목숨까지도 없앴을 것이었다.

　가문 깊숙이 수련의 어머니와 수련을 가두었다. 수련이 커 가면서 한 달에 한 번, 밖으로 나갈 수 있었지만 절대 여상환이 아버지라는 것을 알릴 수 없었다.

　"폐하께서 가져오라는 서책 목록입니다."

　내민 목록을 받아 든 정서각 내관이 곁눈질로 수련을 쳐다보았다. 최근 황제가 거둔 위랑에 대한 관심으로 황궁은 수선스러웠다.

그런 위랑이 장서각으로 왔으니 안에서 일하는 이들의 시선이 수련에게 향하는 것은 당연했다.

"여기 있네."

내관에게서 서책을 받아 든 수련이 고개를 숙였다.

깍듯한 행동에 내관이 수련을 살피듯 눈을 좁혔다. 담담하려 했지만, 내관의 훑는 시선에 수련이 난감한 듯 눈을 내렸다.

"폐하께서 찾으시는 것이니 서두르게."

"감사합니다."

흐트러짐 없이 몸을 숙이는 수련의 행동에 굳어 있던 내관의 표정이 작게 풀렸다. 수련의 전에 있던 이들은 은근슬쩍 황제의 관심을 내보이며 내관들의 위에 있으려 하였다.

어쩔 수 없다는 것을 알면서도 으스대는 그들의 행동에 눈살을 찌푸렸던 일도 장서각에서는 비일비재한 일이었다. 밖으로 나가려던 수련이 갑자기 걸음을 멈추었다. 주저하는 수련의 모습에 내관이 고개를 갸웃거렸다.

"혹 소녀도 이곳의 장서를 볼 수 있습니까? 가져가는 것이 어렵다면 잠깐이라도 좋으니……."

조용한 만큼이나 조심스러운 수련의 물음에 내관의 입가에 미소가 감돌았다.

"중요한 장서들이니 밖으로 가져갈 수는 없지만 이곳에서 읽는 건 가능하다네. 원한다면 내 여기 사람들에게 이야기해 놓도록 하지."

내관의 허락에 수련의 입가에 밝은 미소가 생겨났다. 거듭 감사드린다는 말을 이으며 수련이 연신 고개를 숙였다.

"서둘러야겠다."

고개를 들어 흐려진 날씨를 보던 수련이 바쁘게 걸음을 옮겼다.

수련이 아니었다면 그녀의 어머니는 여상환에서 벗어나 다른 사내를 만나 새 삶을 찾았을 수도 있었다. 그녀 때문에 어그러진 인생이라 해도 할 말이 없었건만, 어머니는 수련에게 화풀이를 하는 대신 그녀를 지켰다.

여상환에게 반항하는 수련을 지키려다 영영 앞이 보이지 않게 되었어도 그녀의 어머니는 단 한 번도 수련에게 싫은 소리를 내지 않았다. 도시의 패거리를 피해 숲 안으로 숨어든 현을 거두고, 그렇게 서로에게 의지하며 살아 냈다.

"음?"

태화전으로 걸음을 옮기던 수련의 곁으로 여섯 명의 궁녀가 다가왔다.

둘러싸는 궁녀들의 모습에 수련의 눈매가 딱딱해졌다.

"따르거라."

"어디의 누구이신지 알고 따를 수 있겠습니……."

짝!

수련의 뺨에 불이 일었다. 그녀의 앞에 서 있던 궁녀가 휘두른 손에 수련의 고개가 옆으로 돌아갔다. 화끈거리는 뺨을 감쌀 겨를도 없었다.

"끌고 가라."

수련이 들고 있던 서책을 빼앗은 궁녀들이 그녀를 붙잡았다.

"늦으시면 폐하께서 찾으실 것입니다. 어느 분이 무슨 연유로 부르시는지 정도는 여쭐 수 있는 것이 아닙니까?"

수련이 목소리를 높였지만, 궁녀들에게는 조금도 통하지 않았다. 도리어 반항하는 그녀의 입을 가져온 천으로 틀어막았다. 더는 반항하지도 못한 채, 잡힌 수련이 어디론가 끌려가기 시작했다.

❀　❀　❀

몇 개의 문을 지나, 수련이 도착한 곳은 후궁이 다과를 즐기는 영화궁의 후원이었다. 중앙에 놓인 탁자에 화려하게 차려입은 여인 둘이 마주 앉아 있었다. 둘의 모습을 확인한 것도 잠시, 궁녀들의 우악스러운 힘에 수련이 무릎을 꿇었다.

"이비 마마. 한비 마마. 위랑을 데려왔사옵니다."

이비와 한비라는 말에 고개를 숙인 수련이 입술을 깨물었다.

피바람이 불었던 황궁에서 살아남은 두 명의 후궁을 이런 식으로 보게 되다니 예상치 못한 만남에 수련의 안색이 어두워졌다.

"민수련이 이비 마마와 한비 마마께 인사 올립니다."

끌려왔지만 불쾌한 티조차 낼 수 없었다. 정점에 서 있던 황후가 죽은 후, 비슷한 규모의 가문을 가진 두 비가 주도권을 잡기 위해 서로를 견제하고 있는 이야기는 이미 황궁에 퍼질 대로 퍼져 있었다.

하필 그 두 비가 모여 있을 때 끌려오다니 불길한 기분이 그녀를 휘감았다.

"폐하께서 곁에 두고 계신다기에 천하절색까지는 아니더라도 얼굴색이 그럴듯할 줄 알았는데 이제 보니 궁녀보다도 형편없지 않으냐?"

고개를 숙인 수련의 턱을 붙잡고 들어 올린 여인이 화사한 미소를 지었다. 수련보다도 몇 살 위로 보이는 여인은 정면으로 바라보기 부담될 정도로 화려한 장신구와 옷으로 자신을 치장하고 있었다.

화려한 여인에 비해 뒤에 앉아 있는 여인은 귀 옆에 꽂은 호화로운 머리 장식을 빼고는 수수한 모습이었다.

화려한 모습으로 수련에게 막말을 던지고 있는 여인은 대홍려의 딸 한비.

한비의 뒤에 있는 여인은 대사농의 딸 이비였다.

"낯짝은 아닌 것 같고, 어떻게 폐하께 꼬리를 쳤을꼬?"

"소녀가 무엇을 알겠습니까?"

"계집이 사내의 옆에 있으면 할 만한 일이 또 무엇이 있겠느냐?"

곱고 화려한 모습의 한비였지만, 나오는 말은 모습과는 다르게 추하고 더러웠다. 속은 부글부글 끓었지만 수련은 자신을 감추었다. 하나도 제대로 내주지 않는 여상환에게서도 인내를 가지고 원하는 것을 얻어 냈던 그녀였다. 제 감정을 마음대로 드러내는 한비를 상대로 못 할 짓도 없었다.

수련이 한 걸음 물러나 한비 앞에 넙죽 엎드렸다.

"소녀 따위가 무엇을 알고 또 무엇을 했겠습니까? 그저 폐하께서 주시는 심부름을 맡아서 했을 뿐, 마마께서 무슨 말씀을 하시는 것인지 소녀 도통 알아듣지 못하겠습니다."

"아무것도 모른다?"

"살려, 살려만 주십시오. 마마. 소녀 따위가 무엇을 알겠습니까?"

한비 앞까지 기어서 온 수련이 한비의 치맛자락을 붙잡았다. 끌려왔을 때의 눈빛과는 달리 비굴한 행동에 한비가 눈을 좁혔다. 한비의 눈이 수련을 끌고 온 궁녀를 쳐다보았다.

뒤에 얌전히 앉아 있는 이비를 슬쩍 본 궁녀가 한비의 귀에 속삭였다.

"흐음. 심부름만 하였다?"

"가져오라는 서책을 가져다 드릴 뿐이고, 하라는 대로 했을 뿐입니다. 소녀 따위가 무엇이 볼 게 있다며 폐하 앞에서 무슨 짓을 하겠습니까?"

궁녀의 말에 콧소리를 내던 한비가 떨고 있는 수련을 보았다. 황제가 처음으로 여인을 데리고 왔다기에 정인일 것으로 생각했다. 하지만 심어 놓은 궁녀의 말은 수련의 것과 똑같았다.

"소녀는 아무것도 모릅니다. 아무것도 하지 않았습니다. 어찌 소녀가 그럴 주제가 되겠습니까? 믿어 주세요. 한비 마마."

고개를 들 생각조차 못 하는 듯 수련이 한비의 치맛자락을 붙잡고 벌벌 떨었다. 수련의 낮은 자세에 노려보던 한비의 입가에 미소가 생겨났다. 수련을 노려보던 한비의 눈이 뒤에 앉아 있는 이비에게로 향하였다.

"한비께서는 이만하시는 것이 좋겠습니다."

웃어른처럼 말리는 이비의 말에 한비가 눈을 떴다. 그녀나 자신이나 똑같은 비, 차이라면 아비의 가문과 직위뿐이었다. 그 조금의 차이도 없었다면 이비의 말 따위 귓등으로 넘겼을 것이나 지금은 이를 드러내기보다는 손을 잡아야 할 시기였다.

수련이 잡고 있는 치맛자락을 거칠게 당긴 한비가 몸을 돌렸다.

치마에 달려 있던 장신구에 손바닥이 쓸렸지만, 수련은 고개조차 들지 않았다.

진심으로 모르는 것처럼, 내 목숨은 당신의 것이니 알아서 생각하라는 것처럼.

"일어나라."

이비의 목소리에 수련이 몸을 일으켰다. 한비에 비해 장식이 적을 뿐, 황궁에서 보았던 이들과는 사뭇 달랐다. 자신을 화려하게 꾸민 한비와는 다르게 이비는 꾸미지 않아도 시선을 빼앗게 하는 미모가 있었다.

하지만 사람의 겉과 속이 다르다는 것을 어렸을 때부터 수도 없이 보아 온 수련이었다. 한비에게서 그녀를 도와줬다고 한들 믿을 수는 없었다. 그저 지금은 아무것도 모르는 무지하고 못난 계집의 모습으로 보이는 것이 최선이었다.

"소녀. 어찌 고개를 들고 비 마마를 볼 수 있다는 말입니까? 그저 살려만 주십시오. 살려만 주신다면 이 못난 것이 평생을 감사드리겠나이다."

"호호호. 이비. 폐하께서 바보를 데리고 오시었소."

거듭 살려만 달라는 수련의 모습에 한비가 웃음을 터트렸다. 황제가 데리고 왔다는 말에 내내 하고 있던 생각이 이제 보니 할 필요도 없는 걱정이었다.

"한비."

"이비. 괜찮아요. 겨우 살려 달라는 말만 계속해 대는 계집 앞에서 또 무엇을 그리 걱정하시는 것입니까?"

비웃음을 짓던 한비가 머리 장식을 하나 빼 수련을 향해 던졌다.

힘을 실어 던진 장신구에 수련의 뺨에 핏방울이 맺혔다. 화끈거리는 감각에 수련이 뺨에 손끝을 댔다.

"내 사과의 의미로 주마. 너 같은 것들은 만져 보지도 못했을 것이니 그 정도면 앞으로 어떻게 행동해야 할지 말해 주지 않아도 알 것이다."

수련의 눈에서 짧게 불이 일었다. 마음 같아서는 이딴 거 필요 없다며 그대로 던져 버리고 싶었다. 하지만 한비나 이비가 왜 그녀를 데리고 왔는지 알기에 치밀어 오르는 화를 간신히 억눌렀다.

공포에 떠는 척이 아닌 화를 참느라 떠는 손으로 수련이 한비의 장신구를 붙잡았다.

"감사합니다. 한비 마마. 감사, 감사합니다."

화가 난 눈을 감추기 위해 수련은 고개를 들지 않았다. 온몸을 가득 채운 분노를 간신히 삭인 수련이 비굴한 미소를 지으며 한비에게 거듭 고개를 숙였다.

"내내 종종 널 부를 테니 앞으로는 곧바로 찾아오거라."

"여부가 있겠습니까? 소녀, 마마의 명을 따를 것이옵니다."

뺨에 난 상처에서 피가 흐르고 있어도 수련의 얼굴에는 연신 헤픈 웃음뿐이었다. 수련에 대한 경계를 완전히 놓은 한비가 이만 내보내라며 궁녀에게 손짓하였다.

궁녀의 손에 수련이 끌려 나가고, 제자리로 돌아온 한비가 차로 입술을 적셨다.

"무모하시지 않았습니까? 자칫 폐하께 고할 수도 있음입니다."

이비의 물음에 한비가 손을 저었다.

"어리석은 계집입니다. 재물에 눈이 어두워 넙죽 받아들이는 것을 이비도 보지 않았습니까? 폐하께서 데려오신 것이 마음에 걸리지만, 걱정하지는 않아도 될 듯합니다. 오호호."

한비의 웃음을 대충 넘기며 이비가 찻잔에 입술을 갖다 대었다.

황제가 직접 데려왔다는 말에 비해서는 모자란 계집처럼 보이기는 하였다. 문제는 너무나도 자연스럽게 한비에게 맞춰 가는 수련의 모습이 마음에 걸렸다.

'마치 한비가 원하는 모습을 만들어 낸 것처럼 보인단 말이지.'

한비의 말대로 눈치 없이 모자란 계집이라면 걱정할 것이 없다. 하지만 황제가 수련을 데리고 왔다는 사실이 이비의 신경을 건들고 있었다.

"자신 없으시면 이비께서는 가만히 계세요. 난 저 계집에게서 종종 이야기를 들어야겠습니다. 재물에 환장한 계집 따위 무엇이 어렵겠습니까?"

이비가 말이 없자 한비가 먼저 선수를 쳤다. 무언가가 있는 계집이라면 기회가 왔을 때 손을 쓰면 되었다. 지금은 적극적으로 나서는 한비를 보며 이비가 속으로 생각을 정리하였다.

❀   ❀   ❀

"위랑. 폐하께서 찾으셨는데 어디를 갔다 오셨습니까? 세상에! 얼굴이 어찌 그리되었습니까?"

찢어지고 부어오른 뺨을 보며 궁녀가 비명을 질렀다. 놀란 궁녀를 달랜 수련이 뺨에 남아 있는 피를 대충 닦아 냈다.

"일이 좀 있었습니다. 죄송합니다만 폐하께 가져갈 서책을……."

"이비 마마의 궁녀가 위랑이 두고 갔다며 전해 주고 갔습니다. 이비 마마와 계셨던 것입니까? 위랑을 데리고 간 건 한비 마마의 김 상궁이라 들었습니다."

닦아 낸 뺨에서 다시 흐르는 피를 궁녀가 걱정스러운 눈으로 바라보았다. 그녀에게 괜찮다며 미소를 지은 수련이 품에서 느껴지는 이질감에 미간을 좁혔다.

"위랑. 그게 무엇입니까?"

필요 없는 것을 버리듯 한비가 던진 장신구를 본 궁녀가 곁으로 다가왔다. 심란한 눈으로 장신구를 보던 수련이 입술을 질끈 깨물었다.

굴욕적인 일이었지만, 힘이 없는 수련으로는 어쩔 수 없는 일이었다. 하지만 거지에게 동냥하듯 한비가 던져 준 것을 받고 싶은 마음은 절대 없었다.

"폐하를 뵙기 전에 옷을 갈아입어야겠습니다. 그리고…… 이거 가지세요."

"위랑. 이런 귀한 것을 어찌……."

"쓰라고 주신 것입니다만 내키지 않네요. 대신 앞으로 잘 부탁드립니다."

한비가 준 장신구는 비싸고 귀한 것이었지만, 수련에게는 어떠한 쓸모도 없었다. 하지만 수련에게 쓸모만 없을 뿐, 다른 이들에게는 또 그게 아니었다.

사귀어야 할 자와 경계해야 할 자.

황궁에서 버티기 위해서는 그 경계를 잘 구분해서 행동해야 했다. 바로 곁에서 시중을 드는 궁녀의 마음을 열기 위해서는 이만한 물건이 없었다. 여가였던 것이 황궁으로 바뀌었을 뿐이다.

그리고 수련은 사람의 환심을 사는 방법을 누구보다도 잘 알고 있었다.

"도와줄 테니 어서 들어가세요."

수련의 말을 알아들은 궁녀가 서둘러 장신구를 자신의 품에 넣었다. 평소보다도 사근거리는 그녀의 시중을 받으며 수련이 방 안으로 들었다.

❀　❀　❀

황후인 여가가 죽은 후, 단연 두각을 보이는 가문은 이비의 가문인 대사농이었다. 야심이 있는 만큼 깔끔한 일 처리로 황제의 인정을 받는 그는 조만간 공석이 된 사공의 자리에 오를 것이라는 소문이 자자했다.

태휼의 손에서 자유로워지려면 어떻게든 힘이 될 만한 이에게 접촉하는 것이 우선이었다.

"위랑은 무슨 생각을 그리하는가?"

벼루에 먹을 갈던 수련이 앞에서 들려오는 목소리에 하고 있던 생각을 멈추었다. 수련의 눈이 소리가 들려온 방향으로 돌려졌다. 태휼을 물끄러미 바라봤던 수련이 자신도 모르게 고개를 숙였다.

"아니옵니다. 폐하."

벼루를 내려놓은 수련이 붓에 먹을 묻혀 태휼의 앞에 내려놓았다. 붓을 건넸는데도 그는 수련을 쳐다보고 있을 뿐이었다.

"폐하. 소녀에게 하실 말씀이 있으신 것입니까? 어찌……."

"한비와 이비 중 누가 더 유용해 보이던가?"

태휼의 물음에 수련의 눈이 굳었다. 황궁 안의 모든 것을 아는 그이니 그녀가 두 비를 만난 건 묻지 않아도 알고 있을 것이었다.

하지만 사람에게 유용하다는 물음을 하다니 그건 아니었다. 황궁이라는 곳에 있다 보면 사람을 저리 대하게 되는 것일까? 평소였다면 그냥 넘어갈 수도 있었던 일이었지만, 한비와 이비에게 시달렸던 일이 아직 마음속 깊이 남아 있는 상태였다.

"이미 답이 나온 표정인데도 입을 열지 않는군."

"폐하께서는 황궁에서 시중을 드는 모든 이들이 수단이고 물건일 뿐입니까?"

육 개월 내내 몸을 숙이고 고개조차 들지 못했던 수련이 고개를 든 채 묻자 태휼의 눈에 빛이 감돌았다. 그가 지금 보이는 관심이 호기심이 아니라 조롱이라는 것을 알았지만, 수련은 물러나고 싶지 않았다.

"폐하의 관심만을 바라고, 일거수일투족 폐하의 모든 것에 맞추려는 사람들입니다. 폐하를 자신보다도 더 중히 여기는 사람들에게 어찌 유용하냐는 물음을 하시는 것입니까?"

"그들이 순수한 마음에서 짐을 모시고 있다고 생각하는가? 힘의 주인이 바뀌는 대로 흘러가는 것들이 바로 황궁에서 짐의 시중을 드는 자들이다. 얼마 전까지 저들의 주인은 권좌에 앉은 짐이 아니라 여상환이었다."

두 비에 대한 물음이 어느새인가 유용이라는 단어에 대한 이야기로 바뀌어 있었다. 권좌에 오르고 힘이 생긴 이후로 태휼의 말투에 딴죽을 건 이는 아무도 없었다. 누구도 그의 눈을 마주 보며 말을 꺼내는 이가 없던 상황에서 수련의 도발은 나름 흥미를 끌었다.

태휼이 어떤 눈으로 바라보는지 알 리 없는 수련이 화를 참은 채 말을 이었다.

"힘이 없는 자는 힘이 큰 자에게 어쩔 수 없이 휘둘려야 합니다. 원하든 원하지 않든 말이지요. 그들 또한 결국은 살고자 그리하는 것입니다. 그 살고자 하는 방법이 폐하께 해가 되는 일이라면 벌을 받음이 마땅한 일이오나 그들 때문에 죄가 없는 이들까지 매도하시는 건 아니라고 생각합니다."

"네가 말하는 그 범주에 나의 두 비도 들어가는 건가?"

태휼의 물음에 수련의 말문이 막혔다. 유용이라는 말에 욱한 나머지 그가 물었던 질문의 본질을 흐리고 말았다. 하물며 듣는 자에 따라 황제의 비를 황궁에서 일하는 궁녀와 내관과 같은 존재라는 식으로 오해할 수도 있는 일이었다.

점점 창백해지는 수련을 보던 태휼이 피식 실소를 흘렸다.

조심스러워하면서도 조금만 건들면 제 모습으로 태휼에게 그게 아니라며 말을 높였다. 사근거리는 행동으로 다른 수를 써 대는 다른 이들에 비하면 확실히 곁에 두는 재미가 있었다.

"소녀 따위가 비 마마에 대해 어찌 말할 수 있단 말입니까?"

"좀 전과는 사뭇 말하는 투가 다르군. 짐보다 짐의 비가 더 무섭단 말인가? 아니면……."

여유로웠던 태휼의 분위기가 순식간에 숨을 옥죄이는 것으로 바뀌었다. 태휼의 살기에 수련이 눈을 피하려는 찰나 그에게서 낮은 목소리가 흘러나왔다.

"짐의 눈을 피하지 마라."

"……."

"한 계집은 제 입의 세 치 혀를 다룰 줄 모르고, 다른 계집은 혀를 다루지 못하는 계집의 뒤에 숨어 제 상황을 만들려고 하지. 아니 그런가?"

자신의 비를 평가하는 말임에도 태휼에게서는 조금의 자비도 없었다. 그의 명에도 불구하고 표정을 가리듯 수련이 고개를 숙였다. 아버지라는 사람은 앞의 황제를 어떻게 제압했던 것일까? 석 달을 곁에 있었지만, 좀처럼 그가 어떤 사람인지 수련은 감을 잡을 수 없었다.

수련이 답이 없자 태휼이 눈을 돌렸다. 어차피 그녀에게서 무슨 답을 기대하고 한 물음이 아니었다.

"여상환이었다면 하나는 자기 생각을 잘 말하고, 다른 하나는 신중하니 모두 다 짐의 여인으로 손색이 없다며 말했을 것이다. 그래 놓고는 자신이 폐하께 말씀드린 게 있으니 앞으로 잘해 보자며 양가문들과 손을 잡으려 했겠지. 그렇게 얻은 힘을 짐에게 휘둘렀을 것이다."

태휼의 말에 무릎을 꿇은 수련이 주먹을 쥐었다. 그녀와 대화를 하는 내내 태휼은 자신과 여상환과 비교를 했다는 것인가! 조금도 닮지 않은 아버지와 비교를 하고 있었다는 사실에 화가 치밀었다.

"소녀는 아버지와는 다릅니다."

"같았다면 죽였겠지."

"……."

말문이 막힌 수련이 떨리는 눈으로 태휼을 바라보았다. 감정 없는

55

눈으로 수련을 보던 황제가 내시감을 불렀다. 걸음 소리조차 없이 들어온 내시감이 태흘의 앞에 무릎을 꿇었다.

"오수에 들 것이다. 준비해라."

좀처럼 낮잠을 자지 않는 태흘이 오수에 든다 하자 내시감의 눈이 커졌다. 하지만 그것도 잠시, 뒷걸음질로 내시감이 방 밖을 나갔다. 태흘이 오수에 든다 하자 수련이 자리에서 일어났다.

"위랑은 어찌하여 일어나는가?"

"오수에 드신다 하여……."

"그래서 짐이 나가 있으라 했던가?"

자리를 지키라는 태흘의 명에 수련이 다시 돌아와 무릎을 꿇었다. 수련이 있다는 걸 느끼지 못하는 건지, 있어도 상관없다는 것인지 자리에 누운 태흘에게서 고른 숨소리가 새어 나왔다.

잠든 태흘을 지켜볼 수도, 그렇다고 다른 일을 할 수도 없는 수련이 무릎을 모아 얼굴을 묻었다.

팽팽하던 긴장을 풀 듯 얼굴을 묻은 수련이 힘든 숨을 길게 내쉬었다.

❋　　❋　　❋

피 웅덩이 속에 죽어 있는 여인을 믿을 수 없다는 눈으로 태흘이 보고 있었다.

분명 지켜 주겠다며, 평생을 함께 있겠노라며 맹세하고 또 맹세했던 여인이었다. 당장은 어렵지만 지금의 자리를 포기하는 한이 있더라도 곁에 두겠다는 마음을 먹었던 유일한 이였다.

"여상환!"

여인의 앞에 검을 들고 서 있는 여상환을 향해 황태자였던 태휼이 소리를 질렀다. 분노로 핏발이 선 눈이 여상환을 노려보고 있었지만, 그는 눈썹 하나 꿈틀대지 않았다.

"소인이 말씀드리지 않았습니까? 태자 전하의 연모는 태자비만이 받을 수 있는 것이라고요."

"이런 일을 하고도 살아남을 것이라 생각하는가!"

"소인의 목숨이라도 거두시려고요? 태자 전하. 전하의 그 자리, 폐하께서 내리신 것이 아닙니다. 이 여상환이 직접 태자 전하를 선택한 것이지요."

온몸의 피가 제멋대로 들끓었다. 오랫동안 마음속 깊이 품어 왔던 분노가 한꺼번에 치밀어 올라 그를 휘감았다. 숨조차 내쉬어지지 않았다. 처음으로 마음에 담은 정인의 시신을 봤음에도 그가 할 수 있는 일은 없었다.

"어마마마로는 만족할 수 없었나?"

"무슨 소리를 하시는 것입니까? 태자 전하."

"여 귀비가 어마마마에게 매일 독이 든 차를 올렸다는 걸 내가 모를 줄 아는가? 어마마마께서 돌아가신 후에 그 차의 흔적이 완전히 사라졌다는 것을 알면서도 그런 물음을 하는 것인가!"

"심증만 있고 물증이 없으니 누가 그 사실을 믿어 주겠습니까? 결국 이 모든 일이 태자 전하께서 힘이 없으신 탓입니다."

무척이나 느긋하고도 여유로운 여상환의 행동에 태휼이 피를 토하였다. 그의 입술 너머로 붉은 피가 똑똑 떨어졌지만 분노하는 태휼을 보며 여상환은 그저 미소를 짓고 있을 뿐이었다.

"……쉽게 죽이지 않을 거다. 절대…… 절대 쉽게 죽이지 않을 것이다."

"소인을 원망하지 마십시오. 전하께서는 소인의 손에서 절대 벗어나실 수 없습니다."

방향을 잃은 분노가 태휼 안에서 점점 커져 갔다. 그날 이후로 정인을 만들지도 사람을 믿지도 않았다. 그저 여상환을 죽이겠다는 생각으로 버텨 내고 힘을 키워 갔다.

생각하고 싶지도 않은 긴 시간을 여상환에게 밟히고 무너졌다. 손아귀에 얻었던 힘이 모래처럼 빠져나가 사라지기를 반복하는 상황이 계속되면서 태휼은 변해 갔다.

여유로운 미소 속에 본심을 감추고, 다가오는 모든 사람들을 의심하고, 배신한 이의 목숨을 거두는 데 주저하지 않았다.

하나씩 힘을 얻을 때마다 태휼 그 자신도 변해 갔지만 상관없었다.

"소인은 폐하께 당한 것이 아닙니다. 폐하께서 이 여상환의 목을 가져갈 수 있었던 것은 소인의 딸 때문입니다. 그것을 살려 두는 것이 아니었는데 말입니다."

여가를 치기 며칠 전, 황궁에 입궁한 여상환은 태휼과의 독대를 원하였다. 마주 앉은 자리, 하지만 새삼스럽게 대화가 흘러갈 리가 없었다.

"그것이라…… 그대의 목을 움켜쥐게 된 것이 짐의 힘이 아니라 다른 이의 도움이 있었다는 것인가."

태휼의 물음을 받은 여상환의 표정이 기괴하게 변하였다. 억울해 보이는 것 같기도, 분노에 치를 떨려 하는 것 같은 표정으로 그를 보던 여상환이 실소를 터트렸다.

"누구의 탓을 하겠습니까? 소인이 방심한 것이지요. 미소 속에 힘을 감추었던 폐하께 속은 것이고, 가문에서 벗어나겠다며 수를 써 댄 그 아이에게도 당한 것이겠지요. 설마 그것이 중간에서 수를 쓰고 있을 줄이야."

시선은 태휼을 향하고 있었지만, 여상환이 보고 있는 것은 그가 아니었다.

여상환이 누구를 말하는지는 알 수 없었지만, 상관없었다.

"자업자득이군."

"하지만 소인 그리 쉽게는 당하지 않을 것입니다. 이대로 무너지기에는 저의 삶이 아까워서라도 안 되겠습니다. 다행히 제 눈과 귀를 막았던 그것은 손을 써 놓았으니 이제는 폐하께 빼앗겼던 것을 다시 찾아와야겠지요."

하지만 말과는 다르게 여상환은 태휼의 맹공에 속수무책으로 당하였다. 마치 여상환을 죽이라는 것처럼 여가의 네 개의 문 중 가장 큰 북문이 활짝 열려 있었다. 열려 있는 문으로 들이닥친 황군을 여상환이 막을 방법은 없었다.

"제 아비를 팔아 버리다니 못된 것! 나쁜 것!"

태휼의 검에 목이 베이기 직전, 여상환의 입에서 토해져 나온 이름은 태휼도, 선제도 아닌 수련이었다.

도성에 여상환의 목이 걸리고, 그 모습을 아래서 수련이 올려다보았다.

아버지의 잘린 목을 보는 수련의 얼굴에는 아무런 감정도 없었다.

※　※　※

잠에서 깬 태휼이 눈을 찌푸렸다.

마치 이야기를 보듯 이어지는 꿈에 오수를 완전히 망쳐 버렸다. 몸을 일으킨 태휼이 미간을 손가락으로 눌렀다.

'망할.'

오랫동안 벼르던 복수의 결실을 보았어도 나아지는 것은 없었다. 도리어 채워지지 않는 갈증과 진정되지 않는 분노만이 그를 여전히 끊임없이 괴롭혔다. 여상환을 죽였어도 나아지는 것은 없었다. 아니 도리어 여가의 뒤에 숨어 있던 가문들이 하나, 둘씩 자신의 존재를 드러내고 있었다.

'아직 멀었어.'

꼭두각시처럼 휘둘리다가 죽은 선제처럼은 되지 않을 것이다. 귀족들의 먹잇감이 되느니 맹수가 되어 그들의 목을 뜯고 숨을 끊을 것이었다.

호연의 주인은 태휼, 바로 자신이었다.

몸에 남은 잠기운을 밀어 내듯 길게 숨을 내쉰 태휼이 수련을 향해 고개를 돌렸다. 기다리다 지쳤는지 무릎을 모은 채, 수련이 잠들어 있었다. 그녀를 보는 태휼의 눈이 날카로워졌다.

'여상환의 딸.'

숲 안의 집에서 수련을 보는 순간 여상환이 말하던 '그것'이 그녀라는 것을 알 수 있었다. 공포에 몸을 떨면서도 상황을 피하지 않는 눈, 답이 정해져 있는 상황을 바꾸어 보려는 그녀의 행동, 비굴하게 몸을 숙이고 목숨을 구걸하고 있어도 적을 설득하려 하는 단호한 어조.

방식만 다를 뿐, 처음 본 수련의 모습에서 여상환의 잔영이 보였다.

'널 왜 살렸을까?'

태휼의 앞에서 황후는 목숨만 살려 달라며, 죄송하다며 몸을 숙이고 자비를 구걸하였다. 그 여상환의 딸이 맞는지 의심이 될 정도로 황후는 심약하고 무능했다.

그렇기에 심약한 황후보다는 아버지를 팔면서까지 자신과 가족을 살리려는 수련이 더 눈길이 끌렸다.

아버지를 팔아넘긴 딸이라는 오명도, 출신도 모르는 천한 계집이라는 수군거림은 그녀에게 통하지 않았다. 수련에게 약점은 황궁밖에 있는 가족뿐이었다. 아무렇지도 않은 척 황제의 곁에서 태연히 행동해도 가끔 그녀의 눈이 가족이 머무는 방향에 오랫동안 머문다는 것을 알고 있었다.

'불쾌해.'

호기심으로 곁에 두었지만, 동시에 진정되지 않는 분노가 그녀를 볼 때마다 제멋대로 치밀었다. 여상환의 딸을 어째서 곁에 두고 있느냐며, 지금이라도 늦지 않았으니 목을 베어 여상환의 잔재에서 자유로워지라는 유혹이 그를 괴롭혔다.

침상 옆에 놓아두었던 검이 태휼의 손에 뽑혀 나와 수련의 목 끝을 겨누었다. 이대로 목을 베어 버리면 수련은 죽을 것이다.

하지만 목을 겨누는 태휼의 검은 움직이지 않았다.

'주저하는 것일까?'

머릿속에 떠오른 생각에 태휼이 고개를 저었다. 죽일 마음이었다면 수련은 이미 여가의 그곳에서 목이 베였을 것이다. 그렇다고 수련이 그에게 특별한 존재인 것도 아니었다.

'귀찮아.'

곁에 둔다 한들 달라지는 것은 없었지만 잠시나마 증오와 분노뿐인 삶에 소소한 재미를 느낄 수 있을지도 모르는 일이었다.

그때 잠에서 깬 수련이 눈을 비비며 일어났다. 멍한 정신을 쫓듯 고개를 저은 그녀가 목에 닿아 있는 검에 소스라치게 놀랐다.

"폐, 폐하!"

하얗게 질린 수련의 눈이 태휼을 향하였다. 그저 공포에 질려 보고 있음에도 수련의 까만 눈은 제법 마음에 들었다.

잠든 것 때문에 태휼이 검을 겨누었다고 생각했는지 수련이 몸을 바짝 숙였다.

"소녀, 소녀가 잘못했습니다. 다시는 이러지 않겠습니…… 아앗!"

검을 내려놓은 손이 수련의 팔을 잡고 자신에게로 끌어당겼다. 속절없이 끌려온 수련의 품에 태휼이 얼굴을 묻었다. 사내와는 다른 여인의 체취가 코끝을 간질였다.

돌발 행동에 수련의 몸이 딱딱하게 굳었지만 그는 개의치 않았다. 도리어 비나 궁녀에게서 맡았던 것과는 다른 체향에 그가 수련의 목에 얼굴을 더 깊게 묻었다.

"폐하. 놓아주십시오."

"싫다면?"

이대로 안아 버릴까? 모처럼 마음에 드는 체향에 몸을 맡기는 것도 나쁘지 않을 터였다.

하지만 몸을 떨던 수련이 태휼의 말에 눈빛이 바뀌었다.

"소녀는 폐하의 여인이 아닙니다."

자신의 것이면서도 자신의 소유가 아닌 불쾌한 느낌.

분명 붙잡고 있으면서도 손아귀를 빠져나가는 모래 같은 기분이 그를 괴롭혔다. 품에 안겨 있으면서도 수련은 태휼의 영역 안으로 들어오는 것을 철저히 거부했다.

"이대로 널 안으면 그만이지 않은가?"

"폐하의 낙인이 등에 찍혀 있기는 하지만 여인으로 폐하에게 안기기는 싫습니다."

도발을 넘어 무례라 할 수 있는 행동에도 화가 나기보다는 실소가 터져 나왔다. 누가 호연의 황제인 그의 앞에서 저렇게 말할 수 있단 말인가. 한없이 몸을 숙이면서도 결정적인 순간에서는 태휼의 눈을 보며 싫다는 말을 꺼내었다.

"첩지를 받아 부귀영화를 누릴 수 있는데도 말인가?"

"갇혀 있는 상황에서 누리는 부귀영화는 소녀에게는 아무런 가치도 없습니다."

당돌한 대답에 태휼이 자신도 모르게 웃음을 터트렸다.

그녀에게서 보이던 여상환의 모습이 사라져 간다. 아직 죽이기는 아깝다.

저 좋은 머리로 어떻게 행동할지 보는 것도 재미있을 듯싶었다. 품에 가둬 놓았던 수련을 풀어 준 태휼이 차갑게 말했다.

"위랑은 나가 봐라."

태휼에게서 빠져나온 수련이 도망치듯 방을 빠져나갔다. 혼자 남은 태휼이 반쯤 침상에 몸을 기댔다.

"무진은 들어오라."

태휼의 명령에도 닫힌 문은 열리지 않았다. 어떻게 들어온 것인지 느른하게 앉아 있는 황제의 옆으로 전신을 흑의로 가린 이가 한쪽 무릎을 꿇었다.

황제의 검.

오직 황제만을 지키며, 황제의 명령만을 따른다는 흑영대의 장인 무진이 태휼 앞에 몸을 숙이고 있었다.

"위랑에게 그림자를 붙여라. 어떻게 지내는지, 누구와 대화를 하는지 하나도 빠뜨리지 말고 고해라."

"따르겠습니다."

고개를 숙인 무진이 사라지고, 태휼이 눈을 감았다.

무슨 생각으로, 어떠한 마음으로 수련을 데리고 왔는지 알 수 없었다. 하지만 굳이 알고자 할 필요도 없었다.

자신의 손아귀에 있는 여상환의 딸.

현재 상황도 모르고 빠져나갈 생각만 하는 수련에게 새로운 상황을 보이는 것도 나쁘지 않았다.

분노뿐인 삶에 소소한 재미를 즐기다 지겨워지면 버리면 그만.

태휼에게 타인의 삶은 그 정도의 의미일 뿐이었다.

❀　❀　❀

가족에게로 돌아가고 싶은 마음은 나날이 깊어졌지만 수련은 참아 냈다. 그리움을 겉으로 표출하기보다는 황궁에 적응하려 애썼다. 수련의 노력 덕분인지 위랑의 존재를 의심하던 황궁의 사람들도 천천히 그녀를 받아들이기 시작하였다.

'찾았다!'

두 시진 내내 장서각에서 서책을 살피던 수련이 미소를 지었다. 그것도 잠시, 주변의 기척을 살핀 그녀가 장서각의 구석으로 조용히 걸음을 옮겼다. 가져온 등불에 의존한 채 수련이 책을 펼쳤다.

내내 수련이 찾은 것은 황궁 내부가 그려져 있는 지도였다. 그녀가 상상했던 것 이상으로 거대한 이곳에서 제일 먼저 알아야 할 것은 황궁의 전체적인 모습이었다.

최선의 방법은 황제가 그녀를 놓아주는 것이었지만, 그게 불가능하다면 그녀가 할 수 있는 선택은 황궁에서 도망치는 것이었다.

'그 전에 어머니와 동생을 빼내야겠지만.'

머릿속에 둘의 모습이 떠오르자 수련이 짧게 한숨을 내쉬었다. 투덜대기는 했어도 그녀를 따르는 현과 언제나 둘의 사이를 말리며 미소를 지었던 어머니가 생각나자 수련의 눈가에 물기가 아른댔다.

하지만 곧 자신을 감추듯 수련이 눈가에 맺힌 눈물을 닦아 냈다. 여기서 운다 한들 그녀를 봐줄 사람은 없었다.

자신을 추스른 수련이 다시 서책에 집중하였다. 피곤한 눈을 억지로 참으며 수련이 지도를 보고 또 보았다.

장서각의 서책은 마음대로 빌릴 수 있었지만, 황궁의 지도를 절대 밖으로 가져갈 수 없었다. 그녀가 황궁의 지도를 외우고 있다는 사실이 황제의 귀에 들어가는 순간, 지금까지 진행해 온 모든 일이 전부 허사가 되었다.

"감사합니다."

지도를 머릿속에 담은 수련이 미리 **빼놓은** 서적 몇 권을 들고는 장서각의 내관에게 향하였다. 졸던 내관이 수련의 걸음에 잠에서 깼다.

"다 보았는가?"

"매번 번거롭게 해 드려서 죄송합니다."

"원하는 건 찾았나 모르겠네. 어차피 내가 하는 일이 그러하니 편할 때 오게나."

좋게 봐 준 내관을 향해 깊게 고개를 숙인 수련이 장서각 밖으로 나왔다. 차가운 밤바람이 수련의 얇은 옷을 스치고 지나가자, 서책을 든 그녀가 몸을 떨었다.

"후우."

사람 목숨을 수단으로 여기는 황제는 그녀가 없는 듯 행동하면서도, 어느 순간 곁으로 다가와 그녀에게 자신의 존재를 각인하였다. 그나마 다행은 작은 실수에도 목이 날아가는 궁인들과는 다르게 황제는 그녀의 목숨은 거두지 않는다는 것이었다.

"죽지 않아서 다행이라니."

안도하던 수련의 입가에 조소가 생겨났다. 지금에 비하면 여가에 잡혀 있었을 때가 도리어 나은 상황이었다. 하루의 절반 이상을 황제와 함께 보내야 했다. 눈을 뜨는 순간부터 내내 긴장의 연속이니 잠을 자도 피로가 풀리지 않았다.

'아!'

황궁을 걷던 수련의 걸음이 멈추었다. 무엇보다도 최근 그녀를 건들고 있는 건 황제의 관심이 아니었다. 수련의 발걸음이 빨라지고, 뒤쫓는 기척 또한 빠르게 움직였다.

빠르게 걷던 걸음이 멈추고, 수련의 모습이 사라진 순간 어둠 속에 숨어 있던 이가 모습을 드러냈다. 온몸을 검은 옷으로 가린 이는 수련을 찾는 듯 연신 주변을 둘러보았다.

당혹스러운 듯 한참을 두리번거리던 흑의의 인영이 사라진 후, 몸을 숨기고 있던 수련이 고개를 내밀었다.

"후."

사라지는 인영을 본 수련이 피곤한 숨을 내쉬었다.

아직 황제에게 자신이 가진 것을 전부 보일 생각은 없었다. 지금 그녀가 황궁에서 만들어야 하는 모습은 조용하면서도 무지하며 시키는 대로 따르는 어리석은 여인이었다. 그렇기에 따라오는 기척이 있다는 것을 알면서도 모르는 척해야 했다.

하지만 오늘만큼은 기척을 따돌리고서라도 황궁이 어떤 구조인지 보고 싶었다. 외운 지도를 머릿속으로 곱씹으며 수련이 황궁을 살피기 시작하였다.

"어딜 갔다가 이제 오는 것입니까?"

수련이 자신의 침소로 돌아온 것은 장서각에서 나온 지 한 시진이 흐른 후였다. 어둡다 못해 한밤중에 돌아오자 기다리던 궁녀가 서둘러 그녀의 곁으로 다가왔다. 밤의 한기에 창백하게 질린 수련을 본 궁녀가 목소리를 높였다.

"세상에! 도대체 무슨 일이 있었던 것입니까? 이리 하얗게 질려서는!"

"장서각에서 나오다가 길을 잃었습니다. 죄송합니다."

미안한 표정을 지으며 수련이 고개를 숙이자 화를 내려던 궁녀가 미간을 찌푸렸다.

조용하고 까다롭지 않으니 시중을 들기에는 편했지만, 상대하면 할수록 무슨 생각을 하고 있는지 당최 알 수 없었다. 하물며 이렇게 말없이 사라질 때마다 피가 바짝바짝 마르는 기분이었다.

　"길을 잃었다니 어쩔 수 없는 일이지만, 밤에 황궁을 돌아다니는 것은 위험합니다. 다음에 나가실 때는 소인과 함께 나가시지요."

　"아직 길이 어색하여 그런 것일 뿐입니다. 다음부터는 조심하겠습니다."

　몸을 숙인 수련이 방으로 들어가기 위해 계단을 올랐다. 안으로 들어가기 직전, 느껴지는 기척의 방향을 바라보았지만, 그것도 잠시뿐 아무것도 모른다는 표정으로 그녀가 방 안으로 들어갔다.

　가쁜 숨을 내쉬며 흑영대의 인영이 수련의 방을 노려보았다.

❀　　❀　　❀

　"매번 그렇게 뒤에서 지켜보지 말고 이번에는 좀 앞으로 나서심이 어떻겠습니까? 이비."

　갑자기 찾아온 한비의 방문이 불쾌하던 찰나, 그녀의 입에서 나오는 말에 이비의 고운 아미가 찡그려졌다. 불쾌한 눈이 오랫동안 한비를 노려본 것도 잠시 이비의 눈이 가장 가까이에 있는 상궁에게로 향하였다.

　"내 한비와 긴히 할 이야기가 있으니 밖에 나가 있어라."

　이비의 명령에 고개를 끄덕인 문 상궁이 궁녀와 궁인을 데리고 밖으로 움직였다. 둘만이 남은 방 안에서 한비의 기색을 살피듯 이비의 눈이 바쁘게 움직였다. 이비의 시선에 한비의 입가에 환한 미소가 감돌았다.

"무슨 말을 하고자 함이오?"

"영원하리라 생각했던 여가가 무너지고, 황후가 죽었지요. 끊임없이 견제하고 대립하던 후궁 중에 살아남은 사람은 이비와 나뿐이지 않습니까? 그렇다면 살아남은 자들끼리 손을 잡아야 하는 것이 아니겠습니까?"

"폐하께서 다른 후궁을 들이면 그만인 일 아니겠소?"

"그전에 이비와 제가 움직여야겠지요. 대사농인 이비의 아버지와 대홍려인 내 아버지의 힘이라면 무엇을 못 이루겠습니까?"

"폐하를 너무 쉽게 보시는 것이 아닙니까? 자칫 폐하의 검이 한비와 나를 향할 수도 있어요."

"그러니 조심, 또 조심해야지요."

한비의 눈에서 나오는 광기에 이비가 눈살을 찌푸렸다. 하지만 한비의 말이 틀린 것은 아니었다. 이대로 황제가 움직일 시간을 주는 것도 위험하였다. 여리고 못난 주제에 황후의 자리에 앉아 있던 여가의 여식이 죽었으니 이제 슬슬 그녀도 원하는 것을 위해 움직여야 할 때였다.

그렇다고 선뜻 한비의 손을 잡자니 걸리는 것이 두 가지가 있었다.

하나는 자신처럼 황후에 뜻을 두고 있는 한비, 그리고 최근 곁에서 황제의 곁에서 시중을 드는 위랑이라는 여인이었다.

"한비께서는 위랑을 어찌 생각하십니까?"

위랑을 묻는 이비의 모습에 한비의 입꼬리가 살짝 올라갔다. 관심이 없는 듯 무심해 보여도 황궁의 누구보다도 야심이 많은 이비였다.

이비를 곁으로 끌어낼 수만 있다면, 그녀의 아버지인 대사농의 힘을 빌릴 수 있다면 머리 아픈 문제를 생각 외로 쉽게 해결할 수 있을 것이었다.

"아직까지는 얌전히 폐하의 곁을 지키고 있더군요. 어차피 여인으로 둔 것이었다면 폐하의 성정에 이미 품에 안으셨을 것입니다. 우선은 폐하의 곁에 있는 것이니 한번 써먹어 볼 생각입니다."

"……."

"고운 꽃은 질리도록 보아 오셨던 폐하이십니다. 고작 못난 꽃에 마음 주실 겨를이나 있으시겠습니까? 하물며 그 못난 것이 수를 쓴다 한들 적당히 폐하의 눈 밖에 나게 하면 그만이지요."

한비의 이야기를 듣는 이비의 입가에 희미한 미소가 생겼다. 눈 밖에 난 이를 황제가 살려 줄 리가 없었다. 무소불위의 권력을 추구하는 황제, 그렇기에 사소한 잘못조차 목숨으로 거두는 이였다.

어차피 자신이 움직이지 않아도 위랑 정도는 한비가 충분히 처리할 수 있을 터였다.

"더 이상의 후궁은 없습니다."

이비의 조건에 한비가 웃음을 터트렸다.

"그거야 당연한 일이 아니겠습니까? 그리고 황후는 우리 둘 중의 하나가 되는 것입니다. 힘들겠지만 밀린 쪽은 깔끔히 포기하는 것으로 하지요."

한비의 말을 들은 이비가 입꼬리를 올렸다. 어차피 이해관계에 따른 동맹일 뿐이었다. 황후가 되면 그 후에 다시 생각하면 그만이었다. 이비의 답을 들은 한비가 웃으면서 나가고, 밖에서 대기하던 상궁과 궁녀들이 안으로 들어왔다.

경상에 손가락을 톡톡 두드리며 생각에 잠겨 있던 이비의 눈에 옅은 광채가 머물렀다.

"문 상궁."

이비의 부름에 문 상궁이 그녀의 곁으로 다가왔다. 옅은 숨을 내쉰 이비가 문 상궁에게 작게 속삭였다.

"사가에 연통을 넣어라. 아버지께 은밀히 입궁하시라고 전해 드려라."

이비의 명령에 문 상궁이 고개를 끄덕였다. 뒷걸음질로 사라지는 문 상궁을 보던 이비가 고운 아미를 찌푸렸다.

속이 훤히 보이는 한비는 천천히 처리하면 된다. 다만 황궁에 점점 적응하는 중인 위랑이라는 여인이 자꾸 거슬렸다.

외모만으로 모든 것을 판단하는 한비와 자신은 다르다. 황제가 곁에 두고 있다면 분명 이유가 있을 터, 그것을 알아야 했다.

❀　❀　❀

「몸이 약해서인지 자잘한 병치레는 하는 듯했습니다만 민 부인의 건강은 그리 나쁘지는 않았소. 현이라는 아이가 눈치를 채고 위랑에 관해 물어보기는 했지만 적당히 넘겼으니 그렇게 알고 있으시오.」

아침에 일어나 준비를 끝낸 수련에게 궁녀가 곱게 접은 종이를 손에 쥐여 주었다. 한비에게 얻었던 장신구를 얻은 후부터 시작된 거래는 반년이 흐른 지금까지 이어지고 있었다.

지난밤, 약간의 돈과 함께 조심스럽게 부탁했던 가족의 소식을 오늘에서야 들을 수 있었다. 어머니의 건강이 좋지 않다는 건 마음에 걸렸지만, 그럼에도 잘 지내고 있다는 말에 안심이 되었다.

"위랑. 기쁜 일이라도 있습니까? 오늘따라 안색이 좋아 보입니다."

그녀가 황궁에 머문 지도 반년, 이제 종종 수련을 향해 인사를 건네는 내관이나 궁녀들이 하나씩 늘어나고 있었다. 평소였다면 아무 일도 아니라며 몸을 숙이고 지나갔을 터였지만, 오늘만큼은 감정을 숨기기 힘들 정도로 기분이 좋았다.

"그런 건 아닙니다만, 왠지 좋은 소식을 들을 것 같은 기분이어서요."

보기 드문 수련의 미소에 내관의 눈이 흔들렸다. 말수도 없고, 조용하다 못해 가라앉은 분위기를 가진 그녀였다. 미소 하나에 사람이 저렇게 달라 보일 수 있다는 말인가. 자신이 잘못 봤다고 생각한 내관이 눈을 좁혔다.

"소녀의 얼굴에 뭐가 묻었습니까?"

"아! 아닙니다."

표정에 따라 달라지는 것이 여인의 얼굴인 듯 미소를 거둔 수련은 전에 보았던 그 모습이었다. 잘못 본 것이라 생각한 내관이 방향을 바꿀 겸 다른 이야기를 꺼내고, 그의 대답에 수련이 답하는 식으로 대화가 계속되었다.

평소보다 기분이 좋은 것이 사실인지 대화에 참여하는 수련의 얼굴은 평소보다도 생기가 가득하였다.

둘이었던 대화에 궁녀들이 끼어들고 어느새인가 궁인들까지 모여들면서 주변이 수선스러워지기 시작하였다.

"저들이 감히…… 소인이 사람을 보내겠습니다."

수련을 중심으로 궁녀들과 내관들이 모여 있자 태휼의 옆에 있던 내시감이 당혹스러운 표정으로 고개를 숙였다. 신성한 황궁에서 잡담이라니, 더군다나 그런 모습을 황제에게 들키다니 있을 수 없는 일이었다.

당장에라도 내려가려는 내시감을 태휼이 막았다.

"놔두어라. 잠시의 대화가 문제될 일은 없겠지."

"허나 폐하. 어찌 저런 모습을……."

"웃을 줄도 알았군."

태휼의 물음에 내시감이 무리를 향해 눈을 좁혔다. 태휼이 말하는 이가 누구인지 확인한 순간 내시감이 숨을 들이켰다. 분명 태휼이 가리키고 있는 사람은 내관들 사이에서 미소 짓고 있는 수련이였다.

황제의 곁을 지키는 수련의 얼굴에는 표정이라고는 전혀 없었다. 기껏 짓는 변화라고는 생각을 하기 위해 살짝 미간을 찡그리는 것이 전부였다. 그런 그녀가 환한 미소로 상대의 이야기에 집중하는 모습은 내시감으로서도 처음 보는 것이었다.

"폐하."

"손아귀에 있으면서도 내 위랑은 숨기는 것이 많군."

"무슨 말씀을 하시는 것입니까? 폐하."

내시감이 물었지만 태휼은 답하지 않았다. 그저 신기한 듯 궁녀의 말에 미소 짓는 수련을 바라볼 뿐이었다. 그의 곁에 있을 때와는 너무나도 다른 표정이었다. 생기가 가득 오른 표정이 흥미로우면서도 한편으로는 화가 치밀었다.

'분명 소인의 기척을 읽을 줄 알았습니다. 아무것도 모르는 듯 행동하였으나 분명 소인의 기척을 읽고 몸을 숨기는 데 능하였습니다.'

'무를 배웠다는 건가?'

'직접 검을 겨루지 않았기에 실력을 알지는 못하오나 검을 전혀 쓰지 못하는 여인은 아니었습니다. 소인, 최선을 다해 움직였사오나 다섯 번 중에 한, 두 번은 여인을 놓치는 일이 있었사옵니다.'

부족한 능력 때문이라며 죽여 달라는 흑영대를 황제는 감시를 계속하라며 돌려보냈다. 그저 어떻게 생활하는지 궁금했을 뿐이었건만, 수련에게는 그가 생각하는 이상의 무언가가 분명히 있었다.

제 손아귀에 가두고 있는 여인이었다. 무슨 생각인지, 무슨 일을 꾸미는지는 알아내면 그만이었다.

하지만 자신이 아닌 다른 사람에게서 저런 모습을 보이는 건 화가 나다 못해 짜증이 나는 일이었다.

"숨을 쉴 정도만 풀어놓는 것도 재미나겠지."

"폐하. 위랑을 부를까요?"

태흘의 분위기가 살벌해지자 내시감이 고개를 더 깊게 숙였다.

여인으로 안지 않으면서도 곁에 두고 자신의 시중을 맡겼다. 여인을 향한 연모가 아니었음에도 자신의 눈에서 수련이 사라지는 일은 절대로 용납하지 않았다.

미묘하다고밖에 설명할 수 없는 관계였지만, 그럼에도 불구하고 황제의 곁에 있던 이중에 가장 조용하게 버텨 내고 있는 이가 바로 수련이었다.

"놔두어라. 어차피 데리고 와 보았자 시킬 일도 없으니."

"네. 폐하."

"하지만 위랑의 곁에 있는 이들에게는 말을 해 놓는 것도 나쁘지 않겠지."

그의 앞에서는 한 번도 보이지 않았던 미소를 겨우 내관 따위에게 보이다니 마음속 깊이 타오르기 시작한 감정은 좀처럼 사그라지지 않았다.

보기 좋은 미소. 까르르 터트리는 웃음소리가 태휼의 귀를 간질였다. 대화를 듣는 수련의 얼굴은 활짝 피어올랐지만, 그녀를 보는 태휼의 눈은 점점 차가워졌다. 목에 걸려 있는 가시처럼 수련의 존재가 그를 긁어 댔다. 그녀의 아버지였던 여상환 때문일까? 그게 아니면…….

주변을 찍어 누르듯 몸에서 흘러나오는 살기를 숨기지 않으며 태휼이 차갑게 몸을 돌렸다.

三章

흐르다.

태화전으로 들어오는 제연궁의 담벼락에서 내관 몇이 부지런히 땅을 파고 있었다. 내관들의 이마에 송골송골 땀이 맺히고, 어느 정도 깊게 땅을 파내던 내관이 주저앉았다.

내관의 반응에 자신도 모르게 다가갔던 궁녀들 사이에서 비명이 터져 나왔다. 주변의 반응이 수선스러워지자 멀리서 지켜보던 태휼의 눈이 빠르게 주변을 살폈다.

"폐하. 소인이 가져오겠습니다."

땅을 파는 순간부터 느껴졌던 비릿한 피 냄새. 굳이 저 밑에 무엇이 있는지 묻지 않아도 너무나도 뻔했다. 저주를 내리기 위한 무구(巫具), 황제로서 힘을 쟁취하고 권력을 얻었어도 그의 죽음을 원하는 이들은 호연에 너무나도 많았다.

내시감 대신 따라 나온 유 내관이 앞서 나가려는 것을 태휼이 막았다.

"위랑이 가져오라."

"허나 폐하. 저 무구는……."

곁눈질로 무구를 본 유 내관이 태흘을 말리려 했지만, 이미 명을 받은 수련은 제연궁의 계단을 조용히 내려가고 있었다. 그런 수련의 모습을 태흘이 묘한 눈으로 노려보고 있었다.

끔찍한 무구의 형상에 다들 눈살을 찌푸려도, 수련의 눈은 조금도 흔들림이 없었다. 도리어 벌벌 떠는 궁인과 내관들 사이로 옮기는 걸음이 평소와 똑같이 거침없었다.

'감정이 없는 건가?'

고민하던 태흘이 매서운 눈으로 수련을 지켜보았다. 거의 보이지는 않았지만, 무구를 향해 가는 수련 또한 옅게 떨고 있었다. 사내조차도 몸을 사리는 무구를 보며 참고 있는 건 단순히 성격이나 감정의 문제가 아니었다.

'여상환은 왜 널 가두었을까?'

단순히 호기심으로 데리고 온 여인은 시간이 흐를수록 다른 이들과는 다른 모습을 하나씩 보이고 있었다.

태흘이 어떤 눈으로 보고 있는지는 꿈에도 모른 채, 수련이 땅에 있는 무구를 꺼내 들었다.

"까악!"

단단히 싸맨 짚단 인형에 황제를 상징하는 곤룡포가 입혀져 있었다. 황금의 곤룡포 위로 사람인지 동물인지 알 수 없는 살점이 인형 곳곳에 묻혀져 있었다. 그 주변을 엉킨 머리카락과 피가 흥건히 감싸고 있었다.

무구의 끔찍한 모습에 궁녀들이 비명을 지르며 고개를 돌렸다.

소리를 지르지는 않았지만, 거슬리는지 내관들 또한 눈을 찌푸렸다.

"쟁반을 주시겠습니까?"

수련의 물음에 굳어 있던 내관이 움찔 몸을 떨었다. 내관이 쟁반을 내밀자 수련이 들고 있던 무구를 올렸다. 내관에게서 쟁반을 받아 든 수련이 조심스러운 걸음으로 태휼의 앞으로 걸어갔다.

무구를 꺼내고, 쟁반에 받아 올 때까지 태휼의 눈이 한시도 수련에게서 떨어지지 않았다.

"사람의 살점일지도 모르는 것을 잘도 가져왔구나."

태휼의 말에 수련의 미간이 딱딱하게 굳었다. 징그럽고 구역질이 나는 것을 가려오라는 명령 때문에 간신히 가져왔건만, 잘했다는 말을 해도 모자를 판에 그는 수련을 약 올리듯 조롱하고 있었다.

"폐하께서 가져오라 명하지 않으셨습니까?"

조용한 말 안에 교묘히 드러나는 투정에 태휼의 입가에 희미한 미소가 생겨났다. 조금씩 적응이 되어 가는 것인지, 아니면 몇 달을 내내 긴장 속에 있어서인지 꼭꼭 숨겨져 있던 수련의 본심이 종종 입 밖으로 튀어나올 때가 있었다.

다른 이가 그랬다면 불쾌하여 화를 냈을 테지만 이상하게도 그녀의 투정은 생각보다도 싫지 않았다.

"네 이년! 어찌 폐하의 앞에서 그리 입을 놀리는 것이냐!"

처음 무구를 가져오겠다 했던 유 내관이 수련을 향해 눈을 치켜세웠다. 최근 최측근에서 황제를 모시는 그들보다도 더 가까이에 있는 위랑이라는 존재가 마음에 들지 않았다. 내시감은 일시적이니 넘기라고 했지만, 여인 주제에 내관처럼 황제를 모시는 그녀가 날이 갈수록 눈에 거슬리던 참이었다.

"폐하를 욕보이는 무구니라! 가져오라 명해서 가져왔다는 말하는 본새가⋯⋯."

"그만하라."

"폐하!"

유 내관이 목소리를 높였지만, 수련을 보는 태휼의 눈은 그 어느 때보다도 즐거워 보였다. 천천히 계단으로 내려온 태휼이 수련의 앞에 걸음을 멈추었다.

"위랑은 어찌 생각하느냐?"

고개를 숙이고 있던 수련이 태휼의 물음에 고개를 들었다.

시선과 시선이 마주했다.

바라보고 있으면서도 둘의 간격은 보이는 것과는 다르게 너무나도 멀었다. 당장에라도 그녀의 목을 거둘 것 같은 태휼을 보며 숨을 삼켰다.

살아남아서 이곳을 나가야 한다.

가족과 함께하는 자유로운 미래. 그것만이 수련의 전부였다. 잠깐의 울컥에 본심을 보이다니 실수였다. 표정을 가리듯 수련이 고개를 숙였다.

"무엇을 말씀하시는 것입니까? 폐하."

"이 무구가 짐의 목숨을 거둘 수 있을 거라 믿느냔 말이다."

물음을 하는 황제의 의도가 무엇일까? 시선을 마주하고 머리를 굴렸지만, 아무것도 떠오르지 않았다. 여기서 잘못 답을 하면 죽는 것일까? 아니 어쩌면 그녀가 아니라 그녀의 가족이 죽을 수도 있었다.

그런데도 생각이 나지 않았다.

"모르겠습니다."

모른다는 말에 태휼의 미간이 작게 꿈틀댔다. 하지만 수련의 대답은 끝이 아니었다.

"다만 무구 따위가 폐하의 심기를 거스를 것이라 생각하지는 않습니다."

수련의 대답에 태휼의 눈이 커졌다. 잠시 후, 태휼이 몸을 숙였다.

"크크큭."

"폐, 폐하."

놀란 유 내관이 곁으로 다가온 순간, 태휼이 박장대소를 터트렸다. 무엇이 그토록 재미난지 한참을 웃음을 터트린 황제가 놀란 유 내관을 보며 입을 열었다.

"너보다는 위랑이 나은 것 같구나. 크하하하핫."

"폐, 폐하!"

영문을 모르겠다는 얼굴로 주변에서 보고 있었지만, 태휼은 진심으로 재미있다는 듯 웃음을 터트리고 있었다. 몸을 숙이고 자신을 낮추고 있어도 입에서 나오는 말 한 마디, 한 마디가 호락호락하지 않았다. 표정을 감추려 고개를 숙이기에 또 몸을 빼려는가 싶더니만 생각지도 못한 한마디가 그를 완전히 흔들어 댔다.

생각보다도 재미났다. 그의 본심을 들으면 수련은 기겁할지도 몰랐지만, 태휼은 그녀가 진심으로 재미있었다.

"겨우 이딴 걸로 짐을 죽이려는 이들이 어리석을 뿐이지. 겨우 동물의 피와 살점인 뿐인 것으로 산 사람을 어찌 죽일 수 있단 말인가."

"……."

"이건 묻은 자에게는 혹시라도 일어날 일에 대한 기대였을 텐데. 아쉽구나. 쓸데없는 기대가 될 것이 분명하니 말이다. 그게 아니라면……."

앞으로 일어날 일의 포석일지도 모르지.

태휼이 재미난 듯 입꼬리를 올렸다. 꼬리만 잡고 끝나는 사냥은 재미없다. 자신을 미끼로 내걸더라도 한 번에 전부를 움켜쥐는 것이 사냥의 묘미였다.

웃기만 할 뿐 말이 없자 그를 살피듯 수련이 바라보았다. 무구를 보던 태휼의 입가에 옅은 살기가 감돌았다. 어차피 뜯지 않으면 뜯기는 곳이 황궁이었다.

무구를 보던 황제의 눈이 수련을 노려보던 유 내관에게로 향하였다.

"네가 직접 치우거라."

"네?"

"짐을 그토록 귀히 여겨 주니 무구를 치우는 일 정도는 할 수 있지 않으냐?"

태휼의 말에 유 내관이 말을 삼켰다. 무구를 꺼내 온다는 말을 했지만, 실제로는 궁인이 꺼낸 것을 그가 가져오는 것이었다. 뭐라 반박할 수는 없었지만, 최하위 궁인도 아니고 곁에서 직접 황제를 모시는 그에게 무구를 처리하라고 하다니 선뜻하겠다며 답을 할 수 없었다.

하물며 무구는 사악한 기운을 상대에게 그대로 보내는 것이었다. 자칫 잘못 치우면 그 살기가 자신에게 향할 수 있었다.

"짐을 향한 저주가 너에게 향할 것 같으냐?"

"아, 아닙니다. 폐하. 소, 소인이……."

"소녀가 거둔 것이니 소녀가 직접 없애겠습니다. 어찌 유 내관님의 손을 더럽히겠습니까? 천한 소녀가 하겠습니다."

유 내관의 불편한 기색을 눈치챈 수련이 앞서 나왔다. 그녀의 반응에 유 내관이 안도의 숨을 내쉬는 것도 잠시, 태휼이 그를 보며 실소를 흘렸다.

"유 내관. 계집에게 할 일을 떠넘기고는 마음이 편한 것이냐?"

"폐, 폐하! 어찌! 아니옵니다."

쟁반을 빼앗다시피 받아 든 유 내관이 원망 어린 눈으로 수련을 노려보았다. 그의 시선에 수련이 굳은 안색으로 고개를 숙였다.

눈치를 보며 날을 세우다가도 언제 그랬느냐는 듯이 천하다는 말로 몸을 숙였다. 다시 본모습을 숨겨 버리는 수련의 모습에 태휼의 눈이 굳었다. 꽁꽁 숨어 있는 수련의 본모습을 보고 싶다. 피가 흥건히 있는 무구가 누구의 짓인지는 궁금하지 않았지만, 곁에 있는 위랑이 무슨 생각을 하는 것인지, 무슨 목적을 가졌는지는 전부 보고 싶었다.

"위랑은 날 따르라."

태휼이 몸을 돌리자, 궁녀가 건넨 천으로 피를 닦은 수련이 뒤를 따랐다. 둘이 사라진 자리, 유 내관의 눈이 오랫동안 수련의 뒷모습을 노려보았다.

❋　❋　❋

깊은 어둠을 타 제연궁의 담을 넘는 이들의 움직임이 날렵하였다.

궁의 곳곳에 황제를 지키기 위한 병사와 호위들이 지천에 깔려 있었지만, 상관없다는 듯 그들은 은밀하고 신속하였다. 때로 그들을 발견한 이들이 소리를 지르려 했지만, 목소리가 입 밖으로 터지기도 전에 날아드는 암기에 피를 흘리며 쓰러졌다.

아홉 개의 관문을 뚫고 드디어 도착한 태화전의 앞에서 서로를 보며 눈짓을 주고받았다.

어두운 밤보다도 더 짙은 흑의를 입은 이들이 태화전을 향해 움직였다.

"자객이다!"

목이 꿰뚫리기 직전, 내관의 고함에 태화전이 소란스러워지기 시작하였다.

"우리 목적은 황제다."

그의 말에 고개를 끄덕인 이들이 태화전 안으로 거침없이 진입하였다. 무기를 든 호위들이 태화전의 곳곳에서 나왔지만 그들의 무기는 주저도 없이 목숨을 거둬들였다. 쓰러진 자의 몸에서 흐르는 비릿한 피 냄새가 주변을 가득 채우고, 자객을 막아야 한다는 호위들의 고함이 곳곳에 울려 퍼질 즈음, 흑의를 입은 이들이 목적한 곳에 도착하였다.

앞을 막는 내관의 목을 벤 그들이 방 안으로 들어왔다.

등을 돌리고 잠이 든 황제의 모습을 확인한 흑의의 인영들이 들고 있던 무기를 들었다.

"개인적인 원한은 없으나 어쩔 수 없는 일이니 이만 죽으시오!"

말을 끝낸 이가 일어나지 않는 황제를 향해 검을 찔렀다. 흑의 인영의 검이 정확히 황제의 목을 꿰뚫었지만 황제는 미동조차 없었다.

냉정함을 유지하던 흑의 인영이 무너진 것도 그때였다.

"설마……."

찌른 황제의 몸을 발로 뒤집었다.

딱딱하게 굳은 몸, 검으로 찔렀음에도 흐르지 않는 피.

"왜 그리 놀라는 건가? 찔러 보니 사람이 아니던가? 아니면……
이미 시신인가?"

죽었어야 했던 목소리가 뒤에서 들리자 흑의의 인영이 몸을 돌
렸다. 하지만 언제 꿰뚫린 것인지 인영의 심장에서 피가 터져 나왔
다.

"무구를 심어 놓았기에 무슨 수를 쓰나 했더니 겨우 자객인가?"

진심으로 실망했다는 듯 태휼이 한심스럽다는 표정으로 자객을
보았다. 그의 조롱 어린 시선에 자객의 눈에서 살기가 피어올랐다.
자객들의 살기를 받아들이며 태휼이 코웃음을 쳤다.

황제의 자리에 오르고 절대적인 힘을 얻었어도 변하는 것은 없
었다.

귀족들은 자신들을 위협하고 압박하는 태휼의 죽음을 원한다. 겉
으로는 몸을 굽히고 머리를 숙였어도, 끊임없이 태휼의 목숨을 거
둘 자객을 보내왔다.

"누가 시켰는지 물어보지 않을 테니 걱정하지 마라. 하지만……
이곳까지 왔으니 짐의 유희는 되어야 하지 않겠나?"

말이 끝남과 동시에 다른 자객의 가슴에서 피가 터져 나왔다. 자
객들의 눈이 태휼의 손을 살폈지만, 그는 아무것도 들고 있지 않았
다.

무영검. 기를 검처럼 사용하는 태휼만이 할 수 있는 검술이었다.

검에 기를 넣어 휘두르는 이들은 드물게 있었지만, 그처럼 기를 검처럼 활용할 수 있는 무인은 없었다. 그저 서 있을 뿐이었지만 보이지 않는 검이 자객의 얼굴과 목을 얇게 베어 냈다. 듣기만 했을 뿐, 실제로 보지 못했던 검이 목숨을 위협하자 자객의 대열이 무너져 내렸다.

"사냥을 시작해라."

태휼의 말이 끝나는 것과 동시에 나타난 흑영대가 자객을 향해 검을 휘둘렀다. 기척을 느끼지 못했던 흑영대의 등장에 자객의 대열이 완전히 무너져 내렸다. 태휼을 죽이려던 계획은 완전히 틀어진 자객이 자리를 빠져나가기 위해 필사적으로 검을 휘둘렀다.

흑영대와 자객들이 한데 엉켜서 싸우는 모습을 태연히 바라보는 태휼을 향해 무진이 고개를 숙였다.

"몰이를 시작하겠습니다."

태휼의 말 없는 허락에 다시 고개를 숙인 그가 흑영대를 향해 신호를 보냈다. 일방적인 학살의 끝, 필사적으로 움직인 다섯의 자객이 방 밖으로 도망쳤다. 몰이를 위해 그들을 일부러 놓아준 흑영대가 태휼을 향해 몸을 숙였다.

"누구에게 가는지 확인하는 대로 죽여라."

"네. 폐하."

흑영대가 사라지고, 무진과 태휼만이 남자 내시감이 둘에게 다가왔다.

"폐하. 성안궁에 침소를 마련하겠습니다."

내시감의 말에 태휼이 알았다는 듯 고개를 끄덕이려 하였다. 하지만 그 순간, 그의 입가에 묘한 미소가 생겨났다.

궁금한 것을 알 수 있는 기회.

알아서 굴러들어 온 미끼를 그냥 버리기에는 뭔가 아쉬웠다.

"무진아."

"예. 폐하."

"흑영대에게 미끼 하나는 황궁에 놔두라고 하여라."

생각지 못한 명령에 무진의 눈이 커졌다. 자신의 목숨을 거두러 온 자객을 하나 살려 놓으라는 명령은 지금까지 전혀 들어 보지 못한 것이었다. 하지만 반박하는 대신 무진이 고개를 숙였다.

아무리 흑영대의 실력이 출중한들 태휼을 위협할 수 있는 이는 누구도 없었다. 선천적인 재능만큼이나 노력으로 검의 극강까지 이른 그를 이길 존재는 없었다.

고개를 숙인 무진이 사라지자 태휼의 눈이 이번에는 옆에 있는 내시감에게 향하였다. 무진의 눈만큼이나 커진 내시감의 눈이 오랫동안 태휼을 향하였다. 하지만 내시감의 행동 또한 무진과 다를 바가 없었다.

홀로 남은 자리. 태휼의 입가에 즐거운 미소가 오랫동안 감돌았다.

❀　❀　❀

"좀 더 궁에 계셨으면 좋았을 텐데 아쉬워요."

한비의 궁에서 함께 나오던 어린 궁녀가 아쉬운 듯 말을 이었다. 궁녀가 들고 있던 짐을 나눠 들고 걸어가던 수련이 어쩔 수 없다는 표정으로 입을 열었다.

"한비 마마께서 부르셔서 온 것뿐인걸요. 이제 처소로 돌아가야죠."

영화궁 후원에서의 일이 있은 후, 한비는 종종 자신의 궁으로 수련을 불렀다. 황궁의 사정에 어두운 위랑을 위해 한비가 직접 여인으로서의 몸가짐과 예의를 가르친다는 것이었지만 실상은 일주일에 세 번, 그녀에게서 황제의 일과나 누구를 만나는지 고하는 자리였다.

숨겨야 하는 부분에서는 교묘히 본질을 숨겼고, 드러내도 상관없는 부분은 가감 없이 고하였다. 적당한 정보를 흘리면 언제나 그렇듯 한비는 자신의 장신구 중 쓸모없는 것들 그녀에게 던졌다.

한비에게는 쓸모없는 장신구였지만, 수련에게는 황궁에서 살아남기 위해 요긴하게 쓰이는 것이었다.

"위랑께서는 대단하신 거 같아요. 폐하의 곁에서 시중을 드시는 것도 대단하신데 일주일에 몇 번씩 한비 마마께서 직접 부르시잖아요."

어린 궁녀의 부러움 섞인 말에 수련의 무안한 미소를 지었다. 아직 어려 비의 시중을 들기보다는 주변에서 상궁을 보조하는 궁녀였다. 황제나 비들 사이를 오고 가는 수련을 저렇게 보는 것도 이상한 일은 아니었다.

하지만 눈에 보이는 것과는 다르게 수련은 그녀의 의사와는 상관없이 끌려다니는 지금의 생활이 피곤하다 못해 짜증이 났다. 하지만 그러한 감정을 겉으로 꺼낼 수는 없었다.

"아직 부족해요. 그리고 저보다는 항아님께서 더 잘하실 거예요."

"절대 아니에요! 전 아직 멀었는걸요."

빈말이었지만, 어린 궁녀는 마음에 들었는지 얼굴 가득 환한 미소를 지었다. 누가 봐도 무슨 생각을 하는지 알 것 같은 궁녀를 보며 수련이 엷은 미소를 지었다.

자신도 저런 미소를 지으며 살 수 있다면 얼마나 좋을까? 하지만 황궁에 온 뒤로 수련의 삶은 보이지 않는 가시밭길이었다. 편안한 자리, 부족함이 없는 생활이었지만 그녀의 삶은 철저히 감시당하고 시험당하는 상황이었다.

"위랑께서도 이번 보름에 나가시면 좋을 텐데요. 그래도 폐하께서 즉위하신 후, 보름에 한 번은 마음껏 밖을 나갈 수도 있고 쉴 수도 있거든요."

피에 굶주린 폭군, 약간의 실수도 목숨으로 거두는 사내.

하지만 그런 악명의 반대편에서, 태흅은 다른 황제가 하지 못했던 일을 이루어 냈다. 그 전에는 어느 서열 이상의 상궁이나 내관이 되지 않고서는 황궁 밖을 나가거나 쉬는 일은 꿈조차 꾸지 못했던 것이다.

자신을 위해 많은 일을 해 주는 그들에게 태흅은 약간의 휴식과 자유를 허락하였다.

기분에 따라 목숨을 거두는 듯 보여도, 거리를 두고 보면 사실 그는 그만의 방식으로 잘못된 관례를 고쳐 나가고 있었다. 그리고 태흅의 그러한 점을 아는 이들은 그를 두려워하면서도 진심으로 그를 존경하고 따르고 있었다.

"저는 어려울 것 같아요."

수련의 거절 아닌 거절에 어린 궁녀의 얼굴이 어두워졌다.

처음에는 말수가 없는 위랑이 무서웠다. 하지만 같은 또래의 궁녀를 제외하고는 관심조차 가져 주지 않는 어린 그녀에게 먼저 다가온 사람이 바로 수련이었다. 한비의 궁을 방문할 때면 으레 그녀의 일을 도와주거나 아직 어리니 밤길은 위험하다며 종종 처소까지 데려다주기도 하였다. 수련은 별생각 없이 하는 일일지 몰라도 어린 궁녀는 그녀의 방문을 내심 기다리고 있었다.

"위랑하고 같이 다니면 훨씬 좋을 텐데요."

"허락받기가 어려울 거예요. 신경 쓰지 마시고 좋은 거 많이 보고 오세요."

아쉽기는 했지만, 황궁에서 위랑이라는 존재가 다른 이들과는 사뭇 다르다는 것을 궁녀 또한 알고 있었다. 서운한 기색을 감추며 궁녀가 미소를 지었다.

"대신 밖에서 부탁할 일이 있으시면 말씀하세요! 다른 사람도 아니고 위랑이 부탁하시는 일은 얼마든지 해 드릴게요!"

궁녀의 말에 수련이 어색한 미소를 지었다.

어린 그녀의 모습에서 동생이 떠오르지 않았다면 먼저 다가가 말을 걸지도 않았을 것이다. 밖을 나갈 수 있는 그녀에게 부탁할 수 있다면 수련이 할 부탁은 하나뿐이었다. 그렇지만 앞의 궁녀를 생각해서라도 절대 하면 안 되는 부탁이었다.

한비의 궁에 간다는 사실을 알고 있으면서도 태휼은 어떤 말도 하지 않았다. 목숨이 붙어 있는 것을 봤을 때, 아직 그가 정한 선을 수련이 넘지 않았다는 것이었다.

만약 앞의 궁녀를 통해 가족에게 서신을 보내게 된다면, 태휼은 선을 넘은 수련도, 수련의 부탁을 들어준 궁녀도 절대 살려 주지 않을 것이다.

"잠시만요."

"위랑. 무슨 일이세요?"

궁녀를 보던 수련이 고개를 들었다. 날카롭게 변한 시선이 허공을 매섭게 노려봤다. 상념에 잡혀 있던 수련을 단번에 현실로 돌아오게 할 살기였다. 하물며 살기와 함께 맡아지는 것은 비릿한 혈향이었다.

'황제?'

부정하듯 수련이 고개를 저었다. 피를 흩뿌리고 다녀도, 정작 태휼에게 혈향은 나지 않았다. 하물며 이렇게 흐트러진 기척을 내는 사내도 아니었다.

"까악!"

궁녀의 팔을 붙잡은 수련이 자신의 등 뒤로 그녀를 숨겼다.

수련과 궁녀의 앞에 피범벅인 자객이 곤두박질쳤다.

"위, 위랑!"

궁녀가 다급히 수련을 불렀지만, 그녀의 눈은 앞의 자객에게 고정되어 있었다.

급소를 피하기는 했지만, 온몸에서 흐르는 피가 심상치 않았다. 이 시간에 황궁에서 이러고 있을 사람이라면 자객뿐이었다. 저런 모습으로 허둥대고 있다면 암살에 실패하고 도주 중이라는 뜻이었다.

"망할. 거의 다 도망쳤는데!"

숨을 고르듯 주저앉아 있던 자객이 힘겹게 몸을 일으켰다. 자객의 눈이 수련과 뒤에 숨어 있는 궁녀를 노려보았다. 간신히 따라오는 이들을 피해 여기까지 온 터였다.

몸을 일으킨 자객이 품에서 단검을 꺼내었다. 어차피 상대는 힘 없는 궁녀 둘. 순식간에 목숨을 거두는 것은 일도 아니었다.

자객이 움직이려 하자 수련이 궁녀에게 낮게 속삭였다.

"내가 움직이면 한비 마마의 궁으로 뛰세요."

안 된다며 궁녀가 고개를 젓는 순간, 자객이 둘을 향해 몸을 날렸다.

"가요!"

궁녀를 밀어 낸 수련이 달려오는 자객을 향해 손을 움직였다. 목을 베려는 단검을 아슬아슬한 차이로 피해 낸 수련의 손이 자객의 손목을 후려쳤다. 생각지 못한 반격에 검을 놓칠 뻔했던 자객이 주먹을 휘둘렀다. 그의 주먹을 피하고자 수련이 몸을 날리고, 동시에 그녀에게서 자객 또한 몇 걸음 물러났다.

"넌 뭐지?"

자객의 물음에 답하는 대신 수련의 눈이 주변을 살폈다. 자객이 여기까지 도망 왔건만 따라오는 기척도, 병사의 소리도 없었다. 재수 없게 맞닥뜨렸다는 것일까?

피할 만큼 강한 상대는 아니었다. 더군다나 일대일이라면 수련이 밀릴 일도 없었다.

다만 그녀가 싸우는 모습을 누군가가 보게 된다면, 그게 황제의 귀에 들어가는 일이 생겨 버린다면 그것이야말로 걱정해야 할 일이었다.

"조용히 사라진다면 나도 더는 움직이지 않겠소."

수련의 말에 자객이 코웃음을 쳤다. 세상에 어느 누가 그 말을 믿을 수 있단 말인가. 차라리 여기서 앞의 계집을 죽이고 몸을 숨기는 것이 훨씬 빨랐다. 단검에 힘을 준 자객이 다시 수련과의 거리를 좁혔다. 아무것도 모르는 계집이라는 생각은 머릿속에서 완전히 사라져 있었다.

심장을 노리고 들어오는 검을 미끄러지듯 피한 수련이 자객의 옆으로 걸음을 옮겼다. 옆을 파고드는 수련의 행동에 자객의 단검을 바꾸었다. 온몸의 상처에서 피가 흘렀지만, 자객의 움직임은 별반 차이가 없었다.

"망할!"

시간이 흐를수록 자객의 얼굴은 점점 창백해졌지만, 수련은 숨조차 흐트러지지 않았다. 그가 퍼붓는 공격을 피하는 움직임은 물처럼 유연했고, 그의 급소를 노리고 들어오는 공격은 매서운 바람이었다.

여인이었기에 힘은 부족했지만, 수준은 좀 전에 싸운 흑영대와 동급, 어쩌면 그 이상의 실력이었다. 지친 자객이 쥐어짜듯 찌르는 검을 피한 수련이 손바닥으로 어깨를 힘껏 후려쳤다.

"크흡."

검이 떨어지는 소리가 울리고, 어깨를 부여잡은 자객이 자리에 주저앉았다. 한숨을 내쉰 수련이 바닥에 떨어진 단검을 주우려 하였다.

"저기다! 저기에 있다!"

병사의 목소리가 들려오자 수련과 자객의 눈이 동시에 소리가 나는 방향으로 향하였다. 수련이 방심한 찰나의 순간, 품에서 암기를 꺼낸 자객이 혼신의 힘으로 그녀에게 던졌다. 암기를 피하기 위해 움직이려던 수련이 무슨 생각에서인지 자리에서 멈추었다.

"윽!"

암기가 스치고 간 팔에서 피가 흘러내렸다. 비명을 참으며 수련이 한쪽 무릎을 꿇었다. 수련이 자리에 주저앉자 자객이 도주하였다. 하지만 채 열 발자국을 가기도 전에 병사들이 쏘는 화살이 자객의 등을 꿰뚫었다.

"킥!"

"위랑! 괜찮으십니까?"

병사의 물음에 수련이 상처 입은 팔을 감싸며 고개를 끄덕였다. 수련의 눈이 숨이 끊어진 자객을 향하였다.

"태화전에 자객이 들었습니다만 폐하께서는 무사하십니다. 현재 성안궁으로 모셨습니다."

"아……."

병사의 답에 수련이 고개를 끄덕였다. 그 황제를 누가 죽일 수 있단 말인가. 병사의 말에 적당히 답을 해 주었지만, 수련의 눈은 자객을 바라볼 뿐이었다.

"위랑! 위랑!"

병사들 틈으로 어린 궁녀가 다급히 다가왔다. 그녀의 모습에 수련이 굳어 있던 얼굴을 풀었다.

"위랑! 피가! 검에 베이신 거예요?"

"항아님. 괜찮아요. 반항하다가 조금 다친 거예요."

"조금이라뇨! 피가 완전 많이 흐르는 걸요! 상처 치료해 드릴게요!"

"제가 하면 돼요."

"위랑!"

"밤이 늦었으니 처소로 돌아가세요. 절대 혼자 가지 마시고요."

"하지만!"

"이러다가 한비 마마께서 아시면 한 소리 하실 수 있어요."

한비라는 말에 궁녀가 굳게 입을 다물었다. 한비 소속의 궁녀가 얌전히 처소에 있지 않고 돌아다니다가 자객을 만난 것을 안다면 한비의 직속 상궁인 김 상궁이 크게 그녀를 매질할 것이었다.

겁먹은 궁녀가 말이 없자 수련이 미소를 지었다.

"제가 치료하면 되니까 걱정하지 마세요. 어서 돌아가세요."

수련의 거듭된 설득에 궁녀가 고개를 끄덕였다.

"그럼…… 그럼 내일 아침에 꼭 올게요. 꼭 상처 치료하셔야 해요."

두 번의 다짐을 받은 다음에나 궁녀가 돌아가고, 그녀가 완전히 사라진 다음에나 수련이 이맛살을 찌푸렸다. 혼신의 힘으로 던져서인지 암기에 다친 상처가 제법 깊었다.

이대로 두면 상처가 더 심해질 터, 품에서 손수건을 꺼낸 수련이 피를 막았다.

"위랑. 내의녀를 부르겠습니다."

다가온 병사를 향해 수련이 고개를 저었다. 이 정도의 상처는 혼자서도 할 수 있었다.

지금은 상처를 치료하고 피곤한 몸을 쉬고 싶을 뿐이었다. 거듭 말리는 병사를 떼어 낸 수련이 자신의 처소로 바쁜 걸음을 옮겼다.

　　　　❀　　❀　　❀

'넌 나와 거래를 하는 거다.'

　수련이 열 살이 되던 해에 여상환은 민 부인에게서 그녀를 억지
로 끌고 왔다. 관심은커녕 최소한의 지원밖에 해 주지 않았던 그가
딸인 수련에게 처음 한 소리는 미안하다는 말도 아니고, 사라지라
는 말도 아닌 거래를 하자는 것이었다.

'네 어미와 네가 살 수 있게 도와주겠다. 대신 오늘부터 넌 내가
하라는 대로 하면 된다. 하라는 대로만 따르면 죽이지는 않을 테니
그 걱정은 하지 마라.'

　무슨 연유로 그녀에게 그런 제안을 하는지는 알 수 없었다. 무슨
목적이냐고 묻기에는 수련은 어렸고, 빈곤한 삶은 너무나도 힘들었
으며, 의지할 사람은 아무도 없었다.
　하겠다는 수련의 대답에 상황은 급속도로 변하기 시작하였다.
　왜 배워야 하는지, 어디에 도움이 되는지는 중요하지 않았다. 머
릿속을 채우다 못해 욱여넣듯이 가르쳤고 제대로 배워 내지 못하면
끔찍한 체벌이 이어졌다.
　"위랑!"
　피가 흥건한 수련의 모습에 시중을 드는 궁녀가 한걸음에 그녀
에게 다가왔다. 궁녀의 창백한 표정에 수련이 괜찮다는 듯 힘없는
미소를 지었다.

"혼자 할 수 있으니 걱정하지 마세요."

"저기 위랑…… 그게……."

"신경 쓰지 마시고 쉬세요."

길고 긴 저녁이 오늘따라 지치고 힘들었다. 무언가 더 말하려는 궁녀를 말리며 수련이 계단을 올랐다. 방으로 걷는 그녀의 걸음이 오늘따라 유난히 무거웠다.

차라리 체벌을 받는 사람이 수련 본인이었다면 나았을 것이었다. 하지만 그녀가 제대로 해내지 못하면 여상환에게 맞는 사람은 그녀의 어머니인 민 부인이었다. 목숨을 잃을 각오로 한 반항, 그 대가로 민 부인은 여상환이 휘두른 흉기에 눈을 잃었다.

"후우."

피곤한 숨을 내쉬며 수련이 문을 열었다.

그 상태 그대로 그녀의 몸이 굳었다. 믿을 수 없는 눈이 방에 있는 사내를 오랫동안 쳐다보았다.

"아!"

"귀신이라도 본 얼굴이군."

"성안궁에 계신다고 들었습니다."

평소였다면 몸부터 숙였을 수련이 놀란 눈으로 보고만 있자 태휼이 피식 실소를 터트렸다. 수련의 침상에 턱을 괴고 옆으로 누운 그의 눈이 다친 팔을 향하였다.

"다쳤군."

태휼의 시선을 피하듯 수련이 고개를 숙였다.

"밤길이 어둡다 보니 넘어졌습니다. 폐하."

"어떻게 넘어지면 칼에 베인 것처럼 상처가 날 수 있지?"

자객과의 싸움을 본 것일까? 손수건으로 가리고 있음에도 이미 모든 것을 본 사람 같은 행동을 하고 있었다. 입 안이 바짝 말랐지만, 이대로 그가 원하는 대답을 할 수는 없었다.

"성안궁으로 모시었다 들었습니다."

"준비되지도 않은 궁 따위 편할 리가 있나?"

"누추한 소녀의 침소에 어찌 폐하를 모시겠습니까? 내시감께 다녀오겠습니다."

"이리 와라."

몸을 빼려는 수련이 태휼의 한마디에 자리에서 멈추었다.

천근만근 몸이 무거웠다. 다치지만 않았다면 따뜻한 자리에 그냥 쓰러지고 싶은 하루였다.

그런 상황에서 태휼의 방문이 달가울 리가 없었다.

"내시감 영감께……."

"이리 와."

"……."

"가까이 오라 했다."

보이지 않는 끈으로 묶여 버린 것처럼 몸이 굳어 버렸다. 분명 태휼과 그녀의 주변에는 아무도 없음에도 도망갈 생각조차 들지 않았다. 결국 방 안으로 들어온 수련이 태휼의 앞에 무릎을 꿇었다.

불편한 팔을 감싼 수련을 보던 태휼이 대수롭지 않게 물었다.

"치료 안 하나?"

"네?"

그의 물음에 그제야 상처가 떠오른 수련이 입술을 깨물었다. 태휼의 앞에 있으면 긴장에 아무것도 느낄 수 없었다. 흥건히 젖은 손수건을 보던 수련이 자리에서 일어났다.

"그럼 치료하러 다녀오겠습니다."

"혼자 할 수 있다고 말하지 않았나?"

궁녀에게 수련이 했던 말을 그대로 읊는 태휼이 묘한 미소를 지었다. 어째서 저런 모습으로 그녀를 보고 있는 것일까? 자신도 모르게 수련이 입술을 깨물었다.

마치 모든 것을 본 사람처럼, 그녀가 숨기고자 했던 전부를 알아차린 사람처럼 짓는 미소가 소름 끼치게 싫었다.

"어찌 폐하 앞에서 험한 모습을 보일 수 있겠습니까?"

"처소도 없어 여기까지 왔는데 그 정도는 감수해야 하지 않겠나?"

"잠시면 됩니다. 상처를 치료하고 오겠습니다."

"위랑. 두 번 말하게 하지 마라."

어떻게든 자리를 피하려는 수련을 태휼이 붙잡았다. 상처의 통증은 느껴지지도 않았다.

결국 도망가기를 포기한 수련이 문갑에서 나무함을 꺼내었다. 잠시 고민하듯 태휼을 바라보던 수련이 한숨을 쉬며 옷고름을 풀었다.

사락사락.

피에 젖은 저고리가 바닥에 흩어지고, 땀에 젖은 속적삼까지 벗은 수련이 몸을 떨었다. 가슴을 가리는 가장 얇은 속의만을 놔둔 채, 옷을 벗은 수련이 몸을 돌렸다.

옅은 불빛에 비치는 여인의 곡선이, 부끄러움에 붉게 달아오른 매끄러운 피부가 사내의 눈을 빼앗을 만큼 충분히 매혹적이었다.

하지만 수련의 반나신을 보는 태휼의 눈은 무척이나 평온해 보였다.

베인 상처에 지혈초를 붙이고 상처를 치료하는 수련의 손놀림이 익숙하였다. 처음에 데려올 때만 해도 대수롭지 않게 생각했던 몸의 흉터가 이제야 왜 생겼는지도 어렴풋이 알게 되었다.

수련이 상처를 치료하는 내내 태휼은 도와주지도, 다가가지도 않았다. 그저 팔에 머리를 기댄 채, 그녀를 지켜볼 뿐이었다.

그녀에게 검과 무술을 가르친 스승은 여상환이 붙여 놓은 이답게 조금의 자비도, 배려도 없었다. 제대로 하지 못하면 매질을 했고, 설령 검을 다루다가 다쳐도 신경 쓰지 않았다.

의지할 사람도, 하소연할 사람도 없는 상황에서 그녀는 철저히 혼자서 해내었다.

"아!"

손이 미끄러지면서 붕대가 바닥을 굴렀다. 암기에 베인 상처 따위 신경 쓸 일도 아니었지만, 문제는 등 뒤로 느껴지는 시선이었다. 당황한 수련이 반사적으로 태휼을 봤지만, 그는 미동조차 없었다.

등이 베일 것처럼 따가운 시선이 괴로웠다. 말만 하면 곁으로 다가올 후궁도, 궁녀도 많은 그가 왜 이곳에서 자신을 이렇게 괴롭히는지 알 수 없었다. 그렇다고 돌아가 달라고 사정할 수도 없는 일, 붕대를 가져온 수련이 치료를 마무리하였다.

"후우."

유난히 긴 하루가 버거웠다. 문갑에 함을 넣은 수련이 태휼을 향해 몸을 숙였다. 낮보다도 강렬한 그의 눈에 숨조차 내쉬기 힘들었다.

"성안궁에 준비가 끝났는지 보고 오겠습니다."

"이미 짐이 성안궁에 있는 걸로 알고 있다. 그러니 굳이 알아볼 필요가 없다. 가까이 와라."

공식적으로는 태휼이 성안궁에 머물고 있는 것으로 되어 있다는 소리였다. 대수롭지 않게 나오는 말이었지만 수련의 심장은 걷잡을 수 없이 뛰기 시작했다.

그는 수련을 여인으로 보지 않는다.

하지만 그저 지나가다 마음 가는 대로 꺾는 꽃으로는 볼 수 있다.

"가까이 오라 하였다."

"싫습니다."

수련의 거부에 태휼이 미간을 좁혔다. 태휼의 눈을 똑바로 마주 보며 수련이 몸을 뒤로 뺐다. 그의 명을 거부하면 죽을 수도 있었지만, 황제라는 이유로 그에게 안길 생각은 없었다.

누군가의 여인 따위 되고 싶은 생각도, 바란 적도 없었다.

그녀의 삶은 살아남기 위한 선택일 뿐이었고, 할 수 있는 최선은 가족을 지키는 것뿐이었다. 언젠가는 사내와 연이 닿을 수 있을지는 모르지만, 적어도 지금은 아니었다.

"폐하의 여인이 되고 싶지 않습니다. 성안궁으로 돌아가십시오."

완강한 수련을 보던 태휼이 피식 실소를 지었다. 저 작은 머리가 누구보다도 잘 돌아가는 것은 알고 있었지만, 그보다도 몇 배는 앞서 나갈 줄은 생각조차 하지 못했다.

그저 멀리 떨어져 있는 것이 신경 쓰였을 뿐이었다. 다른 이들이야 그의 곁에서 끊임없이 속살거렸지만, 수련은 얌전히 있으니 불러들였던 것뿐이었다.

그런데 저런 반응이라니 한번 터진 웃음이 멈추질 않았다.

"크큭."

황궁의 다른 계집이라면 황제가 오라고 하기 전에 먼저 다가와 몸부터 들이댔을 것이다.

황은 한 번이면 부귀영화가 보장되는 황궁에서 태휼은 어떻게든 잡아먹고 싶은 종마일 뿐이었다.

상상조차 못한 거부였지만, 싫기는커녕 웃음이 터져 나왔다. 충동적으로 데려온 수련이었지만, 나날이 그를 재미나게 하였다. 수련의 침상에서 태휼이 몸을 굽혔다.

"폐하?"

몸을 숙인 태휼에서 이상한 소리가 나자 놀란 수련이 가까이 다가왔다. 그녀만의 향기가 코끝을 간질이자 그가 고개를 들었다. 웃음을 참고 있는 그의 모습에 수련이 눈을 좁혔다.

"하하하."

자신의 행동이 그의 무엇을 건드렸는지는 몰라도 그녀를 비웃는 것 같은 웃음이 듣기 싫었다. 목숨을 걸고 다가왔건만, 지금 그는 진심으로 즐겁다는 듯 웃음을 터트리고 있었다.

얼굴이 붉어진 수련이 몸을 뒤로 빼려는 순간 그의 손이 가는 손목을 붙잡았다.

"가까이 오라고 하지 않았나?"

무안함에 붉어진 얼굴이 원망스러운 듯 태휼을 노려보았다.

검지만 맑은 눈동자가 그를 향하는 순간, 정체를 알 수 없는 묵직한 무언가가 차가운 심장을 쿵 후려쳤다. 찰나에 사라져 버리긴 했지만, 처음으로 느끼는 기분이 짧게나마 그를 완전히 흔들어 댔다.

'음?'

처음 느껴 보는 감정에 태휼이 눈을 좁혔다.

분명 특별하게 느껴지는 여인은 아니다. 도리어 여인이기보다는 그저 잠시의 유희를 즐길 만한 어린아이일 뿐이었다.

"폐하!"

"더 반항하면 진짜 안아 버릴 것이다."

안을 생각 따위 전혀 없었지만 그의 생각을 수련이 알 리 없었다. 그에게서 자꾸 도망치려는 수련이 마음에 안 들 뿐이었다. 자신의 머리맡으로 수련을 데려온 그가 무릎에 머리를 기댔다.

약 냄새 너머로 느껴지던 체향이 무릎베개를 하자 더 진하게 코끝을 간질였다. 수련의 체향을 맡고 있으면 제멋대로 휘몰아치던 분노가 조금은 가라앉는 기분이었다. 그저 어린 계집의 무릎이었지만, 긴장으로 팽팽해 있던 그의 신경을 천천히 누그러뜨렸다.

오랜만에 느껴 보는 편안함에 몸을 맡기며 태휼이 그녀의 다리에 얼굴을 묻었다.

❀　❀　❀

"네 이야기를 해 보아라."

무릎에서 들려오는 목소리에 수련이 허공을 보던 눈을 내렸다.

자는 줄 알고 가만히 있었건만, 그게 아니었는지 가라앉은 눈이 그녀를 조용히 응시하고 있었다.

어차피 그녀에 대해 다 알고 있으면서 왜 물어보는 것인지 의도를 알 수 없었지만, 왜 궁금하시냐는 물음 대신 수련이 생각하듯 시선을 다른 곳으로 돌렸다. 하지 않겠다며 반항해 봤자 통하지도 않는 상대, 생각을 정리한 수련이 굳게 다물었던 입을 열었다.

"열 살이 될 때까지는 아버지가 어떤 분인지 몰랐습니다. 지원을 해 주시기는 했지만 얼굴을 보여 주지는 않았으니까요. 처음 만난 아버지는…… 모르겠습니다. 좋은 분은 확실히 아니셨지만, 그런데도 아버지가 붙여 준 스승에게서 많은 걸 배웠으니까요."

"……."

어차피 인정받지 못한 자식이었다. 하물며 사내아이도 아닌 계집아이였으니 목숨을 없앨 수도 있는 일이었다.

하지만 여상환은 그녀를 죽이는 대신 가족을 인질로 삼았다. 무슨 목적인지는 알 수 없었지만, 최소한 그가 원하는 만큼 해내면 필요한 것을 얻어 낼 수 있었다.

"존경했다는 건가?"

"그럴 리가요. 그저 지나가는 몇몇 모습에서는 배울 점이 있다고만 생각했을 뿐입니다. 아버지로서 그에게 느끼는 감정은 존경이기보다는 증오에 더 가까웠습니다. 물론 그가 절 생각한 것도 비슷하다고 느꼈습니다."

평소였다면 이런 이야기 따위 절대 입 밖으로 꺼내지 않았을 것이다.

하지만 태휼은 침소에서 나갈 생각조차 하지 않고 있었고, 낯설

정도로 편안한 눈으로 그녀를 보고 있었다. 이미 알고 있음에도 물어보는 그가 이상하기는 했지만, 어차피 숨길 일도 아니었다.

"아버지가 싫다면서 왜 하라는 대로 한 건가?"

"하라는 대로 하지 않으면 어머니와 동생이 다쳤습니다. 아버지는…… 그 사람은 어떤 식으로 사람을 다루어야 하는지 잘 알고 있었지요. 어머니의 눈도 그렇게 잃었습니다."

"그래서 여상환을 짐에게 넘긴 건가?"

허공에 시선을 둔 채, 말을 잇던 수련이 태휼을 바라보았다.

태휼이 무슨 이야기를 듣고 싶어 하는지는 알 수 없었다. 이대로 말을 계속하다가 그녀의 속마음을 들킬 수도 있는 일이었다. 아니 어쩌면, 그녀가 아는 태휼이라면 무슨 생각을 하고 있는지 어떤 꿈을 꾸고 있는지 이미 알고 있을지도 모른다.

"허락을 받고 밖을 나갈 때도, 쉬어도 좋다는 말에 어머니의 무릎에 머리를 기대고 눈을 감고 있어도, 동생과 그저 대화를 나누는 것뿐임에도 감시당하고, 허락을 받아야 하고, 오해를 풀어야 하는 상황을 더는 참고 싶지 않았습니다."

"약자는 강자가 원하는 대로 당하고 참아야 하는 것이 순리 아닌가?"

태휼의 물음에 수련의 미간을 모았다. 그저 묻고 답하는 것임에도 울화가 치밀었다. 그의 말대로라면 약자인 수련은 강자인 여상환에게 평생 종속당하고 복종당하는 것이 당연하다는 말이었다.

그게 태휼이 생각하는 힘의 논리라면 수련은 따르고 싶지 않았다.

"결국 네가 한 짓도 더 큰 강자에게 약자를 팔아넘긴 것이다. 그 결과, 지금 짐의 곁에 네가 있게 된 것이다."

평소의 그녀였다면 절대 태흉의 말에 반박하지 않았을 것이다. 하지만 신경을 건드는 그의 말에 내내 참고 있었던 울분이 그녀를 휘감고 있었다.

"그럼 약자는 강자가 휘두르는 대로 내내 참고 견뎌 내야 한다는 것입니까? 제 어머니가 눈을 잃어도, 하나뿐인 동생이 절 지키겠다며 대신 맞고 있어도 당연한 듯 참아야 합니까?"

"그게 싫다면 너는 강자에게 몸을 기대는 대신 네 스스로 힘을 얻어야 한다. 결국 선택을 할 수 있는 건 힘을 가진 자뿐이다."

"소녀보고 폐하나 아버지처럼 힘의 노예가 되라는 말씀이십니까?"

날이 선 수련의 물음에 태흉의 미간이 옅게 꿈틀댔다. 분명 먼저 지금의 상황을 만들어 낸 건 태흉이였다.

좀처럼 자신을 내보이지 않는 수련의 본심을 보고 싶을 뿐이었다.

여상환에게 내내 억눌려 있었던 수련이였기에 태흉의 도발은 손쉽게 먹혀들었다. 하지만 힘의 노예라는 말이 그녀의 입에서 나올 줄은 생각지 못하였다.

자리에서 일어난 그가 수련의 눈을 바라보았다.

"힘의 노예라……."

살기가 나올 것으로 생각했던 것과는 달리 평온한 눈이 그녀를 응시하고 있었다. 지금의 행동이 그의 선을 넘는 것인지는 알 수 없다. 하지만 이미 입 밖으로 꺼내진 말, 물릴 방법은 없었다.

"아버지나 폐하께서는 이미 충분한 힘을 가지고 계십니다. 그럼에도 가진 힘에 만족하지 못하시고, 더 큰 힘을 가지려 하시죠. 힘을 가진 자가 더 많은 선택을 할 수 있다는 말씀은 맞다고 생각합니다. 하지만 전 그런 힘은 필요 없습니다. 제가 필요한 힘은……."

"짐의 손아귀에서 벗어날 수 있는 힘이겠지. 안 그런가?"

수련의 눈이 경악에 물들었다. 태휼을 보는 수련의 눈이 떨렸지만 그를 보며 아니라며 부정하지도, 거짓이라며 항변하지도 않았다.

짧은 순간, 수많은 표정이 수련의 눈동자에서 생겼다가 사라지기를 반복했다. 감정의 흐름의 가장 끝에서 수련이 태휼에게 지어 보인 표정은 환한 미소였다.

"그런 꿈조차 꾸면 안 되는 것입니까?"

그녀를 볼 때마다 느꼈던 묘한 기분의 정체가 무엇인지 이제야 알 수 있었다.

여상환에게 짓밟히고 빼앗길 때마다 느꼈었던 울분이, 그 와중에도 길은 있을 것이라며 채근했던 자신의 모습이 그녀의 모습에서 보이고 있었다.

하지만 환한 미소를 짓는 수련과는 달리 태휼은 진심으로 저런 미소를 짓지 못하였다.

"넌 꿈으로 끝날 여인이 아니지 않은가? 실제로 이루어 내려 하겠지."

수련의 눈을 보던 태휼이 다시 자리에 누웠다. 이번에는 허리에 팔까지 감은 채, 눈을 감아 버리는 태휼을 보며 수련이 소리 없이 한숨을 내쉬었다.

"짐은 쉽지 않을 것이다."

'아버지도 쉽지는 않았습니다.'

소리 없는 대답을 하며 수련 또한 눈을 감았다. 누워서 자고 싶었지만, 오늘은 포기해야 할 것 같았다. 마음 같아서는 바로 잠들 수 있을 것 같았건만, 막상 잠이 오지 않았다.

"위랑. 선을 넘지는 마라."

태휼에게서 들려오는 부름에 수련이 고개를 숙였다. 잠결에 나온 말인지 아니면 다른 의도를 가지고 한 말인지 정작 말을 꺼낸 당사자는 편안히 눈을 감고 있었다.

"선을 넘으면 소녀를 죽이실 것입니까?"

대답은 들려오지 않았다.

그의 대답을 기대한 것은 아니었는지 수련이 그에게 향해 있던 시선은 허공으로 돌렸다.

대화가 끊어지자 억누르고 있던 피곤이 한꺼번에 밀려왔다.

세상을 휘두를 힘도, 다른 사람을 지배할 권력도 필요 없다. 그저 그녀를 옥죄고 있는 족쇄에서만 풀려날 수 있다면 그뿐이었다.

❀　❀　❀

고른 숨소리가 들려오자 태휼이 감았던 눈을 떴다.

잠시 옅은 숨소리를 내며 잠든 수련을 보던 그가 몸을 일으켰다. 그의 눈은 단단하게 묶여 있는 붕대에 배어 나온 피를 향해 있었다.

조금 전에 보여 주던 미소가 꿈이었던 것처럼, 잠들어 있는 수련에게는 표정의 변화가 없었다. 태휼의 손이 뺨으로 향하는 순간, 수련의 눈 끝이 옅게 떨렸다.

뺨으로 향하던 손이 혈로 향하고, 순간 혈을 제압당한 수련이 그의 품으로 쓰러지듯 안겨 들었다. 손에 각인시키듯 머리카락을 지나 얼굴을 만지고, 오뚝한 코와 부드러운 입술을 스쳐 갔다. 조심스러운 손길로 흔적을 남김에도 정작 그녀를 바라보는 그의 눈은 차가웠다.

"들어와라."

낮지만 힘 있는 목소리에 닫혀 있던 문이 열리고 무진이 안으로 들어왔다.

태휼과 그의 품에 안겨 있는 수련을 빠른 눈으로 보던 그가 무릎을 꿇고 고개를 숙였다.

"정리는?"

"끝났습니다. 내시감을 제외한 모든 이들은 폐하께서 성안궁에 계시는 것으로 알고 있습니다. 그리고 자객들은 예상하신 대로 대홍려의 자택으로 돌아갔습니다."

"거짓이군."

태휼의 답에 무진이 고개를 더욱 깊게 숙였다.

나라의 지존을 노린 자객들이 돌아간 곳이 한비의 아버지인 대홍려의 집이었다. 굳이 고민하지 않아도 대홍려에게 뒤집어씌우려는 뻔한 수작이었다.

"대홍려는 제집에 무엇이 기어들어 갔는지도 모르겠지."

"소인이 부족한 탓이옵니다. 벌을 내려 주시옵소서."

"너에게 벌을 준다 한들 원흉이 밝혀질까."

차가운 대답이었지만, 무진을 탓하는 말투는 아니었다. 바닥에 머리가 닿을 정도로 고개를 숙이고 있던 무진이 문득 생각난 듯 품에 있던 것을 꺼내었다.

"지난번에 알아보라 명령하신 것입니다."

무릎걸음으로 다가온 무진이 품에 있던 서신을 태휼에게 내밀었다. 한 손으로 수련은 안은 채, 태휼이 건넨 서신을 열어 보았다.

간결하게 쓰여 있는 서신에는 수련의 생년월일시와 그녀의 사주가 적혀 있었다.

"황후의 상이라……."

"동시에 황제 폐하께 살을 날릴 상이라 하였습니다. 지금이라도 그녀를 죽여야 하옵니다."

무진의 말을 듣던 태휼이 피식 실소를 지었다. 죽여도 상관없는 사생아를 살려 놓은 여상환의 의도가 궁금했을 뿐이었다.

애초에 그는 사람의 사주 따위 믿지 않았다. 사주대로였다면 그는 황제가 아니라 이미 죽었어야 할 사람이었다.

"폐하. 명을 내리시면 당장에라도……."

"짐의 국구께서는 어디까지 내다본 것인지 참으로 궁금하구나. 하하하핫."

"폐하!"

무진이 불렀지만, 태휼은 답하는 대신 발작하듯 웃음을 터뜨렸다. 이제야 여상환이 왜 수련을 살려 놓았는지 알 수 있었다.

여상환에게 수련은 가둬 놓아야 할 사생아가 아니라 언제든지 이용할 수단이었다.

황제를 죽일 사주이니 태휼을 죽이는 데 이용할 수도 있었고, 황후가 될 상이었으니 태휼을 죽인 후, 차기 황제의 황후로 세울 생각을 가졌는지도 모르는 일이었다.

"이용하려다가 되레 죽임을 당한 거군."

"자객을 제압하는 실력도 무시할 수 없었습니다. 직접 검을 겨룬 것은 아니었지만, 작정하고 움직인다면 소인 또한 전력으로 맞서야만 가능할 듯하였습니다."

"그런다 한들 짐보다는 약하지. 안 그런가?"

"폐하의 목숨을 거둘 사주를 가진 여인이라면 죽여야 합니다!"

"사주대로 이루어지는 일이었다면 짐은 권좌에 오르지 못했겠지."

자신을 죽일 사주를 가진 여인임에도 그의 눈은 조금도 달라지지 않았다. 얼굴을 어루만지던 손길이 낙인이 찍혀 있는 등으로 옮겨 갔다.

얇은 옷 너머로 느껴지는 낙인에 태휼의 눈이 어둡게 가라앉았다.

언제나 그의 주변에 자리 잡고 있던 피 냄새가 수련과 같이 있으면 어느덧 사라져 있었다.

황후의 사주여도, 그를 죽일 사주여도 상관없었다.

아직 위랑이라는 이 계집에게 질리지 않았다. 그것만으로도 곁에 둘 가치는 충분했다.

'선을 넘으면 소녀를 죽이실 것입니까?'

잠든 척하는 태휼에게 수련은 저렇게 물었다.

선을 넘는다면 목숨을 거두는 것은 당연한 일이었다. 그렇게 생각한 순간, 태휼의 머릿속을 채운 것은 환한 미소를 짓고 있는 수련이었다.

각인을 어루만지던 손이 천천히 입술을 지나 얇은 목을 감쌌다.

힘을 주지 않은 채, 목을 감싸자 그녀의 맥이 생생히 느껴졌다.

"짐은 쉽지 않을 것이다. 위랑."

수련의 가는 목을 붙잡은 태휼이 입꼬리를 올렸다.

四章

만나다

앉아 있는 채로 잠든 것까지는 기억에 있었지만, 언제부터 누워서 자게 되었는지, 태흘이 언제 떠났는지는 기억에 없었다. 기억에 없었던 시간 동안 무슨 일이 있었는지 물었지만, 누구도 알려 주지 않았다.

혹시나 하는 마음에 옷을 벗어 몸을 확인했지만, 염려했던 흔적은 보이지 않았다. 다행이라는 생각이 들면서도 찜찜한 기분이 드는 것은 어쩔 수 없었다. 그렇다고 누구에게 하소연을 할 수도 없는 법, 준비를 마친 수련이 밖으로 나왔다.

태화전으로 걸음을 옮기던 중, 일전에 이야기를 나눈 무리에 있었던 내관의 모습이 보이자 수련이 허리를 숙였다.

"어, 아! 그래. 잘 잤는가?"

"내관님께서도 안녕하셨습니까?"

"으응. 나야 뭐 걸릴 것이 무엇이 있겠는가? 그럼. 이만."

도망치듯 피하는 내관을 보며 수련을 눈을 좁혔다.

태휼이 자신의 처소에서 있었다는 소문이 벌써 퍼진 것인가? 그럴 리가 없다. 보여도 보이지 않는 척, 들었어도 듣지 않은 척하여도 은밀히 이어지는 이야기만큼은 발 없는 말처럼 순식간에 퍼지는 곳이 바로 황궁이었다.

무엇보다도 당장에라도 뛰어올 한비가 너무나도 조용했다. 지난밤의 일은 그대로 묻혔다. 그런데 이 불편한 상황은 무엇이란 말인가.

어제까지도 웃으면서 말을 건넸던 궁인이나 내관들이 못 볼 것을 본 것 같은 표정으로 그녀를 피하고 있었다.

"위랑. 오셨습니까?"

내시감이 미소를 지으며 먼저 말을 꺼내자 수련이 깊게 고개를 숙였다.

"늦어서 죄송합니다. 내시감."

"늦기는요. 어서 안으로 드시지요."

"저기 내시감. 혹 지난밤 소녀가 실수한 것이라도 있는지요?"

주저하듯 물음을 꺼내는 수련을 보며 내시감이 눈 끝을 내렸다. 태휼의 곁에 있을 때와는 달리 궁인들과 정답게 대화를 한 것이 실수라면 실수였다.

연모라고 하기에는 부족한 관계, 하지만 아무것도 아닌 사이라고 하기에는 태휼이 수련에게 갖는 관심은 다른 이들과는 달랐다. 하지만 수련을 위해 내시감이 할 수 있는 일은 없었다.

"무슨 일이라도 있으신지요? 위랑."

내시감의 태연한 물음에 수련이 주저하였다. 확실한 증좌가 없는 상황에서 단순히 직감만으로 상황을 물어보는 것은 아닌 것처럼 느껴졌다. 하물며 내시감이 알고 있다 한들 그녀에게 사실을 말해 줄 리가 없었다.

"아닙니다. 내시감. 소녀가 잘못 생각했습니다."

단정하게 고개를 숙이는 수련을 보며 내시감이 인자한 미소를 지었다. 태휼을 모시는 그가 수련을 위해 해 줄 일은 없었다.

무엇보다도 지금까지 태휼의 곁을 지킨 이들 중에서 위랑만큼 제 자리에서 조용히 머문 이는 없었다. 내시감이 나서지 않아도 알아서 처신할 여인이었기에 내시감은 모르는 척 문으로 시선을 돌렸다.

"들어가시지요."

내관이 여는 문으로 수련이 걸음을 옮겼다.

푹신한 의자에 몸을 맡긴 채, 태휼의 눈이 들어오는 수련이 아닌 그녀가 손에 들고 있는 장계로 향하였다.

왔느냐는 말도, 어제의 일에 대한 말도 없었다. 하물며 팔은 괜찮으냐는 물음조차 없었다.

걱정했던 것과는 다르게 하루가 조용히 지나갔다. 이만 돌아가도 좋다는 태휼의 허락을 받은 수련이 저녁 늦게 태화전을 나왔다.

"하아."

머리가 복잡해서인지 큰일이 없었음에도 몸이 천근만근이었다. 팔의 상처를 치료하는 대로 잠을 자야겠다는 생각을 하며 수련이 무거운 발을 옮겼다. 그녀를 발견한 궁녀들이 도망치듯 사라지는 것을 본 수련은 고개를 저었다.

내시감과 태화전의 내관 몇을 제외하고는 모두 철저히 그녀를 피하였다. 필요한 용건만 말하고 사라지는 그들에게 무슨 일이냐고 물어봐도 돌아오는 대답은 없었다. 한숨을 내쉬며 침소로 돌아가는 수련의 눈에 한비 소속의 어린 궁녀가 보였다.

"항아님."

수련의 목소리에 어두운 표정으로 걸어가던 궁녀가 몸을 움찔댔다. 고개를 돌려 수련을 확인한 궁녀가 도망치듯 달리기 시작했다. 그녀의 반응에 보다 못한 수련이 뒤를 따랐다.

"항아님!"

"위랑. 따라오지 마세요! 잘못하다가는 마마님께 크게 혼난단 말입니다!"

어린 궁녀가 발을 부지런히 움직인들 수련을 따돌릴 리가 없었다. 몇 걸음 가지도 못한 채, 수련에게 잡힌 궁녀가 울상을 지었다.

"위랑!"

"항아님이 먼저 말 건 게 아니고 내가 항아님을 잡은 거잖아요. 무슨 말씀인지 이야기해 주세요."

다독이는 말에도 궁녀의 표정은 좀처럼 펴지지 않았다. 하물며 수련에게 잡혀 있는 팔은 작게나마 떨고 있었다.

"안 돼요. 더 늦어지기 전에 승정궁에 갔다 와야 해요."

"승정궁?"

"김 상궁 마마께서 승정궁 청소를 해 놓으라 하셔서요. 아무튼 위랑. 놓아주세요."

냉궁에서 사약을 먹은 황후가 살아생전 머문 곳이었다. 황후가 죽은 후, 철저히 방치되어 엉망이 된 곳을 야밤에 어린 궁녀에게 청소를 하라며 보내다니 주인을 닮아 상궁의 성정 또한 좋지 않은 듯싶었다.

"더 늦으면 황후 마마의 귀신이 나올 거예요."

"귀신?"

"다른 항아들도 승정궁에 청소를 하러 갔다가 황후 마마의 귀신을 보았대요. 마마님께서도 귀신을 보셨다는 말씀을 하셨는걸요!"

"제가 갈까요?"

"네?"

수련의 말에 궁녀가 동그랗게 뜬 눈으로 바라보았다. 눈에 맺혀 있는 눈물을 닦아 주며 수련이 미소 지었다.

"왜 피하는지 알려 주면 제가 갔다 올게요."

"아, 안 돼요! 김 상궁 마마께서 혼내실 거예요."

"마마님이 같이 오시지 않았잖아요. 확인도 안 하실 거예요."

그저 어린 궁녀에게 심술을 부리는 것일 뿐이다. 한이 맺힌 황후의 혼이 머문다는 소문이 파다하게 퍼진 곳을 후궁의 직속 상궁이 직접 확인하러 올 리 없었다. 두려움에 떠는 궁녀를 보던 수련이 한쪽 무릎을 굽혀 눈을 마주쳤다.

"항아님."

"태화전 내관님께서 상궁 마마님들께 단단히 말씀하셨대요. 위 랑께 처신을 잘하라고요. 사소한 잡담이나 불필요한 대화는 절대 하지 말라는 말씀을 몇 번이고 하셨대요. 사사로이 그런 모습을 보이면 크게 벌을 내리신다고 하셨어요."

궁녀의 이야기를 듣던 수련의 눈이 날카롭게 변하였다.

말이 태화전의 내관일 뿐, 결국 명을 내린 것은 태휼이었다. 아무리 생각해도 무엇을 잘못했기에 저런 명을 내렸는지 이해할 수 없었다. 위랑이고, 태휼의 시중을 든다 해도 결국 그녀도 사람이다. 최소한 주변의 궁인들과는 대화할 권리가 있었다.

그게 아니라면.

부정하듯 수련은 고개를 저었다. 그는 그녀가 여가에서 어떻게 살아남았는지 알 리가 없다.

"위랑. 괜찮으세요? 그게…….“

"항아님은 제가 싫으세요?"

수련의 물음에 어린 궁녀가 크게 고개를 저었다. 조금의 주저도 없이 나오는 대답에 수련의 부드러운 미소를 지었다. 모두가 피할 때 그래도 사실을 알려 주는 어린 궁녀가 수련은 미안하기도 고맙기도 하였다.

"걱정하지 마시고 침소로 돌아가세요. 승정궁은 제가 정리할게요.“

"혼자서는 무서워요! 제가 같이 갈게요."

"늦었잖아요. 전 무섭지 않으니 걱정하지 말고 가 계세요. 그리고 이렇게 단둘이 있을 때만 항아님을 부를 테니 그럴 때는 도망가지 마세요. 알았죠?"

수련의 말에 어린 궁녀가 고개를 끄덕였다. 걱정하듯 몇 번이나 뒤를 돌아보는 궁녀를 보낸 수련이 승정궁이 있는 방향으로 고개를 돌렸다.

복잡한 표정이 나타나고 사라지기를 반복하던 수련이 승정궁을 향해 걷기 시작하였다.

※　※　※

'네가 수련이구나? 나는 주연이라고 해.'

버려지고, 부서진 승정궁을 바라보는 수련의 눈이 어두웠다. 한
살 아래였던 누군가의 모습이 머릿속을 스치자 그녀의 아미가 옅게
찌푸려졌다.

태자의 비로 가는 전날까지도 가기 싫다며 매달렸던 이의 모습
이 아직도 눈에 선했다. 다시 만나지는 못할 것으로 생각했지만,
이렇게 죽어서 보지 못할 것이라고는 생각하지 못했다. 적막한 궁
을 보던 수련이 한 걸음씩 계단을 올랐다.

끼이익.

긴 복도를 걸어갈 때마다 나무에서 나는 소리가 수련의 귀를 날
카롭게 파고들었다. 사람의 기척이라고는 없는 복도를 걸어가며 승
정궁 안을 살폈다.

'아버지에게는 비밀로 하면 되잖아. 어머니는 만나도 괜찮다고 하
셨어.'

식솔 하나 없이 단신으로 온 그녀는 굳어 있는 수련을 보며 환한
미소를 지었다. 가문 간의 혼인으로 얻은 딸, 태자비로 황궁에 들
어가기 전까지 그녀는 종종 수련을 보러 숲을 넘어왔었다.

관심조차 주지 않아도 옆에 와서 그날 있었던 일을 말하는 주연
을 그녀는 이해하지 못했다. 보다 못한 수련이 그녀의 말에 처음으

로 대답했던 날, 그녀는 누구보다도 환한 미소를 지어 보였다.

'넌 그래도 아버지에게 할 말은 다 하잖아. 난 그렇게 못 하는 걸.'

여상환에게 맞은 상처를 치료하는 수련을 보며 주연은 꼭 자신이 맞은 것처럼 울음을 터트렸다. 울다가 까무러칠까 무서워 울음을 터트리는 주연을 수련은 한참을 달랬었다. 그런 그녀가 이해되지 않으면서도, 한편으로는 자신의 감정을 마음껏 터트리는 그녀가 부러웠었다.

'나 황궁에 가기 싫어. 수련아. 나 진짜 가고 싶지 않아.'

주연이 머물렀을 침전 앞에 선 수련이 감정을 억누르듯 입술을 깨물었다.

수련은 여상환에게 대들기라도 했지만, 주연은 달랐다. 몸의 속박을 당한 것은 수련이였지만, 마음의 족쇄를 차고 있던 사람은 주연이었다.

모두가 꿈꾸는 태자비로 간택되어 가는 것임에도 주연은 수련을 붙잡고 가기 싫다는 말만 계속 꺼냈었다.

"차라리 도망이라도 치지 그랬어."

자신의 잘못이 아니라고 항변해 보았자 이곳에서는 통하지 않았을 것이 뻔했다. 차라리 황제가 여가를 치는 사이 도망치기라도 했다면, 죄인이기는 했어도 살아 있었을 것이다.

목숨이라도 건졌더라면.

차라리 태자비로 간택당한 날 도망을 쳤더라면.

이도 저도 아니라면 차라리 자신에게 먼저 다가오지 않았더라면.

뚝.

수련의 눈에서 나온 맑은 눈물이 방바닥에 떨어졌다. 긴 시간은 아니었지만, 잊고 싶은 기억은 없었다. 정실부인의 딸임에도 주연에게 수련은 친하게 지내고 싶은 자매였을 뿐이었다.

"괜히 왔어."

그녀의 기억에 있던 주연의 흔적은 어디에도 없었다. 약하고 위태로웠지만 수련과는 달리 주연은 상대를 진심으로 대하였다. 상대를 의심하고 몸을 숨기는 수련과 처음부터 자신을 전부 내보이는 주연은 무척이나 달랐다.

황궁에 들어간다면, 태자비가 된다면 조금은 주연의 상황이 나아질 것이라 생각했다. 생각은 생각일 뿐, 수련을 맞이하는 건 주연이 아니라 그녀의 흔적조차 남지 않은 어두운 방뿐이었다.

생각을 지우듯 수련이 고개를 저은 수련이 침전의 문을 열었다.

"어?"

침전의 문을 연 수련의 눈이 커졌다.

열려 있는 창에 팔을 기댄 채, 밖을 보던 사내가 수련을 향해 고개를 돌렸다.

'닮았다.'

고개를 돌린 사내를 보는 순간, 처음 떠오른 사람은 태화전에 있을 태휼이었다. 태휼 못지않게 훤칠한 외모에 다부진 체격을 가지고 있었지만, 다가오는 느낌은 미묘하게 달랐다.

"누구십니까?"

수련의 물음에 사내의 입꼬리가 올라갔다.

"그건 내가 물어야 할 말 같군. 자네는 누구인가?"

사내의 물음에 수련이 눈을 좁혔다. 지금 물어야 할 사람은 그가 아니라 수련이였다.

이미 죽은 사람이기는 했지만, 황후가 머물던 침전이었다. 정체를 알 수 없는 사내가 함부로 들어올 곳이 아니었다.

말없이 수련이 노려보자 앉아 있던 사내가 자리에서 일어났다. 경계할 필요 없다는 듯 다가온 사내가 수련에게 손을 뻗었다.

"상궁의 심술로 여기까지 쫓겨난 궁녀인가? 괜찮으니 그런 눈으로 보지 마라. 어차피 같이 있으면 귀신도 알아서 도망가지 않겠…… 악!"

정체도 알 수 없는 사내가 가까이 다가오자 수련이 반사적으로 정강이를 힘껏 후려쳤다.

생각지 못한 공격에 몸을 숙인 사이, 수련이 사내와의 거리를 벌렸다.

"황후 마마께서 계시던 곳입니다. 어디 내관도 아닌 사내가 여기에 계시는 것입니까?"

"콜록콜록. 아이고. 죽겠다."

"다른 이를 부르기 전에 대답하시는 것이 좋을 것입니다."

사람을 부를 생각은 없었지만, 사내를 겁줄 요량으로 수련이 나지막이 엄포를 놓았다. 누구인지 왜 이곳에 있는지 궁금하지 않다.

이미 충분히 모욕을 당할 대로 당한 주연이었다. 쓸데없는 구설수까지 만들어 주고 싶지 않았다. 남아 있는 주연의 흔적이라도 찾

앉으면 하는 바람으로 온 걸음이 외간 사내 때문에 어그러져 버렸다.

"그러는 그쪽도 궁녀는 아니지 않은가?"

콜록거리며 몸을 일으킨 사내가 수련을 보며 빙긋 미소를 지었다. 좀처럼 미소 짓지 않는 태휼과는 달리 참으로 잘 웃는 이였다. 다만 저렇게 환하게 보여 주는 미소가 안심이 되기보다는 수련을 더 긴장하게 만드는 것이 문제라면 문제였다.

"다짜고짜 사람을 찼으면 사과를 해야지."

"일언반구도 없이 여인에게 다가온 객부터 사과를 하시는 것이 우선이지 않겠습니까?"

"음?"

수련의 행동에 사내가 눈을 좁혔다. 승정궁에 들어오는 궁녀의 대부분은 황후의 귀신을 보았다며 도망가거나 사내의 모습을 보고는 까무러치기 일쑤였다. 하지만 앞의 여인은 그가 보아 왔던 궁인들과는 확실히 달랐다.

겁에 질리지도, 몸을 움츠리지도 않았다. 물음에 대한 답을 해 보라는 듯한 시선으로 부겸을 바라보고 있을 뿐이었다.

"내 이름은 문부겸이네. 그럼 그쪽의 이름은 무엇인가?"

"성함을 여쭤 본 것이 아닙니다. 왜 사내인 객께서 이곳에 계시느냐 물었습니다."

"사람도 없고, 바람을 피하기에는 적당하니 이곳에 있을 만하지 않은가. 그러는 그대는 아직도 내 물음에 답이 없군. 이름이 무엇이냐고 물었네."

"민수련입니다."

수련이라는 말에 부겸의 눈이 꿈틀댔다. 묘한 미소를 지으며 부겸이 수련을 찬찬히 살폈다.

"이곳이 무섭지 않은가? 여긴 밤마다 원한을 가진 황후가 혼으로 나타나는 곳이라네."

겁을 주듯 낮은 목소리로 말하는 부겸을 바라보던 수련이 고개를 저었다. 수련에게 주연은 두려운 존재가 아니었다. 여리면서도 한없이 착했던 동생. 황궁에 가는 것보다 수련과 함께 있는 걸 더 좋아한 혈육일 뿐이었다.

자기 자신보다도 수련을 더 아껴 주었던 귀한 주연에게 그녀는 아무것도 해 주지 못했다.

"누군가에게 해를 끼치는 건 죽은 사람이 아니라 살아 있는 사람입니다."

주저 없이 나오는 대답에 부겸의 눈이 커졌다. 수련은 그를 보지 않았지만, 부겸의 눈은 수련에게 고정된 채 조금도 움직이지 않았다.

부겸이 어떻게 보든지 상관없다는 듯 수련이 긴 한숨을 내쉬었다.

주연의 흔적을 보기 위해 온 걸음이었지만 오늘은 포기해야 할 것 같았다. 누구인지 모르는 부겸에게 자신과 주연의 관계를 들키고 싶은 생각은 추호도 없었다.

"여기에 계시다가 상궁이나 내관에게 걸리면 곤혹스러우실 것입니다. 이만 나가시지요."

"어차피 이 밤에 올 사람이라고는 겁에 질린 궁녀나 내관일 뿐이지. 그대 같은 이는 이 황궁에 거의 없지. 황후가 어떻게 죽었는지 제 눈으로 본 이들이니 말이야. 황궁에 이만큼 편한 곳이 없는데 일부러 밖을 나갈 필요가 없지 않은가."

"……."

나가래도 좀처럼 나가지 않는 부겸을 보며 수련이 고개를 저었다. 어차피 나갈 생각도 없는 그를 쫓아낼 여력은 없었다. 하물며 그를 쫓아내겠다며 소란을 부려 봤자 수련에게 좋은 일도 없었다.

"그럼 조금만 계시다가 나오시지요. 소녀는 이만 가 보겠습니다."

"내가 혹 황제의 목을 노리고 온 자객일지도 모르는데 어쩌려고 이리 태연한 건가?"

"자객이었다면 이런 대화를 나누기 전에 소녀의 목이 사라졌겠지요."

"아까의 그 기세라면 자객도 한 방에 보내 버릴 것 같은데 무슨 엄살인가."

손을 멈춘 수련이 무슨 소리냐는 듯이 부겸을 쳐다보았다. 수련의 시선을 받은 부겸이 손가락으로 정강이를 가리켰다.

"엄청나게 아팠거든. 눈앞에 별이 보였단 말이지."

무슨 소리냐는 듯 눈을 껌뻑이던 수련이 피식 실소를 지었다. 황궁에서 보아 왔던 이들과 앞의 사내는 사뭇 달랐다. 아무리 진지하게 대하려 해도 유들유들하게 넘겨 대니 그마저도 쉽지 않았다.

"얼마나 심하게 쳤다고 별이 보인다 하십니까?"

경계심 가득했던 수련의 말투가 바뀌자 부겸의 입가에도 미소가 생겼다. 팽팽하던 경계를 작게나마 푼 수련의 표정은 좀 전의 것과는 또 달랐다.

"작정하고 때리는데 사내나 여인이 무슨 상관인가. 아파 죽을 뻔했단 말이지. 지금도 보게. 전혀 못 움직이지 않는가."

투정 아닌 투정에 수련이 고개를 저었다.

"꾀병 그만 부리시고 적당한 시기에 나오십시오. 이곳의 주인은 객과는 달리 엄격하신 분입니다."

"목이라도 베일까 봐 겁이 나는가?"

부겸의 물음에 수련의 눈이 그를 향하였다.

태휼을 아는 듯한 물음, 장난기 어린 말투 곳곳에 보이는 행동이나 어조는 황궁에 소속된 이들이 쓰는 것과는 사뭇 달랐다.

"그대는 황궁이 마음에 들지 않는가 보군."

"마음을 두고 머물기에 좋은 곳은 아니지 않습니까?"

몸을 숙이고 본심을 속일 수도 있었지만 수련은 그렇게 하지 않았다. 가장 걱정해야 할 태휼 또한 그녀의 본심을 알고 있었다.

"전 이곳이 싫습니다."

권력에 미친 여상환을 만든 곳도, 제 삶을 살 수 있었던 주연이 가문의 죄를 안고 죽은 곳도 바로 황궁이었다.

"음."

수련의 말에 어떤 대답도 할 수 없었다.

부겸이 어찌 보는지 알 리 없는 수련이 몸을 숙였다.

"소녀는 이만 가 보겠습니다. 객께서도 조심히 나가십시오."

조용한 걸음으로 수련이 사라지자 부겸의 입가에 의뭉스러운 미소가 생겨났다.

"재미있네."

모두가 부러워하는 황궁에 있으면서도 싫다는 말을 꺼냈다. 어둠 속에서 알지도 못하는 사내와 대화를 하고 있으면서도 주눅이 들거나 무서워하는 기색 또한 없었다.

"하긴 그 성격에 평범한 여인을 데려와서 앉혀 놓을 리가 없지."

어차피 자신 또한 태휼이 만들어 놓은 수많은 장기말 중의 하나일 뿐이었다. 그가 원하는 결과를 만들어 내지 않으면 죽는 건 그도 마찬가지였다.

황제가 원하는 대로 움직이느냐, 자신이 원하는 대로 행동하느냐의 차이일 뿐.

짧았지만 수련과의 시간은 부겸에게도 제법 흥미로웠다.

"뭐, 조만간 다시 볼 거니까."

좀 더 승정궁에서 쉴 생각이었지만 조심히 나가라는 수련의 말이 귓가에서 떠나지 않았다.

"걱정을 담아 해 준 말인데 사내가 따라야지."

승정궁에 머무는 대신 부겸이 수련을 따라 몸을 돌렸다.

❀   ❀   ❀

"성안궁이 아니라 위랑의 침소에서 머무셨단 말이냐?"

이비의 목소리에 궁녀가 고개를 끄덕였다. 수련의 곁에서 그녀가 주는 장신구를 받으며 도움을 주던 궁녀가 지금만큼은 이비에게 모든 처분을 맡긴다는 것처럼 머리를 숙이고 있었다.

"황은을 입은 흔적은 없었습니다만 분명 자객이 들었던 밤, 폐하께서는 성안궁이 아닌 위랑과 있으셨습니다. 진실에 소인의 목을 걸 수 있사옵니다."

궁녀의 말에도 이비의 표정에는 변화가 없었다. 하지만 표정만 그대로였을 뿐, 치맛자락을 붙잡은 손은 하얗게 질려 있었다. 후궁들은 물론 하물며 황후에게조차 곁은커녕 눈길조차 주지 않던 황제였다.

그런 그가 데려온 계집에게는 곁을 내주었다는 사실을 받아들일 수 없었다.

"호기심으로 데려왔다기에는 과한 배려이시지 않은가?"

손길은커녕 같은 공간에 함께 있는 것도 황제는 불편해하였다. 이비에게만 그런 것이 아니라 황궁의 모든 여인들에게 그렇기에 참을 수 있었지만 이건 그 인내의 한도를 무시하는 행동이었다.

"한비는? 그녀는 이 사실을 알고 있느냐? 아니지. 알고 있었으면 이리 조용할 리가 없겠지."

"이비 마마."

서안을 손가락으로 톡톡 두드리며 이비가 바쁘게 머리를 굴렸다. 지난밤, 황제가 대사농인 이부한에게 공석인 사공을 해 보지 않겠느냐는 운을 띄웠다는 말을 들었었다. 삼공 중 하나인 사공의 자리에 오르면 이비의 가문은 명실공히 호연의 제1가문이 될 수도 있었다.

하지만 그럼에도 마냥 좋아할 수 없었다. 황제는 여상환과 힘을 함께한 귀족들에게 여전히 반감을 품고 있었고, 자신의 힘을 위협하는 외척의 존재를 인정하지 않았다.

'한비를 견제하기도 바쁜 시기에 귀찮아졌어.'

이제 일 년도 되지 않은 계집이니 속단할 수 없었지만, 목에 박혀 있는 가시처럼 시간이 지날수록 거슬리고 있었다.

"한비의 간자 노릇은 제법 잘하고 있는 것 같군."

"일주일에 두 번, 많을 때는 세 번 정도 한비 마마의 궁에 들르고 있습니다."

"그런데도 폐하께서는 아무 말도 없으시다? 분명 위랑의 움직임을 아시고 계실 텐데 말이다."

지금까지 위랑의 자리에 있던 이들은 많았지만, 모두가 반년을 넘기기 전에 황제의 검에 목숨을 잃었다. 눈치가 빠른 계집이기에 제법 버티는 것으로 생각했었다.

하지만 그게 아니라면, 단순히 호기심 이상의 무언가가 있는 것이라면.

"위랑이 가족에 대한 애정이 남다르다 했었지?"

"지금도 가족과 연락을 취하려 움직이고 있습니다. 어디에 있는지는 알지만 폐하의 감시 때문인지 섣불리 움직이지는 못하고 있었습니다."

"움직이게 해야겠다."

"네?"

한비는 간자로 쓰겠다고 했지만 이비의 생각은 달랐다. 간자로 쓰느니 차라리 황제의 본심을 아는 데 이용하는 수로 쓰는 것이 나았다.

이비가 손짓하자 옆에 서 있던 문 상궁이 궁녀의 앞에 함을 내밀었다.

함의 뚜껑을 열자 보이는 금은보화에 궁녀의 입이 벌어졌다.

"이, 이비 마마! 소인. 마마께 목숨을 바치겠습니다."

"네가 직접 움직여라. 되도록 이쪽은 모르게 해 줬으면 하는구나."

이비의 말을 알아들은 궁녀가 연신 고개를 끄덕였다. 함을 품에 안은 궁녀를 보며 이비가 미소를 지었다. 재물 욕심이 심했지만, 눈치가 빠르고 머리가 잘 굴러가니 굳이 지시하지 않아도 제 몫을 충분히 할 계집이었다.

한비의 앞에서 연신 몸을 숙이고 아무것도 모른다는 얼굴을 해 댔던 위랑의 모습이 눈에 선했다. 황제의 근황을 보고하는 간자로 쓰기에는 위랑 또한 여인이라는 것이 걸렸다.

바보가 아니라 바보인 척하는 것이라면.

귀족을 방심하게 하기 위한 함정이 아니라 마음이 끌리고 있는 것이라면.

하물며 그토록 치를 떨며 싫어하던 여상환의 딸임에도 살려 놓았다는 사실이 내내 이비를 건드렸다. 이런 기분은 오래 가지고 있어 보았자 좋은 일이 없었다.

차라리 이번 기회에 확실히 알아보는 것이 앞으로의 일을 생각해서 나은 선택일 수 있었다.

❋　❋　❋

"대신들 사이에서 불만이 나오기 시작했습니다. 아무래도 이번의 토지개혁안을 공표하게 되면 반발은 더 심해질 것입니다."

내관이나 궁녀에게는 개의치 않았지만, 태휼은 귀족에게만큼은 철저히 그녀를 가렸다.

이미 그녀의 얼굴을 아는 재상임에도 태휼은 수련의 앞에 짙은 청색의 발을 길게 늘여 놓았다. 발 너머로 재상을 보던 수련이 날카로운 눈의 태휼에게로 향하였다.

"어차피 한 번은 각오한 일이지 않은가. 그리고 여상환이 사라진 지금이 움직이기 가장 좋은 시기다."

"허나 폐하. 이부한이 대사농에서 사공으로 거론되기 시작한 지금에 이 개혁안이 나오게 되면 자칫 대사농에게 힘이 쏠릴 수 있사옵니다."

"그래야 한 번에 쳐 내 버리지. 안 그런가?"

"폐하. 조금은 손을 잡으시는 것도 지금 상황에서는 나쁘지 않습니다. 한 번에 쳐 내기에는 저들의 세력을 무시할 수 없사옵니다."

"썩은 것과 손을 잡아 나도 더러워지라는 것인가? 선제처럼 말이지."

"폐하."

빙긋 보기 좋은 미소가 태휼의 입가에 만들어졌다. 기분에 따라 생기는 것이 아닌 상황에 맞춰 만들어지는 미소. 태휼의 미소가 만들어진 것이라는 걸 알기에 수련은 더더욱 방심할 수 없었다.

"토지개혁은 계획한 대로 진행할 것이다. 반발은 예상했었던 일, 설령 대사농에게 힘이 몰리게 되더라도 놔두어라."

태휼의 명령에 재상이 깊게 고개를 숙였다. 여가에 휘둘렸던 선제는 마지막까지 자기 뜻은 하나도 펼쳐 보지 못한 채 눈을 감았다. 권력을 잡은 귀족들은 황태자인 태휼을 자신의 수하처럼 이용하고, 무언가를 얻어 내는 데 핏발을 세웠다.

몸을 숙이고 자신을 굽혔다. 그들이 하라는 대로 행동하고, 원하는 대로 따랐다.

그렇게 십여 년, 황제로 그를 세워도 괜찮다며 안심한 순간 그가 움직였다. 태휼과 맞설 준비도, 대응할 시간조차 없이 당한 귀족들은 결국 그의 발 밑에 신하로서 몸을 숙였다.

재상이 나가자마자 들어온 내관들이 수련의 앞을 가리고 있던 발을 걷어 냈다. 걷자마자 마주친 태휼의 눈에 수련이 고개를 숙였다.

"위랑은 어찌 생각하느냐?"

"토지개혁을 말씀하시는 것입니까?"

"그것도 그렇고, 귀족들이 어찌 나올 것 같은가?"

"소녀가 무엇을 알겠습니까?"

몸을 빼려는 수련을 보며 태휼의 미간을 좁혔다. 황후가 될 사주와 황제를 죽일 사주를 전부 가진 수련을 여상환이 방치만 했을 리가 없다. 수련은 애써 자신을 숨기려 했지만, 이젠 그 장단에 놀아 줄 마음 따위 없었다.

"아무것도 모르는 네가 이비가 아닌 한비의 간자를 한단 말인가?"

"……."

"하긴 이비였다면 무언가를 내주기보다는 네 마지막까지 이용하려고 했겠지. 영악한 이비보다는 표정이 겉으로 전부 드러나는 한비가 쉽긴 하지."

"……."

"더 말해야 그 굳게 닫힌 입이 열릴 것인가?"

숨겨 봤자 소용없다는 식의 조롱에 수련이 태휼을 노려보았다. 재상에게 보여 줬을 때와는 또 다른 미소가 그의 입가에 생겨났다. 만들어진 것이 아니라 진심으로 재미있어하는 모습에 수련이 입술을 깨물었다.

그에게는 사소한 재미일지 몰라도, 수련에게는 목숨을 걸어야 했다.

말해 보라 했으니 어설픈 거짓말은 통하지 않을 터, 굳게 다물고 있던 수련의 입이 그제야 열렸다.

"자신의 관할 지역 외의 토지소유권을 박탈하는 개혁은 단기적으로는 긍정적인 효과를 볼 것입니다. 아버지께서도 그렇게 얻으신 재물로 권력을 얻으셨으니까요. 하지만 폐하의 토지개혁안은 장기적인 효과를 보기는 어렵습니다."

차분한 대답에 태휼의 입가에 엷은 미소가 감돌았다. 누가 저 입에서 나오는 답이 여인에게서 나왔다고 믿겠는가. 눈치 좋고 상황 판단이 빠른 이비에게조차 듣지 못했던 답이었다. 하물며 재상조차 후폭풍을 겁낼 뿐, 저렇게까지 내다보지는 못했었다.

"친척이나 수하를 이용해서 토지를 늘리려 할 테니 장기간으로 쓸 방법은 아니지. 네 말대로라면 난 대사농에게 몰릴 힘을 걱정하지 않아도 되는 것인가? 단기간의 효과일 뿐이니 대사농은 기다리라며 귀족들을 달랠 수도 있지 않은가."

"폐하께서 어찌 생각하고 계시는지 모르오나 소녀는 그리 생각하지 않습니다. 대사농께서는 나서지 않더라도 뜻을 함께하는 이들은 그 어느 때보다도 반발이 거세실 것입니다. 결국 문이 열리는 것이 어려울 뿐, 열리고 난 이후가 어려운 것은 아니지 않겠습니까?"

"단기간의 개혁안을 받아들이면 장기간의 개혁안을 반대하기는 어려운 일이 될 터이니 처음부터 강하게 나설 것이라는 건가?"

"화근은 처음부터 만들어 놓으면 안 되는 것이지요."

"여상환이 그렇게 가르쳤나?"

수련의 눈이 그를 조용히 응시했다. 조금의 거짓도 용서하지 않겠다는 그의 시선에 수련이 씁쓸히 입을 다물었다. 이젠 수련에게도 황제인 태휼이 어떤 사람인지 조금씩이나마 보이기 시작했다.

모든 것을 놓은 폭군이었다면, 자신의 본능에 충실하여 피를 부르고 원하는 걸 쟁취하려는 필부였다면 이렇게까지 힘들지 않았을 것이다. 여상환이 본능과 힘의 흐름에 따라 움직이는 이였다면 태휼은 자신에게 그 모든 것이 오도록 끌어당기는 이였다.

화풀이로 죽인 것처럼 보이던 내관과 궁녀가 알고 보니 모두 누군가의 간자거나 일을 꾸미는 이들이었다. 간자가 죽은 태화전을 채운 것은 새로 뽑은 이들이었다.

그는 피에 굶주린 폭군이 아니었다. 치밀하게 원하는 것을 쟁취하는 맹수일 뿐이었다.

"아버지는 소녀에게 사람을 보냈을 뿐입니다. 폐하께서 소녀의 가족들을 인질로 잡았던 것처럼 아버지 또한 그리하셨을 뿐이지요. 그가 하라는 대로 따랐을 뿐입니다. 반항하면 그만큼의 대가가 돌아왔으니까요."

"네 실수를 가족이 감당했다는 것인가?"

대수롭지 않게 물음을 던졌던 태휼의 눈이 딱딱하게 굳었다.

괜찮은 척, 아닌 척하고 있었지만, 물음과 동시에 수련의 얼굴 전체에 드러난 감정은 상처였다. 적의를 가진 사람을 움직이게 할 방법은 많아 보았자 두 개뿐이었다.

마음으로 따르게 하거나 힘으로 끌고 오는 것뿐. 결국 여상환이 택한 방법은 후자였다.

어쩔 수 없다는 것을 알면서도 왠지 모를 짜증이 치밀어 올랐다.

누가 무슨 표정을 짓던 상관없다. 하지만 수련에게서 저런 표정을 보고 싶지 않았다.

"이리 와."

어두운 표정의 수련을 보던 태휼이 그녀에게 손을 내밀었다. 울 것 같은 표정으로 보던 수련이 그의 손을 물끄러미 쳐다보았다.

황궁에 온 지도 반년, 그녀가 아는 그는 손을 내미는 사람이 아니었다.

의도가 무엇인지 알 수 없기에 저 손을 붙잡을 수 없었다. 여상 환은 수련이 따르지 않으면 자신의 의도를 말해 주고 따르게 하는 사람이었지만, 태휼은 여상환과는 너무나도 달랐다.

무슨 생각을 하는 것인지, 무슨 의도인지 알 수 없다. 그렇기에 한시도 마음을 놓을 수 없었다.

태휼의 손을 잡는 대신 자리에서 일어난 수련이 가까이 다가왔다. 곧이곧대로 따르지 않는 수련을 보던 태휼이 피식 실소를 지었다. 수련의 허리를 팔로 감은 그가 다리에 머리를 기댔다.

"팔은?"

이전에 있었던 이들에게는 손 하나 대지 않았다는 말을 들었건만, 그는 그녀에게만큼은 거침없이 다가왔다. 하물며 비나 궁녀들에게도 먼저 다가가지 않는 그였다.

"한동안 치료는 해야겠지만 많이 나아졌습니다."

"이젠 일부러 암기 따위에 다치지 마라."

차분하던 수련의 기운이 그 순간 완전히 흐트러졌다. 흐트러진 수련과 달리 다리에 머리를 기대고 있던 태휼의 눈은 차분하다 못해 가라앉아 있었다.

진정하려 했지만 심장이 뛰었다. 분명 누구의 기척도 느껴지지 않았었다. 자객과 싸웠던 순간을 본 사람은 없었다. 그렇게 굳게 믿고 있었다.

"보셨습니까?"

"아니. 그저 운을 띄워 봤을 뿐이다."

"……."

"거기에 네가 걸렸을 뿐이지."

　조금의 흔들림도 없는 태휼의 눈이 그녀만을 보는 순간, 담담한 속에 감추었던 수련이 완전히 무너졌다. 그가 자신의 다리에 머리를 기대고 있다는 사실조차 망각한 채 수련이 뒷걸음질을 쳤다.

　어느새 일어난 그가 수련의 팔을 붙잡았다.

　반년을 숨기려 했던 일이 한순간에 드러났다. 아직 아무런 결과도 없는 상태에서 발가벗겨진 기분이었다.

"위랑."

　태휼이 그녀를 불렀지만 대답을 해야 한다는 생각조차 들지 않았다. 어쩌면 그녀가 어떻게 행동할지 그는 다 알고 있었으면서도 꼬투리를 잡을 때까지 기다렸었던 것일지도 몰랐다.

"죽이실 것입니까?"

　태휼이 눈을 좁혔다. 어머니를 생각하며 나타났던 죄책감 서린 표정도, 숨기려 했던 것이 하나씩 밝혀질 때의 당혹스러운 표정도 아니었다.

　수련의 눈에서 처음으로 공포가 엿보였다. 언제나 담담하게 자신을 가리고 있던 그녀의 본모습이 지금 드러나고 있었다.

"폐하를 속이려 하였으니 죽이실 것입니까? 처음 언약과는 다르게 폐하의 손에서 벗어나려 했으니 목숨을 거두실 것입니까?"

팽팽하게 당겨져 있던 줄이 느슨해진 것처럼 수련의 목소리에는 힘이라고는 하나도 없었다. 그 순간, 알 수 없는 불안이 태휼을 완전히 흔들어 놓았다.

당장에라도 그녀가 사라져 버릴 것처럼 위태롭게 다가왔다.

"짐이 널 죽이려 한다면 얌전히 죽어 줄 건가?"

무를 쓸 수 있다는 것도, 사내 못지않게 정치적 상황을 꿰뚫어 보고 이용할 수 있다는 것도 들켜 버렸다. 어쩌면 그는 수련이 여가에서 어떻게 빠져나오려 했는지도 이미 알고 있을지 모르는 일이었다.

모든 것을 알고 있는 적 앞에서 그녀가 할 수 있는 일은 없었다.

여가가 황제로 바뀌었을 뿐이라 생각했었다. 하지만 그건 그녀만의 철저한 착각이었다.

"소녀가 스스로 죽기를 원하십니까?"

"짐을 속인 대가를 받아야 하지 않겠나?"

시선을 마주하는 모습이 다정한 연인처럼 보였지만, 나오는 대화는 서늘하다 못해 끔찍하기 그지없었다.

언제든지 그녀의 목줄을 뜯을 수 있는 맹수 앞에서 이젠 그녀가 할 수 있는 일이 없었다.

"소녀의 가족을 풀어 주신다는 황명을 내려 주시옵소서. 그럼 그 자리에서 죽겠습니다."

"필요 없어진 이들에게 줄 자비는 없단다. 위랑."

"폐하께서는 이유 없는 목숨을 거둬 가시지 않습니다. 제가 봐

왔던 폐하께서는 누구보다도 치밀하고 냉철하신 분입니다."

체념한 표정과는 다르게 작은 입에서 나오는 말은 거침없었다. 그녀에게 최우선은 언제나 가족이었다. 그녀를 지켜 주지도 못하는 가족에게 왜 목숨까지 걸어 가며 저리 아등바등 매달리는지 알 수 없었다.

"위랑이 짐을 잘못 본 것일지도 모르지. 죄인의 가족을 어찌 살려 놓을 수 있단 말인가."

가족들에게 쏟는 관심을 자신이 받을 수 있다면, 자신조차 내놓은 채 그들을 지키려 하는 수련의 저 머릿속에 그가 들어갈 수만 있다면 생각만으로도 나쁘지 않았다.

"위랑이 직접 말해 보라. 네가 짐이라면 널 어찌하겠는가?"

그의 물음에 참고 있던 인내가 그대로 끊겨 버렸다. 그녀는 자신의 목숨을 걸고 버티고 있는 상황이 그에게는 결국 유희일 뿐이었다. 그녀에게는 전부인 가족이 태휼에게는 그저 유희를 즐기기 위한 수단일 뿐이었다.

선택 한들 무엇을 할 수 있단 말인가? 그저 태휼의 손아귀에서 의미 없는 발버둥을 칠 뿐이었다.

"재미있으십니까?"

"뭐?"

생각지 못한 물음에 태휼이 눈을 좁혔다. 하지만 이미 수련에게는 조금의 인내도 남아 있지 않았다.

"사람의 목숨을 이리 대하는 것이 재미있으시냐고 물었습니다."

어떻게든 벗어나려고 하였다. 그저 누구의 제약도 없이 살고 싶었을 뿐이었다.

힘을 가진 그는 재미있을지 몰라도 수련은 이제 지긋지긋했다. 수련이 태휼에게 잡힌 손목을 빼기 위해 손을 비틀었다.

갑작스러운 반항에 그의 손에 힘이 들어갔다.

"아픕니다. 놓아주세요. 폐하."

"싫다면 어찌하겠나?"

노려보던 수련이 태휼의 손을 붙잡았다. 어떻게든 그에게서 빠져나가려는 수련을 보던 그의 눈에 불이 일었다. 수련의 손목을 잡아 끌자 그녀가 태휼의 품으로 가볍게 끌려왔다.

도망가려는 수련과 잡으려는 태휼 사이에 작은 실랑이가 벌어졌다.

어차피 이제 숨길 것도 없다. 이러지도, 저러지도 못하는 상황에서 더는 피하고 싶지 않았다. 자유로운 수련의 손이 어깨를 노리며 공격해 왔다. 빠른 속도로 치고 들어오는 손을 피한 그가 가는 손목을 낚아챘다. 양 손목을 잡히자 발버둥 치던 다리가 복부를 향해 차고 올라갔다.

"아무도 들어오지 마라!"

방의 소란에 내관이 들어오려하자 태휼이 고함을 질렀다. 손을 뺀 수련이 그의 목을 향해 팔을 뻗었다. 힘이 부족할 뿐, 수련의 움직임은 흑영과 맞먹는 수준이었다.

하지만 그녀의 분노를 계속 받아 줄 생각 따위 없었다. 하물며 상처가 터지면서 나온 피가 비단옷의 소매 부분을 붉게 물들이고 있었다. 공격이 실패로 돌아간 수련이 자세를 잡는 찰나, 그의 손이 작은 어깨를 붙잡았다.

"앗!"

중심을 잃은 수련이 바닥에 쓰러지자, 그가 그녀의 위로 올라탔다. 반항하는 손목을 한 손에 머리 위로 올린 그가 수련과 눈을 마주했다. 눈물이 그렁그렁하게 맺힌 눈에 분노가 깃들어 있었다.

황제인 그에게 적의를 드러냈음에도 화가 나지 않았다. 저런 눈으로 그를 바라보는 것조차 불경임에도 분노보다도 정체를 알 수 없는 흥분이 그를 흔들고 있었다.

이대로 안아 버릴까? 오랫동안 느껴 보지 못했던 갈증이 그녀를 볼 때마다 그를 조금씩 잠식해 가고 있었다.

"짐을 봐라."

코앞에서 느껴지는 그의 숨소리조차 싫다는 듯 수련이 고개를 돌렸다. 철저히 거부하는 그녀의 행동에 눈살을 찌푸린 것도 잠시 고개를 돌리면서 보이는 매끈한 목선이 그의 눈에 들어왔다.

자신도 모르게 그가 수련의 목에 얼굴을 묻었다.

"아!"

그의 촉감에 놀란 수련이 숨을 멈추었지만, 태휼은 멈추지 않았다. 희고 가는 목에 입술을 묻으니 맥이 뛰는 것이 생생히 느껴졌다. 힘껏 빨아들이며 혀로 자극하니 수련이 몸을 파르르 떨었다. 코를 간질이는 살내음도, 입술에 느껴지는 피부의 감촉도 달금하니 그를 충동질하였다. 어차피 그의 소유인 여인, 이대로 품에 안아도 상관없었다.

"위랑."

"……"

"짐은 여상환처럼 가족을 상대로 힘을 휘두르지 않을 것이다. 하지만……"

목에서 느껴지는 잇자국에 수련의 눈이 떠졌다. 놀란 수련이 잠시 몸부림을 쳤지만 상관없다는 듯 하얀 목을 깨물었다.

"흐읍."

"너에게는 짐이 어떻게 행동할지 약조할 수 없을 것 같구나."

새어 나오는 비명을 삼키듯 수련이 숨을 짧게 들이마셨다. 눈 끝에 눈물이 맺혔지만, 신음조차 나오지 않았다. 하얀 목에 거듭 이를 세워 물었지만, 그 이상으로 그는 움직이지 않았다.

수련의 목에 그가 남긴 잇자국이 붉게 달아올랐다. 거듭 흔적을 남길수록 온몸의 열기가 그를 미치게 하였지만, 본능에 따르는 대신 이성으로 억눌렀다.

충동으로 부서뜨리고 억지로 손에 넣기에는 수련의 능력이 아까웠다. 아직 그는 수련에게 더 많은 것을 원했다.

"폐, 폐하. 문성공께서 드시었사옵니다."

내시감의 말에 그제야 태휼이 몸을 일으켰다. 틈이 생기자 수련이 있는 힘껏 몸을 뒤로 뺐다. 붙잡혀 있던 손목과 목이 붉게 달아올라 있었지만 그녀를 보는 태휼은 눈썹조차 꿈틀대지 않았다.

"위랑은 밖에서 기다려라."

"……."

"문성공은 들어오라."

무슨 이야기를 한들 태휼에게는 조금도 통하지 않았다. 거듭 물리고 빨린 목이 따갑고 아팠지만 지금만큼은 몸의 상처보다도 그와 함께 있는 이 순간이 끔찍하게 싫었다.

몸의 힘이라고는 하나도 없었지만, 질끈 입술을 깨물며 그녀가 몸을 일으켰다. 잠시 비틀대기는 했지만, 수련이 억지로 참아 냈다.

허리를 꼿꼿이 세운 수련이 태연히 앉아 있는 태휼을 향해 몸을 숙였다. 더할 나위 없이 공손한 자세였지만 그를 바라보는 수련의 눈은 차가웠다.

힘겹게 상황을 끝낸 수련이 닫혀 있던 문을 열었다.

간신히 추슬렀던 정신이 문밖의 사내를 보는 순간, 다시 격하게 흔들렸다.

놀란 그녀를 달래듯 문밖의 사내가 빙긋 미소를 지었다.

지난밤, 승정궁에서 만났던 부겸이 수련의 앞에 문성공으로 서 있었다.

❊   ❊   ❊

태휼이 권좌에 오른 후, 제일 먼저 한 일은 이복형제인 다른 황자들을 제거하는 것이었다. 황후의 유일한 소생이었던 그를 제외한 후궁의 소생들은 황제인 그에게 몸을 숙이는 대신 세를 가진 귀족들과 후일을 도모하려 하였고, 그 상황에서 태휼이 할 수 있는 선택은 하나뿐이었다.

죄를 밝혀 귀양을 보내기도 하였고, 원인을 알 수 없는 사고도 일어났다.

태휼의 소행이라는 것을 알았어도, 그의 뒤에 여상환이 있었기에 누구도 나서지 못하였다.

그렇게 여상환에게 이용당하며, 또 그를 이용하며 태휼은 후환이 될 이들을 하나씩 제거하였다.

그리고 문성공 문부겸은 현재 남아 있는 세 명의 후계 중 하나였다.

"영천왕께서는 잘 계시나?"

준비된 주안상이 차려지고, 태휼이 술병을 들자 부겸이 자연스레 잔을 내밀었다.

"아버지야 언제나 기운이 넘치는 분이시지요. 다만 소인이 그 기운을 못 따라갈 뿐입니다."

"음."

"그나저나 소인이 없는 사이, 폐하께서도 제법 재미난 일을 벌이셨더군요. 여상환을 이리 빠르게 쳐 내실 거라고는 생각하지 못했습니다."

선제의 동생인 영천왕은 귀족들의 폭정에 질려 동쪽의 군사 요지인 당형성에 틀어박힌 채, 이민족을 상대로 전쟁을 할 뿐 황궁에는 얼씬도 하지 않는 인물이었다.

그의 아들인 부겸은 방계로서 후계 서열에 가까이에 있었지만, 실질적으로 태휼의 편에 가장 가까이에 서 있는 황족이기도 하였다.

"혹 가까이에 두시는 위랑이라는 이가 여상환을 쳐 내는 데 도움이 되었는지요?"

위랑이라는 단어에 태휼이 눈을 좁혔다. 몸은 동쪽에 있었어도 눈과 귀는 황궁을 향하고 있다는 것인가. 하물며 그러한들 시작부터 수련의 이야기라니 눈에 거슬렸다.

"도움이라…… 이해관계가 맞았다는 게 더 어울리겠지. 그나저나 둘이 초면은 아닌 것 같더군."

서늘한 말투에 부겸이 마른 입술을 깨물었다. 의심하고 투쟁하며 황제의 자리에 오른 이답게 태흘의 눈에는 거부할 수 없는 힘이 있었다. 어설픈 거짓말은 독이 되어 부겸의 목숨을 노릴 뿐이었다.

"늦은 밤, 폐하께 인사드리기가 송구하여 승정궁에서 머물고 있었는데 위랑이 오더군요. 그때 잠시 이야기를 나누었을 뿐입니다. 소인, 모르는 일이 더 많사옵니다만 위랑과 황후와의 사이가 각별한 듯하였습니다. 본의 아니게 우는 모습을 보았습니다."

"울고 있었다?"

"대성통곡을 한 건 아닙니다만."

술잔을 입술에 대며 태흘이 눈을 좁혔다. 하지만 그것뿐, 그 이상의 말은 없었다.

도리어 수련에 대해 말을 꺼낸 건 태흘이 아니라 지켜보던 부겸이었다.

"관심이 가기는 했지만, 호락호락해 보이지는 않았습니다. 혹 정인으로 데려오신 것입니까?"

부겸의 말에 태흘이 술잔을 비우면서 실소를 흘렸다. 지존의 자리에서 가장 필요 없는 존재가 바로 정인이었다. 황제에게 여인은 필요에 의해 취했다가도, 상황에 따라 버려야 하는 존재이기도 했다.

황제에게 정인은 약점이 될 뿐이었다. 그의 삶에 그런 존재는 없다.

"위랑은 여상환의 사생아다. 여가를 가지고 논 수단이 좋아 데리고 있지."

"그래 봤자 겨우 어린 여인일 뿐입니다. 수단이 좋아 보았자……."

태휼의 표정을 본 부겸이 말을 삼켰다. 지난밤 그가 본 수련은 또래보다 겁이 없을 뿐, 특별한 모습이나 비범한 생각을 가진 여인으로는 보이지 않았다.

다른 건 몰라도 사람 보는 눈 하나는 태휼보다도 정확하다고 믿었던 부겸이였다. 그가 잘못 생각했다는 것일까?

"때로는 능력보다도 절박한 상황이 사람을 만들지."

바람에 흘러가듯 낮은 목소리로 말하는 태휼을 부겸이 조용히 응시하였다. 아무것도 없던 상황에서 권좌의 자리에 앉은 황제, 모두가 태휼이 선제처럼 귀족들의 손아귀에서 놀아날 것이라 믿어 의심치 않았었다.

그랬던 확신을 조롱하듯 태휼은 하나씩 자신이 누려야 할 것을 찾아왔다. 피에 굶주린 폭군, 자비라고는 없는 잔인한 황제. 수많은 악명이 그에게 생겨났지만 태휼은 그것에 신경 쓰기보다는 더 냉철한 눈으로 앞만 보며 나아갔다.

부겸의 시선을 받던 태휼이 생각났다는 듯 의자에 몸을 기댔다.

"지난번 알아 오라 한 것은 어찌 되었는가?"

태휼의 물음에 부겸이 품에 넣어 놓았던 것을 꺼내 황제에게 내밀었다. 부겸이 태휼에게 내민 것은 청녹색 빛이 도는 잘 벼려진 화살촉이었다.

"금족이 만든 화살촉입니다. 어찌 만드는지는 그들만의 비밀이라 알 수 없었습니다만 살을 꿰뚫으면 상처의 주변부터 썩기 시작해 끝에는 활을 맞은 이의 심장을 멈추게 하여 피를 쏟게 한다고 하였습니다. 이걸 한비의 아버지인 대홍려가 모으고 있었습니다."

태휼의 손이 잡은 화살촉을 이리저리 돌려 보았다. 전체적인 모양이나 무게가 호연에서 쓰는 것과는 제법 달랐다.

"이것 말고도 다른 무기들도 꾸준히 사들이는 정황이 보였습니다. 뜻을 같이하는 장군들이 하루가 멀다 하고 대홍려의 본가로 오고 가고 있었습니다."

"대홍려가 세를 모은다는 건가?"

"그게 아니라면 최악의 상황에는 역시 역모가 아니겠습니까?"

"호연의 병사들이 쓰기 어려운 이 금족의 무기로 말인가."

태휼의 반문에 부겸이 눈을 좁혔다. 부겸을 보던 태휼이 손에 들고 있던 화살촉을 주안상에 가볍게 던졌다. 묵직한 소리를 내며 구르는 화살촉을 보던 태휼이 멈췄던 말을 이었다.

"호연의 화살은 금족의 것과는 달리 살을 썩게 하지는 못한다. 대신 금족의 화살보다는 가볍고 잘 벼린 검만큼이나 날카롭지. 금족의 화살이 살을 썩게 하여 죽음에 이르게 한다면 호연의 화살은 단번에 적의 급소를 꿰뚫어 목숨을 거둔다."

"대홍려의 목적이 역모가 아니라는 것입니까? 장군들과 밀회를 나누고 무기를 사들이는 그가 결백하다는 것입니까?"

"대홍려는 역모까지는 생각하지 못할 것이다. 그 정도의 그릇은 아니니까. 그저 세력을 키울 생각으로 무기를 사들이고 장군을 만나는 것이겠지. 다만 대홍려 뒤에 있는 이는 다를지도 모르겠군."

"다른 이가 있다는 말씀이시옵니까?"

"대홍려에게 금족에게 철을 사들이고, 병사를 키울 정도의 재력이 있던가? 내가 아는 그는 그 정도의 수완과 재력이 있지는 않지."

술이 담긴 잔을 입으로 가져가는 태휼의 눈에 위험한 빛이 감돌았다. 여상환을 죽였어도 상황은 달라지지 않았다. 어차피 황제인 그가 평생을 감당해야 할 일이었다. 차라리 역모를 준비하는 것이라면 빠를수록 좋았다.

"위랑에게 관심이 있다고 했던가?"

갑자기 대화의 내용이 대홍려에서 수련으로 돌아오자 부겸이 영문을 모르겠다는 듯 고개를 갸웃했다. 내내 귀족 여인들만 보아왔던 부겸이었으니 저런 반응이 나오는 것도 당연했다.

부겸이 채워놓은 술잔을 비우며 태휼이 가벼운 어조로 말하였다.

"지금 나에게 말한 것을 위랑에게 물어보라. 재미난 대답을 들을 것이다."

"여인 따위가 어찌 이런 것을 알겠습니까?"

부겸의 말에 미소를 지을 뿐, 태휼은 어떤 말도 하지 않았다.

전과는 다른 태휼의 행동에 부겸이 눈을 좁혔다. 수많은 후궁과 황후를 받아들였음에도 조금의 곁도 내주지 않았던 그였다.

그랬던 그에게 위랑이라는 존재가 단순한 재미일 뿐일까?

문득 드는 의문에 부겸이 잡고 있던 술잔을 내려놓았다.

"단순한 호기심과 재미로 곁에 두시는 것이라면 훗날 소인에게 위랑을 주시겠습니까?"

미소 띤 부겸의 요구에 태휼의 눈을 좁혔다. 부겸을 상대하는 내내 올라가 있던 입꼬리가 딱딱하게 굳었다.

"위랑을 달라?"

"물론 폐하의 유희가 충분히 끝나신 후에……."

"문부겸."

달라진 어조에 부겸이 당황한 것도 잠시, 태휼에게 밀려오는 살기에 숨을 들이마셨다.

다른 이들이었다면 바닥에 몸을 붙인 채, 태휼에게 고개를 숙였을 것이었다. 하지만 그러는 대신 부겸이 태휼의 살기를 받아 냈다.

"폐, 폐하."

"언제부터 짐의 사촌이 짐의 소유를 나눠 가지는 사이가 되었던가?"

"……소인이."

"짐이 너에게 과한 관심을 준 것인가?"

태휼의 입가에 맺혀 있는 미소는 그대로였지만, 부겸의 목은 그의 살기로 몇 번이나 베이고 꿰뚫리는 기분이었다. 입술을 깨물고 숨을 멈춰 가며 버텨 내던 부겸이 결국 태휼의 앞에 머리를 숙였다.

"소인. 사촌이기 전에 폐하의 종일 뿐입니다. 어찌 그 사실을 잊을 수 있겠습니까?"

부겸의 이마에 맺혀 있던 땀이 바닥에 한 방울씩 떨어졌다. 황위 계승 서열에 있으면서도 부겸이 살아남은 이유는 하나였다. 모두가 태휼을 얕보며 자신만의 세력을 꿈꿀 때, 부겸은 그의 능력을 보고 머리를 숙였다.

하물며 정치에 관심 없는 영천왕이 태휼에게 힘이 되어 주었기에 지킬 수 있었던 목숨이었다.

"소인. 다시는 이런 망언을 내뱉지 않을 것이옵니다. 자비를 내려 주시옵소서. 폐하."

서늘한 눈으로 부겸을 내려 보던 태휼이 몸의 살기를 거두었다. 그제야 부겸의 입에서 힘겨운 숨이 토해졌다.

"짐에게도 너는 믿고 일을 맡길 수 있는 귀한 사촌이지. 짐의 기대를 저버리지 마라."

"명심하겠습니다. 폐하."

"그리고 위랑에 대한 관심은 접어라."

자신도 모르게 부겸이 고개를 들어 태휼을 바라보았다. 그의 눈을 똑바로 응시하며 태휼이 입을 열었다.

"위랑은 짐의 것이다."

날카로운 검을 눈에 품고 있는 것처럼 시선을 마주하는 것만으로도 온몸에 오한이 생겼다. 일말의 주저도 없이 소유를 주장하는 태휼을 보며 부겸은 더는 충동적으로 입을 놀릴 수 없었다.

"오랜만에 만난 너와 이러고 싶지 않다. 일어나라."

고개를 숙인 부겸이 답답했는지 태휼이 짜증이 섞인 목소리로 명령했다.

충동적으로 친 장난의 대가가 어떤 것인지 몸으로 느낀 부겸이 몸을 일으켜 태휼이 내미는 술잔을 받았다.

태휼에게 몸을 숙이고, 지켜 낸 목숨.

부겸에게 태휼은 여전히 몸을 숙이고 따라야 할 황제였다.

❋　❋　❋

밖으로 나온 수련이 제일 먼저 한 일은 옷의 소매를 찢어 목을 가리는 일이었다. 수련의 갑작스러운 행동에 태화전의 내관이 그녀를 보았지만, 한번 시작된 움직임은 멈추지 않았다.

"위, 위랑."

거듭 물린 잇자국을 완전히 가린 수련이 내관을 보았다. 들어갈 때만 해도 없던 상처, 하물며 이로 거듭 물리고 빨려서 붉게 부어 올라 있었다.

"이만 가 보겠습니다."

"위랑. 폐하께서 밖에서 기다리라 명하셨습니다."

어느새 다가온 내시감이 가라앉은 눈으로 그녀를 보았다. 나이가 지긋한 노인의 눈을 물끄러미 보던 수련이 감정을 추스르듯 소리 없이 숨을 내쉬었다.

가족을 생각한다면 이런 식의 행동은 좋지 않다. 그럼에도 지금 만큼은 그가 하라는 대로 하고 싶지 않았다.

"내시감께서는 무슨 마음으로 저분을 모시는 것입니까?"

"네년이 지금 무슨 물음을 하는 것이냐!"

수련의 물음에 놀란 유 내관이 버럭 고함을 질렀다. 유 내관의 고함에도 수련의 눈은 내시감만을 보고 있었다. 감정을 터트리거나 울먹이지는 않지만 수련의 눈은 촉촉이 젖어 있었다.

답답하게 참고 있어도 기댈 곳조차 아무도 없는 궁에서 버티는 일이 쉽지 않았을 것이다. 하물며 지금까지 있었던 이들과 수련을 대하는 태휼의 행동은 달랐다. 오랫동안 태휼을 모신 내시감도 알 지 못하는 그의 생각을 이제 반년인 수련이 알 리 없었다.

"정해진 답이 있어 모신다면 이 자리에 있을 수 없겠지요. 다만 모실 수 있는 분이기에 따를 뿐입니다. 어쩌면 위랑이 지금 찾고 있는 대답을 소인은 찾은 것일지도 모르지요."

"소녀는 평생 모를 것 같습니다. 아니 알고 싶지 않습니다."

이미 숨기려 했던 것은 전부 밝혀졌다. 가장 마지막 수로 생각했던 도망조차 무의미해진 상황에서 수련이 할 수 있는 생각은 없었다.

내시감처럼 순응하고 받아들이거나 아니면 여상환처럼 반항하고 싸울 것인가.

애초에 수련에게는 처음의 선택지는 받아들일 수 없는 일이었다.

"네년이 감히 내시감께!"

"유 내관은 가만히 있게."

"내시감!"

억울한 유 내관의 눈이 붉게 달아올랐다. 매질해 궁 밖으로 내보내도 시원치 않았건만, 황제는 물론이고 내시감조차 위랑을 곱게 보는지 이해할 수 없었다.

역적의 딸, 그것도 제 아비를 팔아서 살아남은 년을 더는 두고 볼 수 없었다.

"내시감. 더는 안 되겠습니다. 폐하나 내시감께서는 왜 저년을 귀히 여기시는지 모르겠습니다만 소인은 저 패악을 더는 볼 수 없습니다!"

"가만히 있으라는 말 못 들었는가!"

"내시감!"

"폐하께 지금의 대화를 들려 드릴 생각인가! 당장 제자리로 돌아가게!"

내시감의 호통에 유내관의 눈이 수련을 노려보았다. 하지만 유내관보다 먼저 움직인 사람은 황제가 있는 태화전을 노려보던 수련이였다.

"옷이 이리되었으니 처소로 돌아가겠습니다."

"위랑."

"죄송합니다."

내시감이 그녀를 좋게 보고 있다는 것은 누구보다도 수련이 잘 알고 있었다. 앞일을 생각하면 이리 행동해서는 안 되었지만 지금은 목에 남아 있는 잇자국만큼이나 이곳에 있고 싶지 않았다.

유 내관이 뭐라고 소리를 질렀지만 수련은 외면하였다.

뒤에서 무슨 소리가 나든 거침없이 걸어가던 걸음이 사람의 인적이 없는 곳에 도착해서야 멈추었다. 온몸을 부들부들 떨던 수련이 눈가에 그렁그렁 맺혀 있는 눈물을 손으로 닦아 냈다. 버텨야 한다는 것을 알면서도 굳게 먹었던 마음이 무너져 내리는 건 어쩔 수 없었다. 예전에는 이럴 때마다 의지할 가족이라도 있었지만, 이곳에서 수련은 철저히 혼자였다.

몸의 힘이 빠지는 듯 수련이 자리에 주저앉았다. 가족을 만나기는커녕 황제에게 몹쓸 짓만 당하고 죽을지도 모른다. 어쩌면 황제가 그녀를 곁에 두는 이유는 발악할 대로 발악하다가 포기하는 모습을 보기 위함일지도 알 수 없는 일이었다.

황제에게 여상환은 같은 하늘에 찢어 죽여도 시원찮을 원수였으므로.

순간 그녀를 내려다보면 황제의 시선이 머릿속을 가득 채웠다.

"흐읍."

구역질이 치밀어 오르는 것을 손으로 막으며 수련이 입술을 깨물었다. 진정하려 했지만, 한번 떨리기 시작한 몸은 좀처럼 멈추지 않았다.

처음부터 거래라는 것을 하면 안 되었다. 목숨을 잃더라도 도망쳤어야 했다.

가라앉은 눈에 짙은 어둠이 스며드는 순간, 민 부인의 모습이 눈을 스쳐 갔다. 창백하게 질린 얼굴에 몸은 여전히 떨고 있었지만, 입술을 굳게 문 수련의 눈은 공포에 질렸던 좀 전과는 달리 차분하였다.

"누구 마음대로."

수련의 눈에 천천히 짙은 독기가 스며들었다.

황제의 앞에 몸을 숙이고, 말을 따르다 보면 기회가 올 것으로 생각했다.

하지만 그게 아니라면, 어쩌면 그러한 일이 일어나기 전에 황제에게 먼저 죽게 될 것이다.

"당신 마음대로 되지 않아."

황제는 무섭다.

죽일 기세로 노려보는 눈부터, 무엇이든 꿰뚫어 볼 것 같은 날카로운 시선도 찍어 누르듯 압박하는 그의 살기도 소름 끼치게 두려웠다.

입술을 깨물며 주저앉아 있던 수련이 몸을 일으켰다. 힘이 빠진 몸이 잠시 비틀거렸지만 수련은 악착같이 몸을 일으켰다.

"죽일 생각이면 죽여 보라지."

그에게 물린 목이 욱신욱신했지만 통증은 느껴지지 않았다. 도리어 목의 상처가 느껴질수록 수련의 다짐 또한 단단해졌다.

"위랑! 위랑!"

주먹을 쥐고 서 있는 수련의 뒤로 내관의 목소리가 들렸다. 눈가에 남아 있는 눈물을 닦은 그녀가 평소와 똑같은 모습으로 몸을 돌렸다.

"한참을 찾았습니다. 위랑."

"……."

"폐하께서 찾으십니다."

"……."

"위랑. 어서 가셔야 합니다!"

예전 같았다면 서둘러 걸었을 수련이 그 자리에 있자 내관이 채근하였다. 하지만 수련의 눈은 내관 너머의 사내를 향하고 있었다. 수련의 시선에 몸을 돌린 내관이 황급히 몸을 숙였다.

"무, 문성공!"

"대화는 끝내셨습니까?"

태연히 몸을 숙이는 수련을 보며 부겸이 입꼬리를 올렸다. 이비나 한비였다면 보란 듯이 내놓고 다녔을 황제의 잇자국을 저렇게 가리는 여인이 있을 것이라고는 생각도 못했다.

"지난밤에는 실례하였습니다. 소녀, 문성공을 뵌 적이 없는 터라 무례를 범하였습니다."

승정궁에서의 모습은 언제 그랬냐는 듯 부겸을 대하는 수련의 자세는 한 치의 어긋남도 없었다. 반듯한 그녀도 나쁘지 않았지만, 그럼에도 승정궁에서의 모습이 더 마음에 드는 그였다.

"문성공. 폐하께서 위랑을 데려오라 명하였습니다. 서둘러 가야 하니……."

"뭐 조금 늦는다고 큰일이야 나겠는가?"

"무, 문성공."

"위랑은 어뗘한가? 그대가 괜찮다면 잠시 이야기를 나누는 것도 괜찮은 것 같은데 말이지."

"문성공! 이러시면 아니 되십니다!"

"자객이 아니라는 걸 확실히 알았으니 잠깐 정도는 시간을 내주는 것도 여인의 미덕이지 않겠나?"

"문성공!"

내관이 거듭 부겸을 말렸지만, 그는 수련을 바라볼 뿐이었다.

무슨 생각으로 이러는지 알 수 없었지만, 상관없었다. 지금은 태화전으로 가고 싶지 않았다. 하물며 황궁의 누구에게도 듣지 못했던 것을 부겸에게 들을 수도 있는 일이었다.

"소녀에게 여인의 미덕이 있는지는 모르겠습니다만 따르겠습니다. 앞장서시지요."

"위랑!"

"폐하께는 내가 위랑을 잠시 데려갔다고 하거라."

울상인 내관을 달랜 부겸이 수련을 지나 걸음을 옮겼다. 내관을 향해 고개를 숙인 수련이 조용히 내관의 뒤를 따랐다.

❀　❀　❀

"문성공이 위랑을 데려갔다?"

서늘한 태휼의 물음에 고개를 숙인 유 내관이 거침없이 말을 토해 냈다.

"따르라는 말에 기꺼이 뒤를 따랐다고 하옵니다. 데리러 간 내관이 몇 번이나 위랑을 말렸지만 폐하의 말씀을 따르지 않겠다며 문성공을 따라갔다 하였습니다."

"……."

"문성공을 따르는 위랑의 얼굴이 무척이나 환하여 둘의 모습이
마치 정을 통하는 연인 같았다는 말이 있었습니……."

콰직.

서안에 턱을 기대는 태휼의 눈은 평온했다. 하지만 서안의 한쪽
은 태휼의 손에 산산이 부서져 있었다. 말을 잇던 유 내관이 넙죽
고개를 숙였다.

고개를 숙이고 있던 유 내관의 입가에 진한 미소가 감돌았다. 눈
엣가시 같은 위랑을 처리하기 위해서는 황제의 관심에서부터 떨어
뜨리는 것이 우선이었다.

자신이 가진 소유에 대한 집착은 타의 추종을 불허하는 황제였
다. 그것을 문성공이 건드렸으니 지금만큼 좋은 기회는 없었다.

"위랑을 끌고 올까요? 폐하."

몸을 숙인 유 내관을 보는 태휼의 눈은 차가웠다.

그의 앞에서 몸을 숙여도 충성을 맹세해도 부겸이 쉽지 않은 성
격이라는 것을 알고 있었다. 여상환이 태휼의 사후로 택한 이 또한
부겸이었다. 모든 것에 관심이 없는 것처럼 자유롭게 굴어도 누구
보다도 방심할 수 없는 존재가 바로 그였다.

하물며 여상환이 부겸과 거래를 하려 했다면, 거래의 대가로 누
구를 걸었을지는 생각하지 않아도 뻔한 일이었다.

'훗날 소인에게 위랑을 주시겠습니까?'

태휼이 허락하는 순간 수련을 곧바로 데려갈 것처럼 그의 목소리에는 진심이 느껴졌다. 부겸의 말을 되새김질하는 태휼의 눈에 짙은 불쾌감이 스며들었다.

수련의 가능성을 알아차린 사람도, 그녀를 곁에 둔 사람도 그였다.

누구도 그 권리를 탐하거나 빼앗아 갈 수 없었다.

"폐하."

"놔두어라."

치미는 분노와는 다르게 태휼은 나서지 않았다.

부겸이 거슬리기는 했지만, 그가 수련에게 특별한 감정이 있어 그런 것이 아니라는 걸 알고 있었다. 이성으로는 그걸 알고 있었지만, 감정으로는 그게 좀처럼 가라앉지 않는다는 것이 문제라면 문제였다.

자신의 표정을 가리듯 태휼이 술잔을 들어 입술을 적셨다.

직전까지 맛이 괜찮았던 술은 지독하게도 썼다.

❀　　❀　　❀

어디론가 목적이 있어서 가는 것이 아니었기에 부겸의 걸음은 빠르지 않았다. 조금 떨어진 곳에서 그를 따르며 수련이 주변을 둘러보았다. 언제나 오고 가던 길이었건만 이곳은 처음이었다.

한적하면서도 깔끔하고 고요했다. 사람의 손길을 타 있는 곳임에도 쉬기에는 더할 나위 없는 장소였다.

"이런 곳이 있는지는 몰랐습니다."

수련의 말에 걸음을 멈춘 부겸이 몸을 돌렸다. 부겸이 어찌 보는지 상관없다는 듯 검고 맑은 눈이 주변을 보고 있었다. 태화전에서 보았던 모습과는 다르게 생기가 도는 그녀의 모습에 부겸의 입가에 미소가 감돌았다.

"폐하께서 종종 홀로 산책하시는 길이지. 제법 대화를 나누기에 괜찮은 곳이네."

폐하라는 말에 수련의 안색이 딱딱하게 굳었다. 순식간에 달라지는 표정에 부겸이 실소를 지었다.

"황궁에서 그대같이 폐하를 꺼려 하는 이도 없을 걸세."

"폐하께서 이곳에 계시는 것도 아니시지 않습니까? 혹 여기까지 데려오시고는 폐하께 소녀와의 일을 말씀하실 생각이십니까?"

주눅이 들기는커녕 당차게 말하는 그녀의 행동에 부겸이 헛웃음을 터트렸다. 목에 잇자국을 남겨서인지는 몰라도 태휼을 말하는 수련의 기색은 날카로웠다.

노골적으로 밀어 내고 피하는 여인을 곁에 둔다. 실로 태휼다운 생각이었다.

"그나저나 폐하께서 다니시는 길을 문성공께서 오셔도 되는 것입니까?"

"지금까지 내내 걸었어도 혼이 나지는 않았으니 괜찮지 않겠나? 난 폐하께서 다니시는 길에 멋대로 들어왔고, 그대는 폐하께 불경을 저질렀으니 우린 공범이군. 죄인끼리 조용히 입을 다무는 것으로 하지."

능청스러운 대답에 수련이 기가 막힌다는 듯 헛웃음을 지었다. 태휼과 비슷한 기색이면서도 그와는 확연히 달랐다.

그런데도 수련은 그에게 가까이 다가갈 수 없었다. 태휼이 광포한 기세로 마지막 숨까지 끊어 놓을 이였다면 부겸은 환한 미소로 단번에 목을 베어 버릴 것 같은 이였다.

"그나저나 왜 여기까지 끌려온 건가? 차라리 도망치는 것이 나았을 수도 있지 않은가?"

"눈 먼 어머니와 어린 동생을 데리고 그게 가능하다고 생각하시는 것입니까?"

"혼자 나왔으면 충분히 가능한 일이지. 가족이라는 존재는 의지가 되기도 하지만 때로는 족쇄이지 않은가. 그대도 가족을 외면하고 도망쳤다면 지금 이런 고생을 하지는 않았겠지."

부겸의 말에 풀어져 있던 수련의 표정이 딱딱하게 굳었다.

그의 말이 틀린 건 아니다. 혼자였다면 충분히 황제를 따돌리고 자유를 얻었을 것이다.

"혼자 자유가 된들 무슨 의미가 있겠습니까?"

같이 있었기에 버틸 수 있었다. 힘겨운 삶이었지만, 버티다 보면 갈망하던 그 순간이 올 거로 믿어 의심치 않았던 시간이었다.

그게 불필요한 책임감이라 생각했던 적은 단 한 번도 없었다.

"문성공은 어떠실지 모르지만 소녀에게 가족은 족쇄가 아니라 의지입니다."

"그 가족 때문에 폐하께 목숨을 잃을 수도 있다네."

부겸의 말을 듣던 수련의 눈동자가 파르르 떨렸다. 태휼의 눈이 뇌리에 각인된 것처럼 머릿속을 떠나지 않았다. 두려움이 순식간에 그녀의 온몸을 옥죄었지만, 입술을 질끈 깨무는 것으로 수련은 공포를 이겨 내려 하였다.

부겸이 담담한 모습 안에 감정을 억누르는 수련을 조용히 응시하였다. 황제가 없는 곳이라면 한 번은 감정을 터트릴 것이라 생각했었다. 고된 생활이 계속되면 한 번 정도는 터지기 마련, 하물며 지금 수련의 얼굴은 지금까지 보아 온 모습 중에서 가장 어두웠다.

하지만 화를 내지도, 상황을 부정하지도 않았다.

"내가 나가게 해 줄까?"

떨리던 눈이 부겸의 눈을 물끄러미 바라보았다.

여인의 시선을 받고 있는 것이었지만, 처음 느끼는 기분이 그를 사로잡았다. 내보내 준다는 말은 그저 운을 띄워 보기 위함이었을 뿐이었다.

이 이상의 제안은 위험하다는 것을 알면서도 부겸은 멈출 수 없었다.

"내 그 정도의 힘은 쓸 수 있네."

부겸의 제안을 들은 수련의 눈이 빛났다. 그것도 찰나, 힘없는 미소를 지으며 수련이 고개를 저었다.

"소녀를 시험하는 사람은 폐하만으로 충분합니다."

"……."

"그래도 문성공 덕분에 감정을 떨칠 수 있었습니다. 감사합니다."

몸을 숙이는 수련에게서 더는 두려움이라는 감정을 느낄 수 없었다. 다시 담담한 기색으로 돌아온 수련이 손을 모은 채 그를 기다렸다.

두려움에 한 번은 무너질 수 있건만, 어떻게든 버티고 있는 그녀에게 눈을 뗄 수 없었다.

"내 물어볼 것이 있네. 대답해 주겠나?"

부겸의 물음에 수련이 엷은 미소를 지었다.

감정을 참아 내는 것도, 미소를 짓는 것도 보기 좋았다. 하지만 그건 부겸에게만 그렇게 느끼는 것일지도 모른다.

저 정도로 태휼의 눈에 들었을 리가 없다. 누구보다도 힘들게 권좌에 앉은 그는 받아들이기보다는 의심부터 하는 이였다.

그 순간, 태화전에서 태휼이 해 보라 했던 물음이 뇌리에 스쳤다.

"말씀하십시오."

"귀족 중 누군가가 호연이 아닌 곳에서 철을 사들이고 있네. 그러면서도 다른 이들과 끊임없이 왕래를 하고 있지. 병사를 키우고 세를 늘리고 있는데 반역으로 봐야 하지 않겠나?"

뜬금없이 나오는 물음에 수련이 고개를 갸웃했다.

태휼이 물어보라고 시킨 것일까? 하지만 그녀가 아는 태휼은 직접 물어볼 사람이지 누군가를 통해 이렇게 물음을 던질 이가 아니었다. 결국 부겸의 물음이라 결론을 낸 수련이 오랜 생각 끝에 입을 열었다.

"바보가 아닌 이상 역모를 저지를 이가 타국에서 무기를 들여오고 노골적으로 사람들을 불러오겠습니까? 그저 누군가를 숨기기 위한 눈속임일 뿐이겠지요."

"눈속임이다?"

"역모를 저지를 사람이라면 호연의 안에서 은밀하게 움직일 것입니다. 그리고 그런 식의 준비는 자금의 소모만 클 뿐, 얻을 수 있는 이득은 없을 것입니다. 분명 그자에게 자금을 대는 이가 있을 것입니다. 그 사람이 원흉이겠지요."

말이 계속될수록 부겸의 얼굴이 딱딱하게 굳어 갔다. 위랑에게 물어보라며 미소를 지었던 태휼의 의도를 조금은 알 수 있었다. 사람은 능력이 있으면 자만하기 마련이었다. 하물며 수련처럼 갇혀 있던 이라면 기회가 왔을 때 그것을 숨기기보다는 드러내 사욕을 채우기 마련이었다.

가족과 자유롭고 싶다는 수련의 소망은 태휼의 눈에서는 욕심으로 보이지 않았을 것이다.

능력이 있으면서도 욕심이 없다. 하물며 능력이 있는 만큼 시선이 몰리는 사내와는 달리 수련은 여인이었다.

"그런데 어찌 그런 물음을 하시는 것입니까? 누군가가 반역이라도 꾸미는 것입니까?"

"그냥 궁금해서 물어봤네. 난 정치적인 부분에서는 아무것도 모르거든."

부겸의 대답을 들은 수련이 고개를 저었다.

"모르시는 것이 아니라 모르시는 척하심이 아닙니까?"

"……."

"소녀가 주제넘었습니다. 지금 말은 잊어 주십시오."

부겸이 말이 없자 수련이 고개를 숙였다. 편안한 분위기에 자신도 모르게 쉽게 말을 꺼내 버렸다. 부겸의 기분이 상했다고 생각한 수련이 그를 향해 몸을 숙였다.

"아닐세. 좀 의외였을 뿐, 상하지 않았네."

부겸이 손을 젓자 그제야 수련의 입가에 안도의 미소가 생겨났다.

보면 볼수록 웃으며 짓는 미소가 시선을 끌었다. 여인에게 전혀 관심을 주지 않던 황제가 제 스스로 수련의 목에 자신의 흔적을 남겼는지 왠지 모르게 알 것 같았다.

"문성공께서 괜찮으시다면 소녀 또한 한 가지만 여쭤 봐도 되는지요?"

"폐하께서 다니시는 길을 멋대로 들어온 죄인들끼리 꺼릴 것이 무엇이 있는가?"

태연히 죄인이라 말하는 부겸의 말투에 수련이 작게 웃음을 터트렸다. 방심할 수는 없는 사내였지만 그럼에도 지금의 시간이 나쁘지 않았다.

웃음을 거둔 수련이 담담한 목소리로 부겸에게 물었다.

"아버지인 여상환이 사라진 후, 호연의 실세인 귀족 셋을 알려 주셨으면 합니다."

"황궁에 머물면서 그대가 모를 리가 없을 텐데, 어찌 나에게 그걸 물어보는가?"

"소녀가 아는 것과 문성공이 보시는 것이 다를 수 있으니까요."

"권력을 탐하고자 함인가?"

부겸의 물음에 수련의 입가에 진한 미소가 어렸다. 자신감이 깃들어 있는 미소가 위험하기보다는 혼을 빼놓을 것처럼 화사하였다. 권력을 탐하려고 하는 것은 아니다. 그렇다면 저 미소가 의미하는 것은 무엇이란 말인가.

"권력은 아니라는 건가?"

답을 피하는 수련을 보던 부겸이 손가락으로 매끄러운 턱선을 어루만졌다.

"우선 폐하의 스승이었던 재상과 이비의 아버지이자 사공에 자리에 오를 이부한이 비슷비슷한 세를 가지고 있네. 그다음으로 한비의 아버지인 대홍려를 들 수 있겠지. 물론 대홍려는 앞의 둘에 비해서는 세가 크진 않지만 말일세."

부겸의 답을 들은 수련이 말을 곱씹듯 입을 다물었다. 저 작은 머리로 무슨 생각을 부지런히 하고 있는 것일까? 마음 같아서는 무슨 의도로 그랬는지 묻고 싶었지만, 왠지 수련은 그의 물음에 답을 해 줄 것 같지 않았다.

나쁘지 않은 여인이다. 아니 생각보다도 의외의 끌림이 느껴지는 여인이었다.

태휼이 가장 가까이에서 두고 있는 여인.

정인은 아니라고 했지만, 부겸이 느끼고 있는 것을 태휼이 느끼지 않을 리가 없었다.

"황궁은 여가가 아닐세. 무슨 생각인지는 알 수 없지만 무모한 짓은 하지 말게나."

"소녀 따위가 무엇을 할 수 있겠습니까?"

부겸의 충고 아닌 충고를 들은 수련이 고개를 숙였다.

뒤늦게 둘을 찾아온 내관이 수련을 데려가기 전까지 대화는 제법 길게 이어졌다. 내관을 따라 가던 수련이 부겸을 향해 몸을 숙였다. 그런 그녀에게 부겸이 괜찮다는 듯 어서 가 보라 손짓하였다.

떠나는 수련을 보던 부겸이 손에서 느껴지는 고통에 눈을 내렸다.

언제부터였을까? 주먹을 힘껏 쥐고 있었던 손이 하얗게 질려 있었다. 수련에게 부겸이 처음이었던 것처럼, 부겸에게도 수련은 처음 보는 상대였다.

'문성공께서 결심만 하신다면 이 여상환이 알아서 모든 준비를 끝내 놓겠습니다.'

태휼의 폭정을 두고 볼 수 없다고 했었던가? 부겸은 한밤중에 방문한 여상환을 달갑게 여기지 않았다. 적당히 이야기만 듣고 내보낼 생각으로 마련했었던 자리, 그곳에서 여상환은 부겸에게 은밀한 제안을 하였다.

'대가가 시원찮을 결과에 손을 잡을 생각은 없네.'
'소인의 딸과의 혼인만 받아들이시면 됩니다. 문성공께서 그저 그자리에서 기다리고 계시기만 하면 됩니다.'
'그대에게 딸은 황후 마마뿐이라는 걸 알고 있네. 나보고 폐하의여인을 취하라는 것인가?'
'폐하께서도 문성공께서도 모르는 딸이 하나 있지요. 문성공께서도 마음에 들어 하실 겁니다. 조만간 딸아이와 함께 찾아뵙도록 하지요.'

승정궁에서 처음 보았을 때만 해도 그녀가 여상환이 말한 그 딸이라고는 생각하지 못했다.
하지만 막상 알게 되니 묘한 호기심과 알 수 없는 기분이 그를흔들어 댔다. 마음에 들어 할 거라는 여상환의 목소리가 그의 머릿속에서 끊임없이 울려 퍼졌다.

여상환의 말대로 부겸은 처음 본 그녀가 싫지 않았다.

도리어 내관과 함께 떠나는 그녀의 모습조차 아쉽게 다가왔다.

하지만 그는 황제의 위랑, 적어도 지금은 태휼의 소유였다.

"앞으로 궁이 재미있어지겠네."

연모의 정 자체를 모르는 태휼과 부겸은 달랐다. 오랫동안 만나지 못한 호기심 어린 존재, 하물며 잠깐이나마 혼약이 오고 갔던 여인이었다.

황제를 향한 충성에 변화가 있는 것은 아니다.

그저 곁을 머무는 여인에 대한 호기심이 생겨났을 뿐.

수련이 사라진 자리를 보는 부겸의 입가에 묘한 미소가 감돌았다.

五章

스며들다

수련을 바라보는 한비의 눈이 붉게 충혈되었다. 믿을 수 없다는
듯한 눈이 수련의 목과 손목을 보고 또 보았다. 황제가 위랑을 총
애한다는 헛소문은 돌고 있었지만, 궁녀들끼리 떠드는 헛소리라 생
각했었다.

"폐하의 품에 안긴 것이냐?"

"아닙니다."

"그런데 그 상처는 무엇이냐?"

"……폐하의 심기를 잘못 건드렸을 뿐입니다. 한비 마마께서 생
각하시는 그런 일은 일어나지 않았습……."

"네 그 모습을 하고 어디서 거짓을 말하는 것이냐!"

화가 난 한비는 가까이에 두었던 경대를 수련에게 힘껏 던졌다.
평소였다면 한비가 던지는 대로 맞았을 터였지만, 이미 태휼에게
모든 것을 들킨 이상 몸을 사릴 이유는 없었다.

날아오는 경대를 피한 수련이 싸늘한 눈으로 한비를 노려보았다. 제 감정에 본모습을 전부 보이는 후궁의 비위를 맞출 생각은 더는 없었다.

태휼의 스승이었던 재상.

사공이 된 이비의 아버지 이부한.

한비의 아버지인 대홍려.

수련이 아는 재상은 누구보다도 태휼을 최우선으로 택하는 이였다. 그런 이에게 힘을 써 달라 할 수 없었다. 사공인 이부한과 손을 잡으면 일은 수월하겠지만 목표를 이루기 전에 태휼의 검이 그녀의 목을 노릴 것이다.

결국 그녀가 손을 잡아야 하는 사람은 둘에게는 밀리지만 어느 정도 세력을 가진 대홍려였다.

이제 황궁에서 적응해 나가려는 어리석은 궁인의 모습은 필요 없다.

"네! 네 이년이!"

"언제까지 이비의 손에 휘둘리실 것입니까?"

"뭐?"

얼마 뒤면 황궁에 온 지 일 년이 된다. 가족을 빼돌리고 황궁에서 도망치려는 마지막 계획은 해 보지도 못한 채, 무산되었다. 그녀가 무술을 쓸 수 있다는 것을 안 이상, 태휼은 최소한의 여지도 남겨 주지 않을 것이다.

"무슨 말을 하는 것이냐?"

"이비 가문은 이제 명실공히 호연의 삼공 중 하나가 되었습니다. 하지만 대홍려께서는 아무것도 얻지 못하셨습니다. 이대로 소녀의 이야기를 들으신들 무엇이 달라지겠습니까?"

"……."

"폐하께서 소녀를 여인으로 봤다면 겨우 이따위의 멍 자국으로 끝났겠습니까? 폐하의 성정을 누구보다도 잘 아시는 한비 마마가 아니신지요."

수련의 말에 한비의 몸이 딱딱하게 굳었다. 분명 혼을 내고 경고를 하기 위함이었건만 말문이 막혀 더는 말할 수 없었다. 분명 못나고 어리석은 계집이었다. 주는 재물에 감사해하며 아는 것을 술술 말하는 실없는 계집일 뿐이었다.

그런데 지금 그녀 앞에 있는 저 계집은 누구란 말인가.

"돌려 말하지 말고 제대로 말해라. 무엇을 원하는 것이냐?"

"소녀는 황궁을 살아서 나가고 싶습니다. 그리고 그걸 해 주실 분은 한비 마마이십니다."

자리에서 일어난 한비가 수련을 노려보았다. 대화의 주도권은 이미 한비에게서 수련으로 옮겨진지 오래였다. 화를 낼 생각조차 나지 않았다. 누구보다도 한비는 자신의 감을 믿었다. 험난한 황궁의 생활도 감 하나만을 믿고 따라왔기에 여기까지 살아남지 않았는가.

수련에게서는 위험한 기운이 감돌았지만, 감만큼은 그녀의 말을 계속 들어 보라 하고 있었다.

"황궁을 나가게 해 달라? 그 대신 나와 가문이 무엇을 얻게 되겠느냐?"

"권력을 얻으시겠지요. 적어도 이비의 그늘에서 나오시게 되겠지요."

한비의 눈이 수련을 꿰뚫어 보듯 노려보았다. 조금도 떨리지 않는 수련을 보며 한비가 입꼬리를 올렸다.

"이게 네년의 본모습이었구나."

"소녀가 마음에 들지 않으시면 지금이라도 목을 베시지요. 내치셔도 상관없습니다. 소녀, 이비 마마께 찾아가면 그만이니까요."

당당히 고개를 드는 수련의 목에 태휼이 남긴 잇자국이 시선에 들어왔다. 뒤늦게 황궁에 들어온 수련은 전혀 모를 것이다.

그 누구도, 하물며 죽은 황후조차 태휼의 곁에 다가가지 못했다. 저런 식으로 흔적을 남긴 사람은 지금까지 수련 한 명뿐이었다. 한비와는 다른 척하고 있었지만, 이비 또한 저 상처를 보는 순간 당혹스러워할 것이 뻔하였다.

"위랑을 빼고 모두 물러나라."

한비의 명령에 서 있던 궁녀들이 밖으로 부지런히 걸음을 옮겼다. 그들의 기척이 완전히 사라질 때까지 수련을 노려보는 한비의 눈은 조금도 움직이지 않았다.

기척이 완전히 사라진 수련이 한비의 앞에 무릎을 꿇고 고개를 숙였다.

"내일모레 조례에서 토지개혁에 관한 이야기가 나올 것입니다."

"이미 알고 있다. 아버지께서 이미 반대하는 이들과 뜻을 같이하고 있지."

"대홍려께서는 반대가 아니라 찬성을 하셔야 합니다."

"찬성? 지금 재상의 편에 서서 개혁안을 받아들이란 말이냐? 그게 어떤 것인지 알고서 그 입을 놀리는 것이냐!"

"작은 개혁안 하나를 버리는 대신 재상과 사공에게 대홍려의 영향력을 보여 주는 계기가 되겠지요."

수련의 말에 한비가 입술을 깨물었다.

말을 하지 않을 뿐, 한비의 머리는 그 어느 때보다도 부지런히 돌아가고 있었다.

어차피 이번 개혁안은 차후에 있을 것에 비하면 아무것도 아니라는 말이 있었다. 다만 하나를 허락하면 훗날 일이 어려워질 것이니 사전에 막아야 한다는 말을 그녀 또한 대홍려에게 들은 상황이었다.

"우리 가문이 재상과 손을 잡아 사공의 움직임을 저지한다면……."

"아무리 이비 마마의 세가 나날이 커진다 한들 한비 마마의 세를 무시할 수 없겠지요. 그건 재상께서도 마찬가지이실 것입니다. 이후의 개혁안은 사공의 손을 들어 주는 것으로 막으면 그만이지요."

말을 끝낸 수련이 다시 고개를 숙였다.

두 가문에 비해 대홍려의 세가 작았지만, 그럼에도 무시할 수는 없었다.

그 세를 이용해 입지를 단단히 할 수 있다면, 하물며 이번 일로 태휼의 눈에 들을 수도 있음이었다.

"네가 말하는 대로라면 이비도 날 쉬이 무시할 수는 없을 것이다."

"소녀는 이미 마마께 손을 내밀었습니다. 마마께서는 어찌하시겠습니까?"

"……글쎄? 내 너가 평소와는 많이 다르니 심히 거슬리기는 하구나. 물론 좋은 조언이기는 했다만 네 무엇을 믿고 이리 입을 놀리는 것이냐?"

"폐하께서 소녀가 한비 마마의 궁을 드나드는 것을 알고 계십니다."

"뭐?"

"소녀가 죽으면 누가 죽였는지, 무슨 말을 했는지 폐하께서는 전부 알아내려 하시겠지요. 어찌 되었든 폐하께서는 소녀의 목에 잇자국을 남기신 분이 아니겠습니까? 총애하는 계집이 사라지면 어찌 되었는지 찾아보실지도 모르지요."

"너! 이!"

한비가 몸을 떨었지만 수련은 평온했다.

"폐하의 수많은 눈에서 죄를 감추실 수 있으신지요?"

말을 끝낸 수련이 자리에서 일어났다. 태휼의 총애 따위 받고 싶지도, 받지도 않았지만 이 상황에서는 상관없었다. 이용할 수 있는 건 전부 이용할 것이다.

태휼이 그녀에게 조금의 틈도 허락하지 않는다면 상관없었다.

이젠 그녀가 직접 그 틈을 만들어 낼 것이다.

"소녀를 어찌 처분하시겠습니까? 죽이시겠습니까? 아니면 쫓아내시겠습니까?"

오만한 수련의 행동에 한비가 이를 갈았지만, 더는 어찌할 수 없었다.

비틀거리며 일어난 한비가 서안 아래에 내려놓았던 함을 꺼내었다. 함에 들어 있는 장신구를 꺼내려던 한비가 통째로 수련에게 함을 내밀었다.

"네 것이다. 가져가거라."

"감사합니다. 마마."

가까이 다가와 함을 가져가려는 수련의 팔을 한비가 붙잡았다.

"이건 네가 내 사람이라는 증표로 건네는 것이다. 이비와 쓸데없는 수를 부릴 시에는 내 너를 직접 죽일 것이다."

"폐하께서 소녀를 황궁 밖으로 내치시기만 한다면 한비 마마의 걱정도 사라지실 것입니다."

고개를 숙여 인사를 한 수련이 거침없이 방 밖으로 걸음을 옮겼다.

주저 없이 사라지는 수련의 발걸음을 들으며 한비가 손톱을 이로 깨물었다.

❀   ❀   ❀

"후우."

한비의 궁을 나온 수련이 길게 숨을 몰아쉬었다.

태휼의 잇자국에 화가 난 한비를 보는 순간 충동적으로 생각해 낸 일이었지만 다행히 원하는 결과를 얻어 낼 수 있었다.

'좋진 않아.'

땀이 흥건히 맺힌 손을 보던 수련의 안색이 어두워졌다.

부겸이 말한 세 귀족이 자신이 생각했던 이와 똑같다고 생각한 순간, 그들 사이에서 움직이는 방법도 나쁘지 않겠다는 생각이 들었다.

하지만 지금의 방법은 태휼이 만들어 놓은 선을 넘는 일이었다.

'이대로라면 변하지 않아.'

여가에서는 일하는 사람들부터 자신의 편으로 끌어들이면서 기회를 엿보았다. 사생아라며 피하던 사람들도 수련의 호의와 종종 건네는 재물에 마음을 열고 정보를 가져왔다. 가노에서부터 천천히 사람을 자신의 편으로 만들고, 그들에게 조언하며 여가 깊숙이 들어갔다.

중간에 몇 번이나 여상환에게 들킬 위험이 있었지만, 그때마다 여상환을 도와주는 것으로 의심을 피하고 기회를 엿보았다.

몸을 숙이고, 기회를 보며 여가에서 벗어나려 움직였다. 하지만 그녀의 목적이 드러나고, 그녀의 계획이 무산되자 태휼을 끌어들이는 것을 마지막 수단으로 결국 여가에서 빠져나올 수 있었다.

'같은 방법이 두 번 통할 거라고는 생각하지 않았어.'

부리는 수족을 대수롭게 않게 생각하지 않았던 여상환과는 달리 태휼은 자신의 지배에 있는 이들을 철저히 관리하였다. 특히나 태화전에 들어온 내관 중 수련에게 필요한 이들은 여지를 주는 듯하면서도 절대 선 이상을 넘지 않았다.

부겸의 말은 맞다.

황궁은 여가가 아니다. 그렇다면 황궁에 맞게 그녀의 생각을 고치는 것이 옳았다.

"위랑! 위랑!"

궁을 나와 걷는 수련의 귀에 어린 궁녀의 목소리가 들려왔다. 자신이 잘못 들은 것인가 싶은 수련이 자리에서 주변을 둘러보자 큰 나무의 뒤로 궁녀가 수련을 향해 손짓하고 있었다.

"항아님. 왜 여기에 계세요?"

"쉿! 이리 오세요."

연신 주변을 둘러보던 어린 궁녀가 수련의 옷소매를 붙잡았다. 낑낑거리며 끌고 가려는 궁녀의 움직임에 수련이 모르는 척 그녀를 따랐다. 사람이라고는 전혀 보이지 않는 궁의 구석으로 끌고 간 궁녀가 겁에 질린 눈으로 연신 주변을 살폈다.

"괜찮아요. 항아님. 아무도 없어요."

보다 못한 수련이 입을 열자, 그제야 어린 궁녀가 안도의 숨을 내쉬었다. 처음 보는 두려워하는 모습에 수련이 미소를 지었다.

"무슨 일이세요?"

"위랑에게 도움이 될 일이 무엇인지 알아봤어요. 이거 받으세요!"

물어보는 수련에게 어린 궁녀가 품에 넣어 놓았던 서신을 건네었다. 수련이 서신을 받아 들자 어린 궁녀가 목소리를 낮췄다.

"그 서신의 답은 저에게 주시면 돼요! 가 볼게요!"

말을 끝낸 궁녀가 도망치듯 자리에서 사라졌다. 영문을 알 수 없던 수련이 고개를 갸웃거리며 서신을 열었다. 서신에 적힌 글을 보던 수련이 자신도 모르게 주변을 빠르게 살폈다.

쿵쾅거리기 시작한 심장이 좀처럼 가라앉지 않았다. 한비 앞에서 느꼈던 떨림보다도 더한 감정이 그녀를 집어삼켰다. 바들바들 떠는 손을 진정시키며 수련이 서신을 열어 보았다.

익숙한 필체. 그것보다도 더 익숙한 말투.

어린 궁녀가 준 서신은 그녀의 어머니에게서 온 것이었다.

❀　❀　❀

"마마님. 전했어요."

수련에게 서신을 준 어린 궁녀가 한달음에 달려온 곳은 한비의 궁 뒤에 있는 후원이었다. 후원의 주인은 이미 침수에 들었지만, 어찌 된 영문인지 후원에는 나이 든 상궁과 몇몇 궁녀가 자리에 서 있었다.

"잘하였다. 위랑이 아주 좋아했겠구나."

"그런데 마마님, 위랑께 서신을 드려도 괜찮은 것입니까? 태화전의 내관님께서……."

"들키지만 않으면 그만이지. 그리고 위랑이 바라는 일을 하고 싶다 하지 않았느냐? 혹 걸릴까 무서운 것이냐?"

"아, 아니옵니다! 위랑을 위한 일인걸요! 꼭 제가 하고 싶습니다. 마마님."

다부진 궁녀의 대답에 상궁의 입가에 미소가 생겨났다. 어린 궁녀가 기특한지 상궁의 손이 작은 머리를 연신 쓰다듬었다.

"위랑에게 서신만 전해 주면 된단다. 나머지 일은 내가 알아서 할 터이니 넌 입을 조심, 또 조심해야 할 것이다."

"절대 누구에게도 이야기하지 않겠습니다!"

거듭 말하는 어린 궁녀에게 상궁은 칭찬을 아끼지 않았다.

"이번 일이 잘 이루어지면 한비 마마께서 너에게 큰 상을 내릴 것이다. 위랑은 가족을 만나 좋을 것이고, 너는 위랑에게 진 빚을 갚을 수 있으니 모두에게 좋지 않겠느냐?"

상궁의 말에 어린 궁녀가 환한 미소로 고개를 끄덕였다.

어린 궁녀가 사라질 때까지 상궁의 입가에는 연신 인자한 미소가 감돌았다. 궁녀의 모습이 완전히 사라지자 인자했던 미소는 싸늘하게 변하였다. 상궁이 고개를 돌려 어둠 속을 향해 몸을 숙였다.

이비에게 사주를 받은 수련의 궁녀가 상궁의 인사를 차가운 눈으로 받았다.

❋ ❋ ❋

모두를 내보낸 수련이 민 부인에게서 온 서신을 한 자, 한 자 기억에 남기듯 읽어 내려갔다.

간결하면서도 담담한 어조, 눈이 멀긴 했지만 어머니인 민 부인은 쓸데없는 말을 하지 않았다. 잘 지내고 있다는 짧은 글이 반듯하게 쓰여 있다.

눈이 먼 민 부인에게 현이 종이의 줄과 위치를 알려 줬을 것이다. 수련이 했듯이 작고 어린 손으로 민 부인의 곁에서 글을 써 내려가는 것을 지켜보았을 것이다.

보지 않았어도 보이는 모습에 수련의 눈이 촉촉해졌다.

"같이 있었으면 좋았을 텐데."

힘들 때마다 민 부인의 무릎에 기대고, 포근한 온기에 마음껏 몸을 맡겼을 것이다. 답답할 때면 여가의 눈을 피해 동생과 시전을 다니면서 돌아다녔을 것이다.

모두에게는 일상이었던 삶이, 그녀에게는 평생을 갈구하는 염원이 되어 있었다.

몇 번이고 읽고, 읽어 내린 수련이 서신을 불에 가져갔다. 마음 같아서는 보관하고 싶었지만 위험한 황궁에서 증좌가 될 물건을 놔둘 수 없었다.

하지만 그걸 알면서도 선뜻 불에 서신을 갖다 댈 수 없었다.

수련이 고민하던 찰나 서신의 끝에 불이 붙었다.

"아!"

타는 냄새와 함께 서신이 타자 놀란 수련이 서신을 떨어뜨렸다. 빠르게 타는 서신을 밟았지만 그녀의 애타는 마음과는 달리 불이 붙은 종이는 순식간에 재가 되었다.

어떤 서신인데 이렇게 태울 수 있단 말인가. 입술을 깨문 수련의 눈에 울컥 눈물이 치밀어 올랐다.

"바보같이…… 어차피 태워야 할 거였잖아."

애써 감정을 추스르려 해도 이미 터진 눈물은 멈추지 않았다.

내내 참아 대던 감정이 요즘 따라 제멋대로 그녀를 흔들어 댔다. 무슨 미래를 생각하면서 이렇게 악착같이 버티고 있는지 알 수 없었다. 이런다 한들 가족에게 돌아간다는 보장도 없었다.

자리에 주저앉은 수련이 무릎을 모았다. 하소연할 곳 따위 아무 데도 없다는 것을 알면서도 힘이 빠지는 건 어쩔 수 없었다.

"위랑. 들어가도 되겠습니까?"

밖에서 들려오는 목소리에 수련이 얼굴에 남아 있는 눈물 자국을 닦았다. 문이 열리며 자리물을 가지고 들어온 궁녀가 인상을 찌푸렸다.

"무엇을 태우기라도 한 것입니까?"

"실수로 등잔을 떨어뜨렸었습니다. 앞으로는 조심하겠습니다. 이리 주세요."

"소인이 하면 됩니다. 침수에 드실 시간이니 누우세요."

자리물을 내려놓은 궁녀가 수련을 침상으로 이끌었다. 수련이 눕자 능숙한 손길이 이불을 덮어 주었다.

"기분 좋은 일이 있으십니까? 오늘 위랑의 얼굴에 화색이 돕니다."

궁녀의 말에 수련이 아니라는 듯 고개를 저었다.

"좋은 일이 또 무엇이 있고 하겠습니까?"

"사소한 일이라도 기분이 좋으면 드러나는 법이지요. 위랑의 얼굴이 오늘은 나아 보입니다."

수련이 궁녀의 말을 넘기며 얼굴까지 이불을 덮었다. 주변을 정리한 궁녀가 등잔의 불을 끄고는 밖으로 나갔다. 기척이 완전히 사라진 다음에나 누워 있던 수련이 몸을 일으켰다.

서신의 재가 남아 있던 자리를 물끄러미 보던 그녀가 길게 숨을 내쉬었다.

무거운 감정을 억누르듯 거듭 긴 숨을 내쉰 수련의 눈이 어둡게 가라앉았다.

"누구의 술수인가."

어린 궁녀 따위가 황제가 감시하는 인질에게서 서신을 받아 올 리 없다. 황제와 대립하면서까지 서신을 받아 올 정도라면 호연에서는 제법 세가 있는 귀족이 부린 술수일 것이다.

위협을 무릅쓰면서까지 가족과 연결해 주겠다는 호의를 거절할 생각은 없었다. 다만 호의에 대한 대가가 두려울 뿐이었다. 밤이 점점 깊어 왔지만, 수련의 고민은 날이 밝도록 깊어졌다.

❈ ❈ ❈

그 후로 몇 번의 답신이 오갔다. 서신을 옮기는 어린 궁녀에게 위험하니 관여하지 말라 했지만 자신이 해야 할 일이라는 말을 들었을 뿐이었다. 한비 마마께서 직접 해 주시는 일이니 부담 없이 받아들이라 했지만, 정작 이 일의 주범이라는 한비는 그녀에게 어떤 말도 하지 않았다.

"후우."

또다시 자신의 손에 들어온 답신을 수련이 복잡한 눈으로 바라보았다. 태화전에 갈 시간이었지만 손에 들어온 답신을 보지 않고는 발걸음이 떨어지지 않을 것 같았다.

'네가 없으니 몸은 편하지만 마음은 무겁구나. 못난 어미는 부족함 없이 지내고 있으니 걱정하지 마라. 얼굴이라도 볼 수 있다면 좋을 텐데 그게 안 되는 것이 가장 아쉽고 안타깝구나.'

서신을 보는 수련의 눈이 어둡게 가라앉았다. 어머니나 현과 나누는 대화가 싫은 건 아니다. 하지만 이대로 하라는 대로 해도 괜찮은 것인가. 이 주 동안 두 번의 답신이 오고 갔음에도 태흘에게서는 별다른 기색이 없었다.

"잠시라도 만날 수 있다면 좋을 텐데."

이런 서신이 아니라 직접 가서 얼굴을 보며 온기를 나누고 싶었다. 잠시라도 상관없었다. 직접 볼 수만 있다면, 어떻게 지내는지 직접 들을 수만 있다면 그것만으로도 황궁에서 버틸 힘이 될 것 같았다.

"그러면 안 돼."

지금도 충분히 위험했다. 서신을 주고받는 것만으로도 충분히 감사해야 했다. 하물며 이번 일을 주도하는 사람이 누구인지 확실히 알지 못하는 상황에서 섣불리 움직일 수 없었다.

어린 궁녀는 한비의 배려라고 했지만 수련은 믿지 않았다. 그녀가 아는 한비는 이렇게 움직일 사람이 아니었다.

"위랑. 태화전으로 가셔야 할 시간입니다."

시중을 드는 궁녀가 수련을 향해 미소를 지었다. 궁녀의 미소에 수련이 화답한 것도 잠시, 그녀의 눈이 궁녀를 조용히 응시하였다.

"왜 그러십니까? 위랑."

거듭된 물음에도 수련의 눈은 궁녀를 향해 있었다. 하지만 잠시 후, 고개를 저은 수련이 자리에서 일어났다.

"조만간 상궁 마마님이 되신다고 들었습니다."

수련의 말에 궁녀의 입가에 즐거운 미소가 생겨났다.

"황궁에 들어온 지 몇 년 안 된 것 같은데 벌써 그리되었습니다. 소인 상궁이 되더라도 위랑의 곁에 있을 테니 염려하지 마세요."

"마마님 덕분에 어려움 없이 지내고 있습니다."

수련이 상궁을 향해 작은 주머니를 건넸다. 이 주에 한 번은 빠지지 않고 그녀에게 건네주는 뇌물. 환한 미소의 궁녀가 빼앗듯이 수련에게서 주머니를 잡아챘다.

"오호호호. 저야 언제나 위랑의 편이 아니겠습니까? 어서 태화전으로 드시지요."

밝은 표정의 궁녀를 보며 수련 또한 미소를 지었다.

하지만 궁녀의 인사를 받으며 밖으로 나온 수련의 표정은 그 어느 때보다도 차가웠다.

제연궁을 지나 태화전으로 걸어가던 수련이 길게 들어선 대신들의 줄에 눈을 좁혔다. 지금쯤이면 조례가 끝난 태흘이 태화전에서 집무를 볼 시간이었다. 태흘의 방식은 그의 성격답게 조례에서 필요한 일은 전부 끝내는 식이었다.

"위랑."

"내관님. 무슨 일이라도 있는 것입니까?"

황궁에 들어와 처음 보는 광경에 수련이 말문을 잃었다. 시끄러운 것을 극도로 싫어하는 태흘은 직접 명을 내릴 때를 빼고는 방문 자체를 꺼렸다. 초조한 모습으로 서 있는 이들이 보고 있는 곳은 한곳, 바로 태흘이 머무는 집무실 안이었다.

"조례조차 물리신 채, 집무실에서 내내 계신다네. 고해도 답이 없으시니, 허락 없이 들어갈 수는 없지 않은가?"

"그럼 대신들의 줄은……."

"조례에서 말씀드려야 할 것을 하지 못했으니 다들 저리 안달이 나서 서 있는 것이겠지. 위랑. 어찌하는가? 유 내관께서도 아침부터 말도 없이 사라지셨으니, 이 일을 어찌해야 하느냔 말일세."

수련이 오기까지 마음고생이 심했는지 내관이 끝도 없이 하소연을 털어놓았다. 그녀에게 말해 봤자 달라지는 일도 없었지만, 그렇다고 불편한 티를 낼 수도 없었다.

"폐하. 위랑입니다."

태흘의 기척이 느껴지기는 했지만 평소처럼 답은 들려오지 않았다. 수련이 고개를 젓자 내관이 어두운 표정으로 무거운 한숨을 내쉬었다. 그녀의 처지에서야 들어가지 않는 것도 나쁘지 않았지만 그렇다고 저리 걱정하는 내관을 무시할 수는 없었다.

"폐하. 들어가겠습니다."

"위랑! 어찌하려는 건가?"

"들어오라는 게 아니라면 내쫓으시겠지요. 말씀이 없으시다는 건 무언의 허락으로 봐도 되지 않겠습니까?"

"아!"

"소녀가 들어가겠습니다. 내관님께서는 여기 계시지요."

수련의 태연한 말에 기다리던 귀족들의 눈이 커졌다. 자칫 목이 떨어질 상황이었건만, 문을 열고 안으로 들어가는 수련은 그들의 눈에는 누구보다도 대담하게 보였다. 겉으로는 더할 나위 없이 평온했지만, 안으로 들어가는 수련의 발걸음은 무척이나 조심스러웠다.

밤새 무슨 일이 있었는지 깨끗한 집무실 안에 비릿한 혈향이 코를 찔렀다.

혈향을 몰고 다니는 황제, 하지만 정작 그의 몸에서는 어떤 향도 나지 않았다.

상대를 조이는 살기만이 전부인 사내. 흔적을 남기지 않으면서도 누구보다도 압도적인 힘을 휘두르는 황제.

평소보다도 그의 눈이 차갑다 느껴지는 건 그녀만의 기분 탓일지도 모른다.

장계를 보는 태휼의 앞에 수련이 무릎을 꿇고 몸을 숙였다.

나가라는 말도, 머물라는 말도 없었다.

가볍게 던지던 조롱조차 없는 것이 이상했지만, 그렇다고 먼저 수련이 말을 꺼낼 이유도 없었기에 집무실은 무척이나 고요했다.

평소처럼 쌓여 있는 장계와 서류를 분리하여 정리한 수련이 자리에서 일어났다.

"거기 놔두어라."

태휼의 명에 수련이 다가오던 걸음을 멈추었다. 다시 장계로 눈을 돌리는 태휼을 수련이 물끄러미 바라보았다. 곁에 놓아둔 물을 마시기도 하였고, 가끔은 불편한 표정으로 목을 만지기도 하였다. 무엇보다도 낮게 가라앉은 목소리, 대수롭지 않게 들었을 때는 화가 난 것처럼 느껴졌지만 수련은 종종 현이 저런 목소리를 낼 때를 알고 있었다.

"태의를 불러야 하지 않겠습니까?"

수련의 물음에 장계에 가 있던 눈이 그녀를 향하였다. 언제나 둘의 대화의 시작은 그였고, 수련은 물음에 대한 답을 할 뿐이었다. 처음으로 수련이 말을 걸었음에도 그의 표정은 변함이 없어 보였다.

"내시감께서 감모에 걸리셨다고 들었습니다. 폐하께서 혹 내시감에게 감모를 옮은 건 아니신지요?"

"……."

육 개월 전의 수련이었다면 태휼의 표정에 가려져 있는 미묘한 차이를 찾지 못했을 것이다. 매일 곁을 지켰으니 보고 싶지 않아도 보이는 것이 있었다. 피할 수 있으면 피하고 싶은 사람이었지만, 내내 불편해하는 모습이 그녀가 아는 누군가와 너무나도 비슷하여 자꾸 신경이 쓰였다.

비웃는 것도, 그렇다고 분노라고도 할 수 없는 복잡한 시선이 수련을 응시하였다. 마주 보는 것만으로도 두려웠던 눈이 언제부터인가 시선을 마주하고 생각을 알 수 있게 되었다.

"밖의 대신들이 부담되신다면 모두 물리겠습니다. 은밀히 태의 영감을 부르겠으니……."

"어떻게 알았지?"

"……."

자리에서 일어난 태휼이 간신히 책상 모서리를 붙잡았다. 지난밤부터 오른 열이 좀처럼 가라앉지 않았다. 다른 이들에게는 대수롭지 않은 감모였지만, 황제에게는 사소한 감모조차 약점이 될 뿐이었다.

목이 아프면 말을 하지 않으면 그뿐이었고, 열이나 통증은 참으면 그만이었다. 사람이야 며칠만 만나지만 않으면 그만이었기에 몸이 아픈 걸 숨기는 일은 어렵지 않았다. 그랬기에 오랫동안 곁을 지킨 내시감도 다섯 번에 한 번 정도밖에 태휼의 감모를 알아차리지 못하였다.

오랜 시간 곁을 지킨 내시감도 모르는 것을 수련은 단번에 알아맞혔다. 감모에 불편한 티를 냈다는 것인가? 아득해지는 정신을 억지로 참으며 그가 수련에게 다가왔다.

"어떻게 알았느냐고 물었다."

사람의 마음이라는 것이 알 수 없었다. 자신의 상태를 어찌 알았느냐며 겁박하려는 사내는 누구보다도 두려워하는 태휼이었다. 조금이라도 그의 성정을 건드리면 죽는 것은 수련이었건만, 지금만큼은 그가 무섭지도 꺼려지지도 않았다.

이상하게도 그의 모습에서 오랫동안 만나지 못한 동생이 겹쳐 보였다. 현도 감모에 걸리면 애써 괜찮다며 참다가 심해져서 몸져 누울 때가 종종 있었다.

"어찌 알았느냐 묻지 않느……."

화를 내는 그의 이마에 열기로 인한 땀이 송골송골 맺혔다. 언제부터 감모였는지는 알 수 없었지만, 적어도 현재의 그는 한계까지 와 있었다.

사람이 아닐지도 모른다는 의심은 했었지만, 의심은 생각보다도 부질없었다. 모든 이의 위에서 군림하는 태흘도 아플 때의 모습은 다른 이들과 똑같았다.

"감모는 바로 잡지 않으면 더 힘들어집니다."

알 수 없는 일이었다. 그저 재미로 곁에 둔 여인이, 흥미가 떨어지면 제 아버지처럼 죽여도 상관없을 것 같은 수련의 목소리가 억지로 참고 있던 그의 벽을 완전히 무너뜨렸다.

태흘이 무거워질 대로 무거워진 머리를 수련의 어깨에 기댔다.

"폐하?"

생각한 것보다도 뜨거운 열기에 놀란 수련이 그를 불렀지만, 답할 정신조차 남아 있지 않았다. 시원한 손길이 뺨에서 느껴졌지만, 이미 무거워진 눈은 좀처럼 떠지지 않았다.

황제의 자리.

그 자리의 중요함을 누구보다도 잘 아는 그였기에 이런 모습 따위 보일 수 없었다.

하지만 이성과는 다르게 무너지는 몸이 속수무책으로 수련에게 안겨 들었다.

✻　✻　✻

온몸이 불덩이를 품은 것처럼 뜨거웠다. 눈을 뜨려 해도 돌이

얹혀 있는 듯이 무겁기만 하였다. 나락으로 떨어지듯 머리가 어지러웠다. 구역질이 치밀고 속이 뒤집혔지만 입을 굳게 다무는 것으로 참아 내려 하였다.

목에 단단한 자물쇠가 달린 것처럼 소리가 나지 않았다. 이마에 송골송골 맺혀 있는 땀이 얼굴을 타고 목으로 흘러내렸다.

깊은 심연에서 빠져나오고 싶었지만 그를 붙잡은 어두운 손은 몸을 타고 올라와 그의 목을 졸랐다. 어두운 곳으로 끌려가는 상황에서 벗어나려 몸부림을 쳤지만, 지친 몸은 그의 의지와는 다르게 속절없이 손이 끄는 대로 따라갈 뿐이었다.

그리고 그 순간, 머리에서 시작된 서늘한 기운이 온몸으로 퍼져 갔다.

"아……."

온몸을 옥죄던 모든 것이 서늘한 기운에 하나씩 힘을 잃어 갔다. 머리에서 느껴지던 기운이 뺨과 목을 스치자 굳게 닫혀 있던 태휼이 힘겹게 눈을 떴다.

"깨어나셨습니까?"

나지막이 들려오는 목소리가 제멋대로 날뛰는 몸을 천천히 가라앉혔다. 숨조차 제대로 쉴 수 없었던 지독한 압박감이 조금이나마 가신 태휼이 소리가 들려오는 방향으로 고개를 돌렸다.

수련이 열을 재듯 그의 목에 자신의 손등을 대었다.

머리에 있는 차가운 수건보다도 그녀의 손길이 좋았다. 그녀의 손에서 느껴지는 서늘한 기운에 태휼이 힘든 숨을 길게 내쉬었다.

"아직 밤입니다. 한숨 더 주무시지요."

"여긴……."

"소녀 혼자 폐하를 옮길 수 없어 내관의 도움을 받았습니다. 침소입니다."

말을 듣던 태휼이 무거운 숨을 내쉬었다. 고작 감모에 자리보전을 하고 있었다니 한심스러운 일이었다. 머리에 올려 있는 물수건을 치워 낸 그가 몸을 일으키려 하였다.

"대신들을 모두 내보낸 뒤에 모신 터라 아는 이도 없었습니다. 태의 영감이 조금만 늦었어도 큰일 날 뻔했다고 말씀하셨단 말입니다."

"……"

"아플 때는 고집부리시는 것이 아닙니다. 감모에 걸리신 걸 널리 널리 알릴 생각이 아니라면 다시 누우십시오."

감모 때문에 판단력이 흐려진 것 때문일지 몰라도 그를 말리는 수련의 모습은 평소와 달랐다. 밤공기에 오랫동안 있어서인지는 알 수 없었지만, 그녀에게서 느껴지는 서늘한 기색이 무척이나 좋았다.

그녀에게 물어보고 싶은 것이 많았지만, 그가 느끼기에도 몸은 엉망이었다.

못 이기듯 자리에 다시 눕자 수련이 떨어져 있던 수건을 잡아 차가운 물에 담갔다. 누워 있는 채로 수련의 모습을 그의 눈이 하나도 빠짐없이 바라보았다.

그를 끔찍이도 싫어하는 그녀가 왜 간병하는지는 알 수 없었지만 지금은 어쩔 수 없었다. 이마에 차가운 물수건이 다시 올려지고, 다른 물수건으로 땀에 젖은 얼굴과 목을 닦아 냈다.

편안한 숨을 내쉬며 눈을 다시 감았지만, 이미 인지해 버린 감각이 수련의 존재를 끊임없이 감지하였다. 몸의 열을 식히려는 듯 차가운 물수건이 태휼의 손을 부드럽게 닦아 내렸다. 그의 손 너머로 느껴지는 수련의 손은 그가 느껴왔던 여인들과는 사뭇 달랐다.

딱딱하고 거친 손. 여인이기보다는 사내처럼 느껴졌지만, 지금만큼은 무척이나 편안했다.

"그리 무섭게 주변 사람을 잡아 대니 몸이 남아나질 않는 것입니다."

태휼이 잠들었다 생각한 수련이 조용하던 방의 정적을 깨뜨렸다. 눈을 감았을 뿐, 잠들어 있지는 않았지만 모르는 척 수련의 말에 귀를 기울였다.

"아픈 걸 아프다고 말하는 건 죄가 아니란 말입니다."

깨어 있지 않았다면 절대 들을 수 없었던 말들이 오랫동안 깊숙이 숨겨 왔던 그의 본심을 흔들어댔다. 황자로 태어나 황태자가 되고, 황제가 될 때까지 누구도 해 주지 않았던 말들이 호기심으로 데려온 여인에게서 흘러나오고 있었다.

수련의 말은 반은 맞았고, 반은 틀렸다.

아픈 걸 아프다고 말하는 건 죄가 아니었지만, 황제에게는 사소한 감모조차도 죄가 될 수 있었다. 그저 아파서 누워 있는 그에게 대신들은 병약하고 무능력한 황제라는 소문을 퍼트릴 이들이었다.

그녀가 틀렸다며 말을 꺼낼 수도 있었지만 그는 그렇게 하지 않았다.

마치 그를 가르치려는 것처럼 행동했지만, 잠든 그에게 건네는 잔소리 아닌 잔소리였지만 그럼에도 낮게 들려오는 부드러운 목소리가 듣기 좋았다. 그녀의 목소리에 귀를 기울이다 보니 피곤한 몸에 점점 잠이 스며들었다.

또렷이 들려오던 목소리가 점점 끊겼다. 열을 재는 손길에 얼굴을 맡기니 나른한 기운이 몰려왔다. 얼핏 작은 노랫소리가 들려오는 것 같았지만 제대로 들었는지는 기억나지 않았다.

오랜만에 느껴 보는 안도에 몸을 맡기며 태흘이 잠에 빠져들었다.

수련이 깊게 잠든 태흘을 물끄러미 바라보았다.

새벽까지 그를 괴롭히던 열이 조금은 내렸는지 그에게서 편안한 숨이 새어 나오고 있었다.

"그래도 다행이네."

그토록 미워하고 원망하는 사내였음에도 심한 감모에 열이 내리지 않자 그녀가 더 불안해지고 무서워졌다.

감모를 들켰을 때의 태흘의 당혹스러운 얼굴이 내내 마음에 남았다.

아픈 수련에게는 언제나 민 부인이 같이 있었다. 눈이 보이지 않는 민 부인에게 걱정을 끼치기 싫어 숨겼어도, 어떻게 아는지 민 부인은 지극정성으로 수련을 간병하였다.

"황궁의 모든 사람들이 폐하만을 보고 있는데도, 정작 폐하는 본심을 보일 사람 한 명 없으신 것입니까?"

차라리 끝까지 미워할 수 있게 해 줬다면 이런 기분 따위 들지 않았다. 당혹스러워하는 그가 어찌 알았느냐며 묻는 순간, 피부를 태워 버릴 것같이 뜨거운 얼굴이 모든 것을 내려놓듯 어깨에 닿는 순간 그에게 향해 있던 악감정이 사라지는 기분이었다.

그의 감모를 이용해서 한비의 신뢰를 얻거나 잠깐이나마 가족을 보고 올 수도 있었다. 하지만 그럴 수 없었다. 쓸데없는 연민에 동정일지도 몰랐지만, 적어도 그 순간만큼은 그의 본심이 조금은 보였다.

"폐하의 적은 아버지만이 아니었던 것 같습니다."

이마의 수건이 따뜻해지자 차가운 물에 수건을 담갔다. 얼마나 오랜 시간 같은 일을 반복했는지 세 볼 생각조차 하지 않았다. 그를 향한 연민인지 아니면 짧은 순간 변덕스럽게 찾아오는 충동인지는 알 수 없었다.

물기를 짜낸 수련이 태휼의 이마에 차가워진 수건을 올렸다.

"아앗!"

이마에 있던 수건이 베개 아래로 떨어졌다. 미처 피할 틈도 없이 그의 팔이 수련의 허리를 휘감았다. 허리에 팔을 감은 그가 수련의 허벅지에 얼굴을 묻었다.

"폐하!"

놀란 수련이 낮게 속삭였지만 그는 미동조차 없었다. 심술로 이러는 것 같은 기분에 기색을 살폈지만, 그에게서는 좀 전과 똑같은 고른 숨소리만이 들려올 뿐이었다.

정인도 아닌 자신이 이런 자세라니 얼굴이 화끈거리고 부끄러웠다. 이비나 한비는 이런 기회를 절대 놓치지 않았을 테지만 수련에게는 기회고 뭐고 당혹스러울 뿐이었다.

그의 팔을 떼어 내려 했던 수련의 손이 지척에서 멈추었다. 깨다 자기를 반복하던 그가 이제야 곤히 잠들어 있었다. 하물며 저런 표정이라니, 황궁에 들어온 이래 처음 보는 모습이었다.

'황제인 당신도 결국은 똑같은 사람인 것을.'

두려워하고 꺼렸던 감정이 조금은 누그러들었다. 복잡한 눈으로 잠든 태휼을 보던 수련의 손이 주저하듯 잠든 얼굴 위에 머물렀다.

왠지 모르게 내쉬던 숨소리조차 조심스러워졌다. 닿을 듯 말 듯 주저하던 가는 손이 잠시 후, 젖어 있는 뺨을 조용히 감쌌다.

"소녀의 어머니도 소녀가 감모에 걸리면 이리 어루만져 주시곤 했습니다."

어색함을 떨치려는 듯 그녀가 낮은 목소리로 속삭였다. 다른 사람을, 하물며 사내를 이리 만져 보기는 처음이었다. 하지만 상대는 황제이기 전에 심한 감모로 몸져누운 이였다.

"다른 의미는 없었지만, 그래도 그 손길이 좋았습니다."

숨소리조차 고요한 방에서 더는 어떤 소리도 들리지 않았다.

❊　❊　❊

눈을 뜬 태휼이 뻑뻑한 눈꺼풀을 여러 번 감았다 떴다. 소리 없는 숨을 길게 내쉰 그가 몸을 일으켰다. 언제나 대수롭지 않게 지나가는 감모였기에 방심한 것이 화근이라면 화근이었다.

손으로 이마를 대니 밤새도록 괴롭히던 열이 어느 정도 떨어져 있었다. 완전히 낫지는 않았지만 이정도면 움직일 만하였다. 몸은 한결 나아 있었지만, 자신뿐인 침소를 보는 그의 눈은 한없이 가라앉아 있었다.

마지막으로 잠에 깼을 때까지도 수련은 곁에 있었다. 그를 어루만져 주던 손길이 아직도 생생했다.

하지만 어디에도 수련이 머물렀던 흔적이 보이지 않았다.

'황궁의 모든 사람들이 폐하만을 보고 있는데도, 정작 폐하는 본심을 보일 사람 한 명 없으신 것입니까?'

선잠에서 깼었던 그 순간에 들려온 물음에 어떤 말도 할 수 없었다. 아니라며 부정할 생각은 없었다. 여상환에게서 하나씩 잃어 가며, 귀족들에게 하나씩 내어 주면서 태휼은 그에게 신뢰는 독이라는 것을 배웠다. 대립하기도, 때로는 손을 잡으면서 힘을 키우기는 했지만 황제에게 그건 당연한 일일 뿐이었다.

그럼에도 수련의 물음에 단단히 굳어 있는 심장이 내려앉는 기분이었다. 이제 겨우 일 년도 안 된 여인이 자신이 허락한 것 이상으로 그를 꿰뚫어 보고 있었다.

"폐하."

태휼의 기척이 들리자 문이 열리며 내시감이 안으로 들어왔다. 침상 위의 태휼을 향해 몸을 숙인 내시감이 바닥에 이마를 박았다.

"모두 소인이 부덕한 탓이옵니다. 죽여 주시옵소서."

감모가 옮겨 간 것을 누구 탓을 할 수 있단 말인가? 하물며 침상 앞에 몸을 숙인 노인은 그가 죽으라는 말 한마디에 조금의 주저도 없이 자결할 이였다.

"소인이……."

"그 정도에서 멈춰라."

"폐하."

"수련이 없다."

태휼의 말을 듣는 내시감의 눈이 커졌다. 처음 황궁에 데려왔을 때는 궁인으로 불렸고, 이후에는 궁녀들이 별칭으로 부르는 위랑이라 불렸었다.

처음으로 태휼이 누군가의 이름을 불렀다. 그것도 여인의 이름을 말이다.

"내시감."

"수련은…… 아니 위랑은 밤새도록 폐하의 간병을 도맡아 했습니다. 소인이 지키면 되기에 잠시 쉬고 오라며 처소로 돌려보냈습니다."

내시감의 말을 듣고는 있었지만, 태휼은 눈은 다른 곳을 보고 있었다. 땀에 젖은 얼굴을 어루만지는 손이 아직도 선명하게 느껴졌다. 수련에게서 들어야 할 이야기가 많았지만, 적어도 그 순간만큼은 그녀에게서 떨어지고 싶지 않았다.

그녀가 없는 이곳이 너무나도 공허했다. 언제나 당연하게 느껴왔던 고독이 지금만큼은 껍데기만 남은 것처럼 모든 것이 빠져나간 기분이었다.

'소녀의 어머니도 소녀가 감모에 걸리면 이리 어루만져 주시곤 했습니다. 다른 의미는 없었지만 그 손길이 좋았습니다.'

언제부터였는지는 기억조차 나지 않았다. 수많은 이들이 머무는 황궁이었지만, 누구에게도 곁을 내주지 않았다. 죽은 황후나 후궁들도 달콤한 목소리로 그에게 속살거렸지만 목적이 있는 행동이라는 것을 알기에 조금의 여지도 주지 않았다.

짧게 머물다 사라지는 손길이 아쉬워서 먼저 매달렸다. 당황한 수련이 그를 불렀지만 감모를 핑계로 귀를 막고 눈을 감았다. 억지로 벗어나려 하면 힘으로라도 잡으려 하였다. 그를 어루만지는 손길이 그저 좋았다.

태흘을 밀어 내는 대신 수련은 그가 잠들 때까지 오랫동안 다독여 주었다.

"폐하."

"놔두어라."

연이은 명에 내시감이 고개를 숙였다. 내시감이 아는 태흘은 필요하다면 어디에서 어떤 일을 하든 자신에게로 데려오는 이였다. 그런 그가 자리를 비운 수련을 배려하였다. 사내 못지않게 여인에게도 거리를 두는 태흘에게는 실로 처음 있는 일이었다.

"피곤하다. 이만 나가 봐라."

태흘의 명에 몸을 일으킨 내시감이 뒷걸음질로 밖으로 나갔다. 그만이 남은 방에서 태흘이 눈을 감았다. 충분히 쉰 터라 확실히 몸은 나아져 있었다. 뺨에 닿았던 수련의 촉감이 떠오르자 딱딱하게 굳어 있던 그의 입이 부드럽게 풀렸다.

그를 죽일 사주도, 황후의 사주도 상관없었다. 그저 조심스럽게 다가오는 작은 손이, 노래하듯 나지막이 들려오는 목소리만이 그의 머릿속을 가득 채우고 있을 뿐이었다.

"위랑. 왜 벌써 돌아오셨습니까?"

방 너머로 들려오는 내시감의 목소리에 태흘이 눈을 떴다.

"아직 내시감의 감모가 나은 건 아니시지 않습니까? 소녀가 있겠습니다."

"소인이야 감모를 핑계로 충분히 쉬었습니다. 어서 처소로 돌아가십시오."

때때로 태휼조차도 포기하게 하는 내시감의 고집이 시작된 듯하였다. 모르는 척 방으로 들어오라고 해 볼까? 제 스스로 태화전으로 돌아온 수련을 되돌려 보내고 싶지는 않았지만, 한편으로는 저 작은 실랑이가 어떻게 끝날지도 내심 궁금하였다.

"힘들었다면 태화전으로 다시 돌아왔을 리가 없지 않겠습니까? 내시감께 누를 끼치고자 드리는 말씀이 아니오라 감모는 방심하면 다시 생기는 것입니다. 폐하께 감모를 두 번 옮기실 생각이십니까?"

"위랑!"

"그러니 가서 쉬십시오. 어려운 일이 있으면 바로 내시감께 사람을 보내겠습니다."

둘의 대화를 듣던 태휼이 피식 실소를 지었다. 문득 지금까지 보여 왔던 모습은 여상환이 만들어 낸 가짜일지도 모른다는 생각이 들었다. 숨기려는 걸 전부 들켰다는 건가? 아니면 그의 안에서의 수련의 모습이 달라진 것일까? 결국 수련에게 진 내시감이 걸음을 옮기는 소리가 들려왔다.

문이 열리고, 태휼이 깨 있는 모습을 본 수련이 당혹스러운 표정으로 몸을 숙였다.

기분 탓일 수도 있지만 적막했던 방에 어느새 온기가 스며들었다. 그를 괴롭히던 공허가 천천히 사그라졌다. 몸을 숙이고 인사를 하는 수련을 보는 태휼의 얼굴에 옅은 안도감이 자리하고 있었다.

※　※　※

제연궁에 들어선 이비의 눈에 빛이 번뜩였다. 분명 태휼의 신변에 무슨 일이 있었다. 절대 그냥 넘기는 적이 없던 조례를 벌써 이틀째 취소하였다. 몇몇 대신들은 폐하의 가벼운 변덕이라며 넘겼지만, 사공과 이비의 생각은 달랐다.

'변덕에 자신을 놓는 사람이 아니다.'

피와 권력에 미친 황제. 하지만 그건 태휼이 대신들에게 보여 주고 싶은 모습일 뿐이었다. 귀족들에게 휘둘려 아무것도 하지 못했던 선제와 그는 다르다.

"이비 마마."

태화전 안으로 들어서자 내시감이 그녀를 향해 고개를 숙였다.

압도적인 힘에 자만하지 않는다. 황궁의 누구보다도 태휼은 강하고 잔인하며 교활하였다.

"폐하께 문안 인사를 드리러 왔네. 고해 주게."

"이비 마마. 폐하께서는 누구도 들이지 말라 명하셨습니다. 송구하오나 오늘은 이만 돌아가 주시옵소서."

"그 명이 진정 폐하의 입에서 나온 것이 맞는가? 아님 태의감을 통해 나온 말인가?"

"이비 마마!"

"날 속이려 하지 말게! 어서 고하게! 아니면 내 직접 문을 열고 들어가야 그 요망한 입을 다물 것인가!"

숨기는 듯한 내시감의 행동에 이비가 목소리를 높였다. 분명 무슨 일이 일어났다. 한비가 눈치채기 전에 그녀가 먼저 움직여야 했다.

누구도 마음에 두지도, 본심을 보여 주지도 않는 황제였다. 총애까지는 바라지도 않는다.

하지만 후궁으로 살아남아야 한다면 태휼의 곁에 가까이 있어야 할 사람은 자신이었다.

"내시감. 고하라 하였다."

"소인은 폐하의 명을 받을 뿐입니다. 돌아가 주시옵소서. 이비 마마."

"네 감히!"

화가 단단히 난 이비가 내시감을 향해 손을 든 순간, 뒤에서 다가온 손이 이비의 손목을 붙잡았다.

"아악!"

일촉즉발의 상황, 누구도 둘의 대립에서 끼어들지 못할 때 수련이 나섰다. 당장에라도 내시감의 뺨을 때리려는 손을 붙잡은 수련이 조용히 이비의 손을 아래로 내렸다.

"이곳은 태화전입니다. 이비 마마."

한 소리를 하려던 이비의 말문이 막혔다. 하지만 곧 이비의 손이 수련을 향해 움직였다.

짝!

태화전을 지키던 내관도, 이비와 신경전을 벌이던 내시감의 눈도 커졌다. 이 상황에서 태연한 사람은 뺨을 맞은 수련과 그녀의 뺨을 때린 이비였다.

"감히 너 따위가 누구를 막는 것이냐?"

한비를 말리며 보여 줬던 자비롭고 평온한 모습은 어디에도 없었다.

황후가 없는 지금 명실공히 호연국 내명부 제1비인 그녀를 겨우 죄인의 딸인 계집이 막았다. 곧 호연의 황후가 될 그녀였다. 누구도 그녀에게 이런 식의 모욕을 줄 수 없었다.

이비의 서슬 퍼런 시선을 받던 수련이 몸을 숙였다.

"폐하께서는 몸이 고단하다 하시어 쉬고 계십니다. 단지 수선스러운 걸 싫어하시어 그런 명을 내리셨던 것뿐입니다."

"……."

"폐하께서 누구도 들이지 말라 명하셨지만 아직 침수 중이십니다. 폐하께서 깨어나시면 허락을 받고 마마께 소녀가 직접 가겠습니다. 이리 소란을 피우다가는 이곳에 있는 모두가 크게 곤혹을 치를 것입니다."

한비의 앞에서 비굴하게 몸을 숙였던 이는 어디에도 없었다. 알고 보니 천하의 요물이라 했던가? 괘씸한 계집이라며 이를 갈던 한비의 모습이 머리를 스쳐 갔다.

뺨을 맞았음에도 그녀의 행동은 조금의 흐트러짐도 없었다. 도리어 더욱 극진한 자세로 이비를 향해 깊게 몸을 숙였다.

"이비 마마. 소녀가 마마께 큰 무례를 끼쳤사옵니다. 잘못하였습니다. 용서해 주십시오."

극진한 행동이었지만 그 안에서는 대들 수 없는 위압감이 느껴졌다. 크게 곤혹을 치를 것이라는 수련의 말 때문인지 태화전의 모든 이들의 눈이 이비를 향해 있었다.

오늘이 아니면 또 언제 기회가 그녀에게 찾아올지 모른다. 황제에게 총애를 받지 못하는 후궁은 껍데기나 다름없다. 내시감에게 당한 망신이 마음에 남기는 했지만, 그 대가를 수련이 치렀으니 더는 고집을 피울 수 없었다.

"올 필요 없다. 혹여 폐하께서 많이 안 좋으신가 싶어 내 고집을 피웠다."

"이비 마마의 자비에 감사드리옵니다."

수련의 인사를 받은 이비가 몸을 돌렸다. 기세등등하게 태화전으로 왔건만, 제대로 얻은 것이 없이 되돌아가게 되었다. 그녀에게는 처음으로 있는 일, 수련의 처신에 손해를 보지는 않았지만 기분이 좋진 않았다.

몇 걸음 걷던 이비가 몸을 숙인 수련을 잠시 노려보았다. 그것도 잠시 이비의 걸음이 태화전 밖으로 거침없이 걸어갔다.

"위랑에게 큰 도움을 받았습니다."

이비가 사라지자 내시감이 인자한 미소로 수련에게 고개를 숙였다.

"모르는 척 들여보내고 눈감고 계시지. 왜 고생을 자초하시는 것입니까? 어차피 얼마 있지도 못하고 나올 텐데 말입니다."

기세 좋게 들어갔어도 태휼의 몇 마디에 기가 죽어 나올 것이 뻔하였다. 그걸 알고 있으면서도 온몸으로 이비를 막는 내시감이 이해가 되지 않았다. 더군다나 수련의 잔소리에도 저리 인자한 미소를 짓고 바라볼 뿐이었으니 더더욱 그에게 뭐라 할 수 없었다.

"내시감께서는 제 어머니랑 비슷하신 것 같습니다."

"이 늙은이를 닮았다 하시는 걸 보니 민 부인의 고집 또한 남다르신가 봅니다."

"부정하지는 못하겠습니다."

농 아닌 농에 수련이 피식 실소를 흘렸다. 이비를 막느라 잠시 궁녀에게 맡겨 놓았던 쟁반을 든 수련이 자리에 섰다. 내시감이 고하는 목소리가 들리고 문이 열렸다. 침소 안으로 수련이 들어가고 문이 닫히자 둘의 모습을 탐탁지 않게 보던 유 내관이 내시감의 곁으로 다가왔다.

"내시감. 폐하께서는 아무도 들이지 말라 명하셨습니다. 어찌…… 위랑에게만큼은 그걸 예외로 두시는 것입니까?"

"유 내관."

"우선순위를 잡더라도 위랑보다는 후궁이신 이비 마마께 우위가 있는 것이 아닙니까?"

"그건 그대를 추천한 이비 마마의 가문에 대한 비호인가?"

"내시감! 무슨 말씀을 하시는 것입니까! 소인 황궁의 내관으로 이곳의 사람일 뿐입니다."

인자한 얼굴과는 다르게 나오는 날카로운 물음에 유 내관이 펄쩍 뛰었다. 아니라며 온몸으로 부정하는 유 내관을 내시감이 다 안다는 표정으로 물끄러미 쳐다보았다. 내시감의 시선을 회피하듯 유 내관이 한 걸음 뒤로 물러났다.

"모르기 때문에 묻지 않음도 있지만 때로는 알고 있기에 묻지 않는 것도 있음을 알아야 할 것이네."

"……."

"그대나 내가 당연히 살폈어야 할 폐하의 용체를 위랑이 가장 먼저 알아차렸네. 무엇보다도 지금 침소로 들어간 위랑이 밖으로 나왔는가?"

내시감의 말에 할 말을 잃은 듯 유 내관의 눈이 바닥을 향하였다. 유 내관을 보던 내시감이 고개를 설레설레 저었다.

"자네가 위랑을 좋지 않게 보고 있다는 것을 아네. 하지만 이번 일은 위랑 덕분에 조용히 넘어갈 수 있었지 않은가? 그러니 지금 일은 조용히 덮게."

"……그리하도록 하겠습니다."

말을 끝낸 유 내관이 제자리로 돌아갔다. 그가 자신의 뜻을 받아들인 거로 생각한 내시감이 온화한 미소로 유 내관을 바라보았다.

고개를 숙인 유 내관의 눈에는 짙은 살기가 감돌고 있었다.

❀　❀　❀

"이비 마마께서 곁에 계시는 것이 훨씬 편하지 않겠습니까?"

수련이 가져온 탕약을 마시려던 태휼이 무슨 소리냐는 듯 그녀를 바라보았다. 어차피 숨길 것도 없고, 감추려 했던 속셈은 전부 들킨 후였다. 모순되게도 감추려고 했던 것을 들키고 나니 그를 대하기가 한결 편하였다.

"그래도 소녀보다는 부부의 연을 맺으신 이비 마마께서 곁을 지키시는 것이 폐하께도 편하시지 않겠느냔 말입니다."

"짐이 자고 있을 때 덮치면 어떡하려고 그런 말을 꺼내지?"

"네?"

"필요로 거둔 여인, 후사만 생기면 내 존재 이유는 없어지는 것인데 그러지 말라는 법도 없지 않은가?"

정작 말을 꺼내는 태휼은 태연했지만, 듣는 수련은 얼굴이 화끈거렸다. 후궁이었어도 부인인 여인을 저렇게 말하다니 태휼답다는 생각을 하면서도 고개가 절로 저어졌다.

그래도 말조차 안 나오던 그에게서 독설이 나오는 것을 보니 감모가 제법 잦아든 듯했다.

미간을 찌푸리는 수련을 보며 태휼이 피식 실소를 지었다. 본인은 감춘다고 생각하겠지만, 미세한 표정 변화로 그녀가 무슨 생각을 하는지 알 수 있었다.

"가까이 와."

그의 명에 수련의 미간이 딱딱하게 굳었다. 경계하듯 태휼을 보는 것도 잠시, 수련이 가까이 다가왔다. 곁에서 무릎을 꿇고 앉은 수련을 보던 그가 물끄러미 바라보았다.

가까이에서 느껴지는 체향이 그를 편안하게 하였다. 자신도 모르게 그의 손이 수련의 뺨에 닿았다.

"폐하?"

속삭이듯 작게 부르는 소리도, 손가락에 닿는 뺨의 느낌도 좋았다. 곱다 하는 여인은 많이 봤지만 그를 이렇게까지 흔드는 여인은 없었다. 뺨에 닿았던 손이 천천히 가는 목으로 내려왔다.

"폐하. 소녀가 무슨 잘못을 한 것입니까?"

그의 한 손에 잡히는 목이 가늘고 매끄러웠다. 굳어 있던 수련의 표정에 두려움이 천천히 깃들었다. 시시각각 변하는 수련을 보던 태휼이 목을 감쌌던 손을 거두었다. 각인되듯 몸에 남아 버린 그녀의 흔적이 그를 평소와 다르게 만들고 있었다.

수련이 저런 눈으로 그를 보는 게 싫다.

그녀의 시선을 외면하듯 태휼이 그녀의 다리에 머리를 기댔다. 지난밤의 기억이 꿈이 아니라는 걸 알려 주듯 그녀의 촉감이 미치도록 좋았다.

"폐하."

"아직 짐의 물음에 답을 하지 않았다."

답이라는 말에 수련이 고개를 갸웃했다. 이건 또 무슨 상황인가? 무릎베개야 워낙 자주 있는 일이니 그렇다 쳐도 자신이 그의 물음에 답을 안 한 적은 없었다. 억울한 기분에 한 소리를 하려는 찰나 그가 쓰러지기 직전에 했었던 물음이 뇌리에 스쳤다.

"짐의 감모를 어찌 알았느냐 물었다."

기억력 하나는 누구보다도 좋았다. 감모로 정신이 혼미했던 상황에 답을 안 했다고 이런 식으로 사람을 희롱하다니 태휼만큼 종잡을 수 없는 사람도 없었다. 대답하는 건 어렵지 않았지만 이런 자세로 대답하자니 남세스럽게 느껴졌다.

하지만 이만 놓아 달라는 말을 한들 들을 그가 아니었다.

"동생이…… 어머니와 같이 있을 동생이 언제나 그렇게 앓았습니다. 들킬 것을 알면서도 제 걱정을 시키는 게 싫었는지 감모를 숨겼었지요. 그래 놓고는 심해질 대로 심해져서 간병하느라 퍽 고생했었습니다."

그녀의 무릎에 누워서 이야기를 듣는 태휼의 눈이 날카로워졌다. 가족을 이야기하는 수련의 눈매는 부드러웠다. 그 자신도 모르는 사이 무언가가 변한 것이 틀림없었다.

저 모습으로 지난밤처럼 속삭이는 목소리를 들을 수만 있다면, 감모가 아니라 더 심한 것도 감수할 수 있을 것 같았다.

"짐을 고작 열 살짜리 사내아이와 똑같이 봤다는 말인가?"

동생과 비교한 것이 기분 상했는지 짧게 나오는 말이 퉁명스러웠다. 전이었다면 살려 달라며 몸을 숙였거나 그게 무슨 문제냐며 적의를 드러냈을 것이다.

태휼이 무섭지 않은 건 아니었다. 그를 향한 원망이 없는 것도 아니었다.

다만 아픈 사람을 상대로 적의를 드러낼 정도로 수련이 독하지 않을 뿐이었다.

"어머니께서 하신 말씀이 있습니다. 아플 때는 애나 어른이나 똑같다고 말이지요."

부드럽게 받아치는 말에 태휼이 눈을 좁혔다. 건방지게 말을 받아치고 있어도 기분이 나쁘지도 화가 나지도 않았다. 그녀의 무릎에 누워 있던 태휼이 몸을 일으켰다.

숨소리조차 느껴질 정도로 가까운 거리에서 그가 차분한 수련의 눈을 바라보았다.

"왜 날 간병했나?"

태휼의 손이 다시 수련의 뺨에 닿았다. 만지면 만질수록 기분 좋은 촉감이었다. 거듭된 손길에 놀란 눈이 그를 쳐다보고 있었다.

그저 여인의 눈인데도 단단히 굳어져 있던 심장을 건드렸다. 찰나의 유흥이어도 상관없다. 약해진 몸에 충동처럼 깃드는 욕심이어도 괜찮았다.

"넌 짐을 싫어하지 않았나? 왜 그렇게까지 날 간병한 거지? 짐의 마음이 약해져 널 가족에게 보낼 거라 생각했나?"

그에게 숨길 것은 더는 없다. 그녀가 바라왔던 소망, 그녀가 숨기고자 했었던 모든 것을 그는 이미 전부 알고 있었다. 이젠 거짓말을 할 이유도, 필요도 없다. 가족에게로 돌아가고자 하는 마음은 그대로였다.

"폐하께서 감모를 숨기려 하시지 않았습니까?"

이젠 거짓으로 그를 대하지 않을 것이다. 해야 할 말이라면 주저하지 않을 것이다.

"폐하의 상황을 이해하는 것은 아닙니다. 폐하의 생각을 소녀 따위가 어찌 알겠습니까?"

"……."

"어머니께서 걱정하시는 모습이 보기 싫어 소녀 또한 아픈 걸 억지로 숨겼었습니다. 하지만 그런 노력에도 어머니께서는 곧잘 알아내시더군요. 어쩔 수 없다는 것을 알면서도 어머니에게 그렇게 들키고 싶지 않았습니다. 상황은 다르지만 아픈 걸 숨기고 싶어 하시기에 그리했을 뿐입니다."

"짐의 감모를 이용해서 네가 원하는 것을 얻을 수도 있었다. 너였다면 그 정도는 알고 있었을 터, 그럼에도 그리했다는 건가?"

차갑게 가라앉아 있던 심장에 천천히 열기가 스며들었다. 지금 그가 어떤 눈으로 바라보고 있는지 수련은 절대 모를 것이다. 아니 몰라야 했다.

태휼을 보던 수련이 엷은 미소를 지었다.

"그저 가족에게 돌아가고 싶을 뿐입니다. 그걸 누군가에게 해를 끼쳐 가며 이루고 싶지는 않습니다. 아버지를 팔아 목숨을 건진 딸이라는 오명 정도면 전 충분합니다."

더 이상의 추궁은 필요 없었다.

호기심이 그 이상의 감정으로 바뀌었다는 사실을 인정할 수밖에 없었다.

황궁에서, 아니 호연에서 그를 저렇게까지 잘 아는 여인은 없을 것이다. 황제인 태휼의 시선을 피하기는커녕 눈을 마주 보며 하고 자 하는 말을 또박또박하는 이도 없을 것이었다.

손에서 느껴지는 보드라운 감촉이 좋았다.

사람을 향한 욕심이 없던 태휼의 세상에 수련이라는 금이 천천히 새겨지기 시작하였다.

"이제 짐에게 숨기는 일은 없나?"

"없습니다. 이미 폐하께서 모든 걸 아시고 계시지 않습니까?"

수련의 말에는 조금의 주저도 없었다. 똑똑한 여인이니 분명 그가 모르는 일을 또 생각하고 있을지 모른다.

하지만 그녀가 무엇을 숨기고 있든 이젠 그에게 아무런 상관도 없었다.

뺨을 만지는 손이 부담스러웠는지 수련이 그의 손을 감쌌다.

"황제는…… 이 자리에 앉는 자는 탐욕스러워야 한다. 하나라도 더 빼앗으려는 귀족들에게서 지켜 내고 또 뺏어야 하지."

"무슨 말씀을 하시고자 함입니까?"

"가졌으면 하는 것이 생겼다."

그게 무엇이냐는 물음은 더는 이어지지 않았다. 서로를 마주 보던 상황을 먼저 깨뜨린 그가 수련의 붉은 입술에 입을 맞추었다. 감모의 열기 때문인지 알 수는 없었지만, 수련의 입술은 그보다 차가웠다.

밀어 내려는 수련을 붙잡듯 굵은 팔이 허리를 단단히 감았다. 안 된다며 바동거리는 사이, 작게 열린 입 안으로 그가 당연하듯이 침범해 갔다. 잠깐만 머물 생각이었던 입맞춤이 오랫동안 계속되었다.

잠깐이면 해소될 것으로 착각한 갈증은 입맞춤이 계속될수록 점점 더 심해졌다. 맹수가 사냥감을 붙잡듯 그의 입술이 수련에게서 떨어질 줄 몰랐다.

六章
아른거리다

거듭 입술을 맞추고 몸을 밀착해도 그의 기세는 좀처럼 가라앉지 않았다. 빠져나오려다 밟은 치맛자락 때문에 수련이 침상에 눕자, 그 틈을 놓치지 않은 그가 그녀의 몸 위에 올라탔다.

"흐읍."

내쉬는 숨까지도 전부 빼앗을 기세로 달려드는 그가 무섭고 두려웠다. 그의 열기에 수련의 몸이 전부 불타 버릴 것 같았다. 온 힘을 다해 그를 밀어 냈지만, 큰 산을 마주한 것처럼 꿈쩍도 하지 않았다.

"폐하! 이러지 마십시오!"

숨을 쉬기 위해 잠시 입술을 떼자 다급한 수련이 안 된다며 고개를 저었다. 입술을 떼자마자 하는 거부에 그가 미간을 좁혔다. 단정했던 매무새가 그녀의 발버둥에 풀어져 있었다.

아직 멍이 남아 있는 손목을 잡아채 머리 위로 올렸다. 가쁜 숨을 내쉬며 몸부림치는 수련을 그가 열기에 찬 눈으로 내려다보았다.

싫다는 여인을 안으려는 마음 따위는 없다. 하지만 품에서 바둥대는 여인은 달랐다.

욕망에 사로잡힌 몸이 당장에라도 원하는 것을 얻어 갈증을 해결하라며 재촉하고 있었다.

"놔주세요. 폐하!"

"가질 것이다."

"폐하께서 원하시는 대로 하지 않을 것입니다."

지쳐서 기진해 있으면서도 태흘을 노려보는 수련의 기세는 조금도 꺾이지 않았다. 황제인 그의 앞에서 주눅 들지 않는 그녀가 좋았다. 의심하던 감정을 인정하자마자 밀물이 들이치듯 그녀의 모습이 그에게 각인되어 갔다.

그녀가 싫어한다는 것을 알면서도 저고리가 풀어지면서 보이는 하얀 살결에 입술을 대었다. 입술에 닿는 그녀의 서늘한 피부가 무척이나 좋았다.

붙잡고 있는 손목이, 그의 입술과 이가 지나간 하얀 피부가 붉게 달아올랐지만 멈추지 않았다. 미칠 것 같았다. 그저 똑같은 여인의 몸인데도 다가오는 느낌부터가 다른 이들과는 확연히 달랐다.

하지만 그의 움직임은 어깨에서 그대로 멈추었다.

작은 접촉에도 기겁하듯 밀어 내던 움직임이 사라져 있었다. 어깨에 얼굴을 묻고 있던 태흘이 고개를 들었다.

"위랑."

공격적으로 노려보던 눈빛도, 발버둥 치던 몸짓도 멈춰 있었다.

그렁그렁 맺힌 눈물을 닦을 생각도 하지 않은 채, 수련이 눈을 감고 있었다.

눈 끝에 매달린 눈물만 아니었다면 죽어 있는 시체라 해도 별반 다를 바가 없었다.

"너……."

"……."

"짐을 봐라."

"……."

"날 보란 말이다!"

그의 언성이 올라갔지만, 수련은 꿈쩍도 하지 않았다.

쉽게 손에 들어올 여인이 아니라는 건 알고 있다. 이 여인에게서 가족을 빼앗아 놓고 이런 식으로 다가가 봤자 얻는 것은 하나도 없다는 것 또한 알고 있었다.

그럼에도 조급했다. 흔들리는 감정에 모르는 척 이성을 놓아 버렸다. 시신처럼 꼼짝도 하지 않는 수련을 보며 결국 그가 몸을 일으켰다.

그제야 시신처럼 감았던 눈이 떠졌다. 그 모습에 그의 미간이 다시 굳어졌다.

참으로 똑똑한 여인이었다. 어떻게 행동해야 그가 멈출지, 외면하던 이성이 되돌아올지 누구보다도 잘 알고 있었다.

손목을 붙잡았던 손에 힘이 빠져나갔다. 엄동설한보다도 차가운 눈이 차분한 수련을 내려다보았다. 손목을 미끄러지듯 내려온 손이 작은 등에 새겨진 각인을 확인하듯 쓸었다.

"넌 내 것이라는 사실을 잊었느냐?"

"지금은 폐하의 사람이지요. 하지만 훗날의 일은 또 모르지 않겠습니까?"

이성이 돌아온 눈에 서서히 살기가 맺혔다. 그의 살기를 견뎌 내는 일은 쉽지 않았지만, 수련은 도발을 멈추지 않았다.

사내들은 마음에도 없는 여인에게 일시적인 충동으로 이런다는 것은 알고 있었다.

하지만 이런 식으로 안기는 것만큼은 죽는 것보다도 싫었다. 가족을 위해 자존심까지 버린 그녀였지만, 가장 밑바닥까지 이용당하고 싶지 않았다.

누구도 믿지 않는 사내. 차가운 시선과는 달리 다가오는 열기는 데일 정도로 뜨거웠지만 여인으로 떨리기보다는 두렵고 무서울 뿐이었다. 태휼에게 여인은 도구이고 수단일 뿐이다. 재미있다며 곁에 둘 뿐, 결국 수련도 그런 존재였다.

그렇기에 더더욱 그에게 여인으로 다가가고 싶지 않았다.

"온전한 모습으로 어머니께 돌아갈 것입니다. 폐하께서는 소녀의 손을 직접 놓으시게 될 겁니다. 그때까지 버틸 것입니다."

"내가 널 여인으로 보고 있는데 그게 가능한 일이라 생각하는가?"

여인이라는 단어에 수련의 심장이 내려앉았다. 나오는 말 한 마디, 한 마디가 사람을 흔드는 힘을 가지고 있는 사내였다. 믿을 수 없는 말임에도 직접 귀로 듣는 그 순간만큼은 진심으로 오해할 수 있었다.

가쁘게 뛰는 심장을 추스르며 자신을 다독였다.

"소녀에게 황궁은 감옥일 뿐이지요. 이 감옥의 주인인 폐하께 굴복하지는 않을 것입니다."

그를 밀어 내느라 수련의 목소리에는 힘이 없었지만, 태휼을 보는 그녀의 눈은 그 어느 때보다도 빛이 감돌았다. 그녀를 상기시키듯 태휼의 손가락이 등의 각인을 천천히 어루만졌다.

"이 감옥에 네가 직접 들어오지 않았나?"

그녀의 의사와는 상관없이 태휼을 미치게 하는 모습이 수련에게서 나타났다 사라지기를 반복하였다. 아직 품에 갇혀 있는 수련의 이마에 그가 입술을 맞추었다.

등에 각인이 남아 있는 한, 그의 손아귀에 수련이 있는 한, 결과는 바뀌지 않는다.

"제가 원해서 들어오지 않았습니다!"

"네 의사는 나와는 상관없는 일이지."

부드럽게 다가온 입술과는 다르게 그의 입에서 나오는 말은 오만하였다. 황태자로 살았고, 황제로서 모든 이들의 앞에 군림하였다.

그랬던 그가 수련에게 짐이라는 호칭 대신 나라는 말을 하고 있었다. 사소한 차이일 수 있었으나 태휼의 평소 성격을 보았을 때 엄청난 변화라 할 수 있었다.

평소였다면 그 변화를 알아차렸을 수련이였지만, 지금은 버티는 것만으로도 한계였다.

입술을 깨물며 참아 내는 그녀의 귓가에 그가 나지막이 속삭였다.

"이 각인이 남아 있는 한, 난 널 이 감옥에 잡아 둘 것이다."

❀　❀　❀

　태휼의 마지막 말이 떠오른 수련이 자신도 모르게 걸음을 멈추었다.

　그 후로 수련에게 자신을 남기지는 않았지만 잠들 때까지 품에서 놔주지 않았다. 그가 깊게 잠든 다음에나 도망치듯 태화전을 빠져나왔다.

　"흡."

　수련이 부운 입술을 질끈 깨물었다. 삼 일 전의 일이었건만, 아직도 뇌리에 그때의 상황이 생생하였다.

　잊어버리려 애썼지만 그럴수록 그녀의 노력을 비웃듯 그때의 기억이 더욱 또렷해졌다. 차라리 그녀를 놀리는 것이었다면 이렇게까지 신경을 긁지는 않았을 것이다.

　잡혀 있던 손, 피부에서 느껴지던 숨결, 그녀를 내려다보는 어두운 눈.

　태휼에게 수련은 등에 각인을 찍게 한 소유물일 뿐이었다. 권태로운 삶에 잠시의 유희일 뿐이었다.

　'그때 보인 모습은 무엇이란 말인가!'

　제자리에 서 있던 수련이 주먹을 굳게 쥐었다.

　적어도 그날 태휼이 수련을 보는 눈빛은 평소와는 완전히 달랐다. 지친 그녀를 품에 안고 잠든 그에게서 전에는 전혀 보지 못했던 평안함마저 보였다.

　'날 우롱하는 건가?'

　여인으로 보인다며 다가오는 손길에 두려우면서도 왠지 모르게 두근거렸었다. 생애에 혼인을 생각하지는 않았지만, 그럼에도 그 순간만큼은 놀라면서도 설레었던 건 부정할 수 없었다.

'믿을 수 없어.'

여상환은 물론 수많은 귀족들에게서 빼앗겼던 것을 되찾아 온 태휼이였다. 가능하다고 믿었던 몇몇 일은 해 보지도 못한 채, 기회조차 막아 버린 사람 또한 그였다.

'난 널 이 감옥에 잡아 둘 것이다.'

그의 말이 머리를 스치자 방황하던 수련의 눈이 낮게 가라앉았다. 자신을 이곳에 가둬 놓은 사내에게 설레다니 있을 수 없는 일이었다. 하물며 그는 수련을 황궁 밖으로 내보낼 생각 따위 절대 없는 이였다.

흔들렸던 마음을 부정하듯 수련이 고개를 거칠게 저었다.

그는 황제다. 뱀처럼 교활하고 사자만큼이나 광포한 맹수였다. 조금이라도 방심하면 죽는 것은 수련일 뿐, 그에게 휘둘려서는 안 된다.

"음? 무슨 일로 이곳에 있는 건가? 태화전에 있다고 들었는데 말이지."

멀지 않은 곳에서 들리는 목소리에 수련이 고개를 돌렸다. 굳어 있던 수련의 입가에 엷은 미소가 감돌았다.

"문성공."

"무슨 일이라도 있는가? 왜 그리 표정이 창백하지?"

단숨에 수련의 앞까지 걸어온 부겸이 빙긋 미소를 지었다.

"그냥 좀 답답해서 서 있었을 뿐입니다. 문성공께서는 태화전으로 가시는 길입니까?"

원래대로 돌아온 수련이 부겸에게 물었다. 새처럼 작게 속삭이는 목소리를 미로 여기는 귀족 여인들과는 다르게 수련의 목소리는 또렷하고 정확했다.

태휼이 관심을 가지는 여인이었지만, 그 또한 시선이 가는 것은 어쩔 수 없었다. 어차피 이곳에 태휼은 없다. 그러니 부겸이 나서도 막을 사람은 없었다.

"위랑은 어디를 가는 중이었나?"

"폐하의 탕약을 받으러 태의 영감께 가고 있었습니다."

"그래? 그럼 위랑을 따라가면 되겠군."

"어디 편찮으신 것입니까?"

걱정하는 물음에 부겸의 입가에 미소가 생겨났다. 자신을 숨기지도 않았고, 쓸데없는 내숭을 부리지도 않았다.

생각보다도 괜찮은 여인. 만약 여상환의 손을 잡았다면 어떻게 되었을까?

"태의에게 탕약을 받으면 태화전으로 갈 것이 아닌가? 난 위랑의 뒤만 졸졸 따라다니면 되겠군."

무슨 소리냐는 듯이 눈을 좁히던 수련이 잠시 후, 작게 웃음을 터트렸다. 태휼의 생각으로 복잡했던 머리가 부겸의 농담 아닌 농담에 사그라졌다.

"그리 늦게 태화전에 드시었다가는 폐하께 크게 혼이 나지 않으시겠습니까?"

"제법 많은 귀족들이 황궁에서 길을 잃는다네. 난 길을 잃은 거고 위기에 빠진 날, 그대가 구해 준 거지."

능청스러운 대답에 수련의 입가에 환한 미소가 생겨났다. 같이 있으면 답답한 태흘과는 다르게 부겸은 몇 안 되게 편하게 대할 수 있는 사람이었다.

"혼이 나셔도 소녀는 모릅니다."

알겠다는 듯 부겸이 고개를 끄덕였다. 수련이 앞장을 서고, 부겸이 뒤를 따랐다.

둘이 걷는 곳에 누구도 보이지 않았다. 조용한 황궁, 그보다도 더 조용한 고요가 둘 사이에 자리 잡고 있었다.

누구도 선뜻 깰 수 없는 정적을 먼저 깬 사람은 수련이였다.

"문성공께서는 폐하의 부름으로 오신 것입니까?"

"음. 사흘 뒤에 토지개혁에 대한 말씀을 하신 후 연회를 여신다 하네. 신하 된 몸으로 당연히 따라야지. 혹 위랑도 연회에 참석하는가?"

말을 숨기는 태흘과는 달리 부겸은 말을 가리지 않았다. 호연의 황족이면서 태흘과는 사촌관계였지만, 그와는 다르게 부겸은 한결 편하게 다가왔다.

"소녀 따위가 무슨 자격으로 그런 곳을 간단 말입니까?"

"못 갈 일도 없지 않은가? 약간의 치장만 해도 여느 여인 못지 않게 고울 걸세."

말도 안 된다며 수련이 고개를 저었다. 그녀가 아무리 꾸민다 한들 하루의 대부분을 치장에 신경 쓰는 후궁이나 귀족 여인들에게 비할 바가 못 되었다. 하물며 수련은 자신을 꾸밀 처지도, 연회에 나가 그들의 사이에 낄 처지도 아니었다.

'가졌으면 하는 것이 생겼다.'

"위랑?"

창백한 수련이 걸음을 멈추자 부겸이 눈을 좁혔다. 부겸의 물음에도 막힌 말문이 좀처럼 나오지 않았다. 태휼의 의도가 무엇이든 간에 그에게 휘둘리는 자신이 싫었다.

그저 태휼은 자신을 황궁에 가둔 사람일 뿐이다.

"누구에게 보이려 치장을 하고 연회에 참석하겠습니까?"

답을 하는 수련의 목소리가 유난히 차갑게 들렸다. 무슨 일이 분명 있었지만, 왠지 묻고 싶은 생각은 들지 않았다.

대신 환한 미소를 지으며 부겸이 자신을 가리켰다.

"나."

"네?"

"내가 봐 주면 되지 않겠나?"

"그런 농은 한 분이면 충분합니다."

"누가 농이라 했는가?"

장난기 어린 말투에서 낯선 감정이 묻어 나왔다. 수련의 눈이 부겸을 향하였다.

그의 눈빛이 낯설었다. 왠지 그녀가 모르는 무언가를 부겸은 알고 있는 기분이었다. 그게 무엇이냐는 물음을 수련이 하려던 찰나 원래의 모습으로 돌아온 부겸이 화제를 돌리듯 먼저 입을 열었다.

"폐하께서 무슨 말씀을 하셨는지는 모르지만 마냥 농은 아닐걸

세. 농 자체를 하는 분이 아니시거든."

다시 걸음을 옮기며 부겸이 말을 이었다. 그의 말을 가볍게 넘기려던 수련의 머릿속에 지난밤, 태휼이 했던 이야기가 스쳐 갔다.

'난 널 가질 것이다.'

잊으려 할수록 그의 목소리가 사라지지 않았다. 부겸과 함께 있는 수련을 끌어내는 듯한 목소리에 수련이 몸을 휘청거렸다.

"위랑!"

휘청거리는 수련을 부겸이 부축하였다.

감모로 죽든 말든 병간호 따위 하는 게 아니었다. 지독한 사술에 걸린 것처럼 지우려 해도 그의 흔적이 지워지지 않았다. 그녀를 죽인 사람도, 가족에게서 떨어뜨린 사람도 그였다.

그가 여전히 두려웠지만, 황궁으로 끌고 왔을 때 느꼈던 적의는 언제부터인가 사라져 있었다. 태휼의 방식을 받아들이는 것은 아니었지만 무능한 선제와는 다르게 그런 식으로 대신들과 싸워 왔다는 것을 알고 있었다.

주도면밀한 사내. 호연의 주인.

자신은 그에게서 벗어날 수 있을까?

"괜찮은가?"

부겸을 돌아보던 수련의 안색이 더욱 창백해졌다. 평소에는 다르게 보이던 부겸도 지금만큼은 태휼과 너무나도 비슷해 보였다.

그저 가족에게로 돌아가고 싶을 뿐이었다. 그 이상의 무언가를 욕심낸 적은 한 번도 없었다.

"아무래도 태의 영감은 소녀 혼자 뵈어야겠습니다."

"위랑?"

"문성공께는 죄송합니다. 혼자 다녀오겠습니다."

부서질 것처럼 위태로운 모습으로 밀어 내는 수련을 보며 부겸이 눈을 좁혔다. 이대로 보내는 것이 마음에 걸렸지만 다가오지 말라며 밀어 내는 여인의 곁에 있을 수도 없는 노릇이었다.

"내가 그대를 괴롭혔나 보군."

물러나는 부겸을 보며 수련이 눈을 내렸다. 애먼 부겸에게 무례를 저질러 버렸다. 하지만 먹은 것도 없는 속이 제멋대로 울렁대기까지 하였다.

부겸의 팔을 조심스럽게 밀어 낸 수련이 그의 앞에 몸을 숙였다.

"가 보겠습니다."

숙였던 몸을 세운 수련이 도망치듯 걸음을 옮겼다. 수련이 사라지자 부겸이 몸을 돌렸다. 부겸의 걸음이 어느새인가 멈춰 있었다. 태화전으로 향해 있던 몸이 수련이 향한 곳으로 돌아갔다.

겨우 몇 번 본 것이 전부인 수련이 부겸의 신경을 자꾸 건드렸다. 정해져 있던 인연도 아니었고, 하물며 그가 관심을 줄 여인은 더더욱 아니었다.

그런데도…… 무언가를 놓친 것 같은 이 허탈한 기분은 무엇이란 말인가.

"아!"

뛰는 것처럼 빨라진 걸음이 멈춘 자리, 부겸이 짧은 탄식을 터트렸다.

헤어진 곳에서 얼마 떨어지지 않은 자리에 수련이 서 있었다. 고개를 들어 하늘을 보는 수련을 따라 부겸의 눈이 위로 향하였다.

구름 한 점 없는 하늘, 그리고 그 위에 자유롭게 날아다니는 새. 멀리 사라지는 새를 바라보는 수련의 눈가에 물기가 가득하였다.

말을 하지 않았을 뿐이었다. 최대한 기색을 감추었을 뿐이었다. 저 모습 하나만으로도 그녀가 무엇을 열망하는지 알 수 있었다.

새는 사라져 있었지만 수련은 움직이지 않았다. 그렇게 하늘을 보던 수련의 눈이 부겸을 향해 있었다.

물기가 촉촉이 젖어 있는 눈이 부겸을 말없이 바라보았다.

❃　　❃　　❃

좀 더 쉬시라는 태의의 말에도 태휼은 일상으로 돌아왔다. 감모의 기운이 남아 있었지만 이 정도면 충분히 움직일 만하였다. 대신들이 수를 쓰기 전에 토지에 대한 부분을 확실히 끝내 놓을 필요가 있었다.

"탕약은 내가 먹는데 왜 위랑이 그런 얼굴이지?"

수련이 가져온 탕약을 마신 태휼이 피식 실소를 지었다. 평소보다도 더 멀리 떨어져 있는 수련이 잔뜩 찌푸린 표정으로 탕약을 노려보고 있었다. 당한 것이 있으니 저렇게 떨어져 있다는 것을 알면서도 역시나 마음에 들지 않았다.

태휼의 물음에 수련이 뭐라 입을 놀렸지만, 목소리가 작은 터라 들리지 않았다.

"할 말이 있으면 가까이 와서 해라."

그의 말에 수련의 눈동자에 경계의 빛이 서렸다. 엉덩이 무거운 대신들보다도 반응이 없는 수련이 저런 얼굴로 자신을 경계하자 자꾸 실소가 생겨났다. 담담한 표정 속에 저런 모습을 감추고 있으니 더 건들고 싶어졌다.

"내 직접 데리러 가야 하는 건가?"

"탕약은 사람이 먹을 게 아니라고 말했을 뿐입니다."

태휼이 움직이려 하자 냉큼 수련이 목소리를 높여 답을 하였다. 단호하게 단정 짓는 말에 그가 입꼬리를 올렸다. 애어른 같아 보이면서도 탕약의 쓴맛에 저런 표정이라니, 이제야 그나마 또래의 여인으로 보였다.

하지만 멀리 떨어져 있는 수련은 싫다. 그녀가 오지 않는다면 그가 그녀에게 가면 될 뿐이었다.

자리에서 일어난 태휼이 다가오자 놀란 수련이 벌떡 일어났다. 도망가려는 순간 바로 앞까지 다가온 그가 가는 팔목을 붙잡았다.

"아!"

"내 말이 말 같지 않게 들리는 건가?"

그의 엄포에도 수련은 눈썹 하나 움직이지 않았다. 도리어 해 보라는 듯 고개를 들어 태휼과 눈을 맞추었다. 예전 같았으면 몸이 움츠러들었을 수련이 고개를 세우고 눈을 마주하자 그의 눈에 빛이 감돌았다.

모두가 그의 앞에서 몸을 숙이고 눈을 피할 때, 그녀만이 그와 똑같은 높이에서 마주 보고 있었다. 그렇기에 그녀에게 조금의 여지도 줄 수 없다. 숨을 쉴 수 있는 약간의 여지를 주는 순간, 영특하고 현명한 그녀는 그를 떠나 사라져 버릴 것이었다.

"이곳에 일 년을 있으니 대담해진 건가? 무모해진 건가?"

"이런 일로 폐하께서 소녀를 죽이실 리가 없다는 것을 알고 있기 때문입니다."

"무슨 배짱으로 그리 자신하는가? 내 말을 무시하는 계집 따위 마음에 안 들면 죽이면 그만이지. 그리고……."

팔목만 붙잡혔다고 생각한 순간, 그의 팔이 수련의 허리를 휘감았다. 그에게 안긴 수련이 밀어 내려는 순간, 작은 어깨에 태휼이 얼굴을 묻었다.

아직 남아 있는 미열이 어깨 너머로 생생하게 느껴졌다. 그가 왜 이러는지 모르겠다. 차라리 죽이겠다며 목을 붙잡을 때가 마음은 더 편하였다. 목숨이 위험하지만 않을 뿐, 맹수의 아가리에 머리를 집어넣는 기분이었다.

"네가 다가오지 않으면 내가 먼저 다가가면 그뿐이지."

지난번부터 계속된 대화에서 이상한 기분을 느끼던 수련이 하얗게 질린 얼굴로 태휼을 보았다.

자신을 짐이라 말하던 그가 '나' 라는 말을 쓰고 있었다. 태휼은 다른 사람을 대할 때마다 자신을 바꾸는 사람이 절대 아니었다. 그런 그가 수련을 대하는 방식이 바뀌었다.

있는 힘껏 태휼을 밀어 낸 수련의 눈이 떨렸다.

나라는 말로 편하게 말해 봤자 결국은 그는 그녀를 잡아먹으려는 맹수일 뿐이었다. 그녀의 팔만큼 뒤로 밀려 난 태휼이 눈을 좁혔다.

"내, 내시감께서 폐하의 걱정을 많이 하고 계십니다."

바로 앞까지 가득 채우던 살내음이 사라지자 왠지 모르게 허전하였다. 뻔히 상황을 돌리려는 행동이었지만, 모르는 척 귀를 기울였다. 계속해 보라는 듯 응시하는 눈을 바라보며 수련이 말을 이었다.

"감모가 다 낫지 않으셨는데도 폐하께서 집무를 보시는 것이 마음에 걸리시는 듯 보였습니다. 완전히 나으신 후, 다시 집무를 보시는 것이 낫지 않으시겠느냐는 말씀을 전해 드리라 하셨습니다."

"그럼 그사이에 움직이는 대신들은 누가 막을 것인가?"

"네?"

얼굴을 가리는 앞머리를 태휼의 손가락이 쓸어내렸다. 그의 눈빛에 사로잡힌 것처럼 움직일 수 없었다. 머리에서는 그에게서 벗어나야 한다며 경고를 울리고 있었지만 수련이 할 수 있는 일은 아무것도 없었다.

"황제가 병으로 누워 있는 순간이 대신들에게는 이득을 취할 수 있는 절호의 기회이지 않은가."

그의 담담한 대답에 아무 말도 할 수 없었다. 그녀의 삶과 태휼의 삶은 다르다. 그가 어떻게 살았는지 그녀는 알지 못한다. 하지만 그의 대답에서 느껴지는 감정은 지독한 고통, 그리고 짙은 증오와 분노였다.

수련의 머리카락을 만지던 손이 단아한 눈썹에서 뺨으로 향하였다.

"단지 그러한 이유로 그리 모든 것을 붙잡고 계신 것입니까? 그깟 힘이 무엇이라고 자신은 아끼시지 않는 것입니까? 왜 그리하여 폐하만을 보는 이들이 걱정하게 만드시는 것입니까?"

그가 걱정되는 건 아니다. 하지만 이해는 가지 않았다. 몸을 버려 가면서 얻는 힘이 무슨 소용이 있다는 말인가? 그렇게 얻은 권력이 또 무언가를 해 준다는 것인가.

그깟 하루 이틀 정도는 자신만을 위해 쉴 수도 있음이 아닌가?

"내 나라니까."

"……."

"내 것을 함부로 못 하게 하는 건 당연한 일이지. 내 것이 다른 이들에게 농락당하고 망가지는 걸 두고 볼 사람이 누가 있겠나?"

"……."

"내 것은 내가 지켜야지."

그저 방향을 돌리기 위한 물음이었건만 알 수 없는 기분이 그녀를 사로잡았다. 그녀가 보아 온, 소위 정치를 하는 귀족은 여상환과 똑같았다. 나라를 위한다는 거창한 말 뒤에 숨겨져 있는 진심은 결국 개인의 안위를 위한 것일 뿐이었다.

태휼은 이 나라가 자신의 것이라 하였다. 자신의 것이니 누구보다도 탐욕스럽게 가지고 지킬 것이라 말하고 있었다. 절대적인 강함에서 나오는 압도적인 자신감일지도 모른다. 아니면 조금의 약점도 보여 주기 싫어하는 사내의 억지일 수도 있다.

'아니야.'

차라리 보이지 않았다면 좋았을 것이다. 그녀를 황궁에 잡아 놓은 무자비한 폭군 정도로만 알았다면, 이런 복잡한 기분 따위 들지 않았을 것이다.

폭군이라는 껍데기 속에 가려진 황제의 진모습이 지금 눈앞에 보이고 있었다.

잡혀 있는 손이 떨렸다. 바라보고 있는 건 사내의 눈일 뿐인데도 알 수 없는 감정이 그녀를 흔들어 댔다.

"탕약이 그악하게 쓰다."

밀어 내던 손이 언제 내려갔는지 기억나지 않았다. 그의 품에 언제 다시 안겼는지도 알 수 없었다. 그녀의 입술에 입을 맞추려는 그를 수련이 손으로 막았다.

화를 내지도, 싫은 티를 내지도 않았다. 그저 수련의 손을 내린 그가 굳게 다문 입술에 입을 맞추었을 뿐이었다. 왜 그랬는지 알지 못했다. 수련이 선택한 건 멋대로 다가온 그를 밀어 내는 대신 입을 열어 받아들인 것이었다.

"흐읍."

언제나 거부하던 수련이 처음으로 받아들이자 기다렸다는 듯이 그녀의 혀에 자신의 혀를 휘감았다. 일방적인 입맞춤에서는 느끼지 못했던 환희가 그를 완전히 휘감았다.

얽힌 혀에서 섞이는 체액을 모두 삼키며 태휼의 손이 수련의 머리를 붙잡았다. 여인이 없었던 것은 아니었지만 지금 그를 흔드는 감각은 상상 이상이었다.

"하아."

연이은 입맞춤에 지친 수련의 손이 태휼의 어깨를 붙잡았다. 이대로 더 있고 싶었지만, 촉촉이 젖어 있는 눈빛에 더는 몰아붙일 수 없었다. 체액을 삼키던 혀를 풀어 준 그가 붉게 달아오른 입술을 혀로 어루만졌다.

"이건…… 그러니까……."

상기된 얼굴에 당혹감이 서렸다. 자신이 왜 이런 일을 했는지 모르겠다는 얼굴로 수련이 그를 밀어 냈다. 그녀의 반응에 그가 눈을 좁혔다. 한 번은 몰라도 두 번은 그녀에게 거부당하고 싶지 않았다.

수련의 허리를 붙잡은 팔에 힘을 주자 힘없이 그녀가 다시 품 안으로 들어왔다.

"필부였다면 한 번만 자신을 받아 달라며 매달렸겠지."

"이건…… 이건 오해이십니다. 전…….."

"난 필부가 아니고, 너 또한 내가 손을 내민다 한들 쉽게 잡아 줄 여인이 아니니까."

태흘의 속삭임은 다정하고 부드러웠지만 수련은 어떻게 답을 해야 할지 알 수 없었다. 이런 상황 따위 절대 원하지 않았다. 마음 같아서는 닫혀 있는 문을 열고 뛰쳐나가고 싶을 뿐이었다.

하지만 그에게 잡혀 있는 몸이 의지와는 상관없이 한 걸음도 뗄 수 없게 하였다. 태흘은 그녀를 황궁에 가둬 놓은 장본인이었다.

그런데도 생각과는 다르게 제멋대로 날뛰는 심장은 또 무엇이란 말인가.

"폐, 폐하."

"이젠 너와 하는 놀이도 지겹다."

태흘의 말에 굳어 있던 수련의 미간이 꿈틀댔다.

그녀에게는 매일 목숨을 걸고 행동해야 하는 상황을 태흘에게는 그저 유희를 즐기기 위한 놀이였다. 그녀가 아무리 발버둥을 쳐도 태흘의 앞에서 수련은 굶주린 맹수 앞의 초식 동물일 뿐이었다.

"한비와 잡았던 손 놓아라."

태흘의 명령에 수련의 눈이 커졌다. 당황하는 수련과는 다르게 그녀를 바라보는 태흘의 눈은 침착하다 못해 태연하였다.

차라리 호기심으로 이러는 것이라면 웃으며 거절했을 것이다.

수련에게 보여 주는 행동, 다가오는 손짓, 하물며 강압적인 명령 또한 모두 거짓이 아닌 진심이라는 것이 문제였다.

멈췄던 심장이 빠르게 뛰기 시작하였다. 마치 그녀가 했던 모든 일을 본 것처럼 그는 한 치의 주저도 없이 명령하였다.

"네가 무슨 생각으로 한비와 손을 잡았는지 알고 있다. 이제 그 손 놓아라."

"폐하께서는 저를 가족으로 돌려보내실 생각이 없으십니다. 그러니 놓을 수 없습니다."

수련에게 한비는 가족을 만날 수 있는 유일한 방법이었다. 이비는 위험했고, 태흘은 애초에 가족을 만나게 할 생각이 없었다. 적당한 이해관계로 손을 잡을 수 있는 한비가 황궁에서 그녀가 할 수 있는 최선이었다.

"널 다치게 하고 싶지 않다."

"이대로 가족을 만나지 못하니 다치더라도 나가는 길을 찾아낼 것입니다."

"난 널 풀어 줄 생각이 없다."

"전 폐하의 무엇도 아닙니다. 지금의 일은 실수였습니다."

단호한 빛이 눈에 서렸다. 사내에게 흔들려 무너지려던 수련의 모습은 어디에도 없었다.

"이제 이러지 않을 것입니다."

심장이 날카로운 칼에 베어진 느낌이었다. 손아귀에 들어올 것처럼 아슬아슬하게 버티고 있던 수련이 다시 단단해졌다. 오만한 그의 자존심에 다시 불이 피어올랐다.

붙잡고 있던 손을 놓아주자 품에서 빠져나온 수련이 고개를 숙였다.

"이만 나가 보겠습니다. 폐하."

수련이 사라진 방에서 태휼이 자신의 손을 바라보았다.

조금 전까지의 온기가 언제 있었냐는 듯 사라져 있었다.

"난 분명 경고했다. 위랑."

힘은 얻은 이후부터 그가 가지지 못한 것은 없었다. 하물며 그에게 잠시나마 자신을 내어 주기까지 한 수련이였다.

주지 않는다면 빼앗아 버리면 그만, 손을 놓지 않겠다면 줄 자체를 끊어 버리면 그뿐이었다.

수련이 사라진 자리를 보는 태휼의 눈에 위험한 빛이 감돌았다.

❀　❀　❀

도망치듯 태화전에서 빠져나온 수련을 맞이한 것은 여느 때처럼 어머니에게서 온 서신이었다. 잠시 주저하듯 문 앞에 서 있던 수련이 서신을 향해 천천히 걸어갔다.

서신을 열어 본 수련의 눈이 낮게 가라앉았다.

안부 인사로 시작되었던 서신은 언제부터인가 시간과 장소만을 적어 놓은 것으로 바뀌어 있었다.

안부가 오고 갈 때만 해도 서신에 답을 하던 수련은 날짜와 시간이 적혀 있는 것을 받은 때부터 연락을 끊었다.

"위랑."

밖에서 들려오는 궁녀의 목소리에 수련이 서신을 품에 갈무리하였다. 문이 열리며 안으로 들어온 궁녀가 미소를 지었다.

"차를 가져왔습니다. 어서 앉으세요."

환한 미소를 짓는 궁녀를 바라보던 수련의 입가에 엷은 미소가 감돌았다.

태휼이 바뀌었다. 호기심이었던 눈빛에 어느새 여인으로 그녀를 원하는 욕망이 엿보였다.

무엇보다도 싫은 것은 그런 그에게 자신도 모르게 흔들리는 그녀였다. 이대로라면 가족에게 돌아간다는 결심조차 사라지는 것은 아닐까?

짧은 순간 온몸을 휘감는 공포에 수련이 입술을 깨물었다. 이젠 그녀도 승부수를 던져야 할 때였다.

"이비 마마이십니까?"

차를 내려놓던 궁녀가 자신도 모르게 몸을 움찔댔다. 하지만 곧 표정을 원래대로 바꾼 궁녀가 수련을 향해 되물었다.

"무슨 말을 하시는 것입니까? 갑자기 이비 마마……."

창문조차 닫힌 방에 바람이 분다고 생각했다. 이상하다는 생각조차 하기도 전에 궁녀의 머리카락을 고정하던 비녀가 두 동강으로 바닥에 떨어졌다. 비녀가 두 동강 나면서 잘린 머리카락이 바닥에 떨어졌다.

"아악!"

놀란 궁녀가 비명을 지르며 바닥에 주저앉았다. 단검을 든 수련이 차가운 눈으로 궁녀를 노려보았다.

"꽉 막힌 궁이어도 단검을 구하는 일은 어렵지 않더군요."

"위, 위랑. 이게 무슨 패악입니까? 어찌 나에게 이럴 수 있단 말입니까! 내가 위랑을 얼마나 지극정성으로 대했는데!"

"지극정성이셨지요. 당신 덕분에 알게 되었습니다. 한비가 서신의 주범이 아니라는 것을 말이지요."

"위랑!"

"나의 모든 걸 아시려는 당신이 왜 서신에 대해서는 한마디도 묻지 않았을까요? 왜 전혀 알려고 하지 않았을까요? 몇 번이고 서신이 오갔으니 분명 당신이라면 눈치를 챘을 텐데 말입니다."

"위랑이 무슨 오해를 하는 건지는 모르겠는데 말입니다. 무슨 이야기를 하는지 난 정말 한마디도 못 알아듣겠단 말입니다."

"당신이 내 처소를 정리하면서 내 물건을 뒤지는 것처럼 저 또한 당신의 처소를 조금 살펴보았습니다."

"……."

"이미 다 알고 있단 말입니다."

수련이 단검의 방향을 바꾸자 궁녀의 눈이 커졌다. 내내 몸을 숙이며 굽실거리던 수련의 행동이 바뀌었다. 조심하라는 이비의 당부가 있었지만, 대수롭지 않게 생각하지 않았다. 어차피 뇌물을 주며 자신의 뒤를 봐 달라는 계집이었다. 조심할 것은 무엇이고, 걸려도 우기면 그만이라 생각했었다.

하지만 그게 아니었다. 지금 자신의 앞에서 태연한 모습으로 서 있는 그녀는 얕봤던 그 위랑이 아니었다.

"다시 묻겠습니다. 서신…… 내 동생과 어머니의 서신을 연결한 사람이 이비입니까? 아니면 누구입니까?"

고개를 돌린 궁녀가 수련의 눈을 외면하였다. 궁녀를 보던 수련이 한 걸음 가까이 다가왔다. 조금의 주저도 없이 단검을 휘두르려는 수련을 보던 궁녀가 몸을 숙였다.

"이비! 이비 마마일세!"

"……."

"살려 주게! 내 다 말할 테니 살려 주게!"

다가오던 수련이 걸음을 멈추자 주저앉아 있던 궁녀가 수련의 발을 붙잡았다. 바로 앞에서 날이 잔뜩 선 단검이 희번덕거렸지만 궁녀는 잡은 손을 놓지 않았다.

"첫 서신은 그대의 어미가 보낸 것이 맞네. 사…… 사공께서 자리를 마련해 주셔서 내 직접 받아 왔네."

"그러던 서신이 중간에 바뀌었습니다. 어머니의 필체이기는 했지만, 절대 어머니께서 하시지 않을 말씀을 적어 놓았더군요. 얼굴이라도 보았으면 좋겠다는 말씀이 거듭 쓰여 있더군요. 제 어머니는 그런 말씀을 하시는 분이 아닙니다."

"신경 쓰지 않아도 된다는 말을 적어 대니 어쩔 수 없었네. 자, 자, 자네를 어떻게든 끌어들여야 하는데 민 부인이 좀처럼 원하는 말을 적어 주지 않았지. 도리어 수련에게 방해되니 오지 말라며 내쫓기까지 하였네. 그래서 민 부인의 필체로 서신의 내용을 바꾸었네."

궁녀의 말에 수련의 눈 끝이 내려갔다. 그녀가 아는 민 부인은 그런 사람이었다. 여상환에게 배신을 당했어도 딸을 지키겠다는 생각만으로 그의 곁에 머물렀다. 거듭된 폭력에 눈을 잃으면서도 수련을 지키겠다며 여상환과 대립했었던 사람이 어머니였다.

민 부인이라면 보고 싶다는 말 대신 자신과 동생은 신경 쓰지 말라고 했을 것이다. 살아 있는 걸 확인했으니 충분하다며 자신들은 신경 쓰지 말고 수련에게 최선을 다하라는 말을 써 놓았을 것이었다.

"그럼 서신의 날짜와 장소는 무엇입니까?"

"그건…… 그건 말일세."

"다음 대답에 따라 당신의 어디를 자를지 판단하겠습니다."

"그 날짜에 나가면 폐하께 보고드릴 예정이었네. 그리하면……
그리하면……."

말을 잇지 못하는 궁녀를 보며 수련이 쓴 미소를 지었다. 뒷이야기는 듣지 않아도 뻔하였다. 자신의 명을 어긴 수련을 황제는 가만두지 않았을 것이다. 하물며 한비가 저지른 것처럼 꾸며 놓았으니 당연히 그녀 또한 화를 피하지 못했을 일이었다.

"나 하나로 한비까지 제거할 수 있었으니 이비에게는 나쁜 방법은 아니었군요."

"이, 이보시게. 이 일이 밝혀지면…… 나는…… 나는 말일세."

"이제 당신에게 줄 뇌물은 없습니다."

발을 붙잡고 있는 궁녀의 손을 떼어 낸 수련이 입꼬리를 올렸다. 소름 끼치도록 싸늘하면서도 눈을 떼지 못할 정도로 고운 미소였다. 하얗게 질린 궁녀를 향해 수련이 준비해 놓았던 물건을 꺼내 놓았다.

"그, 그건 어떻게 찾은 건가…… 그건!"

이곳저곳에서 받은 뇌물의 목록과 그들이 보내온 서신의 묶음이 바로 앞에 놓여 있었다. 행여나 들킬까 싶어 서랍장 안의 비밀 공간에 숨겨 놓았던 것이었다. 저것만큼은 절대 들키면 안 되는 것이었다. 험난한 황궁에서 목숨을 지킬 유일한 수단을 수련에게 들킨 궁녀가 바들바들 몸을 떨었다.

"살려 주게."

"……."

"저게 드러나면 난 죽네. 내 그래도 자네에게 서운하게 한 일은 없지 않은가. 살려 주게. 내가 쓸모가 있다는 걸 보여 주면 되지 않은가. 제발……."

"이비와의 자리를 마련해 주세요."

"뭐?"

이비는 한비와는 다르다. 오만한 눈매만큼이나 센 자존심에도 한비와는 다르게 절대 앞에 나서지 않았다. 그런 사람일수록 더 독하고 모질게 움직였다.

후환이 어찌 될지 모르는 이비와는 되도록 엮이고 싶지 않았다. 하지만 이비가 그녀에게 손을 쓰려 했던 이상, 가만히 앉아 당해 줄 생각은 없었다.

"물론 내가 모든 걸 알고 있다는 사실은 비밀로 해 주세요."

"이보게."

"쓸모가 있다는 걸 보여 주세요. 그리고 잊지 마세요. 난 그 여상환의 딸입니다."

마지막 말이 주는 효과는 수련이 생각한 것 이상이었다. 여상환이라는 단어를 들은 궁녀가 알겠다며 몇 번이고 고개를 끄덕였다.

연이어 일어나는 일에 수련이 무거운 한숨을 쉬었다. 이곳에서 버텨야 나갈 기회를 얻는다는 것을 알면서도 끊이지 않고 일어나는 일들이 그녀를 지치게 하였다.

"나가 보세요."

수련의 말에 도망치듯 궁녀가 방을 뛰쳐나갔다. 혼자만 남은 방에서 수련이 무거운 한숨을 내쉬었다. 생각한 대로 일이 되었다면 수련은 이미 황궁을 나갔을 것이다.

'널 다치게 하기 싫다.'

하루에도 수십 번씩 그의 목소리가 머리에 울려 퍼졌다.

그에게 휘둘리기 싫다. 이 황궁만 나가면 다시는 만날 일 따위 절대 없는 이였다.

"할 테면 해 보라지."

마치 태휼이 앞에 있는 것처럼, 수련의 눈에 서서히 살기가 스며들었다.

❀　❀　❀

수련이 생각했던 것보다도 태휼은 빠르게 움직였다.

달려온 궁녀가 다급히 하는 말에 수련이 몸을 휘청거렸다.

"위랑."

무너지는 수련을 궁녀가 부축했지만, 지금만큼은 밖의 어떤 소리도 들리지 않았다. 스스로 놓지 않으면 다친다고 했었던가? 그게 이런 의미인지는 전혀 생각하지 못했다.

먹은 것도 없건만 속이 울렁거리고 눈앞이 깜깜해졌다.

"대홍려는 어떻게 하고 있습니까?"

"곧바로 한비의 궁으로 향하였다고 합니다."

궁녀의 답에 수련이 눈을 질끈 감았다. 공포로 몸이 떨렸지만, 입술을 깨물며 억지로 버텨 냈다.

벼르고 벼르던 개혁안이 발표되었다. 문제는 수련이 있던 자리에서 재상과 함께 정했던 내용이 아니라 이번 개혁안이 통과되면 곧바로 진행될 예정이었던 차선안이라는 것이었다.

반대해야 한다는 생각은 들었지만, 이미 대전에 들기 전에 재상의 편에 힘을 몰아주기로 말을 맞췄던 이들이었다. 황제의 술수라는 것을 깨달은 대홍려가 움직이기도 전에 들고 일어선 귀족들은 단번에 토지개혁안을 통과시켰다.

대전에서 나오자마자 사공은 맹렬히 대홍려를 비난하였다. 억울하다며 대홍려가 목소리를 높였지만, 이미 상황은 그에게 최악으로 치달은 후였다. 황제에게 무슨 약조를 받았냐는 말부터 대홍려에게 농락당했다고 믿기 시작한 이들이 그에게 등을 돌렸다.

이번 일로 자신의 입지를 다질 수 있으리라 믿었던 대홍려는 예상과는 다른 결과에 분노하며 한비의 궁으로 뛰듯이 달려갔다고 하였다.

"이걸 말씀하신 것이었습니까, 폐하."

무슨 소리냐며 궁녀가 되물었지만 답할 정신은 없었다.

여인으로 보인다며 달콤한 말을 속삭였어도 그는 처음부터 이렇게 할 생각이었다. 그는 사람을 믿지 않는다. 아니 이용할 수 있다면 사람의 마음조차 이용할 이가 바로 그였다.

수련이 한비와 손을 잡기 전부터 생각한 방법일지도 모른다. 아니, 그가 무엇을 얼마나 알고 있는지, 또 무슨 생각인지는 이제 관심도 없다.

지금 그녀가 알고 있는 것은 이번 일의 최대 수혜자는 태휼이고, 최악의 피해자는 자신이라는 것이었다.

"나가 계세요."

"무슨 소리인가?"

"험한 꼴 당하기 전에 피하란 말입니다."

"무슨……."

궁녀의 말이 끝나기도 전에 거칠게 문이 열렸다. 궁녀를 밀치고 들어온 상궁과 병사들이 수련을 노려보았다. 억울하다며 항변을 하지도, 도망갈 생각도 하지 않았다.

도망간다 한들 이 황궁 어디에 숨을 것이며, 억울하다 말한들 결과가 달라지진 않았다.

자신이 저지른 일이니 책임지는 것도 스스로가 해야 했다.

"저 스스로 가겠습니다."

"끌고 가라!"

스스로 나가려는 수련의 양옆에 병사가 붙었다. 그녀의 팔을 붙잡은 병사들이 고개를 끄덕이자 상궁이 몸을 돌렸다. 병사들에게 끌려가는 수련이 현실을 외면하듯 눈을 감았다.

바람을 가르는 소리와 함께 얇은 회초리가 매섭게 수련의 종아리를 후려쳤다. 당장에라도 피부가 찢어질 것처럼 붉게 달아올랐지만 수련은 비명조차 지르지 않았다.

"네가 사정을 봐주고 있는 것이 아니냐?"

"마마. 그게 아니라……."

"제대로 후려치지 않으면 저년의 자리에 네가 서게 될 것이야!"

한비의 경고에 회초리를 쥔 상궁이 팔에 힘을 주었다. 포물선을 그리고 날아든 회초리가 여지없이 수련의 종아리를 후려쳤다.

"흡."

비명을 삼키듯 수련이 숨을 억지로 들이마셨다. 수련의 고통스러운 얼굴을 보는 한비의 입가에 비틀린 미소가 생겨났다. 궁녀가 해주는 치장을 받는 한비의 눈에 짙은 분노가 감돌았다.

"독한 것. 곧 죽어도 지를 비명은 없다는 것이냐?"

한비의 조롱에 수련이 그녀를 노려보았지만 그것도 잠시였다. 정면으로 눈을 돌린 수련이 입술을 굳게 깨물었다. 수련의 모습에 한비가 이를 갈았다.

제법 쓸모가 있다 생각했건만, 결국 수련이 그녀에게 준 것은 지독한 모욕과 아버지의 폭언뿐이었다. 궁의 아랫사람들이 보는 앞에서 한비의 무지함을 털어놓던 대홍려를 김 상궁이 말리지 않았다면 그는 지금까지도 그녀를 힐난했을 것이었다.

"하긴 내가 받은 모욕에 비하면 그까짓 회초리가 뭐 얼마나 아프겠느냐? 마음 같아서는 네 목을 베어 이 불쾌한 기분을 잊어버리고 싶지만, 폐하께서 아직은 널 찾으시니 어쩔 수 없지 않겠느냐."

상궁이 휘두르는 회초리에 수련의 피부가 터졌다. 입술을 깨물며 참고 있었지만, 간헐적으로 터지는 비명은 삼키기 어려웠다.

"보이는 곳은 절대 치지 마라. 아무리 무모하고 건방진 계집이어도 제 상처를 폐하께 보이면 어떻게 되는지 아니 말이다."

"네. 마마."

매질하던 상궁이 가쁜 숨을 내쉬자, 뒤에서 대기하던 궁녀가 상궁이 들고 있던 회초리를 넘겨받았다. 기세가 꺾이던 회초리에 다시 힘이 들어가자 수련의 몸이 휘청거렸다.

좀처럼 움직임이 없던 수련에게서 반응이 나오자 한비의 눈에 희열이 감돌았다. 한비의 눈이 수련에게서 궁녀들에게로, 그리고 그들의 옆에 수북이 쌓여 있는 회초리로 향하였다.

"저기 있는 회초리를 다 맞을 때까지 네가 견딘다면 오늘 일은 나도 묻겠다. 회초리 몇 개로 분이 풀리지는 않지만 최소한의 자비는 내려야 하니 어쩔 수 없지."

"……윽."

수련의 모습을 보던 한비가 자리에서 일어났다. 수련의 앞으로 걸어온 한비가 수련을 향해 즐거운 목소리로 말하였다.

"혼자서 버텨 내는 일이 쉬운 것은 아니지. 걱정하지 말렴. 내오늘 몸이 좋지 않아 저녁에 있을 연회에는 참석하지 못한다고 했단다. 내 네가 고통에 몸부림치는 모습을 내리 지켜볼 것이니 어디한번 참아 보아라."

"……."

핏줄이 붉게 선 수련의 눈이 한비를 노려봤지만, 굳게 닫힌 입은 좀처럼 열리지 않았다. 수련의 도전적인 시선을 바라보던 한비의 미간이 치미는 짜증으로 점점 찌푸려졌다.

"뭐 하는 것이냐! 저년 입에서 비명 소리를 듣는 것이 왜 이리 어려운 것이야! 제대로 매질하지 못할까!"

한비의 호통에 몸을 움찔거린 궁녀가 회초리를 힘껏 내리쳤다. 회초리를 치는 궁녀의 이마에는 땀이 송골송골 맺혀 있었지만, 수련은 잇자국이 남을 정도로 힘껏 입술을 깨물었다.

화가 잔뜩 난 한비였지만 대화의 여지는 있었다. 적당히 달래고 몸을 숙인다면 한비는 지금이라도 그녀를 풀어 줄 것이었다.

하지만 그러는 대신 수련은 더더욱 입을 다물었다. 그녀를 자극한다는 것을 알면서도 수련은 아무 말도 하지 않았다.

궁녀가 휘두르는 회초리는 아팠지만, 머릿속을 가득 채운 분노로 참아 냈다.

회초리가 부러지자 궁녀가 새것으로 바꾸었다. 터진 피부 사이로 흐르는 피가 바닥에 한 방울씩 떨어졌다.

터져 나오려는 비명을 삼키며 수련이 주먹을 힘껏 쥐었다.

✽　✽　✽

"위랑이 한비 마마의 궁으로 끌려갔다고 하옵니다."

궁녀와 내관에게 몸을 맡겼던 태흘이 감았던 눈을 떴다. 눈에서 나오는 한기가 주변을 얼릴 듯 서늘하였다. 태흘의 시선을 외면하듯 내관이 고개를 숙였다.

내관을 보던 태흘이 열린 창으로 고개를 돌렸다.

"사람을 보내 위랑을……."

"놔두어라."

생각지 못한 답에 내관이 고개를 들었다. 황궁 내에서 방치하는 듯했어도 수련이 행동하는 범위 이상의 일이 생겼을 때마다 언제나 태흘이 움직였었다. 수련을 만나러 몇 번이나 움직인 사공과 대홍려를 막은 것 또한 태흘이었다.

한비에게 끌려갔다는 사실만으로도 직접 움직이고도 남을 일이었건만, 정작 당사자인 그는 태연하였다.

"허나 폐하, 한비 마마의 궁으로 회초리와 궁녀들이……."

"놔두라 하였다."

짜증이 묻어 나오는 대답에 내관이 뒷걸음질로 방을 나왔다. 창을 보던 태휼이 손에 턱을 괴었다. 그의 움직임에 맞춰 자세를 바꾼 궁녀가 빗은 머리를 올리고 비녀를 꽂았다.

나른한 숨을 내쉬었지만 밖을 보는 그의 눈은 날카로웠다.

끌려갔어도 그다지 걱정하진 않았다.

수련은 죽은 황후와도, 여상환에게 죽은 그의 첫 정인과도 달랐다.

살려는 의지도 강했고, 돌아가려는 목표도 강하였다. 끌려갔다고는 하지만 수련 정도라면 충분히 빠져나올 수 있었다.

"약해서는 황궁에서 살아남을 수 없지."

"폐하. 무슨 말씀을 하시는 겁니까?"

마무리하던 궁녀가 물었지만 그는 대답하지 않았다.

이번에야말로 두 비와 연결되어 있는 모든 걸 끊게 할 것이다. 다시는 손을 잡을 생각조차 하지 못하도록 비들에게도, 수련에게도 확실히 알려 줄 생각이었다.

회초리 몇 대 맞고는 끝날 일, 걱정할 일이 아니었다.

연회장으로 갈 시간이 되자 태휼이 자리에서 일어났다. 거침없이 걸어가는 그의 뒤를 궁녀와 내관들이 뒤따랐다.

✳   ✳   ✳

치맛자락을 밟은 어린 궁녀가 바닥에 주저앉았다.

넘어지면서 까진 무릎에 피가 배어 나왔지만, 울음을 터트릴 상황은 아니었다.

땀과 눈물에 흙까지 더해져서 얼굴이 엉망이었지만, 닦을 생각조차 나지 않았다. 황제의 연회로 모두의 시선이 그쪽으로 향해 있는 것은 알았지만 이대로 있다가는 수련에게 큰 사달이 날 것이었다.

"위랑!"

벗겨진 신발을 신을 생각조차 못한 채 어린 궁녀가 치맛자락을 붙잡았다. 자신의 행동을 한비가 알면 혼나는 것으로 끝나지 않을 것이라는 걸 알면서도 그대로 있을 수 없었다.

들려오는 소리라고는 회초리가 움직일 때마다 나는 날카로운 파공음과 힘든 숨을 내쉬는 궁녀들의 가쁜 숨뿐이었다.

"위랑. 조금만 참아요."

분명 때리는 사람이 있었고, 맞는 사람이 있었는데 정작 맞고 있는 사람의 소리는 거의 들리지 않았다. 신경질적인 한비의 고함에 부러졌던 회초리가 밖으로 나가고, 새 회초리가 들어왔다.

어떻게든 상황이 정리되면 수련을 데리고 나오려 했지만 궁녀의 바람과는 다르게 화가 잔뜩 난 한비가 직접 나서서 수련을 때리기 시작하자 상황은 걷잡을 수 없게 흘러갔다.

그녀의 힘으로는 이 상황을 막을 수 없었다.

"멈추어라!"

연회장으로 뛰어 들어가려는 어린 궁녀를 지키고 있던 병사가 붙잡았다. 평소였다면 무섭다며 보지도 않았을 병사를 향해 궁녀가 다급히 말했다.

"내시감을 뵈어야 합니다! 아니 폐하를 뵈어야 합니다. 고해 주세요! 급한 일입니다!"

"어린것이 여기가 어디라고 온 것이냐!"

"이렇게 꾸물거리다가 위랑이 죽는단 말입니다!"

쫓아내려는 병사의 다리를 어린 궁녀가 붙잡았다. 이대로라면 위랑이 죽을지도 모른다.

"제발 한 번만요! 이러다가 위랑이 죽어요! 죽는단 말입니다."

궁녀의 외침에 병사가 눈을 좁혔다. 그냥 되돌리기에는 무언가 느낌이 심상치 않았다. 연회장을 잠시 보던 병사가 의심스러운 눈초리로 궁녀를 보았다.

자칫 이 궁녀 하나로 크게 치도곤을 당할 수 있다. 황제의 연회를 망치면 난감해지는 건 자신이었다. 하지만 그냥 넘기기에는 위랑이라는 단어가 거슬렸다.

황제가 총애하는 여인이었다. 어린 궁녀의 말을 무시했다가 큰일이 일어나면 그건 그거대로 문제였다.

"무슨 일인가?"

연회장 안으로 들어가려는 병사의 뒤로 유 내관의 목소리가 들려왔다. 궁녀와 병사의 시선이 뒤에 서 있는 유 내관에게 향하였다.

"내관님! 위랑 좀 살려 주세요!"

위랑이라는 말에 유 내관의 눈이 꿈틀댔다. 수련이 한비의 궁으로 끌려간 일은 그도 알고 있었다. 절대 행동하지 말고 가만히 있으라는 이비의 언질이 아니었다면 직접 가서 보고 싶을 정도였다.

"무슨 이야기를 하는 것이냐?"

"한비 마마께서 위랑을 데려가셔서 매질을 하고 계시는데…… 아무리 귀를 기울여도 위랑의 소리가 안 들립니다. 직접 매질을 하시겠다며 회초리도 더 가져갔는데…… 살려 주세요! 이러다가 위랑이 죽습니다!"

궁녀의 이야기를 듣는 유 내관의 눈이 좁아졌다. 쓸데없이 머리 하나는 기가 막히게 좋은 계집이었다. 마음 같아서는 죽어서 나왔으면 싶었지만 어차피 회초리 몇 대를 맞고 한비에게서 빠져나올 계집이었다.

'나오지 못했다?'

"제발 내관님. 폐하께 한 번만 말씀드려 주세요. 이대로라면…… 앗!"

유 내관이 휘두른 팔에 뺨을 맞은 궁녀가 쓰러졌다.

"네 감히 연회장 앞에서 무슨 짓이냐! 이게 어떤 연회인지 몰라서 이리 행동하는 것이냐!"

"위랑이 죽습니다!"

"허어. 잘못을 했으면 벌을 받는 것이 마땅한 터, 고작 계집의 일 하나 가지고 폐하의 연회를 망치겠다는 것이냐! 썩 물러나라. 뭐 하는 건가! 어서 끌어내지 않고!"

어린 궁녀가 유 내관을 붙잡았지만, 다가온 병사에 의해 속수무책으로 떨어져 나갔다. 살려 달라며 궁녀가 몸부림을 쳤지만 구겨진 옷을 털어 내는 것으로 유 내관은 귀를 닫았다.

기왕 한비가 선을 넘은 것이었다면 확실히 끝을 내 줬으면 하는 바람이었다. 꼴 보기 싫은 계집 따위 다른 사람의 손으로 없앨 수만 있다면 그보다도 좋은 일은 없었다.

"이대로라면 위랑이 죽는단 말입니다!"

"바라는 바다. 제발 그렇게 되어야지."

병사들의 입단속을 한 유 내관이 연회장에서 벗어났다.

둘밖에 없을 것이라 생각했었던 곳에 모습을 감추고 있던 흑영이 어둠 속으로 완전히 숨어들었다.

❀　❀　❀

무희들의 춤을 보는 태휼의 눈은 평온하였다.

태휼의 눈치를 보며 대신들이 서로의 잔에 술을 채워 주며 대화를 이어 가고 있었다.

"폐하. 신첩이 한 잔 올려도 되겠습니까?"

무희를 보던 눈을 옆으로 돌리자 언제 온 것인지 이비가 빈 잔을 내밀며 화사한 미소를 짓고 있었다. 감정 없는 눈으로 이비를 보던 태휼이 빈 잔을 받아 들었다. 이비의 손에 든 술병에서 흐른 술이 빈 잔에 채워지고, 그런 이비를 보며 태휼이 미소를 지었다.

"사공도 피해가 컸을 것인데 그대에게서는 불편한 기색이 전혀 없군."

가시 돋친 물음에 이비의 입가에 더욱 진한 미소가 생겨났다.

"폐하와 호연에 더할 나위 없이 좋은 일인데, 신첩 어찌 싫어할 수 있겠습니까? 또한 신첩의 아버지는 무엇보다도 호연을 최우선으로 생각하시는 분입니다. 폐하를 위해 목숨도 바치실 분이 어찌 이번 일을 불쾌히 여기시겠습니까?"

토지개혁안이 발표된 후, 실제 사공은 대홍려를 향해 멍청한 인

사라며 손가락질과 폭언을 토해 냈지만 굳이 이 상황에서 그걸 말할 필요는 없었다.

어차피 위랑의 세 치 혀를 믿은 한비가 제 무덤을 판 일이었다. 자신이었다면 그렇게 처리하지 않았을 테지만 상관없었다.

인내하는 법을 모르는 한비가 위랑을 상대로 감정을 조절할 리가 없다. 한비가 직접 위랑을 죽여 주면 최선이었지만 거기까지는 욕심을 부리지 않았다.

"그러한가."

이비에게서 받은 술을 마시며 그가 낮게 되물었다.

쉽지 않은 상대이기는 했지만 결국 태휼도 사내이고 황제였다.

후계를 만들지 않고는 지금의 힘을 유지하는 일이 쉽지 않다는 것은 누구보다도 태휼이 가장 잘 알고 있었다. 여상환에게 당한 시간만큼이나 힘의 중요성을 아는 태휼이 손을 내밀 사람은 결국 사공인 이부한과 자신이었다.

감정을 내세우기 전에 이성으로 억누르는 사내가 태휼이었다.

"폐하. 아직도 신첩의 진심을 의심하시는 것입니까?"

잔을 비운 그가 이비를 바라보았다.

심장이 떨리고, 몸이 달아오른다. 그저 정략으로 이어진 혼인, 하지만 그가 가진 분위기와 자신감은 언제나 그녀를 매혹시켰다. 가문의 명령으로 후궁이 되었지만. 이 상태에서 안주할 생각은 없었다.

모두가 죽어 나갈 때, 그녀는 살아남았다.

자신의 충동질 몇 번에 하라는 대로 따르던 멍청한 황후와 자신은 다르다.

"황후에게 진심 어린 조언이라며 건네었던 충동질이 그대의 진심 아니었나?"

"황후 마마께서 신첩의 진심을 곡해하신 것뿐이옵니다. 신첩, 억울하옵니다."

진심으로 억울하다는 얼굴로 이비의 눈이 태휼을 바라보았다. 이비의 눈을 바라보던 그의 입가에 희미한 미소가 생겨났다.

보기 좋게 만들어진 미소. 태휼의 미소를 본 수련은 농락하지 말라며 눈을 좁혔을 테지만 아직 그의 진심을 보지 못하는 이비는 그 모습에 단번에 빠져들었다.

시선을 떼지 못하는 이비를 보는 그의 눈이 차가워졌다.

황궁 아래, 아니 이 세상에서 그의 본모습을 보는 사람은 수련 하나뿐이었다.

그러니 더더욱 놓칠 수 없었다.

"폐하."

이비에게 손을 뻗치려던 태휼의 뒤로 어느새 나타난 무진이 무릎을 꿇었다. 무진의 모습에 태휼이 손으로 이비를 물렸다. 좋은 분위기를 망친 무진을 향해 이비가 눈을 흘겼다.

이비의 시선에도 아랑곳없이 다가온 무진이 태휼의 귀에 작게 속삭였다.

여유롭고 조용했던 그의 분위기가 무진의 보고로 완전히 바뀌었다. 느긋이 의자에 몸을 맡겼던 태휼이 몸을 일으켰다.

화기애애하게 이루어지던 연회가 그 순간 완전히 멈추었다.

"폐하."

갑자기 멈춘 분위기에 가장 가까이에 있던 부겸이 몸을 숙였다.

"연회는 끝났다."

"폐하!"

갑작스러운 연회의 끝에 대신들이 되물었지만, 그는 대답할 생각조차 없다는 듯 연회장을 가로질러 밖으로 나갔다. 태휼을 따라 나가려던 궁인들과 대신들을 내시감이 막았다.

"누구도 따르지 말라시는 명이었습니다."

당혹스러운 상황에 대신들이 웅성거렸지만, 태휼의 모습은 완전히 사라진 후였다.

따라가야 한다.

안 좋은 기분이 들었다. 조금 전까지는 잡힐 듯 있었던 태휼의 흔적이 완전히 사라져 있었다. 내시감을 피해 태휼을 따라 나가려던 이비를 누군가가 붙잡았다.

"아버지!"

사공 이부한이 이비의 손목을 붙잡으며 목소리를 낮췄다.

"궁으로 돌아가 계세요. 마마."

"무언가 불길합니다! 직접 봐야······."

"마마. 흠이 잡히는 건 한비와 대홍려만으로 충분합니다."

짧지만 강한 어조에 이비의 말문이 막혔다. 목소리를 높이지도, 따르라며 강요하지도 않았다. 하지만 사공의 말을 듣고 있노라면 거절할 생각조차 나지 않았다.

"궁으로 돌아가세요. 그리고 조용히 마마께서 위랑에게 만들어 놓은 끈을 자르세요. 서두르시는 것이 좋겠습니다."

사공의 말에 고개를 끄덕인 이비가 자신의 궁으로 걸음을 옮겼다.

모두가 사라진 자리, 상황을 지켜보던 사공이 주변을 천천히 둘러보았다. 모두가 머물고 있는 연회장에서 부겸의 모습이 보이지 않았다.

'여상환만 죽이면 한시름 덜 줄 알았건만.'

굳이 가 보지 않아도 무슨 일일지는 어렴풋이 짐작되었다.

유난히 머리가 좋고 눈치가 빨라 태휼의 총애를 받고 있다는 여상환의 사생아.

눈에 거슬리기는 했지만, 한비에게 끌려갔다는 말에도 연회장에서의 태연한 모습에 대수롭지 않게 여겼었다. 수많은 여인이 왔다가 사라지는 것이 황제의 자리. 하물며 그가 아는 태휼은 여인보다도 자신의 힘을 지키는 데 전부를 쏟을 사내였다.

'그게 아니었던가?'

죽은 여상환의 그림자도 보고 싶지 않은 그였다.

무너진 권력자만큼 추한 것은 없다.

내관들의 안내를 받으며 황궁 밖으로 나가는 사공의 눈에 위험한 빛이 감돌았다.

❀   ❀   ❀

등을 후려치는 회초리를 참아 내며 수련이 입술을 깨물었다. 질끈 깨물고 있던 입술이 터졌지만, 수련은 느낄 수 없었다.

피부가 터진 종아리를 때릴 수 없게 되자 회초리의 방향이 등으로 바뀌었다. 회초리를 다 쓰면 보내 주겠다고 했지만, 막상 수련이 견뎌 내니 분노한 한비가 회초리를 더 들여왔다.

어차피 잘못했다며 빌어도 한비가 그녀를 놔줄 리가 없었다.

"독한 것!"

한비의 입에서 터져 나오는 욕지거리를 들으며 수련이 입꼬리를 올렸다.

태휼의 총애나 이비를 이용했다면 이 상황에서 벗어날 수 있었다. 하지만 그러는 대신 수련은 한비의 분노를 받아 냈다.

한비에게 미안한 감정은 없다. 자신의 말을 따르다가 일이 이렇게 되었지만, 결국 한비도 권력에 욕심을 부리다가 이렇게 된 것일 뿐이었다.

수련의 등을 때리던 회초리가 또 부러지자 한비가 거칠게 손에 남아 있는 회초리를 집어 던졌다.

터진 종아리와 등에서 흐르는 피가 바닥을 적셨지만 한비의 눈에는 아무것도 보이지 않았다.

"하아. 하아."

한비의 가쁜 숨소리가 멀찌감치 들려왔다.

멈췄던 매질이 시작되자 수련의 이마에 맺혀 있던 땀방울이 바닥에 떨어졌다.

한비에게는 원한이 없었지만, 태휼에게는 화가 치밀었다. 분명 감모에 눕기 전부터 그렇게 움직일 생각이었다. 그럴 생각으로 재상과의 이야기를 듣게 한 것이었다.

'날 이용했다.'

잠깐이지만 설레었다. 위험한 사내라는 것을 알면서도, 적어도 그 순간만큼은 황제가 아닌 사내로 다가오려는 진심이 보였었다.

그런데 그 모든 것이 토지개혁을 이루기 위한 그의 속임수일 뿐이었다. 한비의 힘을 재상에게 끌어들이기 위한 수작질이었다. 회초리를 맞은 등과 종아리의 감각이 느껴지지 않았다. 몸에 열이 올라서인지 머리가 어지러웠지만 수련은 참아 냈다.

'당신은 내가 한비에게서 빠져나올 것으로 생각하겠지.'

태휼은 그녀가 다치는 걸 보고 싶지 않다고 말했었다.

그는 수련이 이렇게 될 줄 이미 알고 있었다. 그러니 더 험한 꼴을 당하기 전에 한비와의 인연을 끊으라는 말이었을 뿐이었다.

'그는 전부 알고 있었다.'

호기심으로 끌려왔으면서도, 아무리 진심을 가지고 그를 대해도 도구 이상은 될 수 없다는 사실을 잊고 있었다.

외면하고자, 잊으려 했었던 현실이 지금에서야 피부로 와 닿았다.

그녀는 황궁 밖을 나갈 수 없다.

'얼마나 재미있었을 것인가?'

빠져나가겠다며 발버둥 치는 모습이 태휼에게는 얼마나 재미난 유희였을까? 애초에 보낼 생각도 없었던 그에게서 벗어나겠다며 온몸으로 거부했던 자신의 절박한 모습이 태휼에게는 참으로 즐거운 광대놀음이었을 것이다.

"이, 이년이! 무엇을 그리 잘했다고 웃는 것이냐? 너 따위가!"

자신을 조롱하듯 수련이 입꼬리를 올렸다. 스스로를 자학하는 일이었건만, 회초리를 들고 있던 한비에게는 수련이 그녀를 조롱하는 것으로밖에 보이지 않았다.

치밀어 오르는 화를 견디지 못한 한비가 있는 힘껏 등을 매질하였다. 온 힘으로 쳐 대는 통에 손에 들고 있던 마지막 회초리가 힘없이 부러졌다.

"뭐 하는 것이냐! 어서 회초리를 더 가져오란 말이다. 아니다! 채찍을 가져와라! 저 금수만도 못한 계집을 내 오늘 끝장을 내겠다."

"한비 마마. 이제 그만하셔야 합니다."

수련의 미소에 화가 치민 한비가 소리를 지르자 곁을 지키던 김 상궁이 그녀를 붙잡았다. 회초리 몇 대로 끝날 일이라 생각했던 상황이 점점 걷잡을 수 없게 흘러가고 있었다. 회초리를 맞은 부분을 더는 숨길 수 없는 상황이었다.

직접 한비가 나선 터라 말릴 수 없었지만, 더는 상황을 내버려 둘 수 없었다.

"회초리를…… 모두 맞았으니…… 소녀는 이만…… 물러나도 되겠……습니까?"

매질이 멈추자 수련의 입에서 힘없는 물음이 흘러나왔다. 저렇게 맞았어도 버티다니 독하디독한 계집이었다. 건방진 모습에 김 상궁 또한 화가 치밀었지만, 지금은 보내는 것이 맞았다.

"이만…… 가 보겠습니다."

입을 여는 일조차 쉽지 않았다. 괜찮다고 생각했건만 생각하는 만큼 걸음이 따라 주지 않았다. 태휼이 원하는 대로 따라도, 그가 원하지 않는 방향으로 움직여도 결국 다치는 건 자신뿐이었다.

애초에 무모한 짓이었다. 여상환이 왔었던 그날, 그녀가 할 수 있는 최선은 태휼에게 몸을 숙이는 것이 아니라 가족과 함께 도망가는 것이었다.

수련이 걸음을 뗄 때마다 몸에서 흘러나오는 피가 바닥을 적셨다.

당장에라도 죽을 것처럼 위태롭고 불안한 모습이었지만 한비의 눈에는 그녀를 조롱하고 떠나는 괘씸한 계집의 뒷모습으로 보일 뿐이었다.

"감히! 네 감히!"

머릿속에 떠오르는 생각은 아무것도 없었다. 지금만큼은 이비보다도 저 수련이 더 위험하게 느껴졌다. 자신을 조롱하고 아무 일도 없다는 듯이 떠나는 계집을 죽여 버리고 싶은 마음뿐이었다.

가까이에 보이는 화병을 붙잡은 한비가 수련을 향해 걸어갔다.

"한비 마마!"

쨍그랑!

김 상궁의 비명과 화병이 깨지는 소리가 동시에 울렸다.

몸을 비틀거리던 수련의 이마에서 피가 몇 방울 떨어졌다. 몇 번 눈을 껌벅였지만 아무것도 보이지 않았다.

수련의 입가에 지친 미소가 다시 생겨났다.

이젠 뭐가 어떻게 되어도 상관없다. 하물며 화가 난 태휼이 그녀를 죽이려 해도 관심 없었다.

돌아갈 것이다. 굳게 닫혀 있는 황궁의 문을 스스로 열고라도 나갈 것이다.

죽인다면…… 혼이 되어서라도 나갈 것이다.

비틀거리면서도 한 걸음씩, 수련이 한 걸음씩 걸음을 옮겼다.

뺨에 닿는 차가운 물기가 좋았다.

비가 오는 건가? 고개를 들어 하늘을 보았건만, 좀처럼 말끔히 보이지 않았다. 발에 무거운 추라도 달린 것처럼 한 걸음 내딛기가 너무나도 힘들었다.

'지쳤어.'

까마득한 어둠 속에 혼자 서 있는 기분이었다. 어느 방향으로 걸음을 옮겨도 밖으로 나갈 문 따위는 없었다. 황궁을 나갈 생각만으로 버텨 내던 수련의 정신이 부서져 내렸다.

"진즉 이리 놓았으면 좋았을 것을."

복잡한 생각 따위 전부 버리고 이곳을 나가겠다는 생각만 했었더라면 이렇게까지 처참한 기분은 들지 않았을 것이다.

맹수가 잡은 사냥감을 바로 죽이지 않고 가지고 놀듯이, 태흘이라는 손아귀에서 수련은 그렇게 발버둥을 쳤다.

"바보같이 무엇을 믿었단 말인가?"

이상한 말이었지만, 잠깐이나마 그에게서 사람의 온기가 느껴졌었다. 여상환에게 당하면서 냉혈한으로 바뀌기는 했지만 사람의 온기를 찾고, 그 안에서 안정을 구하는 모습에 잠깐이나마 그와 자신이 같은 처지라는 생각이 들기도 했었다.

"우스운 소리."

터벅터벅 옮기는 걸음이 어디로 가고 있는지 알 수 없었다.

잠시 자리에 서서 주변을 둘러보던 수련이 피식 실소를 지었다. 보이지도 않는데 보려고 해 보았자 무슨 소용이며, 보인다 한들 그녀가 갈 곳은 없었다.

비와 섞인 바람이 수련의 더운 뺨을 스치고 사라졌다. 비에 섞인 바람이라 차갑기는커녕 시원하고 좋았다.

"막을 테면 막아 보라지."

평소라면 절대 부리지 않을 오기가 자꾸 생겨났다.

그를 도발하듯 한비에게 회초리를 맞았건만, 한 대 두 대 살갗이 찢어질 대로 맞으면서 드는 기분은 자괴감뿐이었다.

이제 이런 곳에 있지 않을 것이다. 지금이라도 집으로 돌아가서 어머니의 품에 안길 것이다. 괜찮다고 쓰다듬어 주는 따뜻한 손길에 몸을 맡기고, 지옥 같았던 일 년을 위로받고 싶었다.

"아……."

터덜터덜 걸어가던 수련이 앞에 보이는 모습에 눈을 좁혔다.

짙은 어둠 외에는 보이지 않던 시야에 태휼이 서 있었다. 보일리가 없는 그가 보이자 수련의 입가에 힘없는 미소가 생겨났다.

눈에 보이는 건 아무것도 없는데 이상하게도 그의 모습은 참으로 또렷이 보였다.

하필 태휼이 보이는지 모르겠지만 적어도 눈앞에 보이는 그는 가짜임이 틀림없었다.

"왜 하필 당신이 보이는지 모르겠네."

무거운 숨을 내쉬며 수련이 몸을 바로 세웠다. 환영이라면, 그녀의 눈에 보이는 가짜라면 하고 싶은 말 따위 조금은 꺼내도 되지 않을까.

"당신이 잘못한 건 없어. 당신의 귀한 백성은 전보다 나아질 테니까. 당신이…… 얼마나 당신의 나라를 아끼는지 알고 있어. 그날…… 당신의…… 본심을 봤으니까."

비바람에 실려 수련의 말이 허공에서 흩어졌다. 이마에서 흐르는 피가 얼굴을 타고 흘러내렸다.

말없이 바라보는 태휼을 보며 수련이 피식 웃음을 터트렸다. 그녀의 말에 대답하지 않는 모습이 그나마 마음에 들었다. 환영에 대고 말하는 것도 제법 나쁘지 않았다.

"그런데…… 내가 무슨 죄를 그리…… 저질렀나? 내가 뭘 그리 잘못했느냐 말이다."

황궁에 머무는 내내 생각하고 또 생각하였다. 아버지의 죄는 용서받을 수 없었지만, 그것을 수련이 다 떠안는 것은 너무나도 억울했다.

머리에서 흐르는 피가 절규하는 눈물과 만나 피눈물을 흘리는 것처럼 보였다. 손 하나 잘못 대면 그대로 부서져 사라질 것처럼 수련의 모습은 불안하였다.

"살아 보겠다고 발버둥 치는 모습을 보니 그리도 재미나던가?"

거듭된 물음에도 대답은 들리지 않았다.

답을 원해서 꺼낸 물음이 아니었기에 환영을 보며 연신 수련이 피를 토하듯 절규하였다.

"가족에게 돌아가겠다는 게 그게 무슨 죽을죄라고 사람을 이렇게 절벽으로 밀어 대느냐 말이다!"

사람의 목숨을 짐승만큼도 생각하지 못하는 황궁의 귀족들보다야 몇 배나 소박한 소원이었다. 비바람 속에서 말을 잇던 수련이 숨을 골랐다.

정신은 몽롱했지만, 답답했던 속은 한결 나아 있었다.

충분히 쉬었으니 다시 움직일 힘이 났다.

"돌아갈 거야."

멈춰 있던 걸음이 한 걸음 앞으로 옮겼다.

"죽일 테면 죽이라지."

이제 무서운 일은 없다. 아니 오히려 죽는 것도 나쁘지 않았다.

모든 일의 끝이 죽음이라면 차라리 죽어서 혼으로라도 돌아가는 길을 택하리라.

무언가를 더 하고 싶지도 그럴 의지도 남아 있지 않았다.

"어머니에게 갈 거야."

태휼 외에는 보이지 않는 어둠 속에서 수련이 몸을 움직였다. 하지만 마음만 걸어가고 있을 뿐, 수련이 그 자리에서 힘없이 쓰러졌다.

七章

물들다

부겸의 눈이 수련을 향했다.

빗속에서 비틀거리는 수련이 사라져 버릴 것처럼 위태로웠다.

그저 여상환이 수련을 보면 만족할 것이라고 했던 말 한마디에, 호기심으로 먼저 다가갔었다. 황궁을 조금 걷고, 대수롭지 않은 대화를 해 댄 것이 전부였지만 그럼에도 언제나 그를 반기는 수련에게 조금씩 마음이 끌렸었다.

지난달 울음을 참으며 감정을 삭였던 때와는 완전히 달랐다. 마치 생명을 태우듯 모든 것을 터트린 수련은 처참하게도 안타까웠고, 애참하게도 고왔다.

가지고 싶다.

"어머니에게 갈 거야."

마지막 말을 끝으로 수련이 천천히 무너졌다.

무너지는 건 수련이었지만 심장이 내려앉는 건 부겸이었다. 놀란 그가 나서려는 순간, 부겸의 시야에 보이던 수련이 가려졌다.

"아⋯⋯."

무너지려는 수련을 태휼이 붙잡았다. 품에 안겨 있는 수련을 보는 그의 눈은 여느 때와 똑같았다. 아니 똑같아 보일 뿐이었다.

힘없이 쓰러지는 수련을 태휼이 안아 들었다. 가라앉은 눈이 비에 씻겨 내리는 수련의 피에 향해 있었다.

"폐하. 용포가 더러워집니다. 소인이 안겠습니다."

바닥에 쓰러지기 전에 태휼이 붙잡은 것은 다행이었지만 이상하게도 그의 품에 안겨 있는 수련을 보고 싶지 않았다. 용포를 핑계로 부겸이 다가갔다. 세 걸음을 채 옮기기도 전에 태휼의 서슬 퍼런 목소리가 들려왔다.

"다가오지 마라."

낮은 말 속에서 느껴지는 강한 살기에 부겸이 숨을 삼켰다. 자신도 모르게 굳게 쥔 주먹에서 핏줄이 도드라졌다.

역시나 변화가 없는 건 겉모습뿐이었다. 그것조차 다가오지 말라는 말과 함께 완전히 사라져 버렸다.

주변에 있던 내관과 궁녀들이 자신도 모르게 주저앉았다. 태휼을 말리고, 수련을 치료해야 한다는 생각이 머리를 가득 채웠지만, 한 걸음도 나아갈 수 없었다. 그만큼 주변을 압박하는 태휼의 분위기는 차갑고 험악했다.

"내시감은 가까이 오라."

태휼의 부름에 기다렸다는 듯 내시감과 몇몇 내관이 우산을 들고 태휼에게 달려갔다. 머리 위에서 퍼붓던 비가 우산에 가려지자, 그의 눈이 수련의 상태를 매섭게 살폈다.

손을 채우는 감각이 빗물만은 아니었다. 살아 있는 사람에게서 흐르는 피 특유의 비릿한 향이 그의 코를 찔렀다.

"태의를 태화전으로 들여라."

"예. 폐하."

감모에 달아올랐던 뺨을 식혀 주던 손이 유난히 차가워서 좋았었다. 곁에 있어 주는 것만으로도 온몸에 휘몰아치던 분노가 진정되었었다. 잡고 있는 손만 놓게 할 생각이었다. 똑똑한 수련이니 신호만 주면 알아서 살기 위해 움직일 것이라 생각했었다.

하얗게 질린 수련의 얼굴에서 아주 희미한 숨소리가 들려왔다.

수련이 죽을지도 모른다.

수련이 죽는다.

"무진아."

"예. 폐하."

마치 저승사자가 강림한 것처럼 살기 어린 목소리가 연이어 자신의 사람을 불렀다. 멀지 않은 곳에서 대기하던 무진이 태휼의 앞에 한쪽 무릎을 꿇었다. 빗속에 몸을 숙이고 있었지만 차갑게 느껴지지 않았다.

흑영대의 수장으로 있으면서 그를 이렇게까지 극한으로 몰아넣는 사람은 세상에 태휼 하나뿐이었다.

"피를 따라가라."

폭우에 피가 씻겨 나갔지만 무로 단련된 흑영대에게는 그다지 어려운 일이 아니었다. 아무리 피가 비에 씻겨 나가도 비릿한 혈향은 쉽게 사라지지 않았다.

"수련의 피가 묻어 있는 자, 붉어진 손으로 땀을 흘리며 가쁜 숨을 내쉬는 자, 혈향이 가득한 곳에 머물고 있는 자. 가릴 필요 없다. 전부 밖으로 끌어내라."

"명을 따르겠습니다. 폐하."

"신분의 고하를 따질 필요 없다."

찾아내라 했지만 이미 누가 이렇게까지 수련을 매질했는지 황궁의 모든 이들이 알고 있었다. 후궁이든 대홍려의 여식이든 상관없다.

상황 판단조차 못 하는 여인에게 내릴 자비는 없다.

수련을 안아 들자 그녀가 힘없이 그에게 몸을 기댔다.

당장에라도 사라져 버릴 것처럼 가벼웠다. 잠시 다가왔다 사라지는 꿈처럼 그녀가 희미하게 느껴졌다. 몸을 돌린 태휼이 수련을 바라보는 부겸을 잠시 보았다.

눈이 마주쳤지만, 그 이상의 감정은 느껴지지 않았다.

손에서 느껴지는 더운 피와는 다르게 안고 있는 수련의 몸은 차가웠다. 돌아가겠다는 그녀의 절규가 뇌리를 가득 채웠다.

수련을 안고 있는 팔에 힘을 준 태휼이 태화전을 향해 몸을 날렸다.

❀　　❀　　❀

"뭐 하는 것이냐! 어서 치우지 않고!"

땀을 흘려 가며 상궁과 궁녀들이 방을 치우고 있었지만 한비의 눈에는 그들이 한없이 더뎌 보였다.

마른 입술을 혀로 훑어 내며 한비가 초조히 문을 보았다.

분노에 눈이 멀어 저질렀지만, 수련이 나가자 자신이 무슨 일을 저질렀는지 깨달았다. 이미 저지른 일이니 물릴 수도 없었다.

"어서 치우란 말이다! 어서!"

이곳을 깨끗이 치워 버리고 자신은 수련을 보냈다며 발뺌하면 그뿐이었다.

대홍려에게 한 소리 듣기는 하겠지만 어차피 그녀는 황제의 비였다. 잘못했다며 빌고 또 빈다면 며칠 연금은 되겠지만 무사히 넘어갈 자신이 있었다.

자신은 황제의 비, 상대는 멸문을 당한 죄인의 딸이었다.

"서두르란 말이…… 아악!"

갑작스럽게 문이 열리며 보이는 무진의 모습에 한비가 바닥에 주저앉았다. 무진의 뒤에 서 있는 검은 복장의 이들을 발견한 궁녀와 상궁이 비명을 질렀다.

무진의 눈이 빠르게 방을 훑었다. 아직 치우지 못한 화병과 한쪽에 모아 놓은 회초리에 붉은 피가 묻어 있었다.

치우려고 안간힘을 쓴 듯했지만 방의 모습에서 어떤 일이 일어났는지 그림처럼 그려졌다.

"모두 끌어내라."

무진의 명에 대기하던 이들이 상궁과 궁녀를 끌어냈다. 다급한 이들이 한비를 불러 댔지만, 지금 상황이 두려운 건 한비도 마찬가지였다. 궁녀와 상궁이 빠져나간 자리, 무진이 한비에게 다가갔다.

태휼은 신분의 고하를 따질 필요가 없다고 하였다.

그렇다면 이 일의 주범인 한비 또한 책임을 져야 한다.

"무슨 짓이냐? 내가 누구인지 알고 이러는 것이냐!"

"폐하께서 이번 일에 관련된 모든 이들을 밖으로 끌어내라 명하셨습니다."

"비가 오고 있는데 나보고 어디를 가라 하는 것이냐! 당장 놓지 못할까!"

놓으라며 몸부림을 쳤지만 흑영대의 힘을 한비가 이겨 낼 리 없었다. 한번 내리기 시작한 비는 좀처럼 멈출 기세가 없었다. 하지만 고작 비를 맞게 할 생각으로 태휼이 그런 명령을 내렸을 리가 없었다.

근 십여 년 동안 태휼이 저렇게 화가 난 모습을 보여 준 것은 처음이었다. 소리를 지르지도, 화를 내며 날뛰지도 않았지만 무진은 온몸이 베이는 것 같은 소름을 느꼈다.

황궁에 피바람이 불 것이다. 이 상황에서 태휼을 막을 수 있는 사람은 없었다.

"아버지를 뵈어야겠다! 아니 내 직접 폐하를 뵈어야겠다!"

"한비 마마. 소인이 직접 여기까지 온 것입니다."

"……."

"지금 소인이 어느 분의 명령을 받고 온 것이겠습니까? 그걸 아시면서도 폐하를 뵙고자 하십니까?"

담담한 말에 한비가 다시 바닥에 주저앉았다. 무진이 한비의 옆으로 시선을 돌리자 흑영대가 다시 그녀를 일으켰다. 떨고 있는 눈이 무진에게 자비를 구했지만, 그가 한비를 위해 해 줄 일은 없었다.

"나오시지요."

※　※　※

전후 사정을 들은 태의가 옷이 흠뻑 젖은 채로 태화전에 들어왔다. 이런 상황에서 꾸물거렸다가는 태휼에게 먼저 목이 떨어질 것이었기에 태의는 젖은 옷을 입은 채로 침소로 들어왔다.

태의가 오기 전에 준비를 모두 끝냈는지 엎드려 있는 수련은 하얀 천으로 최소한을 가린 채, 알몸으로 누워 있었다.

산전수전 다 겪으며 태의까지 된 이였지만 앞의 상처는 그도 처음 보는 것이었다.

하얀 피부에 회초리 자국이 등과 종아리에 가득하였다. 얼마나 힘껏 후려쳤는지 피부가 터질 것처럼 부어 있었다. 피부가 터져 흐르는 피 사이사이로 부러진 회초리 조각이 박혀 있기도 하였다.

"서둘러라."

태휼의 명령에 고개를 숙인 태의가 바쁘게 손을 움직였다. 지금은 상처를 보며 경악할 때가 아니었다. 피를 닦아 내고 약을 발랐다. 태의의 손이 닿을 때마다 수련의 몸이 작게 움찔거렸다.

태의가 치료하는 모습을 태휼의 눈이 하나도 빠짐없이 지켜보았다. 약간의 술수도 용납하지 않겠다는 듯 노려보는 눈빛에 태의가 마른침을 삼켰다.

거세게 내리는 빗소리만이 지금의 정적을 깨는 유일한 것이었다. 땀까지 뻘뻘 흘려 가며 수련의 등을 치료하던 태의가 태휼을 향해 몸을 숙였다.

"상처가 워낙 심하여 시일이 걸리겠지만, 우선은 급한 처치는 끝냈사옵니다. 고비가 완전히 넘어간 것은 아니옵니다만 우선은 한 시진마다 약을 바르고 상태를 지켜봐야 할 듯하옵니다."

태의의 말을 듣는 태휼의 표정은 좀 전과 다르지 않았다. 다만 무릎에 올려 있던 주먹은 핏줄이 도드라지도록 쥐고 있었다. 태휼의 분위기에 태의가 몸을 깊게 숙였다.

"소인이 자리를 지키겠습니다. 폐하께서는 침수를 드시옵소서."

"짐이 하겠다. 바를 약을 두고 대기하라."

그가 직접 하겠다는 말에 태의가 고개를 들었다. 하지만 곧, 자신의 불경을 깨닫고는 고개를 푹 숙였다. 비는 물론이고, 궁녀들에게조차 눈길은커녕 시선 한 번 준 적이 없는 그였다.

무슨 의도로 직접 하겠다고 나서는지는 알 수 없었지만, 적어도 태휼이 손수 누군가를 간호하는 건 처음 있는 일이었다.

수련에게 바를 약을 꺼내 놓은 태의가 태휼에게 깊게 절을 한 후, 뒷걸음질로 밖으로 나갔다.

둘밖에 없는 조용한 방, 태휼의 손끝이 수련의 상처에 닿았다.

"흐윽."

정신을 잃은 수련이 무의식적으로 고통스러운 신음을 토해 냈다. 수련이 힘들어할수록 태휼의 눈이 딱딱하게 굳었다. 아무리 그가 몰아쳐도 단 한 번도 수련은 힘들어하는 모습을 보여 주지 않았었다.

몸을 움직일 때마다 �짜내듯 고통스러운 신음이 굳게 다문 입 너머로 새어 나왔다. 그럴 때마다 심장이 미친 것처럼 쿵쾅거렸다.

"나도 나지만 너도 참 너답다."

수련의 이마에 맺혀 있는 땀을 태휼이 들고 있던 명주천으로 닦아 냈다.

"내 생각을 빗나가게 할 의도로만 저지른 일은 아니겠지."

그녀를 깨워 물어보지 않아도 이번 일이 왜 일어났는지 알 수 있었다. 하나만 봤을 때는 자신을 속인 태휼에게 반항하기 위해 회초리를 맞은 것으로 생각할 수 있었다. 하지만 그 너머를 봤을 때는 한비에게 해코지를 당할 가족을 지키기 위해서였다.

온몸이 너덜너덜해졌지만 수련은 생각했던 두 가지를 모두 이루었다.

한비의 분노를 전부 받아 냄으로서 자칫 가족에게 향했을 적의를 사전에 막아 버렸다. 동시에 빠져나올 것이라 믿었던 태휼의 허점을 찌르기까지 하였다.

태휼이 두려운 한비는 더는 수련을 건들지도, 수련의 가족에게 해코지를 할 생각도 하지 못할 것이다. 그와 동시에 태휼은 수련의 마음이라는 것을 얻으려면 무엇을 최우선으로 생각해야 할지 알 수 있었다.

자신의 생각이 수련의 의도보다 앞서간 것일지도 모른다. 어쩌면 그에게 한 방 먹이고자 하는 화풀이일 수도 있었지만 상관없다.

"내가 졌다."

승패를 걸고 한 내기나 도박은 아니었지만 태휼은 자신이 수련에게 졌다는 사실을 인정할 수밖에 없었다. 수련의 고집에 졌다. 아니 돌아가고자 하는 수련의 바람에 자신이 꺾였다는 것이 더 정확했다.

엎드려 있던 수련이 몸을 옆으로 돌렸다. 몸을 웅크린 수련의 눈가에 맑은 눈물이 맺혀 있었다.

"그러니까 정신 좀 차려 봐라."

차라리 눈을 떠서 그에게 절규를 쏟아 내는 모습을 보는 것이 낫다. 사라져 버릴 것처럼 약한 그녀를 위해 할 수 있는 일이 아무것도 없다는 사실에 미쳐 버리는 기분이었다.

문득 드는 불안감에 그의 손이 수련의 코에 닿았다. 그녀의 숨소리가 손가락 끝을 간질였다. 분명 살아 있고, 괜찮을 것이라는 걸 알면서도 피가 차갑게 식어 버리는 듯한 기분 나쁜 느낌이 그를 끊임없이 괴롭히고 있었다.

"집에 가고 싶다고 하지 않았나."

황궁에서 약하면 죽거나 이용당할 뿐이었다. 그의 첫 정인이 그러했고, 언제나 잘못했다며 울음을 터트리던 황후 또한 마찬가지였다. 그래서 더 몰아쳤다. 이렇게 움직일 테니 미리 대비하라는 말을 하기보다는 직접 겪어 보게 하고 다른 방법을 찾게 하였다.

몰아붙이면서도 살길이라며 하나씩 찾아내는 모습이 마음에 들어왔다.

그를 두려워하면서도 한편으로는 이해하려는 그녀에게 어느새 빠져들었다.

태흘에게는 놀이인 것이 수련에게는 목숨을 걸어야 한다고 했었던가?

그가 수련의 목을 졸랐다.

그 결과가 이런 모습이었다.

잠시 주저하던 손이 천천히 수련의 얼굴에 닿았다. 언제나 서늘했던 살결이 지금만큼은 고열로 뜨거웠다.

그의 손길에 수련이 안정을 찾을 것이라 생각하진 않았다. 다만 힘들어하는 그녀를 위해 그가 해 줄 수 있는 일이 이런 것밖에 없었다.

❀　❀　❀

수련의 등에 약을 바르던 태휼의 손이 멈추었다. 그의 시선이 닫힌 문을 향하였다.

"그 자리에서 고하라."

멈췄던 손이 느릿하게 움직였다. 조금만 힘이 들어가도 수련은 고통스러워했다. 앓는 소리를 내며 뒤척이다가 이제야 잠든 그녀를 깨우고 싶지 않았다.

"처음에 들여온 회초리는 스무 개였다고 합니다. 한비 마마께서 위랑에게 그 회초리를 모두 맞으면 보내 주겠다는 약조를 하셨다고 합니다."

보고하는 방에서는 어떤 소리도 들리지 않았다. 몸을 숙이고 있던 무진이 더욱 깊게 고개를 숙였다.

"흑영대가 들어갔을 때에는 한비 마마의 명을 받은 궁녀와 상궁들이 방을 치우고 있었습니다. 이들을 문초하여 알아낸 것으로는 방으로 들어간 회초리는 총 오십 개, 위랑에게 매질을 한 궁녀는 총 스무 명이었습니다. 그리고……."

"계속하라."

고열에 힘들어하면서도 온기를 쫓듯 수련이 태휼을 향해 몸을 웅크렸다.

의식 없이 하는 행동이라는 것을 알면서도 태휼의 미간이 좁아졌다. 조심스럽게 수련을 품에 안은 그가 작은 머리에 턱을 기댔다. 품을 파고드는 그녀를 진정시키듯 그의 손이 상처가 없는 어깨를 천천히 어루만졌다.

"회초리를 거듭 맞으면서도 비명 한 번 지르지 않았다고 합니다. 위랑의 행동에 화가 난 한비 마마께서 직접 회초리를 드셨다고 합니다. 회초리를 다 맞은 후, 위랑이 한비를 비웃으며 되돌아가겠다는 말을 하자 잠시 이성을 잃은 한비께서 화병으로 위랑의 머리를 내리쳤다고 하였습니다."

무진의 보고를 듣는 태휼이 비릿한 미소를 지었다.

한비를 비웃었다? 수련이 비웃은 건 한비가 아니라 수련 자신이었을 것이다. 태휼의 수에 맥없이 당한 자신을 비웃고 조롱했을 것이다.

수련의 반도 머리가 돌아가지 않는 한비였으니 그저 보이는 모습에 이성을 잃었을 것이다.

"한비는 어찌하고 있나?"

"다른 궁녀들과 함께 밖에 서 계십니다. 아버지인 대홍려를 뵙겠다며 소란을 피우시긴 했지만, 한 시진째 비를 맞고 계시니……."

"소리를 지를 힘도 남아 있지 않겠군. 아니면 남아 있지 않은 척을 해 대거나."

문 너머로 들려오는 태휼의 비아냥거림이 소름 끼치게 들리는 건 마냥 기분 탓만은 아닐 것이다. 화를 터트리기보다는 잘 갈무리하며 날카로운 비수로 만드는 자, 그 비수로 적의 목을 꿰뚫는 사람이 바로 황제인 그였다.

"지금부터 반 시진마다 서로에게 오십 대의 회초리를 때리라 하

여라. 상대를 봐주거나 손에 힘을 뺐다가 걸릴 시에는 병사가 직접
때려라."

"한비 마마께는……."

"위랑의 상태를 말하러 온 궁녀를 유 내관이 되돌려 보냈다고
들었다. 놈에게 회초리를 건네어라."

"……."

"어찌 행동하는지 직접 지켜봐라. 위랑이 깨어나기 전까지 계속
해야 할 것이다."

수련을 매질했던 이들이 이제는 수련이 깨어나기를 바라는 상황
이 되어 버렸다. 약간의 고저도 느껴지지 않는 명령. 태휼은 진심
으로 이번 일에 연루된 이들을 매질해 죽일 생각이었다.

"내시감."

"예. 폐하."

무진의 옆에 서 있던 내시감이 태휼의 부름에 허리를 숙였다.

"네가 직접 가라. 매질이 시작되면 대홍려가 한비를 찾을테니 그
걸 막을 사람이 필요하겠지."

고개를 숙인 내시감이 무진을 향해 몸을 숙였다. 서두르는 발걸
음 소리를 듣던 태휼이 수련을 안고 있던 팔에 힘을 주었다. 품에
얌전히 안겨 있던 수련이 상처가 아픈지 작은 목소리로 흐느끼고
있었다.

잠결에 흘러나오는 힘없는 목소리가 비수가 되어 그의 심장을
도려내는 것 같았다.

"아파."

"괜찮아질 거다."

아프다며 흐느끼는 수련을 몇 번이고 다독였다. 정신조차 차리지 못한 채, 아프다며 울음을 터트리는 수련을 보는 것 자체가 그에게는 고통이었다.

수련을 보는 눈은 딱딱하게 굳어 있었지만 다독이는 손길은 조심스럽고 부드러웠다. 울먹이며 몸을 떨던 수련이 점차 가라앉았다.

지독히 조용한 방 안, 품에서 잠든 수련을 그가 오랫동안 다독였다.

❀　❀　❀

"이비 마마. 위랑의 궁에 심어 놓았던 궁녀가 뵙기를……."

"들일 필요 없다."

궁녀의 도움을 받아 침수 준비를 하는 이비가 단번에 말을 잘랐다.

한비가 저지른 짓 덕분에 황궁이 발칵 뒤집어졌다. 한비의 궁에서 끌려나온 궁녀들이 반 시진마다 서로의 몸에 회초리를 휘두르고 있었다. 처음에는 그럴 수 없다며 손에 자비를 두던 궁녀들도 회초리를 빼앗은 병사가 직접 휘두르니 자비고 뭐고 살기 위해 상대를 후려치고 있는 상황이었다.

하물며 한비조차 유 내관에게 매질을 당하고 있었다.

"쓸모없는 것."

한비가 위랑을 반죽음으로 내몰았다는 일이 퍼지기도 전에 태휼이 움직였다. 한비의 궁은 물론이고 수련이 머물던 침소까지 들이 닫친 태화전의 내관들이 조금도 빠짐없이 방을 뒤졌다.

수련을 향해 이루어지던 각종 모략들이 발견되자 수련의 침소를 지키던 궁녀들의 신변도 위태롭기 시작하였다. 이비의 사주를 받고 움직였던 궁녀도 예외는 아니었다.

내관들의 추적을 간신히 따돌린 궁녀가 이비를 청하였지만 그녀는 조금도 움직이지 않았다.

"분명 서신을 태우라고 했거늘. 간사한 것. 내 목을 틀어쥐기 위해 가지고 있었던 것이 아닌가."

길게 늘여진 이비의 머리카락을 동백기름을 바른 빗을 든 궁녀가 조심스럽게 빗겨 내렸다. 고운 외모에 윤기가 흐르는 머리가 여인이 보기에도 시선을 빼앗을 만큼 화사하였다. 머리단장을 마친 이비가 일어나자 기다렸다는 듯 가까이에 있던 궁녀가 무늬가 없는 수수한 자리옷을 그녀에게 입혔다.

한비 못지않은 고운 얼굴을 가지고 있음에도 이비는 절대 화려하거나 돋보이는 옷을 입지 않았다. 꾸미는 것을 즐기지 않거나 요란스러운 것을 싫어해서가 아니었다.

돋보이는 것은 시선을 끌어모을 뿐이었다. 사람의 눈에 띄기 시작하면 결국은 적만 늘 뿐이었다.

"내 흔적은 확실히 지웠느냐?"

"네. 마마. 태화전의 내관이 들이닥치기 전에 그년이 받은 뇌물을 적어 놓은 장부를 찾아서 없앴습니다. 걱정하지 마시옵소서."

누구보다도 치장하는 것을 좋아했고, 사람들의 관심을 얻는 것을 즐겨했지만 이비는 참아 냈다. 악착같이 버티고 참으며 호연의 제1비까지 올라갔다.

이제 남은 것은 한 자리뿐, 그것을 위해서라면 이비는 한비와는 다르게 자신의 욕구를 견뎌 낼 수 있었다.

"유 내관은 어찌하고 있더냐?"

"회초리를 받은 시점부터 진심으로 회초리를 휘두르고 있습니다."

"그래야겠지. 멍청한 한비보다는 머리가 돌아가는 자니 어떻게 해야 빠져나올 수 있는지 알고 있겠지. 뭐, 거기서 죽어도 상관은 없지만 말이다."

손등에 턱을 기대고 앉은 이비의 모습은 무척이나 고혹적이고 소름 끼쳤다. 눈을 좁힌 채, 느긋하게 앉아 있는 모습과는 다르게 허공을 헤매는 눈은 날카로웠다.

톡톡.

이비의 가는 손가락이 일정한 간격으로 서안을 두드렸다. 지금은 궁녀도, 유 내관도, 멍청한 한비도 그녀의 머릿속에는 없었다.

불안한 감정은 현실이 되어 나타났다. 고작 역적의 딸을 황제의 후궁이 매질한 것뿐이었지만, 그 여파는 이비가 상상한 것 이상으로 나타났다.

'멍청한 한비는 문제조차 되지 않았다.'

적당한 계기에 한비만 내치면 그만이었건만, 일이 복잡하게 되었다.

곁에 두는 것도 모자라 매질 좀 했다고 궁녀와 한비를 이 빗속에 세워 놓고 똑같은 매질을 하게 만들었다. 궁녀는 물론 비에게도 눈길조차 주지 않던 그가 직접 정신을 잃은 수련을 태화전으로 데리고 가서 손수 간병까지 하고 있었다.

'진짜다.'

때로는 흉포한 맹수처럼 적을 죽이기도 하고, 뱀처럼 교활하게 진실을 찾아내기도 했지만 누구보다도 자신의 감정에 충실한 이가 바로 태휼이었다. 이번 토지개혁을 이용해서 한비와의 연계를 떼어 내려 한 것이라면, 만약 태휼의 의도를 안 수련이 다르게 행동한 것이라면…….

"이비 마마."

느긋하게 앉아 있던 이비가 벌떡 자리에서 일어났다.

이마에서 흐르는 땀이 고운 얼굴을 타고 흘러내렸다.

"위랑이 폐하께 흔들리고 있었다는 것이 아닌가?"

수련이 태휼을 완강히 거부했다면 그가 취했을 선택은 하나였다. 지존의 자리, 마음에 드는 여인을 강제로 취한다 한들 비난할 사람은 누구도 없었다.

하지만 강제로 취하는 대신 그녀를 손수 간호하고 있었다. 위랑에게 해를 끼친 모든 이들을 죽일 기세로 황궁을 발칵 뒤집어 놓기까지 하였다.

"위랑이 흔들리는 걸 아신 것이야. 그걸 아시니 그렇게 행동하신 것이겠지."

"무슨 말씀을 하시는 것입니까? 이비 마마."

"여지를 보았으니 몸을 취하는 것 따위로 만족할 수 없었겠지. 탐욕스러운 폐하께서 전부를 얻을 수 있는 기회를 보았는데, 고작 하나를 얻겠다며 움직이실 분이 아니지 않은가?"

"이비 마마. 무슨…….

손을 들어 문 상궁의 입을 막은 이비가 입술을 깨물었다.

일방적인 관계라면 손을 쓰기는 어렵지 않다. 하지만 상대를 바라보고 있는 것이라면, 이번 일이 그 모든 일의 시작이 되어 버린다면 상황은 끔찍했다.

"멍청한 한비같으니…… 제 년이 무슨 짓을 저질렀는지 그 멍청한 건 평생 알지 못하겠지."

"이비 마마."

"나가 있어라. 내 생각을 좀 해야겠다. 그리고……."

일어나는 문 상궁을 향해 이비가 차갑게 일갈했다.

"태화전과 한비의 궁에 심어 놓았던 이들을 모두 처리해라. 이번 일에 내가 개입되어 있다는 흔적은 하나도 남지 않아야 할 것이야."

거듭 당부하는 이비에게 몸을 숙인 문 상궁이 뒷걸음질로 방을 나갔다.

모두가 사라진 자리, 수련을 노려보듯 차가운 눈의 이비가 허공을 노려보고 있었다.

❀　❀　❀

유 내관을 때리던 회초리를 놓치며 한비가 주저앉았다.

곳곳에서 들려오는 매질 소리와 비명 소리에 귀가 얼얼하였다. 매질을 당하던 궁녀가 쓰러지자 대기하던 내관들이 얼굴에 물을 뿌리고 얼굴을 치며 깨웠다. 정신을 차리자마자 다시 시작되는 매질에 스무 명의 궁녀 중 절반은 살아만 있을 뿐, 시체와 다름없었다.

충분히 빠져나올 것이라 생각했던 일은 끔찍한 결과를 가져왔다.

못 하겠다며 울부짖어도 소용이 없었다. 굳게 닫힌 문 너머로 아버지인 대홍려의 고함이 들려왔지만, 무슨 연유에서인지 문은 열리지 않았다.

"한비 마마께서는 다시 회초리를 잡으시지요."

더없이 정중한 목소리였지만 말을 듣는 한비는 자신도 모르게 몸을 떨었다.

한갓 내관에게 매질을 당하는 것이 아프고 억울해서 패악을 부렸다. 자신이 누군지 모르냐며 이곳에서 나가는 순간 모두 목을 베겠다며 몇 번이고 엄포를 놓았었다.

그랬던 그녀의 오만함은 두 시진이 되기도 전에 꺾였다.

"살, 살려 주게."

회초리를 건네는 흑영의 다리를 붙잡으며 한비가 애원했다. 이미 의식을 잃은 다섯의 궁녀는 다른 곳으로 끌려갔다. 매질을 당하는 이들에게서 흘러나오는 피도, 끌려 나가며 생기는 흔적도 폭우와 함께 빠르게 쓸려 갔다.

"원하는 것이 있는가? 내가 전부 들어주겠네."

"회초리를 다시 잡으시지요."

"고작! 역적의 딸이 아닌가! 내가 죽이지도 않았는데 이런 대우는 부당하네!"

다가온 내관이 한비를 끌어내려 했지만, 잡고 있는 손에 힘을 주며 한비가 고개를 저었다.

이대로라면 자신이 죽을지도 모른다. 이미 온몸에 남아 있는 회초리 자국으로 엉망이었다.

"폐하께서는 위랑이 깨어날 때까지 계속하라 하시었습니다."

"아……."

"아직 위랑이 정신을 차렸다는 보고를 받지 못했습니다."

부들부들 몸을 떠는 한비의 손에 흑영이 회초리를 쥐여 주었다. 회초리를 받은 한비의 눈이 반쯤 쓰러져 있는 유 내관으로 향하였다. 한비가 조금이라도 덜 맞으려면 유 내관이 정신을 잃어야 한다. 적어도 유 내관의 정신을 차리게 할 동안은 한비가 쉴 수 있는 시간이었다.

부들거리며 회초리를 잡은 손에 힘을 준 한비가 입술을 깨물었다.

여기서 나가면 위랑은 물론이고 누구도 살리지 않을 것이다. 죽을지도 모르는 공포를 간신히 억누르며 한비가 유 내관을 향해 회초리를 휘둘렀다.

❋　❋　❋

그다음 날이 되어도 수련은 깨어나지 않았다.

간혹 울음 섞인 신음 소리를 내기는 했지만, 눈을 떠서 태휼을 보거나 정신을 차리지는 못하고 있었다. 수련이 처음 쓰러졌을 때부터 내리던 비는 다음 날이 되어서도 여전히 매서웠다.

눈을 감고 있던 태휼의 눈이 천천히 떠졌다. 깊게 가라앉아 있던 눈에 빛이 돌아온 순간, 옆을 지키던 누군가의 기색이 없어진 것을 깨달았다.

"에구머니나."

꿍음과 함께 문을 열자 놀던 내관이 자신도 모르게 엉덩방아를 찢었다. 주변의 기운을 빠르게 훑은 태휼이 성큼성큼 밖으로 걸음을 옮겼다.

"폐하!"

뒤늦게 일어난 내관과 궁인들이 태휼을 따라 바쁜 걸음을 옮겼다. 뒤에 붙은 꼬리는 생각조차 안한 채, 걸음을 옮기던 태휼이 숨을 들이마셨다.

"폐하. 이 야심한 밤에 어디를 가시는 것입니……."

"모두 몸을 돌려라."

다급한 걸음조차 잊게 할 서늘한 명령에 달려오던 내관이 몸을 돌렸다.

한번 내리기 시작한 비는 좀처럼 멈추지 않았다.

그리고 자신을 가둔 수련 또한 깨어나지 못했다.

빗속에 서 있는 모습이 어떤지 그녀 자신은 절대 알지 못할 것이다.

손가락만 잘못 가져가도 부서질 것처럼 약하고 희미했다. 빗속에서 한 걸음씩 내딛는 맨발이 어두운 밤에 대비되어 무척이나 희었다. 빗속을 걸어가는 수련의 눈 어디에도 평소에 보던 빛이라고는 전혀 없었다.

그럼에도 세상에서 그 하나만 저 모습을 보고 싶을 정도로 수련은 미치도록 고왔다.

그녀를 보던 태휼의 눈이 무겁게 가라앉았다. 당장에라도 사라져버릴 것처럼 위태한 모습이 그의 눈을 완전히 사로잡았다. 시중을 들려는 내관을 모두 물린 그가 빗속의 수련에게로 걸어갔다.

황궁 밖의 삶을 동경하는 수련과 그녀를 원하는 자신.

빛이 없는 그녀의 눈이 무엇을 보고 있는지 알았기에 더욱 그녀를 놔줄 수 없었다.

"수련아."

"……갈 거야."

비에 젖은 치맛자락이 힘없이 바람에 휘날렸다. 허공에 보이는 무언가를 잡으려는 듯 수련이 손을 뻗었다. 잡힐 듯 말 듯 뻗어 있는 수련의 손을 뒤에서 안은 태휼의 손이 붙잡았다.

뒤에서 수련을 안은 태휼이 그녀의 손과 허리를 감쌌다.

"들어가자."

"여기…… 싫어."

"수련아."

"당신 싫어."

내리는 폭우에 목소리가 점점 가라앉았다.

"황궁에서 나갈 거야."

간신히 유지하던 정신을 다시 놓았는지 그의 품에 수련이 얌전히 안겼다. 창백한 수련을 안은 그가 다시 태화전 안으로 들어왔다. 빗속에 젖은 그를 향해 새 옷을 든 내관들이 다가왔다.

옷을 갈아입는 내내 그의 시선이 늘어져 있는 수련에게로 향하였다.

부산했던 움직임이 사라지고, 방 안에 다시 그와 그녀만이 남았다.

감모에 누워 있던 그를 무슨 생각으로 간병했을까? 아무도 없는 방 안, 무겁게 가라앉은 고요조차 불쾌하게 다가왔다.

주저하는 손이 차가운 얼굴에 닿았다. 손가락 끝만 닿았던 뺨을 어느새 손바닥으로 감싸고 있었다.

이제는 왜 그녀가 자신에게 이랬는지는 조금은 알 것 같았다. 손에 닿는 느낌조차 없다면 그대로 사라져 버릴 것 같았다.

그녀를 붙잡으려는 것처럼 그의 손이 오랫동안 수련에게 머물렀다.

❈　❈　❈

눈을 뜨자 보이는 방은 뿌옇고 희미했다.

미간을 찌푸린 수련이 뻑뻑한 눈을 감았다 뜨기를 반복했다. 눈의 초점이 돌아오자 제일 먼저 보이는 건 눈물이 그렁그렁 맺혀 있는 어린 궁녀였다.

"위랑? 위랑! 저 보여요?"

보이는 걸 보이냐고 물으니 어떻게 말해야 할지 알 수 없었다. 뻑뻑한 눈만큼이나 선뜻 입이 열리지 않았다. 마른 입술로 힘겹게 움직이니 눈치 빠른 궁녀가 명주 천에 물을 묻혀 입술을 적셨다.

"왜 제가 태화전에 있어요?"

"꼬박 사흘을 앓으셨어요. 폐하께서 내내 위랑의 간호를 하셨는데……."

쉬지 않고 나오는 말에 수련이 미간을 좁혔다. 속사포처럼 쏟아지는 말이 도대체 무슨 소리인지 알 수 없었다. 지끈거리는 머리를 붙잡고 싶었지만 팔을 들 힘도 없었다.

"항아님."

"그러니까 한비 마마께서……."

"항아님. 잠시만요."

수련의 저지에 그제야 어린 궁녀의 말이 멈췄다. 한비의 궁에서 나온 기억까지는 있었다.

하지만 이후의 기억은 하나도 없었다. 피곤한 숨을 내쉰 수련이 방을 다시 보았다.

분명 태흘의 침소였다. 황제의 침소에 왜 이렇게 누워 있는지부터 하나씩 들어야 이 상황을 받아들일 수 있을 것 같았다.

수련의 눈이 눈물이 쏟아질 것처럼 그렁그렁한 궁녀를 향하였다.

"항아님은 왜 여기 있어요? 항아님은 한비 마마를 모시고 있었잖아요."

수련의 물음에 어린 궁녀가 힘없는 미소를 지었다.

"제 이름은 정화예요. 위랑. 한비 마마의 궁에서는 쫓겨났어요. 좀 더 자세히 말하자면 한비 마마에게 죽을 뻔한 걸 폐하께서 살려 주셨어요."

"아……."

"폐하의 명으로 위랑을 모시게 되었어요. 위랑을 모시던 이들도 전부 취조 중이에요."

여전히 머리는 지끈거렸지만 들어야 할 것 같았다.

그녀가 정신을 잃은 사이, 사달이 일어나도 단단히 일어난 듯하였다.

"폐하께서는 어디 계시죠?"

"문성공과 담소 중이세요."

계속해 보라는 수련의 말에 정화가 차근차근 있었던 일을 꺼내기 시작하였다.

※　※　※

수련이 태화전에서 머문 지도 사흘이 지나 있었다.

단순한 시중을 들던 위랑이라는 존재가 태휼에게 각별한 존재라는 사실이 드러나자 연일 황궁은 어수선하였다. 위랑을 매질한 한비가 역으로 매질을 당하며 밖으로 나오질 못하자 딸의 죄를 용서해 달라며 제연궁 앞에서 대홍려가 석고대죄를 하는 상황이었다.

황궁을 뒤집는 모든 일이 잠잠해지려면 수련이 깨어나야 하는 상황에서, 좀처럼 수련은 정신을 차리지 못했다.

그리고 이 모든 일을 저지른 태휼은 평온하다 못해 태연했다.

"황궁은 연일 말이 많은데 폐하께서는 참으로 평온하십니다."

"한비가 저질렀고, 짐이 마무리하는 일인데 걱정할 일이 무엇이 있는가? 애초에 제 주제를 알고 행동했다면 이런 일은 일어나지 않았겠지."

태휼에게서 본모습을 끌어낼 수 있는 사람이 몇이나 될까? 부겸은 그럴 수 있는 사람 자체가 없다고 생각했다. 여상환과의 싸움에서 우위를 정한 이후, 부겸은 태휼이 무슨 생각인지 당최 알 수 없었다.

어쩌면 이번 일을 기회로 귀족들이 어찌 움직이고 있는지, 누구에게 세가 더 몰리고 있는지 보는 중일지도 모른다. 수련의 일조차 태휼의 계획 아래 있는 일이라면…… 자신도 모르게 부겸이 숨을 들이켰다.

"그래도 폐하께서 거두신 비가 아니십니까? 이만 자비를 베푸시는 것이 어떠하신지요? 대신들 사이에서도 좋지 않은 말이 나오고

281

있습니다."

"짐은 수련이 깨어날 때까지 계속한다 하였다."

"폐하."

냉정한 시선에 말을 잇던 부겸이 몸을 숙였다.

수련을 죽일 생각으로 회초리를 들었던 한비를 동정하는 건 절대 아니었다. 하지만 귀족들 사이에서 수련의 존재가 태휼에게 남다르게 다가오는 것이 아니냐는 말이 돌고 있었다.

귀족들의 눈에 띌수록 수련이 힘들어진다.

빗속에서 힘겹게 걸어가던 수련의 모습이 아직도 뇌리에 선명했다. 자신을 보며 눈물을 글썽이던 모습에 부겸은 저도 모르게 심장이 내려앉는 기분이었다.

그저 몇 번 마주하며 바라본 것이 전부인 여인이었다.

그런데도 한 번쯤은 태휼이 아닌 그의 곁에 두고 싶었다.

"위랑을…… 민수련의 가족을 황궁으로 불러오심이 어떠하신지요?"

평소의 부겸이었다면 절대로 태휼에게 꺼내지 않았을 말이었다. 태휼의 의사에 무조건 따르지는 않았지만, 단 한 번도 그의 생각에 반기를 든 적은 없었다.

태휼이 그녀를 직접 거두지 않았다면 지금 어떤 상태인지, 괜찮은 것인지 몇 번이고 들여다봤을 것이다.

일시적인 호기심이어도 상관없었다. 지금 부겸을 괴롭히는 것은 황궁의 복잡한 상황이 아니라 부서질 듯 희미했던 수련의 존재였다.

그토록 보고 싶어 하는 가족이라면 황궁으로 불러오면 그만이지 않은가? 다른 사람이면 몰라도 태휼에게는 무척이나 간단한 일이었다.

"저리 원하는데 한 번은 자비를 내리심이 어떠하신지요? 가족을 데리고 오면 진심으로 폐하를 모시지 않겠습니까?"

조심스럽게 말을 잇는 부겸을 태휼의 느른한 눈이 오랫동안 바라보았다. 부드러운 눈이었지만, 호연의 그 누구도 저 눈을 보며 편안해하거나 안심하지 못했다. 숨기고 있는 걸 꿰뚫어 보는 듯한 시선에 얼굴을 가리듯 고개를 더욱 깊게 숙였다.

"짐이 너에게 위랑이라는 빌미를 주었군."

"폐하. 무슨 말씀을 하시는 것입니까?"

"단둘이 나누었던 대화가 참으로 흥미롭지 않았는가?"

"폐하."

"말은 나누지 않았어도 표정을 보는 것만으로도 눈에 들어왔겠지. 제 감정을 말로 하는 여인은 아니었지만 참고 숨기는 눈에서 모든 걸 읽을 수 있었겠지. 짐이 아는 너는 하나를 알려 주면 열 개, 아니 그 이상을 아는 능력을 가지고 있으니 말이야."

"폐하!"

"황궁으로 가족을 불러들이는 일을 수련이 기꺼이 좋아하겠는가? 짐은 그렇게 생각하지 않지만 너는 다르게 생각할지도 모르는 일이지. 말해 보라. 수련의 가족을 황궁으로 데리고 온다면 지금보다는 나은 모습을 볼 수 있다 생각하는가?"

수련에게 황궁은 나가고 싶은 곳이었다.

그런 곳에 가족까지 데려오면 나아지기는커녕 더욱 독기를 품을 것이다. 이 지옥에 가족까지 끌어들이냐며 저주를 퍼부을 것이다.

부겸이 말을 잇지 못하자 태휼이 앞에 놓은 차를 입술에 갖다 댔다.

"수련은 짐의 사람이 될 것이다."

"수련이 원하는 것이 무엇인지 아시면서도 그리하실 것입니까? 폐하의 곁을 지켰던 여인들이 어찌 되었는지는 소인 말을 꺼내지 않아도 폐하께서 더 잘 알고 계시지 않습니까? 그 길로 그녀를 넣으시겠다는 것입니까?"

부겸의 말에서 뼈가 느껴지는 것이 태휼의 기분 탓만은 아닐 것이다. 단순한 동정이라 하기에 부겸의 행동은 평소와는 다르게 대담했다.

왜 그런지 알기에 이해는 되었지만, 마음으로 받아들이고 싶지는 않았다.

수련의 전부를 아는 것은 황제인 그 하나뿐이면 충분했다.

"그 부분은 짐이 감당할 문제지 네가 관여할 문제는 아니다."

"폐하!"

"그리고 다시는 수련이라 부르지 마라. 이름으로 부를 사람은 짐 하나로 충분하다."

"……."

"여상환이 먼저 접근하지 않았다면 알지도 못했을 여인이었다. 사소한 것에 흔들리지 마라."

고개를 숙이고 있던 부겸이 자신도 모르게 고개를 들었다. 부드러웠던 눈에 어느새 차가운 기운이 서려 있었다. 시선을 맞추는 것만으로도 버거운 기운에 부겸이 고개를 숙였다.

은밀히 접근한 것임에도 태휼은 알고 있었다. 만약 부겸이 선택한 사람이 태휼이 아니라 여상환이었다면, 생각만으로도 끔찍했다.

"네가 탐할 여인이 아니다."

눈앞에서 울먹이던 모습이 머릿속을 가득 채웠지만, 부겸이 할수 있는 일은 없었다.

말을 삼키던 부겸이 눈을 감고 입술을 깨물었다.

"수련은…… 아니 위랑은 굽히는 대신 부러질 여인입니다."

부겸의 말을 듣는 태휼의 입가에 빙긋 미소가 생겨났다.

수련에게 관심을 가지는 부겸은 싫었지만, 그의 입에서 들리는 수련에 대한 이야기는 제법 마음에 들었다. 쉽게 굽히는 여인은 그의 생애에 더는 필요 없다.

굽혀지느니 부러지는 것을 선택할 그녀의 시선을 받을 수만 있다면, 그는 이젠 무슨 짓이든 할 수 있었다.

"폐하. 내시감이옵니다."

밖에서 들려오는 내시감의 목소리에 느긋이 앉아 있던 태휼이 일어났다. 부겸의 독대를 깰 만한 사안은 지금으로서는 하나뿐이었다.

머릿속이 하얗게 되면서 아무 생각도 나지 않았다. 여유로웠던 심장이 제멋대로 뛰어 대기 시작했다.

어떤 모습을 봐야 할까?

수련은 어떤 눈으로 그를 바라볼까?

한 가지만은 확실했다.

누구에게도 줄 수 없다. 그리고 그녀 스스로가 그에게서 빠져나가는 일 따위도 일어나지 않을 것이다.

오랫동안 품어 왔던 열망처럼, 초조하게 뛰는 심장의 박동을 그대로 느끼며 태휼이 수련이 머무는 방문을 열었다.

※ ※ ※

등의 상처에 약을 바르기 위해 상의를 내렸던 수련이 태휼을 보자 다시 옷을 올렸다. 모두가 태휼을 보며 몸을 숙일 때, 옷을 입은 수련이 눈을 감았다.

"수련을 빼고 모두 나가 있어라."

태휼의 말에 정화가 수련을 잠시 바라보았다. 정신만 차리면 조금은 나아질 것이라 생각했지만, 그건 자신만의 착각이었다. 열린 창을 보는 수련은 여전히 부서질 것처럼 위태로웠다.

옆으로 다가간 태휼이 수련의 고개를 돌려 자신을 보게 하였다. 그를 쳐다본 것도 잠시, 외면하듯 수련이 눈을 감았다.

"날 봐."

굽히는 대신 부러질 여인.

토해 내던 절규도, 원망하던 절규도 없었다. 오랜 시간이 지난 후에나 깨어난 여인은 철저히 그를 거부했다.

거부하는 수련의 어깨에 그가 얼굴을 묻었다.

"한비에게서 네 가족은 지켰겠지만 너답지 않았다."

감았던 눈을 뜬 수련이 고개를 돌렸다. 열린 창을 물끄러미 보는 수련의 모습에 어깨에서 얼굴을 든 태휼이 눈을 좁혔다

단순히 열려 있는 문이었다면 그의 신경을 이렇게까지 건들지 않았을 것이다. 그녀의 눈이 향한 곳은 황궁으로 나가는 문이 있었다.

"나에게 분노를 쏟아부을 생각이었다면 목숨을 걸지 말았어야 했어."

조금씩, 천천히 수련의 신경을 건드는 말을 꺼냈다. 어차피 이 상황에서 미움을 더 받아 봤자 차이는 없었다.

"무모하고 멍청한 행동이었다."

"……."

"네가 얻은 건 아무것도 없어."

창을 보던 수련의 눈이 그제야 그를 향했다.

이제는 인정할 수밖에 없다. 평생의 원수라 생각했던 여상환의 사생아인 이 여인에게 빠졌다. 누구에게도 흔들리지 않을 것이라 생각했던 심장이 수련 앞에서는 열기에 차올랐다.

그녀의 적의라도 상관없다. 수련의 관심을 끌어낼 방법이 적의와 분노뿐이라면, 그는 기꺼이 그리할 수 있었다.

태휼이 가까이 다가가자 수련이 몸을 뒤로 뺐다. 그녀를 향해 그가 다시 다가갔고, 그런 그를 보며 그녀가 다시 몸을 뺐다.

뒷걸음질 치던 수련의 몸에 벽이 닿았다. 안색은 창백했지만 태휼을 노려보는 눈에는 여전히 적의가 가득했다.

"수련아."

손목을 붙잡은 태휼이 수련의 목에 얼굴을 묻었다. 목에서 느껴지는 그의 숨결에 수련이 숨을 들이마셨다. 이곳에 오는 내내 느꼈던 초조를 털어 내듯 태휼이 긴 숨을 내쉬었다.

독한 약 냄새 너머로 그녀만의 살내음이 코를 간질였다.

풀어야 할 일은 산더미였지만, 어떻게 말해야 할지 알 수 없었다. 몇 날 며칠을 고민하고 생각해도 방법은 생각나지 않았다.

"부겸은 널 위해 네 가족을 황궁으로 불러들이라는 조언을 하였지."

굳게 닫혀 있던 수련이 흔들렸다. 좀 전보다도 더 창백한 모습이 곧 쓰러질 것처럼 불안했다. 그녀와 시선을 마주하던 태휼이 약이 담겨 있는 그릇으로 고개를 돌렸다.

"그 답에 내가 어떤 답을 내놓았을지 궁금하지 않은가?"

"……."

"등의 치료부터 하자."

몰아붙였던 태휼이 멀어지자 도리어 수련이 태휼의 옷자락을 붙잡았다.

말은 없었지만, 수련의 답은 명확했다. 적의를 드러낸 것도 잠시, 가족을 황궁으로 불러들일지도 모른다는 두려움에 싫어하는 태휼을 붙잡고 있었다.

어둡게 가라앉았던 눈에 약간이나마 빛이 돌아왔다.

"치료부터."

여미었던 옷고름이 풀어지고, 수련이 그의 앞에 등을 내밀었다. 옅게 오른 딱지 때문인지 상처는 그 어느 때보다도 도드라지게 보였다. 태휼에게 얼굴을 보여 주기 싫었는지 다리를 모은 수련이 무릎에 고개를 묻었다.

그의 이름이 찍힌 각인조차 채찍에 반쯤 가려 있었다. 약이 묻은 손이 상처에 닿자 수련이 몸을 움찔거렸다. 딱지에 닿았던 손이 떨어졌다. 하지만 잠시 후, 굳은 표정의 그가 천천히 상처 위로 손을 움직였다. 신음조차 내지 않았지만, 억지로 아픈 걸 참고 있는 것이 느껴졌다.

아프면서도 아프다고 하지 않고, 힘들면서도 힘들다는 말조차 꺼내지 않았다.

"네 가족을 황궁으로 데려오지 않을 것이다."

등에 닿았던 손이 떨어지자마자 나오는 말에 수련이 몸을 돌렸다. 그저 눈을 마주하는 것만으로도 내내 느꼈던 불안이 사그라지는 기분이었다.

"네 가족까지 지옥으로 몰아넣는다는 악명은 이젠 듣고 싶지 않다."

"……"

"그러니 네 가족을 여기로 데려오지 않겠다."

담담히 말하는 태흘의 눈을 수련이 오랫동안 바라보았다. 정화에게서 이후의 일이 어떻게 되었는지는 들어서 알고 있었다. 분명 마주 보는 그의 눈에 거짓은 없었다.

그럼에도 태흘이 변했다는 생각은 들지 않았다. 모든 걸 배려하는 듯하여도 그는 여전히 오만하고 한 치의 흐트러짐도 없었다.

"내가 잘못했다고 한다면…… 받아 줄 수 있나?"

흐트러짐 따위 없던 그의 눈이 잘못이라는 단어와 함께 떨렸다. 잘못 들었다는 생각에 수련이 눈을 좁혔지만 그런 그녀에게 확신을 심어 주듯 그가 다시 입을 열었다.

"내가 잘못했다."

차갑게 가라앉아 있던 수련의 심장이 천천히 뛰기 시작했다. 태흘의 말은 믿을 수 없다.

잘못했다는 저 말도 그녀가 알지 못하는 다른 의도가 있을 수 있다.

"사과했으니 이곳에 있으라는 말씀입니까?"

"수련아."

"가족을 데려오지 않을 테니 이곳에 계속 머물라는 말씀이십니까?"

"수련아."

"이름…… 부르지 마세요."

그를 거부하듯 벽에 몸을 기대고 있었지만 태휼을 노려보는 수련의 눈에는 적의가 가득했다.

한비를 매질해도, 그녀에게 수작을 부렸던 모든 궁인을 벌해도 이제는 흔들리지 않았다.

모든 걸 다 가진 그는 정작 수련이 가장 원하는 단 하나의 소원도 들어주지 못한다.

"폐하께 소녀는 쓸모없어진 도구잖아요."

태휼의 눈썹이 옅게 꿈틀댔지만, 수련은 애써 외면했다.

이제 무언가를 해 볼 생각도, 앞으로 어떻게 해야 할지도 생각나지 않았다.

태휼의 분노는 무서웠지만, 이젠 피할 마음도, 몸을 숙일 생각도 들지 않았다.

그냥 나가고 싶다. 황궁에서만 나가고 싶을 뿐이었다.

"도구로 널 이용한 적 없다."

"이득 얻으셨잖아요. 그건 이용하신 거예요."

"그래서 잘못했다고 하지 않았나? 그것조차 내가 거짓을 말하고 있다는 건가?"

머리끝까지 분노가 치밀었지만 간신히 억눌렀다. 그의 앞에서 화

를 돋우고 있는 여인은 곁에 둘 생각으로 마음을 주고 있는 여인이
었다.

하지만 태휼의 다짐과는 달리 수련의 입에서 나오는 말을 차가
웠다.

"폐하께서는…… 아무것도 모르세요. 아니 아실 필요가 없겠지요.
언제나 폐하께서 원하시는 대로, 바라시는 대로 이루셨을 테니까요."

"짐을 우롱하자는 건가? 너였다면 내가 무슨 마음으로 널 보는
지 알고 있을 터, 알면서 외면하는 것인가? 아니면 진짜 모르는 것
인가?"

"폐하의 진심을 알아도 제 상황이 변하지 않는다는 건 알고 있
어요."

태휼을 시험하듯 수련의 말은 그의 인내를 살살 긁어내리고 있
었다. 떨고 있는 손에 주먹을 쥐며 수련이 마른침을 삼켰다. 속으
로는 괜찮다며 스스로를 다독이고 있었지만, 두려움에 지친 눈에
촉촉한 물기가 어렸다.

"쓸모없는 도구에 한 번만 자비를 내려 주세요."

태휼에게서 느껴지는 차가운 살기를 참아 내며 수련이 간청했다.

상처받은 맹수의 눈이 그녀만을 보고 있었지만, 약해지려는 마음
을 다잡았다.

그는 황제다. 일시적인 충동일지도 모르는 감정에 흔들리고 있어
도 결국 태휼은 황제였다.

그가 무슨 말을 속삭이든 흔들리지 않는다.

돌아가고 싶다.

"내가 잡고 있는 네 손을 놓으면 넌 흔적도 없이 사라지겠지."

"폐하."

"그래. 도구였다. 사생아였어도 제법 머리가 돌아가고 상황 판단을 하니 곁에 두었다. 언젠가는 쓸모가 있을 테니 그때 이용할 생각이었다. 적어도 황제인 나에게 넌 그 정도의 존재였다."

숨이 막힐 것 같은 긴장감 속에서 수련이 몸을 비틀었다.

태휼의 진심 따위 듣고 싶지 않다. 진심일지 거짓일지 모르는 고백에 흔들리고 싶지 않았다.

하지만 도망가려는 수련을 그가 붙잡았다. 빠져나갈 틈 따위 주지 않으려는 듯 상처가 적은 허리를 팔로 감싼 그가 자신의 품에 그녀를 가두었다.

"여지를 주지 않았다면 여전히 넌 도구였겠지."

그녀의 정수리에 턱을 기댄 태휼에게서 피곤한 숨이 흘러나왔다.

수련과 태휼은 신분만큼이나 거리가 먼 사람들이다. 그의 호기심으로 곁을 지키게 된 것이었지만 그뿐이었다.

"폐하. 이만 놓아주세……."

"쓸모없어진 도구에게 자비를 내리는 이는 없다. 필요 없어진 도구는 버릴 뿐이지."

"……."

"그래서 난 널 버리지 않는다. 넌 이제 나에게 도구가 아니니까."

손을 붙잡고 있던 태휼의 손이 움직였다. 그의 변화를 수련이 알아차렸을 때는 이미 그에게 혈이 눌린 후였다. 힘없이 무너지는 수련을 태휼이 안았다.

복잡한 눈이 태휼을 바라보았지만, 그는 그녀의 시선을 철저히 외면하였다.

상처를 치료하느라 흐트러진 옷을 여민 태휼이 누워 있는 수련의 눈 옆에 입술을 맞추었다.

"지금은 나와 이런 대화를 할 때가 아니겠지."

억지로 몸을 움직이려는 수련을 다독이듯 뺨에 맺혀 있는 땀을 그의 손이 닦아 냈다. 그녀를 옥죄던 차가운 살기는 어느새 부드러운 것으로 바뀌어 있었다. 눌렀던 혈을 풀어 줬지만 조금도 움직일 수 없었다.

"너에게 붙인 이들의 쓸모는 네가 정하게 될 것이다."

수련의 숨이 파르르 떨렸지만, 개의치 않았다.

지금 태휼에게 최우선은 수련의 몸이 회복되는 것이었다.

수련의 몸이 나아지지 않는다면, 혹여 그녀가 다른 생각을 품고 황궁을 나가게 된다면 그녀에게 붙여 놓은 모든 이들의 목숨을 거둘 것이다.

태휼의 뜻을 알아차린 수련의 얼굴에서 핏기가 사라졌다.

그러지 마시라며 말을 꺼내려 했지만, 이미 말을 끝낸 태휼은 나간 뒤였다.

❀　❀　❀

집무실로 들어온 태휼을 맞이한 사람은 무진과 그가 데리고 온 흑영이었다.

대낮인데도 눈을 제외한 곳을 모두 검은 천으로 가린 이는 몸의 윤곽으로 여인이라는 사실을 알 뿐, 어떻게 생겼는지 누구인지 알 수 없었다.

몸을 숙인 이들을 지나 자리에 앉은 태휼이 앞에 놓여 있는 함의
뚜껑을 열었다.

이비가 그토록 감추고자 했었던 것.

그리고 영원히 감추었다고 생각한 것.

수련에게 수를 쓴 궁녀는 독을 먹고 자결했지만, 그녀가 이비의
지시를 받았던 흔적들은 고스란히 태휼의 손으로 들어왔다.

"다른 계집 뒤에 꼭꼭 숨은 쥐새끼를 어떻게 끌어내야 할까?"

무덤덤한 목소리였지만, 그 안에 깃든 내용은 소름 끼쳤다. 황궁
곳곳에 눈이 있는 것처럼, 때로는 천리안을 가지고 있는 것처럼 귀
족들이나 황궁의 이들이 숨기려는 걸 황제인 그는 기가 막히게 찾
아냈다.

여상환이 겉으로 보이는 힘을 위해 움직일 때, 태휼은 남들의 눈
에 보이지 않는 힘부터 키웠다. 가장 오랜 시간을 투자하고, 최선
의 노력과 공을 들여 그는 흑영을 키워 냈다.

황제만의 힘. 그가 움직이지 않아도 흑영은 원하는 정보와 은밀
한 움직임을 찾아내 그에게 가져왔다.

"고생했다."

짧은 답이었지만, 몸을 숙이고 있던 흑영의 눈에서 빛이 감돌았다.

원하는 것을 가져오면 황제인 그는 그만큼 내주었다. 열 번 중에
한두 번 들을까 말까 한 답이었지만 저 대답에 따라 흑영 내에서의
서열이 달라질 정도였다.

"나가 봐라."

태휼의 말에 흑영이 밖으로 나가고 무진이 자리를 지켰다. 한 장,
한 장 수련의 침소에서 찾아낸 증좌를 태휼이 읽어 내렸다. 수련이

이비의 수에 빠지지 않은 것이 다행일 정도로 곳곳에 지시해 놓은 일들은 치밀하였다.

그녀의 어머니라며 보내온 서신은 태휼이 보기에도 수련의 약점을 파고드는 것뿐이었다.

"한비는 어찌하고 있나?"

"침소에서 치료를 받고 계시다 하옵니다. 매질을 한 흉은 남겠지만, 목숨에는 큰 지장이 없다고 하였습니다."

조금이라도 몸이 나아지면 한비는 다시 수련에게 적의를 보일 것이다. 적어도 수련이 제 몸을 회복해서 자리를 잡을 때까지 한비를 만나게 할 생각은 없다.

최소 반년은 궁 밖으로 나가지 못하게 할 생각이었다. 한비의 아버지인 대홍려 또한 책임을 면치 못하게 될 것이다. 힘을 다시 회복하려 움직이겠지만 그래도 예전 같은 영향력은 발휘하지 못할 것이다.

"사공께서 최근 대장군 이문과의 자리를 자주 하고 계십니다. 우연한 만남을 가장하고 있으시지만 실제로는 우연이 아니었습니다."

무진의 보고를 듣는 태휼의 입가에 미소가 번졌다. 모든 것이 그가 생각한 대로 움직이고 있었다. 여상환이 사라지면 또 다른 이가 그 자리를 대신할 뿐이었다.

이미 죽은 궁녀가 남긴 증좌로 이비를 압박할 생각 따위 없다. 썩은 것들을 도려내야 한다면 한 번에 모조리 드러낼 것이다.

"그리고 민 부인의 사가에 외부인이 침입한 흔적이 있었습니다."

"흔적이라……."

"민 부인에게 위랑을 만나게 해 주겠다며 집 밖으로 끌어내려

했었던 듯합니다. 다만 수상히 여긴 민 부인이 저항하고, 나중에 들어온 위랑의 동생이 사람을 불러오면서 일이 어그러지자 도주하였습니다."

"그리고 죽었겠지."

"송구하옵니다. 폐하."

태휼이 수련에게 관심을 가지고 있다는 것을 안 이상 가만히 있을 귀족들이 아니었다. 딸이 있는 귀족들에게 수련은 눈엣가시일 것이고, 아들만 있는 이들은 사생아인 그녀를 포섭해 기회를 만들 수도 있었다.

고개를 숙인 무진을 보던 태휼이 한숨을 내쉬었다.

대략적인 큰 틀은 그의 생각대로 움직이고 있었다. 모든 게 그가 원하는 대로 이루어지고 있었지만 단 하나, 수련만큼은 그의 마음대로 되지 않았다.

궁인의 목숨이 그녀의 행동에 달렸다는 말을 들은 이후, 수련은 얌전히 하라는 대로 따르고 있었다. 얌전히 쉬고 치료를 받으니 하루가 다르게 상처가 나아 갔다.

하지만 나아지는 건 상처뿐, 태휼과의 골은 점점 더 깊어 갔다.

필요한 말 외에는 입을 열지도, 눈을 마주하지도 않았다. 그를 완전히 무시하는 것은 아니었지만, 자신이 만들어 놓은 선에서 조금도 나오려 하지 않았다.

"생각처럼 안 되는 것이 사람의 마음이라 했던가?"

"폐하. 무슨 말씀을 하시는 것입니까?"

나지막이 나온 속마음에 무진이 다시 물었지만, 태휼의 입은 열리지 않았다.

굳게 닫힌 수련의 마음을 열게 할 방법이 무엇인지 알면서도 쉽게 내키지 않았다.

손을 놓는 순간 그에게서 떠나갈 여인.

가족을 보여 주는 순간, 수련은 그에게서 멀리멀리 사라져 버릴 것이다.

악인으로 오명을 받아도 상관없다. 평생 그녀의 저주를 받으며 지내도 괜찮을 것 같았다.

수련이 사라진 자리를 보며 미칠 듯한 초조와 공허를 느끼느니 차라리 증오를 받아 내면서라도 곁에 둘 생각이었다.

"폐하. 사공과 이비 마마께서 오셨사옵니다."

복잡하던 시선에 차가운 빛이 다시 감돌았다.

이미 수련의 일이 퍼질 대로 퍼진 황궁에서 사공과 이비가 가만히 있을 리가 없다.

무진에게 시선을 보내니 그가 몸을 일으켰다.

"당분간은 민 부인의 사가를 더 주시해라. 누가 접근하는지, 무슨 의도로 그러는지 확실히 알아내도록."

"예. 폐하."

"그리고 사공은 주시만 하되 직접 움직이진 마라. 몸집을 불리면 알아서 모습을 드러내겠지."

무진만이 들을 수 있는 목소리로 빠르게 명을 내린 태휼이 손을 저었다.

무진이 나가면서 들어오는 사공과 이비의 모습에 태휼이 오만한 눈으로 둘을 보았다. 그에게 들이댈 검은 충분히 기다려 줄 수 있었지만, 수련에 대한 부분은 확실히 경고를 할 생각이었다.

태휼의 수려한 얼굴에 여유로운 미소가 드리워졌다.

"부녀가 함께 다니는 모습을 보니 보기가 좋소."

태연한 태휼의 모습에 고개를 숙인 이비가 입술을 깨물었다. 아무렇지도 않은 얼굴을 유지하려 했지만 그게 쉽게 되지 않았다.

그저 침소에 수련을 하루, 이틀 두는 일이었다면 그녀도 참을 수 있었다. 하지만 벌써 이 주였다. 하물며 침수까지도 수련이 머무는 침소에서 이루어지고 있었다.

아침에 있을 상처 치료는 궁녀들에게 맡긴다 했어도, 잠들기 직전의 치료는 반드시 태휼이 직접 한다고 들었다.

'그딴 계집이 무엇이라고!'

누구에게도 먼저 손을 대거나 곁에 두는 일이 없던 태휼이 수련에게만큼은 먼저 다가가고 있었다. 그 관심을 누구보다도 받고 싶었던 이비였지만, 태휼은 그녀에게 시선을 주지 않았었다.

그녀가 받을 수 없는 관심이라면 누구도 받게 하지 않을 것이다.

"폐하의 은덕이 아니겠습니까?"

고개를 숙이는 것으로 표정을 감추는 이비와는 달리 사공은 연신 사람 좋은 미소로 태휼을 보고 있었다. 딸인 이비가 총애를 받았다면 걱정할 일은 하나도 없었지만, 아쉽게도 태휼의 총애는 딸의 것이 아니었다.

다른 가문의 여식에게로 옮겨질 총애였다면 그 가문을 흡수하는 것으로 방법을 구했겠지만, 수련은 그럴 수 없는 가문의 사생아였다.

여상환의 흔적이라면 그 집안으로 흐르던 공기조차 없애야 할 일이었다. 그런데 정작 그 원인인 여상환의 딸에게 총애라니 있어서는 안 되는 일이었다.

"소인. 폐하께 주제넘은 물음을 하나 여쭙고 싶사옵니다. 허락해 주시겠는지요?"

여상환이 거대한 힘으로 주변을 찍어 내리는 자였다면 사공인 이부한은 부드러운 어조로 원하는 것을 얻어 내는 사내였다.

"이미 짐의 답은 정해져 있다만 그걸 듣고 실망하지 않겠나?"

이비까지 데리고 온 사공이 물어볼 내용이라면 결국 수련뿐이었다. 눈엣가시였던 여상환이 몰락했으니 욕심 많은 이비와 사공은 황후의 자리가 그들에게 돌아올 것이라 생각했을 것이다.

그랬던 상황에서 여상환의 사생아인 수련에게 그의 관심이 옮겨 갔으니 불안한 것은 당연한 일이었다.

"후궁으로 들이실 것입니까?"

"꼭 후궁으로 들일 필요는 없지 않은가? 황궁에 황제의 여인으로 있을 자리는 여러 가지인데 어찌 하나로 단정한단 말인가."

본심을 알 수 없는 대답, 하지만 저 말에 말리면 여기까지 온 보람이 없다.

태휼이 본심을 감출수록 더더욱 그는 숨기고 있는 진심을 알아내야 했다.

"역적 가문의 사생아입니다. 그 가문을 멸문하신 분은 폐하이십니다."

"그래서 위랑이 원한이라도 품고 있다는 건가? 그랬다면 짐은 이미 원한을 가진 위랑의 손에 죽었겠지."

하나의 길을 만들어 놓으면 어느새 다른 길로 빠져나갔다. 누구에게도 본심을 보이지 않는 사내, 여상환의 딸은 어떻게 그를 흔들어 댔단 말인가.

사공이 입을 열려는 순간, 내내 견디고 있던 이비가 말을 잘랐다.

"그럼 위랑을 품에 안으시겠다는 말씀이십니까?"

물음에 느껴지는 적의에 태흘이 입꼬리를 올렸다. 수많은 후궁의 목을 직접 거두었음에도 정작 태흘은 후궁을 들이는 것에 격렬히 반대했다. 정인을 그렇게 허망하게 보낸 후, 마음에도 없는 여인들을 비라는 이름으로 들여 마음에도 없는 정을 나누고 싶지 않았다.

애초에 그의 선택 따위는 필요 없었다. 그의 의사와는 상관없이 들여오는 후궁에, 태자비의 이름으로 들인 여상환의 딸은 그를 볼 때마다 몸을 움츠리기만 할 뿐이었다.

황제에게 후궁으로 들이는 여인은 수단일 뿐, 그렇기에 더더욱 수련을 후궁으로 들일 생각은 없었다.

"자리 하나 채우는 게 어려운 일은 아니지. 그걸 누구보다도 그대가 더 잘 알고 있지 않은가?"

"지금까지 폐하께서 안으신 여인은 없지 않으셨습니까?"

"이비 마마!"

놀란 사공이 이비를 막았지만, 그녀는 물러나지 않았다.

수많은 비를 들였지만, 그는 어느 여인도 품에 안지 않았다. 그렇기에 지금까지 한비의 뒤에서 철저히 자신을 감출 수 있었다.

하지만 이번만큼은 가만히 있을 수 없었다. 여인의 촉이라는 것이 위랑만큼은 안 된다는 경고를 보내고 있었다. 태흘의 관심이 황후에게 잠시 향했을 때조차 막아 냈던 자신이었다.

태흘이 몇 명의 후궁을 들이든 이비는 막아 낼 자신이 있었다. 하지만 이상하게도 위랑만큼은 내키지 않았다.

"짐이 여인을 품는 일까지 이비에게 허락을 받아야 하는 줄은 몰랐군."

이비의 눈을 보던 태휼이 낮게 웃음을 터트렸다. 사람의 마음이 진심으로 간사했다.

손아귀에 사람을 붙잡고 휘두르는 그의 방식에 질리고 무서우면서도 저런 모습으로 미소를 지을 때는 사람을 또 미치게 끌리게 하는 힘이 있었다. 저 표정으로 그녀만을 바라본다면, 황후로 서 있는 그녀를 저런 모습으로 바라보게 할 수만 있다면 얼마나 좋을까.

그렇기에 위랑은 태휼의 그 무엇도 되면 안 된다.

"더는 이 황궁에서 여상환의 흔적을 남기지 마세요. 그 여상환이 폐하께 어떤 독이었는지 잊으신 것입니까?"

"그걸 잊을 수 있던가?"

"그런데도 여상환의 사생아를 곁에 두시겠다는 것입니까? 그 죄인의 피를 가진 위랑도 결국 폐하께 독이 될 것이옵니다."

"그대는? 그대는 짐에게 독이 되지 말라는 법이 있던가?"

"폐하! 무슨 말씀을 하시는 것입니까?"

놀란 사공이 태휼을 막았지만, 그의 눈은 이비를 향해 있었다. 속마음을 꿰뚫는 시선에 이비가 몸을 떨었지만, 눈을 피하지는 않았다.

수련을 충동질한 증좌는 없다. 모두 한비가 시킨 일이고, 한비가 자초한 일이었다.

더욱 당당한 얼굴로 이비가 태휼을 바라보았다.

"이미 알고 있는 것을 모르는 척하고 있는 것이니 이비는 몸을 더 숙이거라."

더는 커질 수 없는 눈이 태휼을 바라보았다. 애써 부정하려는 이비를 향해 태휼이 입을 움직였다. 소리 없이 움직이는 입에서 나오는 말에 이비의 얼굴이 하얗게 질렸다.

수련을 밖으로 끌어내기 위해 보냈던 날짜들.

직접 이비가 고른 날짜였기에 그녀가 모를 수 없었다.

몸에서 힘이 빠진 이비가 힘없이 주저앉았다. 연이어 바뀌는 상황에서 사공의 눈이 딸인 이비와 태휼의 사이를 빠르게 훑었다.

"짐이 아는 사공은 여상환이 아니라고 생각한다. 그대는 어찌 생각하는가?"

태휼의 교활한 행동에 사공이 쓴 입맛을 다셨다.

그의 의도대로 휘둘리면 안 되었건만, 결국 이비의 경솔한 행동에 그까지 휘말리고 말았다.

분명 사공이 알지 못하는 이비의 약점을 태휼이 쥐고 있었다. 겉으로 꺼낼 수는 없지만, 충분히 이비를 적으로 간주하기에 충분한 증좌를 태휼이 가지고 있는 것이 분명했다.

한 걸음 뒤로 물러난 사공이 태휼을 향해 몸을 숙였다.

여상환의 사생아가 문제가 아니었다. 아직 태휼과 적대를 할 정도로 힘을 모으지 못했다.

"소인. 어찌 죄인과 같을 수 있겠습니까?"

경솔한 행동을 한 이비를 노려보자 힘없이 주저앉아 있던 그녀가 몸을 움찔댔다. 사공의 옆으로 온 이비가 몸을 숙였다.

"신첩이 경솔하였습니다. 용서해 주시옵소서. 폐하."

태휼에게 힘이 기울어지자 더는 대화가 이어질 수 없었다. 도망치듯 사공이 이비를 데리고 사라지자 그제야 여유로웠던 태휼의 얼굴에 짙은 피곤이 생겨났다.

수련의 곁을 지키느라 쉬지 못했던 피로가 한꺼번에 밀려왔다.

의자에 몸을 맡기며 태휼이 피곤한 숨을 내쉬었다.

＊　＊　＊

침상에 누워 있던 수련이 소리 없이 몸을 일으켰다. 가라앉는 눈이 의자에 몸을 묻은 채 잠든 태휼에게 향하였다.

원하면 강제로라도 그녀를 안을 수 있었으면서도 태휼은 일정 선 이상 다가오지 않았다.

옆에 놓은 얇은 장옷을 어깨에 걸친 수련이 그에게 다가갔다.

그녀가 일어나는 것만으로도 눈을 떴을 그가 지금만큼은 숨소리조차 내지 않은 채 잠들어 있었다.

'폐하께서 내내 위랑의 간호를 해 주셨어요.'

태휼을 외면하는 수련이 마음에 걸렸는지 정화가 정신을 잃었을 때의 일을 하나씩 이야기해 주었다. 그가 그랬다는 것이 의외이기는 했지만 그런다 한들 그녀와 그 사이에 달라지는 것은 없었다.

'얼마나 지극정성이셨는지 태의 외에는 위랑에게 다가가는 분이 없을 정도였어요.'

잠든 그의 앞에 수련이 몸을 숙였다.

자신의 감정이 거짓이 아니라는 걸 보여 주듯 밤마다 곁을 직접 지켰다. 진물이 나와 흉한 상처를 직접 치료한 것도 그였고, 상처에 잠들지 못하는 그녀를 다독인 사람도 그였다.

그녀가 원하는 단 한 가지를 빼고는 전부를 해 줄 수 있는 사내.

그래서 수련은 그가 미웠다.

'다른 사람을 대하듯 날 대하지.'

원하는 건 멋대로, 힘에 굴복하여 그녀를 억지로 가졌더라면 적어도 그에 대한 감정은 증오로 정리되었을 것이다. 쉬운 방법이 있으면서도 그는 그리하지 않았다.

'난 널 버리지 않는다.'

"차라리 버렸어야지. 망가트리고 부숴 버렸어야지."

황제인 그를 거부하는 계집 따위, 배려하기보다는 빼앗고, 감싸기보다는 엉망으로 만들어서라도 소유했어야 했다.

그게 폭군이자 힘을 추구하는 그의 방식이었다.

그랬다면 이렇게까지 마음이 심란하지는 않았을 것이었다.

"당신이 미워."

태휼이 밉다고는 했지만, 정작 말을 꺼내는 수련의 얼굴이 더 어두웠다.

그를 보며 어떻게 해야 할지 마음을 잡을 수 없었다. 차라리 아무것도 모르는 척 미워만 할 수 있다면 얼마나 좋을까?

하지만 그럴 수 없었다. 괜찮은 척, 아무렇지 않은 척했어도 태휼도 결국은 상처 입고 힘들어하는 사람이었다.

"차라리 바보였으면 좋겠어."

보이는 게 없다면, 떠오르는 게 없다면 차라리 이런 답답한 기분 따위 들지 않을 것이다.

단순히 분노와 증오를 따라 그를 미워하고 밀어 내기만 했다면 상처 주는 말을 꺼내고 아프지 않았을 것이다.

적어도 그날 아프다는 말조차 하지 못한 채 참아 내는 그를 보지 못했다면.

가지고 싶은 게 생겼다며 다가오는 그의 열기를 느끼지 못했다면.

한 번만 기회를 달라며 절박한 눈으로 바라보는 그를 마주하지 않았다면.

조심스럽게 태휼에게 다가가던 손길이 그의 얼굴 앞에서 멈추었다.

그에게 줄 마음도, 그와 함께할 생각도 없다. 그럼에도 기분에 따라 행동하려 한 자신의 행동에 입술을 깨문 수련이 손을 거두었다.

"아!"

거두려던 손이 어느새 그에게 붙잡혔다. 감고 있던 눈이 스르륵 떠졌다.

피곤에 가라앉아 있는 눈이 수련을 물끄러미 바라보았다. 쉬던 숨조차도 내쉴 수 없었다.

수련이 몸을 빼려는 것보다도 손을 잡아당기는 힘이 더 빨랐다.

단숨에 수련을 품에 가둔 그가 갈망하는 살내음을 따라 품을 파고들었다.

"후우."

목 끝까지 밀려오는 피곤을 참아 내듯 그가 무거운 한숨을 내쉬었다. 그의 한숨에 놓아 달라며 발버둥 치던 수련의 움직임이 멈추었다. 그의 품에 안겨 있는 수련의 눈이 격하게 흔들렸다.

'당신이 내 손을 놓으면 난 뒤도 보지 않고 날아갈 것입니다. 당신이 절대 찾을 수 없는 곳으로 사라질 것입니다.'

황궁이 싫다. 그저 돌아가고만 싶을 뿐이었다.

그러면서도 혼자 남을 그가 한없이 신경이 쓰였다.

수련을 만나기 전부터 황궁에서 황제로 살아온 그라는 걸 알면서도, 그녀 따위 없어도 충분히 원하는 삶을 살 수 있는 태훌이라는 것을 알면서도 마음에 남아 버린 감정은 끝없이 수련을 괴롭혔다.

'그럼 당신은 또 혼자서 모든 걸 참아 내겠죠?'

지친 태훌을 보던 수련이 힘껏 눈을 감았다.

그녀를 기다릴 가족을 외면하듯, 태훌에게 남아 있는 미움을 접어 주듯, 수련이 태훌을 밀어 내는 대신 그의 등을 감쌌다.

등에서 느껴지는 감촉에 태훌의 눈이 커졌다. 하지만 잠시 후, 짧게나마 허락해 준 품에서 그가 자신을 완전히 내려놓았다.

❀　❀　❀

"위랑. 끝나셨어요."

태위가 치료를 끝내자 정화가 곁으로 다가왔다.

나이가 어렸기에 한비의 궁에서는 무시당하고 이용당했지만, 위랑의 곁에 있는 정화는 눈치도 빠르고 손도 매웠다.

정화의 시중을 부담스러워하던 수련도 그녀의 행동에 점점 그녀에게 자신을 맡겼다.

"그래도 상처가 빨리 나아 가서 다행이에요. 하지만……."

말을 잇지 못하는 정화의 눈이 각인이 있는 수련의 등으로 향하였다. 정화의 눈을 보던 수련이 엷은 미소를 지었다.

한바탕 궁을 뒤집어 놓았던 일은 어느새 조금씩 잠잠해졌다. 대홍려는 자신의 지위를 유지하는 대신 한비를 포기하였다. 앞으로 일 년, 한비는 자신의 궁에서 한 걸음도 나오지 못할 것이다.

후궁도 아닌 여인, 그것도 역적의 사생아에게 빠진 황제에게 날을 세운 귀족들은 많았지만, 한 달이 채 되기도 전에 태휼은 들썩거리는 여론을 가라앉혔다.

"탕약부터 드시고 한숨 주무세요. 쉬셔야 상처도 빨리 아물어요."

"잠시 바람을 쐬어도 될까요?"

탕약을 받아 든 수련이 정화를 향해 물었다.

그날 밤을 끝으로 수련은 태화전에서 나와 자신의 침소로 돌아왔다.

물건의 차이는 그다지 없었지만, 곁을 지키던 사람들은 완전히 다른 이들로 바뀌어 있었다.

아직 조심해야 한다고는 하지만 내내 방에만 있으니 답답하였다.

"아직 바람을 쐬시기는……."

"잠깐의 산책은 괜찮다고 했어요. 안 되나요?"

수련의 눈이 정화에게서 뒤에서 기다리는 상궁을 향해 옮겨졌다. 내시감이 직접 골라 보낸 이답게 조용하지만 조금의 빈틈도 없었다.

뇌물로 흔들어 대던 예전의 궁녀들과는 전혀 다른 사람들. 수련의 수족처럼 움직여 주는 그들 덕분에 몸은 편했지만, 한편으로는 전과는 다른 상황에 머리가 아파지는 것도 사실이었다.

"수행할 궁녀를 데리고 오겠습니다."

"굳이 그럴 것까지는……."

부담스러운 상황에 수련이 손을 저었지만, 이미 상궁은 밖으로 나간 뒤였다. 수련이 난감해하자 정화가 미소를 지었다.

"폐하께서 위랑을 찾으시면 곧바로 알려 드려야 하거든요."

"제가 뭐라고 그렇게까지 하는지 모르겠네요."

수련의 불편한 얼굴에 정화가 말없이 눈을 내렸다. 황제의 총애를 받고 있으면서도 수련의 얼굴은 좋지 않았다. 단순히 한비의 궁에서 만났을 때와 곁을 지킬 때 보이는 것은 확연히 달랐다.

후궁과 외척에 가 있던 흐름이 확실히 바뀌고 있었다. 그리고 그 중심에는 수련이 있었다.

"아직 무리하시면 안 되니까 곧바로 돌아오세요. 아니면 제가 갈까요?"

"항아님까지 이렇게 해 주니 진짜 어떻게 해야 할지 모르겠네요."

"평소처럼 대해 주세요. 그리고 이제 위랑을 모시게 되었으니 말도 놓으시고요."

바뀌는 것이 당연하면서도 이상할 정도로 내키지 않았다.

황궁의 궁녀들은 누구를 모시느냐에 따라 그 힘이 달라진다. 곧 황궁을 나갈 수련보다는 차라리 어린 궁녀에게는 한비가 나았을 것이다.

모든 걸 버릴 생각으로 잡고 있던 모든 것을 놓았건만, 그녀의 손에는 더 많은 것이 밀려 들어왔다.

복잡한 눈으로 수련이 자신의 팔을 내려다보았다.

충동적으로 받아들인 그의 온기가 아직도 생생했다. 그저 안고 있었을 뿐이었지만, 그것으로 충분했다.

황궁을 나가려면 가장 대립해야 할 사내.

태흘이 꺾여야 수련이 이곳에서 나와 가족에게 갈 수 있었다.

그녀의 바람을 이루는 데 가장 큰 장애물.

그럼에도 인정할 수밖에 없었다.

흔들린다.

아니라고 부정하면서도 그에게 흔들리고 있었다.

❀　❀　❀

바람을 쐬겠다며 밖으로 나왔지만 특별히 갈 곳도, 쉴 만한 곳도 없었다.

결국 수련이 향한 곳은 승정궁이었다.

"위랑. 여기는……."

내시감이 직접 뽑아 보낸 이들이었지만, 그럼에도 궁녀들에게 승정궁은 황궁에서 가장 꺼리는 곳 중 하나였다.

불편해하는 궁녀에게 밖에서 기다리게 한 수련이 승정궁으로 천천히 걸음을 옮겼다.

"나 왔어."

아무도 없는 곳에서 말한다 한들 들어 줄 사람은 없었다. 그럼에도 어느새 발걸음은 여기로 향하고 있었다.

"이럴 줄 알았으면 너에게 조금은 잘해 줄걸."

정작 해 준 것도 없으면서 이제 와 죽은 그녀에게 하소연까지 해 대다니 자신이 생각해도 못 할 짓이었다. 그걸 알면서도 답답한 마음을 토로할 곳이 필요했다.

주연의 침소로 들어온 수련이 방의 한가운데에 무릎을 모으고

앉았다.

"넌 여기서 어떻게 지냈어?"

날이 좋은데도 사람이 없는 곳이라 그런지 유난히 어두웠다. 소리는 들려오지 않았지만, 꼭 답을 들은 것처럼 수련이 눈을 감았다.

"돌아가고 싶지는 않았어?"

묻기는 했지만 답이 나올 리 없었다. 눈을 뜬 수련이 자리에서 일어났다. 불편한 걸음이 천천히 침소 주변을 둘러보았다. 수련의 손이 주연이 썼을 서안을 지나 비어 있는 서랍장으로 옮겨 갔다.

"예전에 여기에 몰래 물건을 숨겨 놓기도 했었는데."

수련이 좀처럼 관심을 주지 않자 주연은 종종 수련이 쓰는 물건을 서랍장이나 서안의 틈에 숨기는 짓을 저질렀었다. 어쩜 그리 숨은 공간을 잘 찾는지 처음에는 주연의 수에 여러 번 당하기 일쑤였다.

이후 수련이 주연의 수를 간파하자 이제는 어디서 배워 왔는지 가구 안에 빈 공간을 스스로 만들기 시작했다. 온갖 수를 써 대며 물건을 숨기는 주연의 실력에 결국 수련이 고집을 꺾었었다.

과거를 생각하는 수련의 입가에 장난기가 감돌았다. 황궁에서 그럴 일은 없었지만, 혹시나 하는 마음에 수련이 서랍장의 이곳저곳을 손으로 살폈다.

"그럴 리가 없지."

고개를 저으며 서랍장에서 손을 떼려던 수련이 손끝에 느껴지는 이질적인 느낌에 눈을 좁혔다. 서랍장의 옆면에 작게 올라와 있는 나뭇조각을 누르자 서랍장의 가장 위에 있는 공간이 열렸다.

그저 서랍장 사이의 막힌 공간이라 생각했던 곳에 놓여 있는 서

책에 수련이 눈을 좁혔다. 조심스럽게 서책을 꺼낸 수련이 아무것
도 쓰여 있지 않은 표지를 넘겼다.

"아……."

단정하면서도 부드러운 글씨체. 오랜만에 보는 주연의 글씨에 수
련의 눈가가 촉촉해졌다.

「황태자비로 들어왔지만 황궁은 여전히 어렵다. 황태자비는 바라
지도, 원하지도 않았는데 결국 내가 이 자리에 앉게 되었다.」

황궁에 들어온 내내 쓴 일기인 듯 단정한 글씨에 하루의 일과나
황궁의 돌아가는 상황 등이 적혀 있었다. 중간중간 수련에게 쓴 듯
한, 힘들다며 나가고 싶다는 이야기도 적혀 있었다.

중요한 이야기만을 눈으로 훑으며 수련이 일기를 연신 넘기었다.

「폐하께서 먼저 물음을 해 주셨다. 아버지와 가문 때문에 시선
한 번 주시지 않던 분께서 처음으로 말을 건네 주셨다.」

태흘과의 대화가 떨렸는지 어떻게 말해야 할지 알 수 없었다는
문장이 연이어 쓰여 있었다. 그 순간을 보지는 않았지만 주연이
어떤 표정을 지었을지 떠올린 수련의 입가에 미소가 생겨났다.

중간 정도 넘어가던 종이가 멈추었다.

단정하고 부드러운 글씨체는 그 순간부터 어디에도 없었다.

「눈길조차 주지 않으시던 폐하께서 처음으로 침소에 오시는 날이

311

었다. 몇 년 만에 처음으로 그분의 마음에 들었는데 일이 전부 어그러졌어! 이비는 분명 폐하께서 좋아하시는 차라고만 하였다. 즐겨 하시는 차이니 합방 전에 드리면 좋아하실 것이라 했어. 그게 독일 줄이야! 내가 폐하께 독을 드리게 될 줄이야!」

일기를 보던 수련의 눈이 파르르 떨렸다. 주저하던 손이 결국 일기의 다음 장을 펼쳤다.

「폐하께서 깨어나셨지만 상황은 최악으로 치달았다. 실수로 잘못된 약초를 넣었다며 이비가 몸을 숙였다. 이비의 잘못을 용서하시라며 한비도 이비의 잘못이라며 윗전의 너그러운 마음으로 자비를 내려 달라고 하였다. 하지만 몸을 돌리며 떠나는 이비와 한비가 웃고 있는 걸 분명히 보았다. 전부 끝났어. 이제 나에게 남은 건 하나도 없어.」

그때부터 주연의 부드러운 글씨체는 사라져 있었다. 이후에 있었던 이야기 속에서 느껴지는 감정은 초조, 분노, 두려움이었다. 교묘히 몸을 숙인 채, 이비와 한비는 주연을 농락하고 우롱하였다.

하지만 그걸 알면서도 주연이 할 수 있는 일은 없었다. 여상환조차 그녀의 진심을 믿어 주지 않았다. 혼자 남은 황궁, 주연이 할 수 있는 일은 태흘에게 잘못했다며 몸을 숙이는 일뿐이었다.

하지만 이미 독에 죽을 뻔한 태흘은 그녀에게 향했던 시선을 거둔 뒤였다.

차분히 가라앉아 있던 심장이 격하게 뛰었다. 치밀어 오르는 분노에 수련이 입술을 깨물었다.

수련의 눈에 맺혀 있던 눈물이 일기장에 한 방울씩 떨어졌다.

❋　❋　❋

어느새 황궁에 어둠이 깊게 내려앉았다.

태휼과의 대담을 끝내고 나온 부겸이 승정궁 앞에서 걸음을 멈추었다. 제법 먼 곳에 보이는 모습에 그의 눈이 커졌다.

퇴궁하려던 그의 걸음이 어느새 승정궁으로 향하였다. 한 걸음, 한 걸음 가까이 다가갈 때마다 희미하게 보였던 잔영이 점점 더 또렷이 보였다.

"괜찮아졌다고 들었는데 소문이 거짓이었군."

부겸의 모습에 앉아 있던 수련이 자리에서 일어나 몸을 숙이려 하였다. 일어난 수련이 몸을 비틀거리자 부겸이 한걸음에 그녀에게 달려왔다. 다가온 부겸의 부축을 받으며 수련이 미소를 지었다.

"그래도 많이 나아졌습니다."

"비틀대면서 그런 이야기를 해 봤자 믿어 줄 것 같은가."

상처가 보이지 않았지만, 잡고 있는 손목이 무척이나 가늘었다. 지난번 보았을 때보다도 말라 있는 수련이 부서질 것처럼 안쓰러웠다. 부겸의 눈매가 굳어 있자, 미소를 지은 수련이 부겸의 팔을 밀어 냈다.

"퇴궁하는 길이십니까?"

"일이 좀 줄어들어야 할 텐데 나날이 늘기만 하는군. 그나저나 눈이 빨갛군."

"눈에 먼지가 좀 들어가서 그런가 봅니다. 아무 일도 없습니다."

잠시 얼굴만 뵙고 곧바로 돌아가려 했었던 부겸은 몇 달 내내 황궁에 잡혀 있었다. 부겸을 신뢰하는 태휼이 연거푸 일을 맡기는 것도 있었지만, 언제든지 돌아가려면 갈 수 있는 부겸이 황궁에 머무는 이유를 부겸과 태휼 외에는 누구도 알지 못했다.

"그런데 이렇게 밖에 나와도 되는 건가?"

"가볍게는 나와도 된다는 허락을 받았습니다."

"어두워질 때까지 바깥바람을 쐬는 것이 가벼운 외출이던가?"

가벼운 힐난에 수련이 눈을 내렸다. 수련을 보던 부겸이 그녀의 옆자리를 보았다.

"죄송해요. 문성공. 앉으세요."

"여인의 옆인데 앉아도 되는가?"

"서 계시면 제가 계속 올려다봐야 하니까요. 앉으세요."

목소리에 힘은 없었지만, 그럼에도 수련에게서는 빛이 느껴졌다. 꺾이고 또 꺾였으면서도 자신을 추스르는 여인, 검을 휘두르고 권력을 쥔 사내들보다도 강한 여인이었다.

이런 여인이었으니 황궁을 발칵 뒤집어서라도 곁에 두는 것이리라. 싫다는 수련을 태휼이 포기하지 못하는 이유가 바로 수련 때문이었다.

"위랑이 정신을 잃은 사이에 황궁이 발칵 뒤집혔었지."

"궁녀에게서 들었습니다."

남의 이야기를 하는 것처럼 수련의 답은 담담하였다.

지난밤, 태휼에게 절규하던 모습은 어디에도 없었다. 혹 그가 모르는 사이 무슨 약조라도 받은 것일까? 왠지 모르는 불안이 마음

깊은 곳에서 서서히 올라왔다.

"폐하께서는 위랑에게 진심이신 것 같더군."

앞을 보던 수련이 부겸의 말에 고개를 돌렸다. 몸이 안 좋아서 그런지 판단이 자꾸 흐려지는 기분이었다. 가볍게 꺼내는 말일지도 모르건만, 수련의 귀에는 묘하게 걸리는 것이 있었다.

"문성공. 소녀의 기분 탓일지도 모르겠습니다만 진심이라 말씀하시는 문성공의 얼굴이 어두워 보입니다. 무슨 일이라도 있으십니까?"

수련의 말에 부겸이 미간을 좁혔다. 분명 제 감정을 숨기고 꺼낸 물음이었다.

그녀가 그의 본심을 알아차린 것일까? 그건 아니었다. 그저 걱정하는 눈이 그를 바라보고 있을 뿐이었다.

태휼은 수련에게 절대로 다가가지 말라는 명을 내렸다. 자신의 여인이니 바라보지도, 절대 마음에 담지도 말라고 하였다.

"좋지 않네. 실은 내가 먼저 위랑을 만날 수 있었거든. 내가 먼저 위랑에게 다가갈 수 있었는데 말이지."

"네?"

동그랗게 뜬 눈이 그를 향하자 부겸이 사람 좋은 미소를 지어 보였다.

호기심이었던 감정이 이렇게 바뀔 수도 있었다. 부겸에게 여인은 그저 스쳐 지나가는 존재일 뿐이었다.

스쳐 지나갈 뿐이었던 여인을 잡아 보고 싶어졌다.

"위랑의 가군이 내가 될 수 있었단 말이지."

"무슨……."

"예전에 여상환이 나에게 딸과 함께 찾아온다는 말을 했었지. 그때는 그 말이 무슨 의미인지 알지 못했지. 이젠…… 알 거 같군. 여상환이 데리고 온다는 딸이 누구였는지 말이야."

부겸의 말에 놀란 눈으로 바라볼 뿐 수련의 말문이 막히었다. 그녀를 달래듯 부겸이 수련의 손을 감쌌다.

부겸이 손을 감싸고 있음에도 어떤 온기도 느껴지지 않았다. 막연하게 들려오는 이야기가 꼭 자신의 것이 아닌 것처럼 다가왔다.

여상환은…… 아버지라는 이름으로 그는 수련을 어떻게 이용하려 했던 것일까?

죽은 주연은 결국 아무것도 하지 못했다. 이비가 만든 함정에 빠진 주연을 한비는 우롱했고, 여상환은 방치했다.

"문성공."

"그렇게 되었어도 괜찮았겠지."

"아니요. 문성공. 그건 아닙니다."

수련의 대답에 부겸의 눈이 커졌다. 수련의 눈이 부겸이 붙잡고 있는 자신의 손을 향하였다.

"아버지는…… 여상환은 조건 없이 자신이 가진 것을 내놓는 사람이 아닙니다. 문성공께 소녀를 데리고 가시려 했다면, 그 전에 소녀가 했을 일은 폐하를 죽이는 일이었겠죠. 언제나 여상환은 황제를 죽일 사람이 저라고 했으니까요."

"위랑!"

서슴없이 말하는 수련을 부겸이 막았다. 하지만 수련은 멈추지 않았다.

"소녀가 문성공께 가지 않은 건 폐하께서 여상환을 먼저 제거하셨기 때문이겠지요. 소녀가 문성공을 황궁에서 처음 뵐 수 있었던 건, 문성공께서는 아버지의 제안을 거절하신 까닭일 테고요."

"……."

"소녀의 생각이 맞는지는 모르겠습니다. 하지만 소녀의 성격으로는 문성공께 있었어도 돌아간다며 고집을 부렸을 것입니다."

"난 그대를 폐하처럼 가두지 않았을 것이네."

"그래도 나갔을 겁니다. 저에게 최우선은 가족이니까요."

미묘한 기분이 부겸을 사로잡았다. 조금씩 올라오던 불안이 현실로 다가왔다.

그럴 리가 없다. 나가겠다며 울부짖던 수련의 모습이 아직도 생생했다.

"황궁을 나가고 싶어 하지 않았나?"

"지금도 나가고 싶습니다. 아니요. 나갈 것입니다."

"황궁에 그대를 가둔 폐하를 원망하지 않았나?"

부겸의 물음에 수련의 눈이 떨렸다. 소리 없이 긴 숨을 내쉰 수련이 천천히 말을 시작했다.

"폐하의 방식을 이해하는 것은 아닙니다. 폐하가 밉습니다."

"……."

"언제나 본인이 원하시는 것만 가지려 하고, 배려는 없으시죠. 한 번만 자비를 내려 달라며 몸을 숙여도 조금의 양보도 없으시죠. 저에게 폐하는 참 어렵고 힘들고 싫은 분입니다."

"그런데…… 또 무엇이 있는 건가?"

떨리던 눈이 어느새 차분히 가라앉아 있었다. 당장에라도 사라질 것처럼 위태로워 보였지만, 그렇기에 더욱 사내의 보호 본능을 자극하였다.

딱 한 번만 수련이 부겸에게 기회를 준다면, 그는 그 순간을 절대 놓치지 않을 자신이 있었다.

"모든 걸 다 가지신 분인데, 아쉬울 거라고는 아무것도 없는 그분의 눈이 참 절박해 보입니다."

수련을 보며 두근대던 심장이 가라앉았다. 상처 입은 부겸의 눈이 수련을 향해 멈추었다.

부겸이 어떤 눈으로 바라보는지 알지 못하는 수련이 말을 계속하였다.

"아무렇지도 않은 척, 차갑게 말을 하시면서도 바라보는 눈은 또 그렇지 않습니다. 입으로는 상관없다는 식으로 말씀하셔도 바라보는 눈은 내뱉는 말씀과는 또 다르신 분입니다. 그런 절박한 눈 따위 보지 않았으면 좋았을 텐데…… 자꾸 마주하게 되니 보고 싶지 않아도 보이나 봅니다."

"……."

"그 절박해 보이는 눈이 머리에서 떠나질 않습니다."

그를 보던 수련의 눈이 어느새 정면을 향해 있었다. 허공을 헤매는 눈이 어디를 향하고 있는지 묻지 않아도 알 수 있었다.

"폐하를 연모하는가?"

무겁게 가라앉았던 심장이 빠르게 뛰기 시작하였다. 이런 걸 묻고 싶진 않았지만 부겸은 알아야 했다. 바로 옆에 있는 수련이 무척이나 멀게 느껴졌다.

"아니요. 그건 아닙니다."

부겸을 보며 수련은 거짓을 말하였다.

군이 속마음을 겉으로 꺼낼 이유가 없다. 하물며 여상환과 부겸

사이에 거래가 오고 간 적이 있다면 더더욱 숨겨야 했다.

누군가를 정인으로 받아들일 여유 따위 수련에게는 없었다. 태휼은 물론이고, 부겸은 더더욱 그러하였다.

"연모가 아닙니다."

"그 대답은 나에게 아직 여지가 있다는 것이겠지?"

"네?"

밀어 냈던 부겸의 손이 수련의 손을 다시 붙잡았다. 그가 수련에게 가까이 다가오는 것을 깨닫기도 전에 입술 위에 낯선 감각이 밀려왔다. 놀란 수련이 밀어 내려 했지만, 부겸의 다른 손이 그녀의 작은 어깨를 붙잡았다.

보기 좋은 미소와 편한 모습으로 선을 두었던 부겸은 어디에도 없었다. 인지하지 못했던 갈증이 그의 이성을 완전히 집어삼켰다. 수련이 어떤 눈으로 바라보든 상관없었다.

딱딱하게 굳은 수련과 수련의 눈을 똑바로 마주한 채 입을 맞춘 부겸.

그리고 얼마 떨어지지 않은 곳에 서 있던 태휼이 그 모습을 지켜보고 있었다.

八章
지나치다

　차라리 화를 내고 소리를 질렀다면 이렇게까지 무섭지 않았을 것이다.

　팔목이 하얗게 되도록 붙잡힌 채, 끌려가고 있었지만 아프다며 놓아 달라는 말조차 할 수 없었다.

　내관도 없이 나타난 태휼은 던져 버리듯 부겸을 떼어 놓고는 수련의 팔목을 붙잡았다. 그 상황에서 누구라도 목을 베어 버릴 것처럼 냉정하고 소름 끼쳤다.

　'차라리 아무것도 보지 못하는 바보였다면…….'

　겉으로 보이는 분노만 보였다면 놓아 달라며 반항이라도 했을 것이다.

　하지만 수련을 향해 보이는 시선은 분노가 아니라 상처였다. 절박하게 매달리고 있던 짐승이 상처 입은 눈으로 그녀를 바라보고 있었다.

태훌의 진심을 본 수련은 반항하는 대신 그가 이끄는 대로 따랐다.

수련이 머무는 궁문을 지나고, 태훌을 발견한 병사들이 고개를 숙였지만 정작 당사자인 그는 눈썹조차 꿈틀대지 않았다.

"퇴궁하라."

침소로 들어가기 직전, 들려오는 가라앉은 목소리에 멈춰 있던 이들이 부산하게 움직였다. 모두가 나간 궁문이 닫히고 멈춰 있던 태훌이 다시 수련의 손목을 끌었다.

적막한 침소에 그의 걸음만이 울릴 뿐이었다.

태훌이 무섭다.

"흐읍."

침소의 문이 닫히기도 전에 벽으로 수련을 민 태훌이 거칠게 입술에 입을 맞추었다. 몸에 닿아 있는 그의 체온이 따뜻하기보다는 뜨겁고 답답했다. 밀어 내려는 손을 붙잡아 머리 위로 올린 그는 부겸의 흔적을 지울 기세로 수련의 입술에서 떨어지지 않았다. 자유로운 손이 수련의 뒤통수를 붙잡았다.

연잇는 힘든 일에 반항할 힘조차도 남아 있지 않았다. 발버둥을 치며 잡힌 손목을 빼려 했지만, 약간의 여지도 그는 그녀에게 남겨 주지 않았다.

"하아."

혈색이라고는 하나도 없는 수련이 까무러치자 그제야 태훌이 입술을 뗐다. 거듭 삼키고 깨물린 입술에 붉게 피가 비쳤지만 멈추지 않았다.

"폐하…… 폐…… 흐윽."

목에서 느껴지는 고통에 수련이 입술을 깨물었다. 숨이 모자라서인지 목소리조차 쉽게 나오지 않았다. 그사이 목에 잇자국을 남겼던 그가 쇄골을 향해 더운 숨을 내쉬었다.

단단히 여몄던 옷이 거친 손길에 맥없이 끊겨 나갔다. 옷 사이로 보이는 하얀 살결이 그를 미치게 하였다. 자비라고는 조금도 없는 손이 지나가는 모든 곳에 피부가 붉게 달아올랐다.

"폐하. 하지…… 하지 마세요."

그녀의 부탁을 들어주는 대신 그는 수련에게 더 밀착하였다. 그녀의 몸이 버티지 못한다는 것을 알면서도 멈추고 싶지 않았다. 옷에서 느껴지던 옅은 살내음과는 비교도 할 수 없는 체향이 그의 이성을 집어삼켰다.

부겸과 함께 있는 수련을 보는 순간, 피가 식다 못해 사라져 버리는 기분이었다. 차라리 어울리지 않았다면 이렇게까지 몰아붙이지 않았을 것이다.

"제발……."

부겸의 옆에 있는 수련이 미치도록 고왔다. 이성을 놓으면 안 된다는 것을 알면서도 적어도 그 순간만큼은 화폭처럼 함께 있는 둘을 찢어발기고 싶었다.

잡고 있는 수련의 손목이 붉게 달아올랐지만, 멈추고 싶지 않았다.

빼앗길 바에야 망가트려서라도 가질 것이다. 자신의 연모가 그런 식으로밖에 보상받을 수 없다면 언제나처럼 그의 방식대로 원하는 것을 얻어 낼 것이다.

"태휼! 제발……."

갈기갈기 찢긴 상의가 바닥에 힘없이 떨어졌다. 눈에 그렁그렁 맺힌 눈물이 떨어진 듯 매달려 있었다. 여전히 그의 품에 수련이 잡혀 있었지만, 그 순간 미칠 듯이 끓어오르던 열기가 싸늘히 식어 내렸다.

"태휼. 이러지…… 마세요. 제발……."

이성을 잃었던 태휼의 눈에 빛이 돌아왔다. 그가 움직임을 멈추자 몸에서 힘이 빠진 수련이 미끄러지듯 벽에서 점점 무너졌다. 힘없이 쓰러지는 수련을 잡아 든 그가 품에 안았다.

태휼의 손에 닿은 부분이 붉다 못해 검게 변하였다. 그의 품에서 뛰는 심장이 멈춰 버릴 것처럼 희미하게 느껴졌다.

힘을 탐하며 먼 곳을 보던 시선이 수련에게 머물자 그의 여유가 사라졌다. 조금만 힘을 휘둘러도 힘없이 꺾일 계집이 이제는 그의 세상 전부가 되었다.

"승정궁을 폐쇄할 것이다."

힘없이 늘어져 있던 수련이 태휼을 바라보았다. 안 된다며 수련이 고개를 저었지만, 이번만큼은 그도 물러날 생각이 없었다.

태휼에게서 빠져나가는 수련을 보게 되니, 부겸의 품에서 미소를 짓는 그녀를 지켜보느니 차라리 처음 그녀와 만났었던 그로 돌아갈 것이다.

"죽은 계집의 궁이라 그대로 둔 것이 화근이었다. 다시는 들어가지 못할 것이다."

"왜…… 왜 소녀를…… 저를 황궁에서 고립시키려 하십니까?"

눈가에 맺혀 있던 눈물이 얼굴을 타고 흘러내렸다. 당장에라도 통곡할 것처럼 위태로웠지만 수련은 버텨 냈다.

태홀이 어떤 눈으로, 무슨 마음으로 그녀를 보고 있는지 알고 있다. 그렇기에 더더욱 물러날 수 없었다. 이런 식으로 약탈당하고 무너지면서까지 그의 사람이 되고 싶지 않았다.

"날 귀하게 여기는 분께서 왜 자꾸 절벽으로 모시는 것입니까? 이미 한 번 무너졌으니 두 번은 괜찮다고 여기시는 것입니까?"

선택할 수 없는 사람이었어도 독한 말 따위 하고 싶지 않았다. 가족에게 돌아가고 싶다는 바람도 진심이었지만, 누구에게도 마음을 주지 못하는 앞의 사내에게 조금은 다른 의미로 다가가기를 바란 것도 진심이었다.

"왜 언제나 저에게만 모질게 구십니까?"

그런 바람조차 사치라는 것처럼 태홀과는 언제나 엇갈리고 외면당하였다.

인연이 아니라면 차라리 끝이라도 빨리 났으면 싶었다. 하지만 그녀의 바람과 현실은 언제나 처절하게 달랐다.

"너도 나에게 그러지 않았는가?"

차갑게 가라앉았던 눈에 짙은 상처가 엿보였다.

"적어도 같이 있었던 순간에는 너도 나와 같은 마음을 나누었다고 생각했다. 어렵게 얻어 낸 여지에 감사해하며 욕심을 내면 언제 그랬느냐는 듯이 넌 내게서 힘들게 얻어 낸 기회를 가져갔다. 가족에게 돌아가야 한다는 이유로 말이지."

한 번도 내보이지 않던 그의 속마음이 처음으로 흘러나왔다. 이 순간, 누구의 방해도 없이 함께 있었지만 둘의 거리는 지독히도 멀었다.

"왜 부겸에게는 언제나 너그럽게 그 여지를 주는 건가? 모든 걸 알고 있으면서 넌 언제나 나에게만 잔인한가?"

상처 입은 짐승이 제 모습을 드러내는 순간, 수련의 마음속에 간신히 지켜 온 다짐이 산산이 부서졌다. 수련이 지켜 왔던 것이 태흘에게 상처가 되는지 몰랐다.

하지만 물러날 수 없었다. 여기서 그를 받아들인다 한들 현실이 달라지지는 않았다.

"주연이…… 폐하의 부인이었던 내 동생이 써 놓은 일기를 보았습니다."

"……."

"이비의 농간으로 폐하께 독을 드린 그 가여운 아이는 폐하께 잘못했다는 말밖에 드릴 말씀이 없었을 것입니다. 하지만 독으로 목숨을 잃을 뻔하신 폐하께서는 그 사과를 받아들이기 어려우셨을 테지요. 그렇게 내 동생은 죽었습니다."

"무엇을 말하고자 함인가?"

"전 역적의 사생아고, 당신은 호연의 황제이십니다. 지금은 어떨지 몰라도, 나중에 주연과 똑같은 길을 제가 갈 수도 있지 않습니까? 그게 싫습니다. 그렇게 죽고 싶지 않습니다."

"해 보지도 않고 끝을 걱정하는 건가? 감히 내가, 네 말대로 황제인 내가 원하는 널 누가 그렇게 할 수 있단 말인가! 그렇다면 부겸은 다른가? 부겸의 곁이라면 그런 걸 걱정하지 않아도 된다는 건가?"

또다시 나오는 부겸의 존재에 수련이 눈을 감았다. 어느 쪽을 생각해도 그와 함께하는 삶은 있을 수 없었다. 그의 존재가 그녀에게 버겁듯이, 여상환의 딸이라는 수련의 존재가 태흘에게 치명적인 약점이 될 수도 있었다.

"좀 전에 있었던 일을 반박하고 싶지는 않습니다. 하지만 전…… 이곳을 나가기 위해 수를 부리기는 했어도 사람의 마음을 가지고 이용하지는 않았습니다."

태휼에게 상처가 되는 말 따위 하고 싶지 않다. 하지만 어쩔 수 없이 해야 한다면 자신의 마음 또한 상처 입히리라.

"당신과는 다르게 문성공께서는 제 이야기를 들어 주십니다. 당신이 보신 여지는 그저 황궁에서 터놓고 말할 사람이 없는 제가 답답한 마음에 멋대로 꺼낸 것이 전부였습니다."

"……."

"폐하도, 문성공도 아니라고 했을 뿐입니다. 전 해서는 안 되는 일에 매달리지도, 바라지도 않는 사람입니다. 문성공을 마음에 둔 적도, 그를 이용해 나가려는 생각도 단 한 번도 하지 않았습니다."

자신은 황후를 욕심내는 이비나 이비를 밀어 내고 주도권을 잡으려고 했던 한비와는 달랐다.

그저 남들과는 조금 다른 삶을 평범하게 바꾸고 싶을 뿐이었다.

받아서는 안 되는 태휼의 마음에 미련을 두지 않는다. 받을 수 없는 부겸의 마음을 제 욕심 하나로 속이고 흔들지 않았다. 그녀로서는 최선이었던 행동이 태휼에게는 상처가 되었지만 수련에게는 다른 선택이 없었다.

"당신에게…… 여인으로 흔들린 것은 사실입니다. 당신에게 향했던 여지…… 제가 만든 것도 사실입니다. 하지만 전 당신께서 손아귀에 쥐고 흔드는 패가 아닙니다."

빗속에서 터트리던 절규와는 전혀 달랐지만 그때 느꼈던 고통과 똑같은 것이 차가운 심장을 때렸다. 금방이라도 무너지려는 자신을 붙잡으며 터놓은 이야기는 머리끝까지 치밀던 화를 순식간에 가라앉혔다.

"나는 당신의 손아귀에서 순종하고 따르는 꼭두각시가 아니란 말입니다."

그 순간, 부겸의 의도가 머릿속을 스쳐 갔다. 그의 수작에 놀아났다는 사실을 깨달았지만 이미 늦을 대로 늦은 뒤였다.

수련을 붙잡았던 태휼의 손에서 힘이 빠져나가자 지친 그녀가 몸을 휘청거렸다.

쓰러지려는 수련을 향해 손을 뻗었지만 다가오는 손을 수련이 매섭게 후려쳤다. 떨어질 듯 말 듯 고정해 놓았던 머리끈이 풀어지면서 긴 머리카락이 그녀의 몸을 덮었다.

지금의 상황을 외면하듯 수련이 눈을 감았다.

모든 것과 단절하듯 자신을 닫은 그녀와 더는 할 수 있는 이야기가 아니었다.

상대를 향한 원망에서 시작된 말이 상처를 긁어내리고 헤집었다. 바라지 않는 모습을 본 후의 상황은 이미 최악으로 치달을 대로 치달아 버렸다.

힘없이 태휼이 나가고, 침소의 문이 닫혔다.

"흡."

입을 틀어막았지만, 온몸을 집어삼키는 절망이 좀처럼 가라앉지 않았다.

간신히 참았던 눈물이 왈칵 치솟았다. 힘들게 버티고 있던 수련이 그대로 무너졌다.

흐느끼던 울음이 통곡으로 바뀌었다.

"아아악!"

바뀌지 않는 현실에 절망하듯 수련이 서럽게 울음을 터트렸다.

❀　❀　❀

서럽게 우는 목소리가 나가려던 태휼의 발목을 붙잡았다.

울리고 싶지 않았다. 비록 그녀가 원하는 가장 큰 바람을 이루어 주지는 못하여도 적어도 그의 곁에서 저리 서럽게 울음을 터트리게 하고 싶지 않았다.

'못난 놈.'

무엇이고 황제고, 무엇이 연모란 말인가. 고작 투기에 휩싸여 마음에 담은 여인에게 모진 말이나 쏟아 내는 못난 사내일 뿐이었다. 이름을 불러 주는 것만으로도 심장이 터질 것처럼 뛰었으면서도, 당신에게 마음이 있었다며 솔직히 제 속을 보여 주는 모습에 얼어 붙었던 피가 타오를 것 같으면서도 그가 저지른 일은 상처 입히 고 절망하게 한 것뿐이었다.

힘껏 쥔 주먹에서 피가 떨어졌지만 고통조차 느껴지지 않았다.

아프지 않을 수 있다면 제 심장을 검으로 도려내고 싶은 마음뿐 이었다.

"폐하."

밖으로 나오자 안절부절못하며 기다리던 내시감이 한걸음에 다 가왔다.

"황후의 궁을 폐쇄한다. 이 시간 이후로 누구도 짐의 허락 없이 그곳에 들어갈 수 없을 것이다."

서슬 퍼런 명령에 내시감이 몸을 숙였다. 태휼의 눈이 내시감에서 떨어져 몸을 숙인 상궁에게로 향하였다.

　"이런 일이 다시 일어나면 그때는 위랑을 수발하던 너희들의 목부터 내놓아야 할 것이다."

　"명심, 또 명심하겠습니다."

　몸을 떨며 몇 번이고 고개를 숙이고 또 숙였다. 명령을 끝낸 태휼의 입에서 무거운 숨이 흘러나왔다. 절규하던 목소리가 차츰 가라앉고 있었지만, 흐느끼는 소리는 여전히 그를 괴롭혔다.

　무거운 걸음이 수련이 머무는 궁에서 밖으로 나왔다.

　문 앞에서 보이는 부겸의 모습에 태휼의 눈에 살기가 맺혔다.

　태휼의 살기를 받아 내며 부겸이 담담히 말하였다.

　"폐하의 방식은 위랑에게 통하지 않습니다."

　분명 몇 번이고 경고하였었다. 수련만큼은 안 된다며 여지는커녕 꿈조차도 꾸지 말라 명령했었다. 그랬던 그의 경고를 무시하듯 거절하는 수련에게 일방적으로 다가갔다.

　"그때도, 지금도 폐하께서는 위랑에게 상처 입히실 뿐입니다. 놓아주십시오. 폐하께서 위랑을 보내 주신다면 저렇게 서럽게 울지는 않을 것입니다."

　"문성공은 짐이 허락할 때까지 입궁하지 마라."

　가라앉을 대로 가라앉은 목소리가 부겸의 말을 잘랐다. 수련을 놓아 달라며 말을 꺼내려던 부겸의 말문이 순간 막혀 버렸다.

　날카로운 검으로 몇 번이고 심장이 찔리는 기분이었다. 분노하는 태휼은 내내 봐 왔지만 저렇게까지 극한으로 몰아대는 그는 처음이었다.

"폐하께서 바라시는 그 미래에 위랑은 걸림돌이 될 뿐입니다. 그걸 누구보다도 잘 아는 분이 폐하가 아니시옵니까?"

"그래서 네가 나섰다는 건가? 짐이 보고 있다는 것을 알고 있으면서 그리했다는 건가? 그리해서 짐이 위랑에게 터트리길 바랐다는 건가?"

"폐하!"

"너의 생각은 때로는 날 앞선다. 이번만큼은 네가 원하는 대로 짐이 움직였다. 원하는 대로 해 주었으니 이제는 짐이 원하는 대로 네가 움직여야 할 차례다. 퇴궁하라. 짐이 부를 때까지 절대 입궁하지 마라."

속마음을 완전히 파악한 태휼의 말에 부겸이 입술을 깨물었다.

충동적이었지만, 의도가 전혀 없었던 것은 아니었다. 태휼의 이야기를 하는 수련의 모습에서 눈을 뗄 수 없었다. 마냥 엇갈리고 있다고 생각했건만, 부겸에게 태휼을 이야기하는 수련에게서는 어떤 적의도 보이지 않았다.

힘없이 짓는 미소가 아늑하게 고왔다. 다치고 무너졌으면서도 다시 일어나서 추스르는 그녀의 강함이 탐이 났다. 저 맑은 눈이 자신을 바라봐 준다면, 그를 향해 손을 내밀어 줄 수만 있다면, 훗날의 여파를 알면서도 저지를 수밖에 없었다.

그가 보고 있다는 것을 알면서도 입술을 빼앗았다. 수련의 놀란 눈이 부겸을 바라보았지만, 멈추고 싶은 생각조차 들지 않았다.

지금의 모습을 보며 태휼이 반쯤은 미치기를, 이제야 자신을 추스르는 수련을 망가트리고 부서뜨리기를, 그래서 수련이 태휼에 대한 마음을 접기를 진심으로 바랐다.

"위랑에게…… 아니 수련에게 기회를 주고 싶었습니다. 폐하를 선택하지 않아도 될 기회, 그녀에게 다른 선택도 있다는 것을 알려 주고 싶었을 뿐입니다."

부겸의 말을 듣던 태휼이 실소를 지었다. 명백한 비웃음, 부겸의 미간이 꿈틀댔다.

"다른 선택은 널 말하는 것인가?"

"폐하."

"문부겸이라는 다른 감옥을 말하는 것이냐 물었다."

감옥이라는 말에 부겸의 눈이 커졌다. 침착하던 심장이 물음을 기점으로 무섭게 뛰기 시작했다.

"소인이 수련을 가둬 놓을 것이라 말씀하시는 것입니까? 소인은 수련에게 그리할 리가 없습니다."

"자신할 수 있나?"

가라앉은 태휼의 눈이 부겸에게 대답을 재촉하였다. 자신과 함께라면 원하는 가족도 마음껏 만나게 할 것이고, 그녀가 바라는 대로 해 줄 자신이 있었다.

태휼이 절대 하지 못하는 것을 부겸은 얼마든지 이루어 줄 수 있었다.

'문성공께 있었어도 소녀는 돌아가려고 했을 것입니다.'

차분히 대답하는 말이 머릿속을 스쳤다. 대답을 하려던 부겸이 순간 멈칫했다.

부겸의 반응을 날카롭게 살피던 태휼이 차갑게 답하였다.

"내가 아는 네가 그럴 리가 없지. 감옥의 방향이 다를 뿐, 결국 네가 수련에게 할 행동도 짐과 다르지 않을 것이다."

"폐하!"

"그리고 네 얕은 수에 수련은 넘어가지 않겠지."

단단히 마음먹고 나선 것이었지만 결국 태휼의 말에 말려들었다. 마음의 깊이가 다르다는 것일까? 그럴 리가 없다. 태휼이 수련을 생각하는 것 이상으로 그도 그녀를 마음에 담고 있었다.

태휼의 얕은수일 뿐이다. 결국 태휼은 자신이 수련에게 저지른 일에 대한 책임을 부겸에게 뒤집어씌우고 있을 뿐이었다.

"아직 소인의 힘이 필요하지 않으십니까?"

"필요하다. 그렇기에 이번 일을 퇴궁 정도로 끝내는 것이다."

"폐하께서 이렇게 하신다 한들 사람의 마음이 정리되는 것은 아니옵니다."

"최소한 수련이 상처를 회복할 때까지 쓸데없는 일에 말리지는 않겠지."

하나를 건들면 열 배로 되돌아왔다. 진심으로 말하는 태휼을 보며 더는 어떤 말도 꺼낼 수 없었다. 이번에는 부겸의 패배, 태휼이 직접 수련의 손을 놓게 할 생각으로 저지른 일은 결국 그녀에게 상처만 주게 되었다.

태휼을 향해 몸을 숙인 부겸이 몸을 돌렸다. 하지만 얼마 지나지 않아 궁 밖으로 나가려던 부겸의 걸음이 멈추었다.

궁녀의 안내를 받으며 태의가 부지런한 걸음을 옮기고 있었다.

태휼을 발견한 태의가 몸을 숙였다.

"무슨 일인가?"

"폐하. 다름이 아니오라⋯⋯."

"태의 영감! 이쪽입니다!"

가쁜 숨을 쉬느라 말을 꺼내지 못하는 태의를 태흌이 불만스러운 눈으로 노려보았다. 어서 말하라고 재촉하려는 찰나 태흌의 뒤에서 정화의 외침이 들려왔다. 태의 영감을 보며 달려오던 정화가 태흌을 발견하고는 몸을 숙였다.

"위랑께서⋯⋯ 위랑께서 혼절하셨습니다. 깨워 보려 했지만 일어나지 못하셔서⋯⋯."

정화의 말이 끝나기도 전에 부겸이 그녀가 머무는 궁으로 움직이려 하였다. 하지만 채 걸음을 옮기기도 전에 끼어든 무진이 부겸을 막았다.

"문성공께서는 황명을 따르시지요."

언제나 기회는 부겸보다도 태흌에게 먼저 향하였다.

수련에게 감옥은 부겸이 아니라 태흌이었다. 그가 수련의 주변에 있는 한, 부겸에게는 어떤 기회도 오지 않을 것이다.

무진이 끼어들기도 전에 사라진 태흌의 빈자리를 보며 부겸이 주먹을 쥐었다.

✳　✳　✳

"폐하께서 문성공을 내치셨다고 합니다."

사공의 입가에 모처럼 만족스러운 미소가 감돌았다. 하지만 그에 반해 사공의 앞에서 차를 마시는 이비의 표정은 좋지 않았다.

이비가 어떤 표정인지 관심도 없는 사공이 연신 미소를 지으며 말을 이었다.

"여상환의 사생아가 제법 괜찮은 일을 하고 있지 않습니까? 이비 마마."

"무엇이 그리 즐거우신 것입니까? 아버지. 그 위랑이 황궁에 연일 사달을 만들어 내고 있습니다. 무엇보다도 폐하께서 그 위랑에게 단단히 빠지셨단 말입니다. 그런데 괜찮은 일이라니 이해가 가지 않습니다."

화를 내는 이비를 보며 사공이 혀를 찼다. 제법 가르쳤다고 생각했건만 아직 자신의 딸은 가야 할 길이 멀었다. 호연의 황제인 태휼은 쉽지 않은 상대였다. 그런 사내의 황후가 될 생각이면서도 단편적인 생각밖에 못하는 딸이 한심하였다.

"문성공과 폐하의 연대가 얼마나 단단했는지 이비 마마께서는 잊으신 것입니까? 만약 여상환의 제안을 문성공이 받아들였다면 지금 상황은 어떻게 되었을지 누구도 모르는 것입니다. 절대 흔들리지 않을 것 같았던 관계가 흔들리고 있으니 이 기회를 잘 살려야 하지 않겠습니까?"

이비의 표정이 어떤지는 관심도 없었다. 턱수염을 천천히 쓸어내리며 사공이 생각을 정리하였다. 이런 기회를 멍청하게 날릴 생각 따위 없었다.

이미 판은 전부 마련되어 있었다. 여기에 사공의 손이 조금만 움직이면 호연은 알아서 그의 손으로 들어오게 될 것이었다.

"우선은 위랑을 후궁으로 받아들이시라 청을 드려야겠습니다. 사생아라는 것이 문제지만, 뭐 적당히 몰락한 귀족의 양녀로 들이면 그 일이야 어렵지 않겠지요."

찻잔을 향해 움직이던 이비의 손이 멈추었다. 믿을 수 없는 눈이 사공을 보았지만, 지금 사공의 눈은 좀 더 먼 곳을 보고 있을 뿐이었다.

"바라던 여인을 놓친 문성공은 폐하와의 연대를 완전히 끊겠지요. 그 틈을 이용하여 문성공과 손을 잡으면······. 우리 이가에도 드디어 기회가 오는 것 같습니다."

이비의 눈이 파르르 떨렸다. 수련이 후궁이라니 절대로 안 되는 일이었다.

그 영악한 것이 후궁이 된다면, 문성공을 이쪽으로 끌어들이기 전에 황제의 총애를 등에 업고 황후가 될 수도 있었다.

사달이 될 원흉은 제거하는 것이 맞았다.

"아버지! 그건······."

"이비 마마께서는 얌전히 계십시오. 이 아비가 알아서 다 해 놓겠습니다. 그럼 움직일 일이 많아질 터이니 아비는 이만 퇴궁하겠습니다."

이비의 말조차 들을 생각이 없는지 서둘러 사공이 궁을 나갔다.

사공이 사라진 자리, 이비의 몸이 파르르 떨렸다. 분노로 자신을 놓으려는 그녀가 걱정되었는지 옆에 있던 문 상궁이 다가왔다.

"이비 마마."

"아버지는 왜 하나만 아시고 둘은 모르시는가? 위랑이 죽으면 알아서 그 관계가 틀어질 터인데 왜 쓸데없는 짓을 하느냐 말이다."

"이비 마마. 듣는 귀가 많습니다."

주변을 둘러보던 문 상궁이 이비의 입을 단속시켰다. 문 상궁의 조언에 이비가 입을 다물었지만, 머리는 멈추지 않았다.

위랑을 죽인 후, 문성공의 수작질로 수련이 죽었다는 여지만 남겨 놓으면 그만이었다. 자신의 것을 잃은 태휼은 끝없는 분노를 부겸을 향해 토해 낼 것이고, 살기 위해서라도 부겸은 이가와 손을 잡게 될 것이었다.

그리 쉬운 방법이 있는데도 굳이 어려운 길을 가려는 사공을 이해할 수 없었다.

"이비 마마. 심부름을 시킨 이가 돌아왔다고 하옵니다."

밖에서 들리는 소리에 이비가 안으로 들이게 하였다.

조심스럽게 안으로 들어온 궁녀가 이비를 향해 곱게 접은 서신을 내밀었다.

다급한 손길로 서신을 연 이비의 입꼬리가 올라갔다.

"확실히 확인했느냐?"

"네. 마마. 제 두 눈으로 똑똑히 확인했사옵니다. 분명 위랑의 어미가 그곳에 있었습니다."

궁녀의 답을 들은 이비가 작게 웃음을 터트렸다.

사공의 말대로 하늘은 이가의 편인 것이 분명했다. 다만 사공이 아니라 이비를 선택했다는 것이 중요했다.

쓸데없이 수련을 후궁에 올릴 수고를 할 필요가 없었다. 그 수련만 죽으면 모든 일이 알아서 해결될 것이다.

"하늘이 날 도와주는구나. 문 상궁."

"네. 마마."

가까이 다가온 문 상궁에게 이비가 작은 목소리로 속삭였다.

이비의 명을 들은 문 상궁이 미소를 지으며 몸을 숙였다.

"걱정하지 마시옵소서. 소인. 확실히 처리하겠습니다."

믿을 만한 심복인 문 상궁을 보며 이비가 환한 미소를 지었다.

그날 이후로 궁녀들 사이에서 은밀한 소문이 나돌기 시작하였다. 소문의 대상은 수련이었고, 수련의 소문에 연관된 사람은 태휼이였다.

출처를 알 수 없는 소문이 입과 입을 타고 황궁에 빠르게 퍼지기 시작하였다.

✾　✾　✾

그 이후로 부겸도, 태휼도 오지 않았다.

연이어 시달렸던 일이 무색할 정도로 조용한 시간은 계속되었다. 잠에서 깨면 기다리던 정화와 궁녀가 방으로 들어와 시중을 들었다. 오전의 일과가 대부분 끝나면 태의가 들어와 상처를 살폈다.

매질로 생긴 상처는 어느 정도 나아 있었지만, 손목에 생긴 멍은 검게 물들어 있었다.

하루하루 가시밭길이었던 곳을 누구도 건들지 않으니 어느새 무척이나 조용한 곳이 되어 있었다.

몸은 꾸준히 나아졌지만, 이상할 정도로 마음은 날이 갈수록 무거워졌다.

"위랑. 잠자리 준비 해 드릴게요."

한비의 궁에서는 상궁의 수발을 드는 어린 궁녀였지만, 수련의 곁을 지키게 되면서 대부분의 시중은 그녀가 들게 되었다.

"벌써 밤인가요?"

"그럼요. 벌써 모두 퇴궁하셨는걸요. 바로 준비해 드릴게요."

"항아님. 잠시 나갔다 왔으면 하는데요. 준비 좀 도와주실 수 있을까요?"

시중을 드는 궁녀였음에도 수련의 행동은 달라지지 않았다. 그녀는 황제의 후궁도, 하물며 상궁이나 궁녀도 아니었다. 위랑이라 불렸지만, 굳이 신분을 나누자면 궁인이었다.

그런 그녀가 궁녀인 정화에게 함부로 할 수 없었다.

"나, 나가신다고요?"

수련의 말에 정화의 얼굴이 사색이 되었다. 창백한 정화의 얼굴을 보는 수련이 눈을 내렸다.

정신을 잃은 후, 얼마나 지났는지 기억조차 나지 않았다. 눈을 뜨고 맑은 하늘을 보는 순간 어떻게든 도망쳐야겠다는 생각뿐이었다. 몸만큼이나 엉망인 정신이 더는 이곳에서 살아갈 자신이 생기지 않았었다.

무엇이 어찌 되든 간에 이제는 아무 상관도 없었다. 인기척이 거의 없는 새벽에 나가려는 수련을 정화가 잡지 않았다면 그녀는 정말로 황궁에서 빠져나갔을 것이다.

"저기…… 위랑. 밤도 늦었고, 내일 보셔도 되니까요."

수련이 나가면 정화는 물론이고 다른 이들 또한 죽을 것이라 했다.

그녀가 황궁을 나가고 싶어 하는 마음은 알고 있지만 제발 남아달라고 하였다. 이렇게 잡아서 미안하다고, 그런데 죽고 싶지 않다고. 수련은 살려 달라면서 울음을 터트리는 정화를 보고 더 이상 나가겠다며 고집을 부릴 수 없었다.

"항아님. 이제 안 그래요."

"……."

나가지 않는다는 말에도 정화의 표정은 풀어지지 않았다. 이미 저지른 전적이 있으니 믿어 달라고 말할 수도 없는 노릇, 결국 수련이 정화의 손을 붙잡았다.

"태화전에 가려고요. 항아님께서 같이 가 주셨으면 좋겠어요."

수련의 말에 밝아진 얼굴의 정화가 고개를 끄덕였다.

※　※　※

오랜만에 방에서 나온 수련이 처음 만난 사람은 안타깝게도 최근 태화전으로 복귀한 유 내관이었다. 유 내관을 발견한 정화가 떨리는 눈으로 수련을 보았지만, 정작 그를 보는 수련은 평온했다.

"오랜만에 인사드립니다."

"다 죽어 가는 줄 알았더니만 생각 외로 멀쩡하군. 치마폭에 폐하를 휘어잡은 줄 알았더니만 그게 아니었나 보지? 폐하께 직접 찾아오는 모양새를 보아하니 말이야."

유 내관의 폭언에 수련의 눈이 낮게 가라앉았다.

"이곳에 계신 항아님께서 도와 달라며 찾아갔을 때 내관님께서 쓸데없는 짓거리라며 무시하셨다는 이야기는 잘 들었습니다."

"폐하께서 친히 여신 연회를 네년이 엉망으로 만들었다. 충심으로 그러한 행동을 한 나와 불충을 저지른 너를 비교하려는 것이냐?"

"아니요. 이미 지나간 일을 꺼내 봤자 무슨 소용이 있겠습니까? 다만 조금은 아쉽습니다. 한비 마마가 아니라 소녀가 직접 내관님께 회초리를 휘둘렀어야 했는데 말입니다."

"위랑!"

"네 이년! 네년 따위가 감히!"

분노한 유 내관이 수련을 향해 핏대를 세웠지만, 눈썹 하나 꿈틀대지 않았다.

이 황궁에서 가장 두려운 황제의 곁을 지킨 지도 벌써 일 년이 지나 있었다. 찍어 누르는 압박감으로 귀족들을 지배하는 태흉에 비하면 유 내관의 저 성질이야 그저 짜증으로밖에 보이지 않았다.

"겨우 소녀의 치마폭 따위에 휘어잡히실 분이 아니라는 걸 이제는 아실 때도 되지 않으셨습니까? 소녀보다도 훨씬 가까운 곳에서 폐하를 모시는 분께서 그걸 왜 모르시는지 모르겠습니다."

"네 이년! 어디서 감히 눈을 똑바로 쳐들고 이러는 것이야!"

"하실 말씀이 그것밖에 없다면 이만 가 보겠습니다."

어차피 유 내관과 대화하기 위해 나선 길이 아니었다. 몸을 숙인 수련이 다시 태화전을 향해 걸음을 옮겼다. 뒤에서 유 내관이 폭언을 쏟아 냈지만, 수련은 듣지 않았다.

제연궁을 지나 태화전 안으로 들어온 수련이 기다리겠다는 정화를 돌려보내고는 한 걸음씩 태화전의 계단을 올랐다.

"자네……."

태화전의 내관이 수련을 보고는 다가왔다. 오랜만에 보는 내관의 모습에 수련의 입가에 미소가 생겨났다.

"그간 잘 지내셨습니까?"

"잘 지내긴, 폐하께서 날카로우셔서…… 그게 아니라 이 시간에 무슨 일인가? 움직여도 괜찮은 것인가?"

내관의 물음에 수련이 고개를 끄덕였다. 수련의 눈이 밝게 켜져 있는 집무실로 향하자 내관이 목소리를 죽였다.

"연일 저리 밤을 새우신다네. 태의께서 조금은 자중하시라 말씀 드렸는데도 들으실 폐하이신가? 연일 가뭄으로 남쪽의 기세도 흉흉하니 더 신경이 쓰이시는 것일 테지. 고해 드리겠네. 어서 들어 가게."

쉬쉬하고 있었지만, 수련과 태휼의 관계를 모르는 이는 없었다. 총애하는 위랑이 들어가면 날카로운 분위기가 조금은 가라앉을 터, 내관이 선뜻 고해 주겠다며 나섰다.

그런 내관을 말리며 수련이 고개를 저었다.

"이제부터는 제가 지킬 터이니 내관님께서는 이만 쉬시지요."

"몸도 그러한데 어찌 그럴 수 있단 말인가?"

거듭 거부했지만, 수련도 물러나지 않았다. 어차피 반 시진 후면 교대할 내관이 올 것이었으니 조금 일찍 쉬러 간다 한들 상관은 없었다.

결국 수련의 설득에 넘어간 내관이 알겠다며 걸음을 옮겼다.

이대로는 변하지 않는다.

가족에게 돌아가고 싶은 것 또한 진심이었지만, 적어도 황궁에 있을 때까지는 그와 이런 식으로 대립하고 싶지 않은 것 또한 사실 이었다.

"후우."

무섭도록 떨렸지만, 여기까지 온 이상 물러날 생각도 없다.

온몸 가득 남아 있는 떨림을 가라앉히듯 수련이 긴 한숨을 내쉬었다.

❀　❀　❀

차를 준비한 수련이 안으로 들어왔지만 태휼은 여전히 보고 있는 문서를 향해 있었다. 수련의 목소리가 들렸을 때부터, 아니 어쩌면 수련의 걸음을 느꼈을 때부터 그녀가 오는 걸 알고 있었으면서도 그는 눈썹 하나 바뀌지 않았다.

아무 일 없는 것처럼.

아니 아무렇지도 않은 것처럼.

오랜만에 제 자리에 앉은 수련이 가져온 차를 잔에 따랐다. 평소대로 찻잔을 든 수련이 태휼의 옆에 내려놓았다.

오만하고 제멋대로인 사내.

어쩌다가 이 사내에게 마음이 갔는지 자신도 알지 못했다. 그저 그녀와는 너무나도 다른 저 사내가 점점 그녀의 세상을 채워 갔다.

"전 당신이 참 밉습니다."

서류를 붙잡고 있던 태휼의 손이 작게 움찔댔다. 가라앉은 눈이 그녀를 향하자 수련의 눈이 흔들렸다.

"자신만 생각하는 당신을 전 이해하지 못하겠어요."

밀어 내는 말과는 달리 태휼을 보는 수련의 표정은 어둡지도, 화가 나지도 않았다.

둘만이 있을 때 수련은 더는 태휼을 폐하라 부르지 않았다. 수련이 당신이라며 다가올 때마다 얼마나 그를 미치게 하는지 정작 그녀 본인은 절대로 모를 것이다.

태휼이 답을 하는 대신 수련을 품으로 이끌었다.

서 있는 수련의 품에 태휼이 얼굴을 묻었다. 그런 그를 보며 수련이 입술을 깨물었다.

"왜 아무 말도 하지 않으십니까?"

예전의 태휼이였다면 수련의 건방진 말에 찍어 내리는 살기로 말을 막거나 화를 냈을 것이었다. 하지만 지금의 그는 그렇게 하지 않았다. 그저 자신이 전부 감당하려는 듯이 수련의 말을 듣고 있을 뿐이었다.

"절 잡은 손 절대 놓지 마세요."

품에 안겨 있던 태휼이 고개를 들어 그녀를 바라보았다.

"기회가 생기면 전 어떻게든 황궁에서 도망칠 거예요. 다시는 당신의 앞에 나타나지 않을 거예요. 하지만……."

듣는 태휼보다도 말을 하는 수련이 훨씬 힘들어 보였다. 바라보는 시선을 받아 내며 수련이 미간을 좁혔다.

"그 전까지는 노력할 거예요."

수련을 보던 태휼이 눈을 좁혔다. 수련의 손이 태휼의 손을 감싸자 그가 몸을 움찔댔다.

연이어 일어난 일 때문에 마음이 약해진 것일지도 모른다. 버거운 일에 자신도 모르게 지친 나머지 현실과 타협하는 길을 선택한 것이었다.

하지만 그녀가 생각한 최선은 그였다. 이제 상처 입은 그도, 그에게 상처 입는 자신도 보고 싶지 않았다.

"이제 당신과 이러고 싶지 않아요. 당장 내 상황을 바꿀 수 없다면……."

좀처럼 말을 잇지 못하는 수련이 애꿎은 입술만 다시 깨물었다. 최대한 진정하려 했지만, 이미 뛰기 시작한 심장은 제멋대로 두근거렸다.

가족에게 돌아가겠다는 생각만으로 외면하던 진심이었다. 태휼과 함께할 수 없다는 생각은 변함이 없었지만 최소한 그 시간이 현실로 다가오기 전까지는 그와 어긋나지 않도록 노력할 생각이었다.

"……."

그녀의 진심에도 그가 답이 없자 수련이 눈을 내렸다. 역시 무리였던 것일까? 시작부터 섣불렀는지도 모르는 일이었다. 엇갈리고 대립했었던 순간이 한마디의 말로 이뤄질 리 없었다.

잡고 있는 손을 푼 수련이 몸을 빼려 했지만, 수련을 놓아주는 대신 그가 가는 팔을 끌었다. 수련에게 안겨 있었던 자세가 태휼에게 그녀가 안기는 것으로 바뀌고, 그의 품에 안기게 된 수련의 눈이 커졌다.

태연한 모습으로 담담하게 바라보는 시선과는 다르게 그녀를 안고 있는 태휼의 심장은 그녀 못지않게 뛰고 있었다. 대답은 없었지만 그것만으로도 수련은 충분했다.

"광인에 악인이라 불려도 상관없다고 생각했다."

가라앉은 목소리가 태휼답지 않게 조심스러웠다.

"너에게 최선이 무엇인지 알았지만, 난 해 줄 수 없으니까."

가족에게 돌아가고 싶다는 그녀의 바람을 알면서도 들어줄 수 없었다. 그녀 없는 황궁에서 자신은 살아갈 수 있을까? 저 물음에 태휼은 조금의 주저도 없이 아니라고 답할 수 있었다.

언제부터인가 본심을 말하는 것보다도 숨기는 것이 더 편한 삶이 되어 있었다. 하지만 이 상황에서 그가 할 수 있는 선택은 없었다.

수련이 내민 손이 그에게 마지막 기회일 수 있었다.

"돌려보낼 수 없다는 걸 안 네가 무슨 말을 할지 두렵다."

잡은 손을 놓는 순간 흔적도 없이 사라질 그녀를 그저 지켜볼 자신이 없었다. 수련이 태휼의 손에서 빠져나가는 그 순간, 그의 적의가 수련을 죽일지도 모르는 일이었다.

자신의 것이 되지 않는다면 차라리 없어지는 것이 낫다.

그가 황궁에서 살아남으면서 알게 된 유일한 사실이었다.

"그럼 원하시는 대로 하시면 되잖아요."

그의 말을 조용히 듣던 수련이 입을 열었다.

"제가 반항을 하든지, 밀어 내든지 상관하지 마시고 하고 싶은 대로 하시면 되잖아요. 당신은…… 황제인 당신은 그럴 만한 힘이 충분히 있잖아요."

태휼의 본심을 듣던 수련이 오랫동안 고민하던 속마음을 비쳐 보였다.

모든 것을 가진 황제, 고작 계집 하나 억지로 품에 안는다 한들 뭐라 할 사람은 아무도 없었다.

하지만 그는 그러지 않았다.

"다시는 그런 일은 안 할 것이다."

투기에 자신을 놓고 저지른 일은 수련에게도, 그 자신에게도 씻을 수 없는 상처였다. 후회해도 이미 늦은 일이었다.

"이제 그러진 않아."

태휼의 답을 들은 수련이 숨을 삼켰다. 그의 품에 안겨 있던 수련이 조심스럽게 자신의 품으로 그를 끌어당겼다.

얌전한 강아지처럼 품에 안겨 있는 태휼을 부드러운 손이 어루만졌다.

"이건 여지가 아니에요. 그러니 당신도 마음에 두지 마세요."

떠는 목소리로 말을 잇는 수련의 말에 태휼이 힘없이 입꼬리를 올렸다. 수련의 품은 아늑하게 따뜻해서 내내 쌓여 있던 피로를 단번에 풀어 주었다.

"절 아껴 주신다면 믿어 주세요."

태휼이 고개를 끄덕이자 수련이 마음에 담아 두었던 말을 연이어 꺼내었다.

"문성공에게 내려진 처벌은 자비를 내려 주세요."

수련의 품에 안겨 있던 태휼이 눈을 좁혔다. 하지만 수련의 말은 끝난 것이 아니었다.

"전 이제 귀족들 사이에서 이름이 오르내리고 싶지 않아요. 저 때문에 당신에게 도움이 되는 사람에게 적의를 드러내지 마세요. 그리고…… 태휼에게 확신이 생긴다면, 괜찮다는 생각이 드시면 그때는 제 가족도 보게 해 주세요."

떨리는 목소리로 조심스럽게 꺼내는 부탁이 그녀다웠다. 노력하겠다는 것을 보여 주듯 태휼을 대하는 수련은 지난밤과는 달랐다.

그녀가 먼저 태휼에게 손을 내밀어 줬기에 가능했던 일, 그게 쉽지 않다는 것을 누구보다도 그가 알고 있었다.

"잘못했다."

수련이 숨을 멈추는 것이 느껴졌다.

말해야 한다며 몇백 번도 더 생각했지만 차마 입 밖으로 꺼내지 못했던 말이었다.

"미안."

지난번에 힘들게 내뱉었던 사과와는 다가오는 것이 달랐다.

진심을 담은 말에 수련의 눈가가 붉어졌다.

일시적인 타협이어도 상관없었다. 지금의 상황이 언제까지 유지될지도 알 수 없었다.

태휼을 안은 팔에 힘을 주며 수련이 눈을 질끈 감았다.

❀　❀　❀

'문성공께서 위랑을 설득해 주세요.'

어둠을 틈타 부겸을 찾아온 이비는 부겸을 향해 달콤한 말을 속삭였다.

손잡을 생각 따위 없으니 이만 가 보라는 부겸에게 그녀는 인사와 함께 말을 끝내었다.

'언제나 폐하께서 전부를 얻으실 필요는 없지 않겠습니까? 한 번 정도는 문성공께서 원하시는 것을 취하셔야지요.'

이비와의 대화를 떠올린 부겸이 눈을 찡그렸다.

석 달은 오지 못할 줄 알았던 황궁에 돌아왔건만, 부겸의 표정은 좋지 않았다.

황제가 마음에 담은 여인, 그 여인을 탐한 벌을 받지 않은 것만으로도 아버지인 영천왕은 다행이라고 말했지만, 부겸의 생각은 달랐다.

태휼의 자비가 불안하다. 자신에게 향한 자비가 수련의 희생으로 얻어진 것이 아니기를 바랄 뿐이었다.

"문성공."

마중을 나온 수련이 부겸을 향해 미소를 지었다.

마지막으로 보았을 때보다도 좋아진 얼굴에 부겸이 소리 없이 안도하였다. 참으로 곱고 고왔다. 겉모습의 아름다움이었다면 이렇게까지 빠져들지 않았을 것이다.

"폐하께서 기다리십니다."

"설마 폐하께서 보낸 건가?"

"폐하께서 보내신 것이 아니라면 어찌 여기에 있겠습니까? 안내하겠습니다. 이쪽으로 오시지요."

부겸에게 말을 거는 목소리조차 얼마 전과는 달랐다.

분명 그가 모르는 무언가가 있었다. 그리고 그 무언가가 부겸은 이상할 정도로 마음에 걸렸다.

"위랑이 날 구해 준 건가?"

"소녀가 무슨 힘이 있어서 문성공을 구하겠습니까? 폐하의 심중이시겠지요."

"그때 본 폐하의 심중은 위랑과 날 죽일 기세였지. 그 기세라면 난 반년은 황궁에 들어올 수 없었을 것이라네. 아무래도 그대가 무리한 걸로 보이는군."

부겸의 앞에서 걸어가던 수련의 걸음이 멈추었다. 수련을 따라 걸음을 멈춘 부겸이 수련의 뒷모습을 물끄러미 바라보았다. 부겸에게 몸을 돌린 수련이 그와 눈을 마주쳤다.

"문성공께는 정말로 감사드립니다만 죄송합니다. 소녀, 문성공의 마음을 받을 수 없습니다. 어찌 소녀 따위가 문성공 같은 분께 마음을 드릴 수 있겠습니까?"

"내 마음을 받을 수 없는 이유가 폐하인가?"

"그건 아닙니다. 다만…… 이해를 해 보려 합니다."

"이해?"

갈수록 알 수 없는 말뿐이었다. 부겸을 보던 수련이 몸을 돌려 태화전을 향해 걸음을 옮겼다. 쓰러질 듯 부서질 듯한 모습도, 지쳐서 힘든 숨을 내쉬던 모습도 없었다.

"가족에게 돌아간다는 생각은 변하지 않았습니다. 기회가 생긴다면 전 주저하지 않고 황궁을 나갈 것입니다. 쉽지는 않겠지만…… 폐하께서 확신이 드실 때 가족을 뵙게 해 달라는 말씀은 드렸습니다. 그리 해 주신다고 하셨으니 저도 조금은 폐하의 생각을 이해해 보려 합니다."

"폐하께서 위랑의 약조를 지켜 준다는 말을 하셨는가?"

부겸의 물음에 수련이 고개를 끄덕였다.

수련의 대답을 들은 부겸의 얼굴이 창백해졌다. 무슨 말이 오갔는지는 모르지만 수련이 잘못 알고 있었다.

겉으로만 번지르르한 타협이었다. 자신의 것을 절대 놓치지 않는 태휼이 그녀에게 그런 약조를 할 리 없었다. 생각할 수 있는 건 결국 속임수, 태흌을 이해하려는 수련을 그는 다시 자신만의 감옥에 가두려 할 것이다.

태흌의 그럴듯한 속임수에 빠졌다는 것을 알지 못하는 수련의 표정은 참으로 평안했다.

얼마 전까지 바로 곁에 있던 수련이 점점 멀어지고 있었다. 처음으로 곁에 두고 싶은 여인이었건만, 그녀의 시선은 부겸이 아니라 태흌을 향해 가고 있었다.

황제의 권좌도, 나라를 휘어잡는 권력도 필요 없다. 필요가 없었기에 필요로 하는 태흌에게 준 것이었다.

"내가 위랑의 어머니가 어디 있는지 찾는다면……."

앞서 걷던 수련의 걸음이 다시 멈추었다.

그녀의 입술에 닿았을 때의 감각이 아직도 생생했다. 저 입술이, 그녀만의 시선이 자신에게 향할 수 있다면 그가 상대해야 할 사람이 황제여도 상관없다.

그녀를 가지고 싶다.

"나갈 기회를 내가 만들어 준다면, 지금 거절한 그대의 기회를 나에게 다시 줄 수 있는가?"

✽   ✽   ✽

황명으로 연금되어 있는 상태였지만 이비에게 한비를 보러 오는 일은 그리 어려운 일이 아니었다.

'한심하기는.'

제 투기에 정신을 놓고 행동했으니 저리되는 것이 당연하였다.

도리어 태휼에게 죽지 않은 것이 다행이라면 다행일 터, 이비의 차가운 눈이 힘겹게 몸을 일으키는 한비를 노려보았다.

하지만 그것도 순간, 한비가 이비를 바라보자 언제 그랬느냐는 듯 이비가 안타까운 얼굴로 그녀에게 다가왔다.

"몸은 좀 괜찮은 것이오?"

사람의 인적이 끊긴 궁, 예전 같았으면 이비를 내쳤을 테지만, 황제에게 외면당한 비는 궁녀만도 못한 대접을 받는 상황에서 이비의 방문은 한비에게는 반가운 일이었다.

"아직 상처가 남아 있긴 하지만 그럭저럭 움직일 만하오."

'상처 하나 보이지 않는데도 않는 척하기는.'

한비의 엄살에 이비가 속으로 코웃음을 쳤다. 아무리 유 내관이 사내였어도 황제의 비인 한비를 온 힘을 다해 때릴 리가 없었다. 고작 회초리 몇 대 맞아 놓고는 아프다며 엄살이라니, 웃음밖에 나오지 않았다.

하지만 절대로 얼굴 밖으로 감정을 드러내지 않았다. 지금 이비에게 가장 필요한 존재인 만큼 불쾌한 감정 따위 얼마든지 숨길 수 있었다.

"어서 자리를 떨치고 일어나셔야지요. 한비가 건강을 되찾아야 황궁을 어지럽히는 이를 확실히 정리할 수 있지 않겠소?"

"무슨 말을 하고자 하는 것이오?"

"한비가 없는 동안 여러 일들이 황궁에서 일어나지 않았소. 특히나 그 괘씸한 것이 황궁 곳곳에 해 대는 짓을 한비가 보셨어야 하오."

이름을 말하지 않았어도 누구를 가리키는지 알 수 있었다. 이비의 말을 듣던 한비의 눈에 불이 터져 나왔다. 그 모습에 이비의 입가에 엷은 미소가 생겨났다. 한비와 대홍려가 긴밀히 연락하며 수련에게 이를 갈고 있다는 것을 이미 알고 온 걸음이었다.

"한비. 아직 우리의 약조는 계속되고 있습니다."

"연금이 되어 있는 내가 무슨 힘이 있어 이비와의 약조를 지키겠습니까?"

"도와주세요. 한비."

몸을 숙인 이비가 한비의 손을 붙잡았다. 지금까지 한 번도 그녀 앞에 몸을 숙이지 않던 이비가 고개까지 숙이며 도와 달라 하자 한비의 눈이 커졌다.

"이대로라면 그 역적의 사생아가 황후의 자리에 오를 수도 있음입니다. 그런 끔찍한 일을 두고만 볼 수는 없는 노릇이 아니겠습니까?"

"그것을 죽이자는 것이오?"

이비의 입꼬리가 옅게 올라갔다.

부겸과 태흘의 관계가 최악으로 치달을 것이라는 예상과는 달리 수련이 나서면서 상황은 어이없을 정도로 조용히 넘어갔다. 부겸의 목을 베어 버릴 것처럼 분노하던 태흘이 부겸을 용서한 것은 물론, 궁에 가두다시피 숨겨 놓았던 위랑을 제자리로 되돌려 놓은 것을 보면 쉽지 않은 계집임이 분명하였다.

"황궁의 기강을 바로잡자는 말이지요. 한비."

이비를 보던 한비가 눈을 좁혔다. 분명 제 뒤에 숨어 일을 계획하던 이비가 지금만큼은 달라 보였다. 직접 나서겠다는 건가? 눈엣가시 같은 계집을 죽이자는데 그녀가 반대할 리가 없었다.

"대신 조건이 있습니다. 이비."

"말씀만 하세요. 한비."

"그년의 목은 내 것입니다."

죽어서라도 쉽게 보내지 않을 것이다. 그년이 죽고 나면 그년이 아끼던 가족의 목숨까지 모두 거둘 생각이었다.

한비의 눈에 깃든 살기를 보던 이비가 고개를 끄덕였다.

이비의 승낙이 떨어지자 한비가 만족스러운 웃음을 터트렸다. 즐거워하는 한비를 이비가 말없이 바라보았다.

'이제 숨을 구멍은 마련이 되었고, 쥐새끼만 밖으로 끌어내면 되겠군.'

가문의 명으로 황궁에 들어왔지만, 가만히 앉아 아무것도 하지 못하는 삶으로 끝나고 싶지 않았다. 호연의 황제인 그의 곁에 있을 여인은 자신 하나면 충분하다.

한비를 잡은 손에 힘을 주며 이비가 환한 미소를 지었다.

❃　❃　❃

대전에서 돌아온 태휼의 눈에 처음 들어온 모습은 집무실 문을 활짝 열어 놓고 밖을 보는 수련이었다. 태휼이 왔다는 소리를 미처 듣지 못한 듯 창으로 불어오는 바람을 맞는 수련의 입가에 모처럼 환한 미소가 지어져 있었다.

놀란 내시감이 수련을 부르려 했지만, 태휼이 그를 막았다.

저렇게 편한 얼굴의 수련은 처음이었다. 그가 보아 온 수련은 태휼을 어려워하거나 속마음을 숨기는 것이 대부분이었다. 잠깐이라도 저 미소를 좀 더 보고 싶었다.

"폐하! 송구하옵니다!"

바람을 따라 다른 방향을 보던 수련이 태휼의 모습에 놀라 자리에서 일어났다. 태휼의 기색을 살피던 수련이 열린 문을 보고는 서둘러 닫았다. 자객이나 급습에 대비하여 태화전의 문은 태휼의 명이 아니면 절대로 열 수 없었다.

그가 없었어도 멋대로 문을 열었으니 크게 혼이 나도 할 말이 없었다.

"날이 너무 좋아서…… 잠시만 열어 놓는다는 것이 잘못하였습니다. 폐하."

"나가자."

"네?"

"날이 좋다 하니 잠시 걸어 볼 생각이다. 나가자."

대답할 겨를도 없이 태휼의 손이 수련의 손목을 붙잡았다.

당황한 수련이 내시감을 보았지만, 그녀의 바람과는 달리 내시감이 폐하를 따라가라는 시선을 보냈다.

내시감의 명인지, 태휼의 명령인지 황제인 그가 밖으로 나와도 누구도 그 뒤를 따르지 않았다. 둘만의 시간, 불어오는 바람에 볕을 쐬던 편안한 기분은 어느새 떨림으로 가득했다.

손목을 잡고 있었지만, 그녀를 배려해서인지 힘은 거의 느껴지지 않았다.

"와."

부겸과 같이 왔었던 곳과는 또 다른 느낌이었다. 조용하기는 했지만, 사람의 손을 탄 듯한 부겸의 장소와는 다르게 태휼이 데리고 온 곳은 깔끔하게 정리된 길만 있을 뿐, 길 주변에 나 있는 꽃이나 나무에서 사람의 흔적이 거의 보이지 않았다.

길의 끝자락에 지어져 있는 작은 정자 너머로 흐르는 파란 호수가 한 폭의 그림처럼 시선을 가득 채웠다

태흘이 있다는 것도 잊은 채, 수련의 눈이 주변을 천천히 살폈다.

"이런 곳이 있는지 몰랐습니다."

호기심 가득 찬 눈이 주변을 천천히 살폈다. 치마에 흙이 묻을지도 모른다며 몸을 사리는 다른 여인들과 다르게 치마에 흙이 묻든 말든 숨겨진 장소를 보는 수련의 눈은 연신 반짝였다.

"문성공께서 알려 주신 곳에서 산책을 하시는 줄 알았습니다."

"남들이 다 아는 곳에서 산책을 해 보았자 다른 이들이 달려들 뿐이지."

엇갈리고 상처 입혔던 시간이 조금은 나아져 있었다. 여전히 쉽지 않은 상황이었지만, 적어도 노력하는 수련에게 맞춰 태흘도 그녀에게 맞추려 하고 있었다.

"폐하께서만 아시는 곳입니까?"

"이젠 너도 아는 곳이 되겠지. 그리고 지금은 둘밖에 없지 않나?"

태흘의 물음에 수련이 무슨 소리냐는 듯이 눈을 좁혔다. 둘만이 있을 때의 수련은 태흘을 폐하라 부르지 않았다. 그걸 상기시키는 태흘의 물음에 수련이 고개를 저었다.

"듣는 귀가 있는데 어찌 그리하겠습니까?"

가깝게 다가오는 듯싶다가도 일정 선에서는 매섭게 몸을 빼 버렸다. 답답하다 못해 화가 날 정도로 초조했지만 그녀에게 말하는 대신 속으로 참았다.

상처가 나아지고 안정을 찾으면서 수련의 얼굴은 점점 나아졌다.

다행이라 생각하면서도 마음 한편이 씁쓸한 건, 결국 그녀에게서 저 모습을 빼앗아 갔던 사람이 자신이라는 것을 알고 있기 때문이었다.

태휼에게서 아무런 답이 없자 수련이 몸을 돌렸다.

바로 앞에 서 있으면서도 그의 손에 잡히지 않았다. 분명 그녀를 곁에 두고 있음에도 그의 여인이라는 확신은 생기지 않았다.

"내가 어떻게 해야 네 손을 잡을 수 있을까?"

고개를 돌린 수련이 태휼의 눈을 물끄러미 바라보았다. 노력하고 있었지만, 그와 그녀에게는 좁혀지지 않는 벽이 있었다.

그리고 그 벽을 없앨 유일한 방법을 가진 사람은 수련이 아니라 그였다.

"가족을 만나게 해 주세요."

반사적으로 태휼이 눈을 좁혔다. 둘을 이야기하는 자리에 언제나 수련은 가족을 끌어왔다. 한 번이 어려운 법이었다. 가족을 만나는 순간, 수련은 태휼의 존재를 머릿속에서 깨끗이 잊어버릴 것이다.

"폐하의 자비로 절 보내 주세요."

"그럼 넌 사라지겠지. 이곳으로 돌아올 생각 따위 전혀 하지 않게 되겠지."

"……"

가까이 다가온 태휼의 손이 수련의 뺨을 감쌌다.

때가 되면 가족을 보여 주겠다며 약조했지만 지킬 자신은 없었다.

가족을 보여 달라는 말을 하면서도 수련은 되돌아오겠다는 말은 하지 않았다.

조금 전의 부드러운 분위기는 언제 그랬느냐는 듯 어색하게 바뀌었다.

"돌아가자."

가까워지고자 했던 마음에 저지른 일이 결국은 둘 사이에 놓은 벽을 더 인지하는 상황이 되었다.

수련의 편안한 얼굴이 머릿속에서 사라지지 않았다. 모든 일이 그가 생각하는 대로 흘러갔지만, 수련의 일만큼은 그의 생각대로 되는 일이 없었다.

"아!"

몸을 돌린 태휼의 뒤로 수련이 뒤따랐다. 소란스러운 걸 싫어하는 수련을 위해 자신의 숨은 곳까지 보여 주었건만 결국 그녀의 행동이 그에게 다시 상처가 되었다.

그가 사라진 자리가 이상할 정도로 허무하게 다가왔다. 손목에 남은 온기가 꿈처럼 아늑하였다.

자신도 모르게 수련이 태휼에게 손을 뻗었지만 닿지 않았다.

그녀를 버려두고 가 버리는 것처럼 태휼과의 거리가 점점 멀어졌다.

❀　❀　❀

태화전에서의 일이 끝난 후, 침소로 돌아가려는 수련의 뒤로 이비의 목소리가 들려왔다.

"이리 오랜만에 보다니, 몸은 괜찮은 것인가?"

아무것도 모른다는 표정으로 다가온 이비는 자연스럽게 수련의 손을 붙잡았다.

서슴없이 다가오는 이비의 행동에 수련이 몸을 움츠렸다.

"이비 마마."

"폐하를 뵈러 태화전에 가는 길이었네. 한비도 참 모질어. 어찌 황제의 비가 그리 행실이 독한지 모르겠네."

당장에라도 수련 대신 한비에게 한 소리를 할 것처럼 이비의 목소리는 잔뜩 격양되어 있었다. 저 모습에 넘어가면 안 된다. 저 미소로 주연을 죽음까지 가게 한 사람이 이비라는 것을 누구보다도 수련이 알고 있었다. 하물며 어머니의 서신을 위조해 그녀를 충동질한 사람 또한 이비였다.

"걱정해 주셔서 감사드리옵니다."

"폐하의 비인 내가 당연히 해야 할 일이 아닌가? 내가 미처 위랑의 처지를 생각하지 못했네. 이제부터는 걱정하지 말고 나에게 의지하게."

의지하라는 말에 수련의 눈썹이 파르르 떨렸다. 저 의지에 주연이 억울하다는 말도 못 하고 목숨을 잃었다. 이 서슬 퍼런 황궁에서 그녀는 태휼의 마음을 받기라도 했지만, 주연은 이비와 한비의 수작질에 아무것도 하지 못하고 사라졌다.

당장에 그만두라 말하고 싶은 걸 수련이 억지로 삼켰다. 한비에 이어 이비에게까지 표적이 되고 싶은 생각은 없었다.

"어찌 소녀가 그리하겠습니까? 소녀는 걱정하지 마시옵소서."

"윗전인 내가 그리하라면 두말 않고 따르겠다고 하는 것일세. 황궁에서 그만큼 있었으면 배우는 것이 있어야 하지 않은가?"

좀 전의 부드러운 말투는 온데간데없었다. 빠져나가려는 수련을 노려보는 이비의 눈이 서슬 퍼랬다. 황제의 후궁이라는 이점으로 강요 아닌 강요를 해 대는 이비를 수련이 조용히 응시하였다.

참아야 한다는 생각과 주연의 일기가 연이어 머릿속에 떠올랐다. 일기에 있는 주연의 눈물 자국이 아직도 손에서 느껴지고 있었다. 간신히 참고 있던 인내가 결국 끊어졌다.

"마마의 말씀을 따르라는 명령 중에 폐하께 독차를 올리는 것도 포함이 되는 것이옵니까? 그 일로 폐하께서 위험해지시면 소녀에게도 실수라고 말씀하실 것입니까?"

"뭐?"

"아니면 황후 마마께서 여신 연회에 황후 마마의 명이라면서 연회를 멋대로 취소하시는 거짓을 말씀하시는 것입니까?"

수련은 알지 못할 이야기들이 흘러나오자 이비가 눈을 좁혔다. 이비의 떠는 손이 수련의 팔을 붙잡았지만 그녀는 눈썹조차 꿈틀대지 않았다.

이비의 농간에 주연이 얼마나 상심했을지 떠올리지 않아도 눈에 선하였다. 살아 있을 적에는 아무것도 해 주지 못했지만, 최소한 죽고 난 후에까지 그런 오명을 받게 하고 싶지 않았다.

"그도 저도 아니면 가족으로 돌아가고 싶어 하는 소녀에게 거짓된 서신으로 황궁 밖으로 끌어내려 하셨던 일을 따르라는 말씀이시옵니까?"

"네 이년! 어느 앞이라고 말도 안 되는 헛소리를 지껄이는 것이냐!"

보다 못한 문 상궁이 나섰지만, 곧 이비가 그녀를 제지하였다.

쓸모가 있을까 싶어 수련에게 말을 걸어 봤건만, 역시나 그녀의 생각대로 조금도 쓸모없는 계집이었다. 쓸데없이 눈치만 빠르고 제 잇속만 챙기려 하는 괘씸한 계집, 그런 주제에 감히 태휼의 총애를 독차지하고 있었다.

그 어느 여인의 시선도 봐 주지 않던 태휼이 수련만큼은 마주 보며 아끼고 있었다. 황궁에서 해 대는 짓거리가 모두 건방졌지만 태휼에게 수련은 모두 예외인 듯 그녀의 패악을 말없이 받아 주고 있었다.

"모두 물러나라."

"이비 마마."

"내 위랑과 긴히 할 이야기가 있다. 물러나라."

이비의 명에 문 상궁을 포함한 이들이 물러나고, 단둘이 남은 이비가 수련을 향해 보였던 자애로운 모습을 거두었다.

표독스럽고 날카로운 눈으로 수련을 노려보던 이비가 차갑게 일갈했다.

"근거 없는 추측으로 겁박하는 모습이 꼭 그 바보 황후와 닮았구나. 누가 자매 아니랄까 봐 하는 짓이 아주 똑같아."

"어째서 근거 없는 추측이라 생각하십니까? 어쩌면 이비 마마께서 모르는 다른 증좌가 있을 수도 있음이 아닙니까?"

"뭐?"

이비가 눈썹을 꿈틀댔지만 수련은 담담했다. 아니 최대한 담담해 보이려 할 뿐이었다.

감정이 고스란히 보였던 한비와는 전혀 다른 여인이었다. 괜히 어설프게 상대해 위험을 자초할 필요가 없었다.

무슨 대화를 할 생각으로 상궁과 궁녀를 물렸는지는 모르지만 수련은 그녀와 대화할 생각 따위 조금도 없었다.

"소녀 이만 가 보겠습니다. 살펴 들어가시옵소서."

인사를 마친 수련이 몸을 돌렸다. 하지만 몇 걸음 옮기지 않아 들려오는 목소리에 수련의 걸음이 멈추었다.

"네 어미의 목숨이 간당간당하여 폐하께서 보여 주지 않으신다는 소문이 돌더구나. 그것이 사실이냐?"

걸음을 멈춘 수련이 몸을 돌렸다. 무슨 소리냐는 듯이 바라보는 수련을 향해 이비가 한 걸음씩 다가왔다. 창백한 모습이 제법 볼만했다. 하지만 아직은 부족했다.

이제 겨우 시작인데 수련이 벌써부터 흔들리면 참으로 재미없었다. 하나씩, 하나씩 밟아 주고 짓이겨서 후환을 철저히 없앨 생각이었다.

"어머. 몰랐던 것이냐? 하긴 네 주변에 있는 것들이 전부 폐하의 사람들인데 너에게 그런 말을 전하겠느냐?"

"무슨 말씀이십니까? 어머니의 목숨이 위태로우시다니…… 자세히 말씀해 주십시오."

"내가 왜? 솔직히 내가 그 소문에 관심을 가지겠느냐? 겨우 폐하의 시중을 드는 궁인의 어미 따위 죽든 말든 내가 무슨 상관이냔 말이지."

"이비 마마!"

자신도 모르게 수련이 이비를 불렀다.

심장이 미친 듯이 뛰었다. 어머니의 목숨이 위태롭다니 처음 듣는 이야기였다.

태휼은 그녀에게 아무런 말도 전하지 않았다. 때가 되면 보내 준다 약조했으니 그런 일이 있었다면 분명 그녀에게 말해 줬을 것이었다.

이비의 수작일지 모른다. 그저 그녀를 충동질하기 위한 거짓일 수 있었다.

하지만 그게 아니라면…… 정말 어머니의 목숨이 위태로운 것이라면.

"난 네가 이 황궁에서 그만 사라져 줬으면 싶구나."

"……."

"멍청한 한비는 도움이 안 되고 답답한 폐하께서는 생각이 없으시니 결국 내가 직접 나서야지 어쩌겠느냐?"

이비의 말을 듣는 수련의 몸이 파르르 떨렸다. 진정해야 한다는 걸 알면서도 좀처럼 가라앉힐 수 없었다.

"진심으로 도와주마. 내가 널 이 황궁에서 나가게 해 주겠단 말이다."

다른 말은 제대로 들리지 않았다. 어머니의 목숨이 위태롭다는 말만 머릿속을 가득 채웠다. 아직 사실을 모르니 속단하기는 일렀다.

만약 이비의 수작이라면 절대 그녀를 용서하지 않을 것이다.

가 보겠다는 말조차 꺼내지 못한 채, 수련이 몸을 돌렸다. 힘이 빠진 몸이 잠시 휘청거렸지만 수련은 걸음을 멈추지 않았다.

"정 궁금하면 내시감에게 들어오는 문서들을 보렴. 네가 생각하는 것 이상으로 능구렁이인 늙은이니 원하는 것을 얻게 될 것이다."

말을 끝낸 이비가 즐거운 웃음을 터트리며 수련의 반대 방향으로 걸어갔다.

떨리는 손을 억지로 움켜잡으며 수련이 입술을 깨물었다.

터질 듯 뛰는 심장 소리와 함께 본심을 꺼냈었던 태휼을 믿는다. 아무리 그래도 그녀의 어머니가 위험한데 가만히 있었을 리가 없다.

이비의 음모일 것이다. 들을 가치가 없다.

"진짜면…… 진짜 어머니가 위험한 거라면……."

힘겹게 옮기던 걸음이 그 자리에서 멈추었다.

九章
흩어지다

'네 어미는 괜찮으니 걱정하지 마라.'

하얗게 질린 수련의 물음에 태휼은 괜찮다는 말을 하였다. 그저 단순한 소문일 뿐이라며 수련의 물음을 넘긴 그는 내시감을 불러 황궁 내의 입단속까지 명령하였다.

티를 내지 않는 태휼을 보던 수련이 불안한 마음을 억지로 삼켰다. 괜찮을 것이라며 생각하고 생각하며 하루하루를 참아 냈다.

예상과는 달리 수련이 전혀 움직이지 않자 결국 이비가 다시 움직였다.

침소에서 태화전으로 가려는 위랑이 처음 본 사람은 이비의 선물을 가져왔다는 유 내관이었다. 의기양양한 유 내관을 수련이 불안한 눈으로 쳐다보았다.

불안해하는 수련을 보며 유 내관이 입꼬리를 올렸다.

"특별한 의미는 없네. 나야 명을 받드는 것뿐이지."

무슨 내용이 있는지는 알 수 없었지만, 지금 이 문서를 보는 순간, 이비가 원하는 대로 움직일지도 모른다는 불안이 있었다. 그럼에도 볼 수밖에 없었다.

유 내관이 떠난 후, 손에 든 문서를 보는 수련의 눈이 파르르 떨기 시작하였다.

"아……."

손에 든 것을 떨어뜨린 수련이 자리에 주저앉았다.

분명 괜찮다 하였다. 아무 일도 없으니 힘들더라도 잠시만 참으라고 하였다. 참고 견디기가 쉽지 않았지만 믿으려 했기에 참아 냈다.

그 대가가 이런 것이란 말인가?

"아니야."

민 부인의 사가에 자객이 들었다고 하였다. 다행히 자객을 제거했지만 그 와중에 다친 민 부인이 정신을 잃고 쓰러졌다고 쓰여 있었다. 몇 번이나 수련을 불러 달라며 현이 부탁했지만, 적당히 무마했다는 내용도 들어가 있었다.

"이건…… 아니야."

어머니와 현이 위험하다면 당연히 그녀에게 알렸어야 했다.

그녀에게 가족이 어떤 의미인지 누구보다도 잘 아는 태홀이 그걸 알면서도 숨겼을 리가 없다.

"괜찮다고 하지 않으셨습니까?"

분명 그에게 기다릴 테니 때가 되면 가족을 보여 달라고 부탁했었다. 그를 쓰다듬었던 손길과 그의 온기가 아직도 생생했건만, 현실은 다시 수련의 목을 옥죄고 있었다.

떨어뜨린 문서를 집어 든 수련이 자리에서 일어났다. 잠시 몸을 비틀댔지만 이를 악물며 참아 냈다.

다른 사람에게 물을 생각 따위 전혀 없다.

쓸데없는 오해 따위 절대 하고 싶지 않았다. 유 내관이 가져온 문서가 이비가 말한 내시감의 것이라면 결국 이 정보가 향할 곳은 황궁의 단 한 명, 태휼뿐이었다.

❀　❀　❀

수련에게 무슨 일이 일어났는지도 알지 못한 채, 태휼이 대전의 귀족들에게 시선을 고정하였다. 처리해야 할 일들이 산더미였건만, 오늘 대전을 뜨겁게 달구는 내용은 수련의 처리에 관한 내용이었다.

"무슨 일이 있어도 여상환의 사생아인 민 궁인을 폐하의 후궁으로 들일 수 없음입니다. 여상환은 황제 폐하의 안위를 위협하던 대역 죄인입니다! 어찌 사공께서는 그런 역적의 딸을 후궁으로 들이신다는 말씀을 하시는 것입니까!"

누군가를 시작으로 같은 생각을 하는 귀족들이 절대 안 된다며 태휼을 향해 소리를 높였다. 하지만 그들의 이야기가 끝나기도 전에 사공이 한 걸음 앞으로 나서며 입을 열었다.

"위랑이 비록 대역 죄인 여상환의 딸이기는 하지만 여가를 토벌할 때 세운 공을 무시할 수는 없소. 또한 호연의 후계를 위해서라도 폐하의 곁에 많은 여인이 머무는 것이 좋다고 생각하오. 하물며 위랑은 일 년 넘게 폐하의 시중을 들었소이다. 그 정도면 충분한 자격이 된다고 보오."

"자격이라면 굳이 역적의 딸이 아니라 다른 귀족의 여식으로 해도 충분한 일이오. 위랑을 후궁으로 받아들이자는 말에 절대 동조할 수 없소."

사공이 직접 나섰음에도 상황은 가라앉기는커녕 점점 더 격화되었다. 그들을 말리는 대신 태훌의 눈이 의견을 말하는 귀족을 천천히 살폈다.

"하물며 위랑은 여상환의 사생아란 말이오. 출신 성분도 불분명한 여인을 어찌 후궁으로 들일 수 있단 말이오!"

태훌의 미간이 옅게 찌푸려졌다. 여상환이 수련을 인정하지 않은 건 사실이었지만, 수련 또한 여상환의 사생아가 되고 싶어서 된 것은 아니었다. 도리어 그러한 상황 속에서 반듯하게 자신을 지켜 온 그녀였다.

어설프게 자신을 내어 보이려는 계집들과 비교할 수 없었다. 귀하디귀한 여인, 그녀의 출신 성분 따위 신경 쓸 이유가 없었다.

'한번은 정리해야겠군.'

태훌은 수련을 비로 세울 생각 따위 전혀 없었다. 배경도, 권력도 없는 그녀를 어설픈 자리에 올려 위협당하게 만들고 싶지 않았다.

누가 수련을 반대하는지, 아니면 이도 저도 아닌 상황인지 하나씩 머리에 담기 시작하였다. 덧없이 죽은 정인과 마음을 주진 않았지만 불행하게 죽은 황후처럼 수련을 만들 생각 따위 없다.

조급하게 움직이지 않을 것이다. 수련이 자신의 곁에 있어 줄 수만 있다만 이 정도의 수고는 일도 아니었다.

머릿속에 대략적인 그림을 그려 놓은 태훌이 사공을 향해 눈을 돌렸다.

'이비와 사공의 행동이 다르다?'

최근 이비가 자꾸 감지되는 것은 알고 있었다. 다만 여러 곳에서 움직이니 그녀를 주시하는 흑영의 움직임이 흐트러지고 있었다.

'의견이 엇갈린 것인가? 아니면 작정하고 움직이는 것인가?'

한쪽은 후궁으로 수련을 들이라 하고 있었고, 다른 한쪽은 수련을 황궁 밖으로 빼내려고 하고 있었다. 함께하는 움직임치고는 부녀의 행동이 너무나도 상반되었다.

'같은 의도로 움직이는 것이라면 어떤 것이 거짓인가?'

자신을 향한 움직임은 어떻게 움직이든 상관없었다. 하지만 수련은 곤란했다.

무언가를 절절하게 바란다는 것은 결국 적들에게 표적이 될 뿐이다. 태휼은 그들을 막아 낼 힘이 있었지만 수련은 아니었다.

"그만."

생각하던 태휼이 입을 열자, 웅성거리던 소리가 멈추었다. 좀 전까지 핏대를 올리며 노려보던 이들의 시선이 태휼에게로 향하였다.

느긋이 앉아 있던 태휼이 자리에서 일어났다.

"급한 일도 아니고, 당장 정해야 할 일도 아니니 오늘은 여기까지 하겠다."

"폐하!"

"모두 물러나라."

사공이 태휼을 보았지만, 이미 태휼은 몸을 일으킨 후였다.

고개를 깊게 숙인 귀족들 사이로 무표정한 그가 빠른 걸음으로 대전을 빠져나갔다. 닫힌 대전의 문 너머로 다시 설전이 벌어졌지만, 굳이 그가 들어야 할 내용은 아니었다.

평온한 얼굴로 대전을 나온 태휼의 옆으로 내시감이 빠른 걸음으로 다가왔다.

"폐, 폐하."

연륜만큼이나 웬만한 일에는 눈 하나 깜짝 안 하는 늙은이가 하얗게 질려 있었다.

불안한 기운이 스멀스멀 태휼의 몸을 기어 올라왔다. 내시감을 보는 태휼의 눈에 차가운 기운이 스며들었다.

"고하라."

고저가 느껴지지 않는 목소리에 내시감이 질끈 눈을 감았다. 그것도 잠시, 주변을 둘러본 내시감이 태휼의 귀에 작게 속삭이기 시작했다.

모르기를 바랐던 것.

적어도 그녀를 위한 준비가 끝날 때까지만이라도 지켜지기를 원했던 것.

태휼의 입가에 쓴 미소가 감돌았다.

❀　❀　❀

당장에라도 태휼에게 가겠다는 수련을 막은 사람은 내시감이었다.

수련이 사실이냐며 내민 것을 본 내시감의 첫마디는 이걸 어디서 찾아온 것이냐는 것이었다. 그 이야기는 듣는 순간 수련은 더는 내시감에게 물어볼 수 없었다.

사실이 아니라며 애써 자신을 추스르던 수련의 몸에서 힘이 빠

369

졌다.

그를 기다리는 시간이 끔찍할 정도로 길었다.

굳게 닫혀 있던 집무실의 문이 열리며 태휼이 들어오자 수련이 자리에서 일어났다.

"당신에게 묻고 싶은 게 있어요."

처음부터 폐하라는 호칭은 없었다. 핏기라고는 하나도 없는 얼굴에 작게 떨고 있는 몸이 보고 있는 것만으로도 부서질 것처럼 위태로웠다.

가까이 다가온 태휼이 수련의 손을 붙잡았다.

굳이 느끼려 하지 않아도 차갑게 식은 손이 파르르 떨고 있었다. 진실을 알려 달라며 매달리는 수련에게 더는 거짓을 말할 수 없었다.

"물을 필요 없다. 사실이니까."

민 부인을 끌어내기 쉽지 않은 상황에서 수련이 태휼의 총애를 받기 시작하자 관심은 적의로 바뀌었다. 민 부인을 끌어낼 수 없다면 제거를 해서라도 수련을 무너뜨리려는 생각인지 하루가 멀다고 민 부인의 사가로 기어들어 가는 쥐새끼들이 늘어나고 있었다.

"그런데도 나보고 괜찮다고 한 건가요?"

"수련아."

"어머니가 그러신데 뭐가 괜찮은 거예요? 동생이 그렇게 절 찾는데도! 어머니께서 그렇게 다치셨는데도 뭐가 그렇게 괜찮아서 말씀을 안 하셨어요? 뭐가 괜찮은 건데? 도대체 뭐가!"

수련의 절규가 허공에서 사라졌다. 눈가에 가득 차오른 눈물이 떨어질 것처럼 불안하게 매달려 있었다.

처음 태휼에게 거래를 한 것은 자신이었기에, 그 책임에서 완전

히 자유로울 수는 없었기에, 더는 상처 입고 상처 입히기 싫어서
버텨 냈다. 돌아가야 한다는 생각만큼이나 태휼과 함께 있는 시간
또한 귀하게 여기기로 하였다.

그가 그녀에게 보여 주는 관심이 좋아서, 주저하며 내미는 손길
에 스며 있는 온기가 참으로 편안해서 가족에게 돌아가야 한다며
고집을 부리는 것이 미안해지기까지 하였었다.

그런데 그렇게 자신이 현실에 안주하는 동안 가족들이 위험해졌
다. 여상환에게서 벗어나면 전부 끝날 것이라 생각했건만, 이젠 태
휼에게 관심을 받는 자신 때문에 목숨이 위태롭게 되었다.

"당신을 믿은 내 잘못이야."

"그게 아니다."

"날 또 속였어."

"지금 돌아가 봤자 달라지는 게 없어서 말을 하지 않았을 뿐이
다. 날 믿어 준다고 하지 않았나?"

수련이 적의를 드러내자 태휼의 미간이 딱딱하게 굳었다.

이제야 조금은 가까워졌다 생각했건만, 어느새 다시 그녀와의 거
리가 멀어지고 있었다.

누구의 수작인지 뻔했지만 지금은 그걸 파헤치는 것보다 수련을
안정시켜야 했다.

"네가 말한 약조, 난 분명 지킨다고 하였다."

"내 어머니가 죽고 난 이후를 말하는 건가요?"

"민수련!"

"못 믿겠어요."

태휼의 손을 놓은 수련이 몇 걸음 뒤로 물러났다.

자신이 돌아간들 달라지는 상황은 없었다. 하지만 아무것도 모른 채, 이대로 무작정 기다릴 수는 없다.

태휼이 무슨 생각인지는 알 수 없었지만 수련도 이번만큼은 물러날 수 없었다.

"널 위험하게 만들고 싶지 않다."

"내 어머니예요."

"조금만 더 참으면 네 약조 지킬 수 있어. 지금은 돌아가게 할 수 없다. 충분한 조치는 이미 해 놓았다."

"폐하의 조치라는 것이 날 후궁으로 들이는 건가요?"

"수련아."

"당신이 말하는 계획은 날 후궁으로 들이기 위한 것인가요? 아니면 내 가족에게서 날 영원히 떼어 놓게 하기 위한 건가요?"

"네가 잘못 생각하고 있는 것이다. 이젠 그런 일 따위 절대 없을 것이란 말이다!"

결국 원점이었다. 수련이 왜 그러는지 알았지만, 지금만큼은 보낼 수 없었다. 이 상황에서 수련이 황궁을 나가면 적의를 가진 이들은 기다렸다는 듯이 그녀를 표적으로 삼을 것이었다.

그렇다 한들 자신의 생각을 전부 말해 줄 수는 없었다. 가족과 관련된 일이니 수련은 어떻게든 스스로 움직이려 할 것이다. 수련이 움직이는 순간, 기회를 보던 이들이 다시 몸을 숨길 수 있었다.

수련이 잘못되는 일은 볼 수 없다. 그리고 수련을 노리는 자들을 그대로 둘 생각 또한 없다.

"황제의 이름으로 맹세하마. 아무 일도 없다."

싫다며 밀어 내는 수련을 태휼이 품에 안았다. 품에 안긴 수련의 심장이 그 어느 때보다도 불안하게 뛰고 있었다.

이래서 숨기려 했었다. 문제가 해결될 때까지만이라도 수련이 몰랐으면 했다. 그녀의 약점은 가족, 아무리 현명하고 잘 견뎌 내도 가족을 건드는 한 수련은 무너질 수밖에 없었다.

"날 한 번만 더 믿어 주면 안 되겠나?"

"그럼 당신을 믿을 수 있게 도와주세요."

"……."

"당신의 맹세를 믿을 수 있게 한 번만 가족을 만나게 해 주세요. 제 눈으로 직접 어머니와 동생을 보게 해 주세요."

수련의 부탁에 태휼이 눈을 좁혔다. 간절히 부탁하듯 태휼의 옷자락을 수련이 붙잡았다.

이비의 함정이어도 상관없다. 이번 일로 태휼의 분노를 사게 되어도 무섭지 않았다.

"돌아가겠다는 게 아니에요. 그저 괜찮은지만 볼 수 있게 해 주세요."

"내시감."

태휼의 목소리에 밖에 있던 내시감이 안으로 들어왔다. 내시감의 모습에 수련이 태휼의 팔을 붙잡았다. 수련의 등을 부드럽게 쓸어 준 그가 붙잡고 있는 팔을 뗐다.

"내 명이 있을 때까지 위랑을 연금한다."

"이러지 마세요!"

"위랑을 데려가라."

"폐하!"

태휼을 붙잡으려 했지만 내관들의 움직임이 먼저였다. 수련의 팔을 붙잡은 내관들이 그녀를 끌어냈다.

"폐하! 제발 이러지 마세요! 정녕 이러실 것입니까!"

수련의 목소리가 멀리서 들려왔지만 태휼은 외면하였다.

어차피 태휼 자신도 확신하지 못하는 상황이었다. 이비와 사공이 연루되어 있는 건 확실했지만 또 얼마나 많은 이들이 둘의 계획에 참여하고 있는지는 알 수 없었다.

걱정하는 수련에게는 미안했지만, 지금은 그들이 확실히 모습을 드러내기 전까지 현재 상황을 유지하는 것이 우선이었다.

딱 한 번, 그들이 모습을 드러내는 순간 태휼이 휘두르는 검은 단 한 명의 목숨도 살려 놓지 않을 것이다.

❋　❋　❋

"내시감. 소녀가 갈 수 있습니다."

좀 전까지도 폐하를 뵈어야 한다며 반항하던 수련이 제연궁을 나오자 반항하던 움직임을 멈추었다. 원망하듯 태화전이 있던 방향을 보던 수련이 고개를 숙였다.

"소녀가 갈 수 있습니다. 가서…… 조용히 있을 것이니 걱정하지 마시고 돌아가십시오."

붉어진 눈이나 비틀거리는 걸음은 불안했건만, 혼자 갈 수 있다는 수련의 고집은 여전하였다. 침소까지 끌고 가는 것이 맞았으나 상심한 수련을 그렇게 데려가고 싶지 않았다.

주변의 내관을 물린 내시감이 수련에게 다가갔다.

상심한 수련을 위로하듯 주름진 손이 작은 손을 감쌌다.

"위랑이 걱정할까 싶어 폐하께서 말씀하시지 않았지만 민 부인께서 많이 다치신 것은 아니었다네. 현이라는 동생도 처음엔 놀라서 자네를 찾았지만 나중에는 많이 진정이 되었으니 너무 걱정하지는 말게."

"알겠……습니다."

"위랑에게 상처가 될 일은 하지 않으실 분이네. 이 늙은이가 무엇을 얼마나 알겠느냐마는 폐하께서 위랑을 생각해 주시는 것이 예전과는 다르다는 것을 그대도 잘 알지 않은가."

내시감의 설득에 수련이 입술을 깨물었다.

태휼이 수련을 어찌 생각하는지는 알고 있었다. 하지만 그녀의 어머니였다. 어머니가 다쳤다는데도 가만히 있을 자식은 아무도 없었다.

괜찮을 테니 믿어 달라는 태휼의 눈에 거짓은 없었지만, 그럼에도 이대로 그가 하라는 대로 있을 수는 없었다.

"이만 가 보겠습니다. 내시감께서도 태화전으로 돌아가십시오."

가 보라는 거듭된 말에 내시감이 태화전으로 걸음을 옮겼다. 그가 완전히 사라진 후에야 수련이 몸을 돌렸다.

한 걸음씩 옮기는 걸음이 유난히 무거웠다.

태휼을 믿는다. 아니 믿고 싶었다.

하지만 다른 사람도 아닌 어머니였다. 눈이 보이지 않는 민 부인이 자칫 큰사고를 당하기라도 한다면, 어머니를 지키다가 동생 또한 크게 다치게 된다면.

'난 네가 이 황궁에서 그만 사라져 줬으면 싶구나. 내가 널 황궁

375

밖으로 내보내 주겠단 말이다.'

수련의 걸음이 그 자리에서 멈추었다.

심장이 내려앉았다. 확신할 수 없었지만, 그렇다고 이비가 아주 연관이 없다고는 말할 수 없었다. 황궁을 나가게 해 주겠다는 말은 나가지 않는다면 다른 수를 써서라도 내보내겠다는 말과 같았다.

"내 탓이야."

어머니와 동생이 어떤 상황인지는 생각하지도 못한 채, 태휼의 손길이 좋다며 미소나 짓고 있었다.

결국 가족이 이렇게 된 것도, 이런 상황까지 치닫게 된 것도 자신의 책임이었다.

나아지기 위해 태휼과 했던 타협은 결국 쓸모없는 짓이었다. 결국 그와 그녀 사이에 있던 벽을 실감했을 뿐이었다. 타협이라 생각하던 행동이 결국 빌미가 될 뿐이었다.

애초에 그와 그녀는 한곳에서 같은 곳을 보며 갈 사람들이 아니었다.

'내가 위랑의 어머니가 어디 있는지 찾아 줄 수 있다면 지금 거절한 기회, 나에게 줄 수 있소?'

부겸의 제의에 수련은 그럴 수 없다며 거절했었다. 부겸과 태휼의 관계를 더는 악화시키고 싶지 않았다. 어쩌면 부겸은 이미 무슨 일이 있었는지 알고 있었을지도 모르는 일이었다.

좋은 의도이든 그렇지 않은 의도이든 결국 황궁에서 수련이 있을 자리는 점점 사라지고 있었다.

'날 믿어 준다고 하지 않았나?'

믿어 달라는 태휼의 눈이 떠오르자 결국 수련이 질끈 입술을 깨물었다.

황궁에 있을 이유보다 황궁을 나가야 할 이유가 점점 더 늘어나고 있었다.

나아지려 노력했지만 바람과 다르게 언제나 제자리걸음이었다.

지독히도 맑은 날, 어쩔 수 없는 현실을 외면하듯 수련이 손으로 얼굴을 가렸다.

❀   ❀   ❀

남쪽에 연일 이어지던 가뭄은 결국 문제를 일으켰다.

민심이 최악으로 치닫기 전에 수습하라 했건만, 황궁에서 보낸 물자들을 중간에 빼돌리는 이들이 늘어나면서 농민들 사이에서 불만이 터져 나오고 있었다. 되도록 수련의 일부터 정리했으면 했지만, 남쪽의 흉흉한 상황에 수련을 후궁으로 들이자는 말조차 사라져 있었다.

"모두 물러나라."

태휼의 명령에 자리를 지키던 이들이 조용한 걸음으로 밖으로 나갔다. 둘밖에 남지 않은 궁에서 태휼이 굳게 닫혀 있는 문을 열었다.

문을 열자마자 느껴지는 수면향의 향기에 그가 미간을 찌푸렸다.

억지로 잠을 자게 도와주는 이 향을 태휼은 좋아하지 않았지만, 수련의 방에 그것을 쓰라는 명령을 내린 사람이 그였다.

며칠 내내 짧은 낮잠에도 들지 못했다는 보고가 있었다. 시중을 들거나 지내는 모습은 평소와 똑같았지만, 밥을 거의 넘기지도 못했고, 잔다고 해 놓고는 밤새도록 집이 있는 방향만 바라본다고 하였다.

노력하겠다며 보여 줬던 밝은 모습이 언제 그랬느냐는 듯이 어두워질 대로 어두워져 있었다. 수련을 품에 안자 작은 몸피가 힘없이 안겨 들었다.

"널 어찌해야 할까?"

지금 당장에라도 출발해야 하건만 태휼의 발은 쉽사리 떨어지지 않았다.

마음 같아서는 수련을 데리고 가고 싶었지만, 연일 가뭄으로 고생한 곳에 부인으로 맞아들이지 않은 여인을 데리고 온다면 민심은 더 험악해질 것이었다.

거리가 제법 되었지만 서둘러 처리한다면 일주일 안에는 돌아올 터, 그때까지만 수련이 버텨 줬으면 하는 바람이었다.

"다른 이들에게서 널 지키는 건 어렵지 않건만…… 정작 너 자신에게서 널 지키는 일은 쉽지 않다."

공격한 대상은 민 부인일지 몰라도 노리는 사람은 수련이었다.

그녀가 태휼의 손에서 벗어나는 순간, 내내 노리고 있던 이들이 그녀에게 어떤 마수를 뻗쳐 올지 누구도 알 수 없었다. 가족에게 돌려보내야 한다면, 그게 아니라 최소한 만나게라도 해야 한다면 적어도 그녀가 안전하다는 확신이 들 때 보낼 생각이었다.

태휼의 손이 수련의 등으로 향하였다. 그녀의 등에는 여전히 그가 남긴 각인이 선명히 남아 있었다.

"내 욕심이라는 것을 알면서도 널 놓칠 수 없으니…… 어찌해야 하는가?"

품에서 느껴지는 부드러운 온기가 평생을 분노와 정쟁으로 살아온 태휼을 조심스럽게 다독였다. 당연한 듯 살아왔던 삶에 한번 스며든 그녀의 손길이 그의 욕심을 더욱 부추기고 있었다.

그녀를 보내야 하는 것을 알면서도, 한편으로는 그녀의 모든 것을 없애 버려서도 가지고 싶다는 열망이 그를 미치게 하였다.

수련의 가족이 어떻게 되든 상관없다. 수련만 다치지 않는다면, 그녀만 곁에 있을 수 있다면…… 생각에 빠져 있던 태휼의 눈에 탐욕이 깃들었다.

'차라리 내 손으로 전부 없앨까?'

지금의 상황을 바꾸지 못하는 이유 중 하나가 그녀의 가족이었다.

그녀의 가족만 없어진다면, 더는 약점이라고는 없는 수련을 누구도 건들지 못할 것이었다.

"그럼 넌 다시는 날 봐 주지 않겠지."

노력하겠다며 지어 보였던 미소가 아직도 그를 흔들어 댔다.

가족을 없애는 순간, 수련은 태휼을 적으로 간주할 것이다. 조금의 연모도 없이 저주하며 증오한다며 몇 번이나 절규를 터트릴 것이다.

그건 싫다.

그녀에게 외면받는 일은 다시는 겪고 싶지 않았다.

품에 안겨 있는 수련의 이마에 짧게 입술을 맞춘 그가 그녀를 잠자리에 다시 눕혔다. 힘없이 침상에 누운 수련을 살피듯 가라앉은 태휼의 눈이 오랫동안 그녀를 살폈다.

❀　❀　❀

태휼이 떠난 태화전을 수련이 조용히 응시하였다.

어쩌다가 잠들었는지 기억조차 없었지만, 아침에 일어난 수련을 처음 반긴 것은 베갯머리 옆에 놓여 있는 쌍가락지였다. 화려한 장식이 있지는 않았지만 섬세한 세공과 크기가 그녀의 손가락에 딱 맞았다.

쌍가락지 외에는 서신이나 남긴 말은 없었지만, 그것만으로도 의미는 충분했다.

"당신을 믿어."

황궁을 나가면서 태휼은 그녀의 연금을 풀어 주었다. 그녀가 황궁을 나가지 않을 것이라는 믿음이었을까? 아니면 또 다른 시험이었을까?

복잡한 생각을 하던 수련이 고개를 저었다.

태휼이 수련을 어찌 보고 있는지 이제는 확실히 알았다. 그가 그녀를 보는 것처럼, 그녀도 이제 그만이 보였다.

세상 모든 사람들에게 마음을 열더라도 그는 아니라고 생각했다. 강하고 두려운 황제, 그녀에게서 가족을 빼앗은 태휼은 절대 함께할 수 없는 사이라 믿고 있었다.

"당신의 진심을 믿어."

손에 끼워진 쌍가락지를 보는 수련의 눈이 한껏 가라앉았다.

"하지만 당신의 주변은 믿지 못하겠어."

태흘만을 믿고 버티기에는 그녀를 탐탁지 않아 하는 주변이 문제였다. 이대로 계속 있다면 부겸과 태흘과의 관계도 흔들렸고, 그녀의 존재를 꺼림칙하게 여기는 이비가 무슨 수를 쓸지 모른다.

연모하는 마음이 있다 한들 이대로라면 그녀의 존재 자체가 그에게 짐이 될 뿐이었다.

"차라리 당신이 황제가 아니었다면……."

아니면 그녀가 여상환의 딸이 아니었다면.

몇 번을 후회하고 다시 생각해도 결론은 나지 않았다.

태흘과 그녀 사이에 있는 벽은 너무나도 두꺼웠다. 이대로라면 변하는 것은 아무것도 없다. 도리어 서로에서 책임과 상처만 될 뿐이었다.

이 상황을 정리할 사람은 결국 그녀였다.

'황궁의 사고로 넌 죽은 사람이 될 것이다.'

황궁 밖으로 내보내 달라는 수련에게 이비는 비웃음이 가득한 미소로 입을 열었다.

'이미 모든 일이 준비되어 있으니 넌 내 말을 얌전히 따르기만 하면 되는 것이야.'

내보내 준다는 말이 죽인다는 말로 들리는 것은 이비의 속셈을 이미 알고 있기 때문일 것이다.

이비는 수련을 죽일 것이다.

태휼의 총애를 받는 눈엣가시 같은 계집이니 후환을 막기 위해서라도 죽이려 할 것이다.

수련의 입가에 힘없는 미소가 생겨났다. 결국 이용하고 이용당하는 현실이었다.

이비의 생각대로 당할 생각 따위는 없다.

'살아 있되 죽은 것처럼 살아라. 그림자 하나도 폐하에게 드러내지 말고, 죽은 사람처럼 살아 내란 말이다.'

이비의 웃음소리가 머릿속에서 사라지지 않았다.

태휼과의 관계, 그를 마음에 담은 자신, 하나뿐인 가족.

모든 선택지에서 수련이 택한 것은 결국 가족이었다.

즐겁게 웃음을 터트리는 이비를 뒤로하고 수련이 향한 곳은 태휼이 떠난 태화전이었다.

저곳을 들어간들 주인인 태휼은 없다. 하지만 보는 것만으로도 충분했다.

머릿속에 각인하듯 수련이 태화전의 모습을 오랫동안 보고 또 바라보았다.

"안녕히."

태화전에 고개를 숙인 수련이 몸을 돌렸다.

황제가 황궁을 나간 지 육 일이 지난 후, 위랑의 침소에 가까운 청궁에서 불길이 일었다.

거친 바람을 타기 시작한 불은 순식간에 위랑의 침소로 옮겨붙었다.

※　※　※

한번 기세가 붙은 불은 좀처럼 사그라지지 않았다. 불을 꺼야 한다며 내관들이 물을 퍼 나르고 있었지만, 거친 바람 때문에 불은 꺼질 줄을 몰랐다.

불길을 피해 도망가던 궁녀가 바닥에 주저앉았다. 좀처럼 잠재워지지 않는 불도 문제였건만, 설상가상으로 자객들이 들이닥쳤다. 수련의 처소로 들이닥친 자객들은 활활 타오르는 불에도 상관없이 처소를 뒤지기 시작하였다.

방을 뒤지던 자객이 주저앉아 있는 궁녀를 향해 검을 올렸다.

"까악!"

날아오는 검을 막듯이 궁녀가 팔을 들었다. 그런 그녀에 상관없이 검을 휘두르려던 자객이 옆에서 들어오는 공격에 검을 떨어뜨렸다.

"윽."

자객이 검을 떨어뜨리자 얼굴을 가리고 있던 팔을 내렸다. 뿌연 연기 속에서 보이는 모습에 궁녀가 눈을 찌푸렸다.

"위랑?"

왜 수련이 이곳에 있는지 알 수 없었다. 하물며 언제나 입고 있던 것과는 달리 수련이 입고 있는 옷은 자객의 것과 똑같았다. 잘못 본 게 아닌가 싶어 궁녀가 눈을 깜박이던 찰나 목 뒤에 느껴지는 충격에 궁녀가 정신을 잃었다.

"이비 마마의 명을 거부하겠다는 건가?"

"분명 죽거나 다치는 사람이 없어야 한다고 말씀드렸습니다. 그 약조가 깨지는 즉시 누구의 명이든 따르지 않을 것입니다."

준비를 마친 수련의 말에 자객이 이를 갈았다. 하지만 여기서 손을 쓸 수 없다.

따라온 자객에게 시선을 보내자 수련에게서 궁녀를 안아 들었다. 뿌연 연기와 함께 매캐한 냄새가 코를 찔렀다.

이비가 수를 쓰기 전, 최소한의 사람을 제외하고는 처소 밖으로 내보냈다.

불이 난 상황에서 일어난 일이니 적어도 처소의 궁인들은 태휼의 분노를 조금이나마 피할 수 있을 것이다.

"나가시지요."

수련의 말에 선두의 자객이 짧게 휘파람을 불었다. 불에 타기 시작한 궁이 점점 무너지기 시작하였다.

따라오라는 자객의 손짓에 수련이 움직였다.

황궁을 나간다.

지금 이후의 일이 어떻게 흘러갈지는 그녀도 알 수 없었다.

하지만 이미 시작된 일, 그녀에게 다른 선택은 없었다.

황궁을 나오자마자 한 방울씩 비가 내리기 시작하였다.

불이 조금은 가라앉을 것이니 다행이라 생각한 것도 잠시, 수련을 태운 마차가 빗길을 뚫고 도성을 빠져나왔다.

"지난번에 왔던 곳과는 다르오."

수련의 물음에 반대편에 앉아 있는 자객이 피식 실소를 지었다. 아무것도 모른다는 비웃음에 수련이 눈을 좁혔다.

"자네가 본 이후에 황제는 민 부인의 사가를 바꾸셨지. 설마 그 곳에 계속 있을 것이라 생각한 것인가? 계집다운 생각이군."

수련이 자객을 노려봤지만 대꾸를 하진 않았다.

조금씩 내리던 비가 점점 더 심해졌다. 황궁의 불은 가라앉았을까? 자신의 일에 말려들까 싶어 몸이 아프다는 핑계로 연이어 심부름을 보내 놓았었다.

침소에 남아 있던 사람이 적었으니 큰일은 없을 것이다.

마음속으로 미안하다는 말을 몇 번이고 한 수련이 입술을 깨물었다.

빗속을 뚫고 마차가 빠르게 움직였다.

"이제 조금 후에 도착할 거다. 준비해라."

자객의 말을 들은 수련이 손에 끼워져 있는 쌍가락지를 잠시 어루만졌다. 이제 다시는 돌아가지 못한다. 돌아가게 되더라도 신뢰에 배신을 당한 태흘에게 죽게 될 것이다.

그럼에도 이런 선택을 할 수밖에 없었다.

이제 다시는 그를 볼 수도, 그의 온기에 마음을 맡기고 쉴 수도 없을 것이다.

"도착했다. 내려라."

마차가 멈추고 문이 열렸다.

그녀에게 남은 전부가 쌍가락지뿐이어도 상관없다. 평생 보답받지 못하는 연모가 되었지만 어쩔 수 없었다.

수련의 생애에 마음을 담은 것은 태흘뿐이다.

그녀만의 감정이니 평생을 혼자 품고 살더라도 뭐라 할 사람도, 부질없다며 욕을 할 사람도 없었다. 남아 있는 건 쌍가락지와 각인처럼 남아 있는 그의 손길뿐이었지만, 이젠 남아 있는 것만으로도 참아 내며 살아야 했다.

"서둘러야 한다. 어서 내려라."

마차에서 내린 수련이 비가 그친 하늘을 올려 보았다.

지독히도 맑은 하늘.

황궁에서 보았던 하늘과 지금 보고 있는 하늘은 별반 차이가 없었다.

머릿속 가득 남아 있는 그의 기억을 접어 둔 수련이 떨리는 숨을 내쉬었다.

❀　❀　❀

자객이 안내하는 길은 생각보다 험하지 않았다. 하지만 그렇기에 몸을 숨길 만한 곳을 찾기가 어려웠다.

"직접 황제가 선택한 곳이다. 그 까다로운 성격답게 쉽지 않은 곳에 민 부인을 숨겼었지. 이곳을 찾는 데도 꽤 긴 시간이 들었다."

묻지도 않았건만 자객은 줄줄 자신의 이야기를 꺼내었다. 자객의 이야기에 구구절절 답을 하고 싶지는 않았지만 그에게서 듣는 태휼의 이야기는 수련이 알던 것과는 사뭇 달랐다.

그녀와 가족 사이를 막았던 것처럼, 태휼은 어머니와 현이에게 소홀할 것으로 생각했다. 자신의 이득이 아니면 움직이지 않는 황제, 하물며 어머니와 현의 존재가 태휼의 입장에서는 수련이 마음을 열지 못하는 원인과 같았다.

그런데 수련의 생각과는 달랐다. 방치한 여상환과는 다르게 태휼은 지켜 주려 하였다.

"어쨌든 이제 찾았으니 곧 만날 준비를 하면 되겠군."

수련의 표정이 어두워지자 제멋대로 지껄이던 자객이 입을 다물었다. 성미가 까다로운 계집을 맞춰 주는 것도 이제 얼마 안 남았다. 어느 정도 제 몸을 지킬 줄 아는 계집이었지만 그녀에게 안내해 주는 사내까지 합쳐 열을 데리고 왔으니 가는 동안 쓸데없는 수를 쓰지는 못할 것이었다.

'잠깐이라도 가지고 놀면 좋을 텐데 말이지.'

입고 있는 흑의 너머로 보이는 몸이 아직 여물지는 않았지만 태가 고왔다. 황궁의 물을 먹은 계집답게 딱딱했지만, 하얀 피부에 붉은 입술이 품에 안으면 각별할 듯싶었다.

저런 계집이 한 번 무너뜨리기가 어려울 뿐이지 사내 맛을 보면 색에 젖은 신음을 내며 매달릴 계집이었다.

하지만 곧 고개를 저으며 생각을 바꾸었다.

반드시 제 어미와 동생이 머무르던 집 부근에서 목숨을 거두라는 명을 받았다. 하라는 대로 얌전히 따르면 원하는 만큼의 재물을 내어 주겠지만, 만약 실패할 경우 계집의 목 대신 그의 목이 베어질 것이라는 엄포를 들어 놓은 상태였다.

'아쉽지만 할 수 없지.'

혹시라도 모를 상황에 대비하여 따로 병력을 준비하기는 했지만, 어차피 계집 하나 죽이는 것 따위 그들에게는 어려운 일도 아니었다.

만금을 받으면 저런 계집 따위 지겹도록 품에 안고 즐길 수 있었다. 잠깐의 욕망에 흔들리기에는 일이 끝난 후에 받을 돈이 너무나도 유혹적이었다.

"자. 도착했네."

언덕을 넘자마자 보이는 집에 수련의 걸음이 멈추었다.

곧 가족을 볼 수 있다는 기대와 그 전에 해야 할 일로 인해 수련의 심장이 천천히 뛰기 시작하였다. 불이 꺼져 있는 집에서 인기척은 들리지 않았다. 떨리는 숨을 토해 내듯 수련이 길게 숨을 내쉬었다.

"이게 슬슬 정리해야겠군."

수련의 등을 바라보던 자객이 뒤를 따르는 이들에게 눈짓하였다. 자객의 시선에 뒤를 따르던 이들이 자신의 무기를 꺼냈다.

자신의 검을 쥔 자객이 입꼬리를 올렸다.

"나에게 원한을 가지지 말……."

자객의 말은 끝까지 이어지지 않았다.

"컥!"

자객의 귀 너머로 스쳐 간 단검이 바로 뒤에 있는 자객의 심장을 뚫었다. 생각지 못한 공격에 자객들이 움찔한 찰나, 쓰러진 자객의 검을 붙잡은 수련이 바로 옆의 자객을 향해 검을 휘둘렀다.

비명조차 터트릴 틈도 없이 복부에서 터진 피가 바닥에 후드득 떨어졌다.

"죽여!"

열 명이었던 자객이 순식간에 여덟 명으로 줄자 선두에 있던 이가 고함을 질렀다. 달려드는 자객들의 무기를 막아 가며 수련이 틈을 노려 검을 휘둘렀다.

수련이 주로 쓰는 것은 체술이었지만 무기를 든 자객들을 상대로 손에 자비를 둘 수 없었다. 목으로 밀고 들어오는 검을 미끄러지듯 받아친 수련의 검이 목을 베었다.

목에서 뿜어져 나온 피가 수련의 얼굴에 튀었다. 얼굴을 닦을 틈도 없이 다른 자객의 검이 그녀의 어깨를 공격하였다.

검을 피하고자 몸을 트는 순간, 내내 그녀에게 말을 걸었던 자객이 무방비인 등을 향해 검을 찔렀다. 양쪽에서 들어오는 검을 본 순간, 수련이 어깨를 향해 들어오는 자객을 향해 몸을 날렸다.

어깨로 들어오는 검을 다급히 쳐 냈지만, 완전히 쳐 내기에는 연이은 전투로 힘이 빠져 있었다.

"윽."

밀어 낸 검이 수련의 어깨를 스쳤지만, 쓰러지는 대신 자객의 어깨를 붙잡고 허벅지를 지지대 삼아 밟고 올라갔다. 몸의 반동을 주며 자객의 어깨 위로 올라간 수련이 자객이 들고 있는 검을 손으로 붙잡았다.

자객의 검을 목으로 가져간 수련이 몸의 반동을 뒤로 넘겼다. 자신의 검에 목이 베인 자객이 쿵 소리를 내며 쓰러졌다.

열이었던 자객이 여덟이 되고 다섯이 되고 셋이 되었다. 어린 계집이라 얕본 것이 화근이었다. 힘에서는 달렸지만, 기술이나 속도는 상당했다.

"망할 것."

자객의 움직임이 멈춘 사이, 수련이 가쁜 숨을 내쉬었다. 사내 열을 혼자의 힘으로 상대하는 것은 역시나 무리였다. 하나나 둘이었다면 어찌해 볼 수 있었지만, 남아 있는 셋을 혼자의 힘으로 상대하기에는 버거웠다.

검을 붙잡은 수련이 손에서 느껴지는 고통에 눈살을 찌푸렸다. 검을 놓은 지 너무 오래되었다. 감을 잊지 않으려 황궁에서도 종종 검을 잡았었지만, 실전과 연습은 또 다른 것이었다.

쓸리고 벗겨진 피부에서 흐르는 피가 바닥에 뚝뚝 떨어졌다.

"마음이 바뀌었다."

경계하는 수련을 보며 자객이 길게 휘파람을 불었다. 그러자 숲속 곳곳에 숨어 있던 자객들이 모습을 드러냈다.

"쉽게 죽이지 않을 테다."

어림잡아 서른 명이 넘는 자객을 본 수련이 몸을 돌렸다. 수련이 도망가자 나머지 자객이 그녀를 뒤쫓았다. 나뭇가지에 얼굴을 긁혀도, 흙길에 나 있는 돌에 발이 걸려 넘어져도 수련은 멈추지 않았다.

참기 위해 질끈 깨문 입술에서 피가 흘렀지만, 멈추지 않았다. 어느새 지척까지 따라온 자객이 수련을 향해 암기를 던졌지만 검으로 받아치거나 피하기를 반복하면서 집을 향해 있는 힘껏 뛰었다.

집 앞까지 온 수련이 자객을 향해 몸을 돌렸다. 그녀의 바로 뒤까지 쫓아왔던 자객이 그녀의 검에 몸을 길게 베었다.

"으윽."

근육이 끊어질 것처럼 아팠지만 터져 나오는 신음을 억지로 참았다. 그녀의 움직임이 멈춘 사이, 다른 방향에서 들어오는 검이 베인 어깨를 향해 움직였다. 자객의 공격을 막으며 수련의 눈이 조용한 집으로 향하였다.

밖이 이렇게 소란스러운데도 안에서 사람이 움직이는 기척은 전혀 들리지 않았다. 민 부인과 현이 있다면 절대로 있을 수 없는 일, 있는 힘껏 검을 밀어 낸 수련이 집을 향해 뛰어갔다.

거칠게 내쉬던 숨이 멈추었다. 사람은커녕 사소한 물건조차 있지 않았다.

"아니야……."

텅 비어 버린 안을 보던 수련의 눈이 어둡게 가라앉았다. 소란스러운 상황이 어느새 조용해졌다. 하지만 그러한 정적도 오래가지 않았다.

"윽!"

등에서 느껴지는 고통에 수련의 몸이 휘청거렸다. 수련의 등을 향해 단검을 던진 자객의 입꼬리가 올라갔다. 쓰러진 수련의 머리카락을 움켜잡은 그가 거칠게 그녀를 밖으로 끌어냈다.

쓰러진 그녀의 주변을 자객들이 둘러쌌다.

"망할 것. 그냥 얌전히 죽을 것이지."

쓰러진 수련이 힘겹게 눈을 떴다. 머리에서 흐르는 피가 눈으로 떨어져서 그런지 세상이 온통 붉었다.

"내가 말하지 않았나? 그 빌어먹을 황제가 참으로 교활하다고 말이지. 우리가 이곳을 찾았을 때 이미 네 어미와 동생은 없었다. 말만 들어도 안심이 되지 않나?"

"……컥."

가쁜 기침을 토해 내던 수련이 핏덩어리를 쏟아 냈다. 이제야 제 손아귀에 들어온 계집을 보던 자객이 바닥에 쓰러진 수련을 발로 밟았다.

"악."

"너무 걱정하지 마라. 내 곧 네 곁으로 어미와 동생을 보내 줄 터이니."

도망쳐야 했지만 힘이 완전히 빠진 몸이 생각과는 다르게 조금도 움직일 수 없었다. 어머니와 동생이 위험하다는 말을 들었을 때부터 판단력은 흐려져 있었다. 왜 이비가 가족의 위치를 알고 있다고 생각했을까?

'미안.'

죽기 직전의 상황이 오자 생각나는 사람은 어머니도 현도 아니었다.

그를 배신한 주제에 무슨 자격이 있겠느냐마는 그래도 마지막으로 볼 수 있다면 미안하다는 말부터 전하고 싶었다.

이제는 이룰 수 없는 바람, 그녀에게 내려오는 검을 보며 수련이 눈을 감았다.

"컥!"

자객의 비명 소리와 바닥에 검이 떨어지는 소리가 함께 들렸다. 감았던 눈을 뜬 수련의 심장이 멈추었다.

눈을 가린 피 때문에 제대로 보이지 않은 것일지 몰라도 저렇게 흐트러져 있는 모습은 처음이었다. 언제나 여유롭고 느긋하던 그가 지금만큼은 거친 숨을 몰아쉬고 있었다.

눈가에 차오른 눈물이 얼굴을 타고 흘러내렸다.

마지막으로 보고 싶었던 그가, 절대로 보지 못할 것이라 생각한 그가 수련의 앞에 서 있었다.

❀　❀　❀

수련을 죽인 후, 그녀의 가족까지 처리하려 했지만, 이미 황제가 손을 쓴 후였다.

집이 비었다는 보고를 이비에게 해야 했지만, 그럼 다음으로 미루자며 이비가 손을 뗄 수 있었다.

일확천금이 코앞에 있는 일을 이대로 날릴 수 없었기에 가족이 있다는 거짓말로 일을 진행했다. 어차피 늙은 계집과 꼬맹이 따위 천천히 찾아 죽여도 별문제는 없을 것이니 최우선의 목표인 계집의 목숨만 거둘 생각으로 움직였다.

"웬 놈이냐?"

일이 여기까지 꼬여 버린 것도 짜증 났건만, 뒤늦게 끼어든 사내 놈 때문에 부하의 절반이 바닥을 구르고 있었다.

사내가 검을 휘두른 것도, 그렇다고 사내가 검을 들고 있는 것도 아니었다.

그저 바람이 불었을 뿐이었건만, 검에 베일 것처럼 검을 들고 있던 어깨에 피가 뿜어져 나왔다.

"누구냐고 물었다!"

자객의 물음에도 사내의 시선은 힘겹게 몸을 일으킨 수련에게 향해 있었다. 그에게 잡혀 있는 수련 또한 아는 사람인지 그만을 바라보고 있었다.

"이년과 아는 사이인가? 잘되었네. 혼자 죽는 게 억울한지 자꾸 반항하더군."

"……."

수련의 옆에서 지껄이는 놈이 뭐라 하는지 듣고 싶지 않았다. 태흘의 눈이 그의 옆에 쓰러져 있는 수련에게로 향하였다. 누구의 것인지도 모를 피를 뒤집어쓴 수련이 어떤 상태인지 알 수 없었다.

온몸의 피가 뒤집힐 정도로 화가 나면서도, 피투성이인 수련의 모습에 피가 차갑게 식어 갔다.

"네가 그랬나?"

태흘의 물음에 자객이 코웃음을 쳤다. 무슨 수를 썼는지는 몰라도 이쪽은 아직 실력이나 수로 우세였다. 고작 사내 하나에 지레 겁을 먹을 이유가 없었다.

"죽여라!"

그의 명령에 다른 자객들이 일사불란하게 태흘을 향해 움직였다.

무기조차 없는 사내를 죽이는 일 따위 그들에게는 어려운 일이 아니었다.

그렇게 생각했던 자객의 오만은 태흘의 주변에 바람이 불면서 산산이 부서졌다.

"아악!"

여전히 검은 보이지 않았다. 하지만 사지가 잘리고 목이 떨어졌다.

사람이 찢어진다는 것으로밖에 표현할 수 없는 지옥이 태흘의 주변에서 일어나고 있었다. 그가 걸음을 옮길 때마다 주변의 바람이 흐트러진 것이 전부였을 뿐이었지만, 그에게 조금이라도 가까이 간 자객은 어느새 보이지 않는 검에 온몸이 난자당한 채 쓰러져 있을 뿐이었다.

상황이 예상과는 다르게 흘러가자 남아 있던 자객들이 태흘을 향해 몸을 날렸다.

수가 늘었지만, 태휼의 표정은 조금도 변화가 없었다. 지금 그의 눈에 보이는 건 자신에게 달려드는 자객이 아니라 우두머리로 보이는 자객에게 끌려가는 수련이였다.

"죽여! 죽이란 말이다!"

수련이 제 방패라도 되는 것처럼, 자객이 수련의 목에 자신의 팔을 휘감았다. 수련이 반항하자 그의 손이 등에 꽂혀 있는 단검을 움켜잡았다.

"아악."

신음을 흘리며 수련이 얼굴을 찌푸리자 다가오던 태휼의 눈에 노기가 서렸다.

잠시 주변을 휘감는 기를 거둔 태휼이 가장 가까이에 있는 자객에게 손을 뻗었다. 마치 태휼의 소유였던 것처럼 자객의 검을 빼앗은 그가 가볍게 주변에 휘둘렀다.

무형의 검이 주변을 베었던 것과는 다른 바람이 불었다. 나무가 쓰러지듯 자객이 쓰러지면서 시야가 확보되자 태휼이 들고 있던 검을 수련을 향해 힘껏 던졌다.

자신을 향해 날아오는 검을 본 수련이 있는 힘껏 자객의 복부를 팔꿈치로 후려쳤다.

자객이 휘청거리는 틈을 타 수련이 빠져나오는 동시에 태휼이 날린 검이 자객의 심장에 정확히 박혔다. 검이 박힌 자객이 그대로 자리에 주저앉았다.

"컥!"

수련을 겁박하던 자객이 쓰러지자 남은 자객을 향해 거침없이 태휼이 움직였다. 작정하고 움직이는 태휼을 막을 사람은 아무도 없었다. 쌓인 시신에서 흐르는 피가 바닥을 흥건하게 적시고, 수련 외에는 서 있는 사람이 남지 않은 후에나 태휼의 검이 멈추었다.

수십의 사람을 혼자 상대했음에도 그는 숨소리 하나 흐트러지지 않았다. 그 어느 때보다도 가라앉은 눈이 피투성이인 수련을 바라보았다.

무슨 말을 꺼내야 할까? 어떤 말부터 그에게 해야 할지 수련은 막막했다.

"폐……."

수련을 바라보던 태휼의 눈이 커졌다.

그에게 왜 그러냐고 물어보기도 전에 다가온 태휼이 수련을 자신의 뒤로 끌었다.

단말마를 토해 내듯 심장에 검이 박힌 자객이 고함을 터트렸다.

수련의 세상이 붉게 변하였다.

태휼의 심장에서 시작된 혈화가 옷을 천천히 물들였다.

"아……."

심장이 부서졌다.

세상이 허물어졌다.

그녀의 전부가 무너져 내렸다.

❋　❋　❋

태휼의 심장에서 떨어지는 피를 보는 수련의 눈에 절망이 깃들었다.

누구보다도 강한 사내, 그렇기에 이런 모습을 보게 될 줄은 꿈에서조차 생각하지 않았었다.

"내가 가질 수 없는 여인이라면…… 어찌해야 하는가?"

태흘의 목소리가 허공에서 힘없이 사라졌다.

그가 가질 수 없는 여인이 자신을 말하는 것이라는 걸 안 수련이 고개를 저었다.

그녀에게 사내는 오직 태흘뿐이었다. 그걸 알면서도 외면하고 밀어 낸 결과가 이것이었다.

자신 때문이다.

"이런 결과도 괜찮지 않은가?"

그의 죽음이 이번 일의 결과라면 이렇게는 받아들일 수 없었다.

욕심의 대가라면 당연히 수련이 직접 감당할 것이었다. 왜 아무 죄도 없는 그가 그녀 대신 이렇게 된다는 것일까?

무언가가 잘못되었다.

"넌 이제 자유다."

태흘의 목소리에 천천히 힘이 빠져나갔다. 눈앞에서 세상이 사라지는 것처럼 수련의 앞에선 태흘이 무너져 내렸다. 쓰러지는 태흘을 부축한 수련이 제 힘껏 그를 품에 안았다.

무언가가 잘못된 것이 분명하였다.

이런 식으로 태흘이 무너질 리가 없었다.

"아니야."

그저 찰나처럼 사라지는 꿈이기를 바랐다.

눈을 뜨면 황궁이 보이고, 오만하고 강한 그가 그녀의 곁을 지켜줄 것이다.

엇나가기는 했지만, 같은 마음으로 서로를 보고 있을 것이었다.

자신이 잘못 알고 있는 것이다. 그저 깨기 힘든 지독한 악몽일 것이다.

그런데 어째서 손에서 느껴지는 그의 피가 이리도 차갑단 말인가!

"이건…… 아니야."

따뜻하게 안아 주던 체온이 차갑게 식어 갔다. 품에서 느껴지는 숨이 금방이라도 멈출 것처럼 아슬아슬하였다.

꿈이 아니다.

"아아악!"

태휼을 안은 수련이 절규하였다.

〈2권에서 계속〉

화
문

초판 1쇄 찍음 2016년 11월 22일
초판 1쇄 펴냄 2016년 11월 29일

지은이 | 무 연
펴낸이 | 정 필
펴낸곳 | **(주)뿔미디어**

기획 · 편집 | 김수정

출판등록 | 2002년 9월 11일 (제1081-1-132호)
주소 | 경기도 부천시 원미구 소향로 17, 303(두성프라자)
전화 | 032)651-6513 / 팩스 | 032)651-6094
E-mail | dahyangs@naver.com
블로그 | http://blog.naver.com/dahyangs
비북스 | http://b-books.co.kr

값 9,000원

ISBN 979-11-315-7556-7 04810
ISBN 979-11-315-7555-0 04810(세트)

www.bbulmedia.com